DIE SCHWARZE FINCA

Ein Spanien-Thriller

EDUARD FREUNDLINGER

Eduard Freundlinger
Apto. de Correos 649
18690 Almuñécar
Granada
Spanien

Covergestaltung: Wolkenart - Marie-Katharina Wölk - www.wolkenart.com

Anmerkung des Autors: Die Handlung dieses Romans und die darin vorkommenden Personen sind frei erfunden. Nur der Prolog basiert auf wahren Begebenheiten.

PROLOG

Samuel nahm als Letzter unter den sechsundfünfzig Passagieren im Gummiboot Platz. Ein Mann aus Burundi, der zum Steuermann auserkoren worden war, ließ den Außenborder des sieben Meter langen Schlauchboots an. Die letzte Etappe der wochenlangen Reise begann. Niemand blickte zurück auf den Schwarzen Kontinent, wo zwei Männer am Strand ihr Geld zählten. Alle sahen nach vorn, wo am Horizont unter reinweißen Kumuluswolken der europäische Kontinent mit einer hoffentlich besseren Zukunft lockte.

Samuel hielt seine dreijährige Tochter Alake im Arm. Sein elf Monate alter Sohn Kayin schlief an der Brust seiner Frau Tanisha. Laut dem weißen Mann sollte die Fahrt achtzehn Stunden dauern. Die Abfahrt war zeitlich so geplant, dass das Boot im Schutze der Nacht an der spanischen Küste landen würde.

Es lag bereits eine lange, strapazenreiche Reise hinter ihnen: Teils zu Fuß, teils auf Ochsenkarren hatten sie von Nigeria aus Benin, Togo, Ghana und andere afrikanische Staaten durchquert. Unterwegs war Alake von einer Schlange gebissen worden und in ein fiebriges Koma gefallen, aus dem sie erst drei Tage später erwacht war. Bewaffnete Rebellen hatten ihnen ihre gesamte Habe abgenommen und sie erst weiterziehen lassen, nachdem sie alle über Tanisha hergefallen waren. Samuel hatte mit dem Lauf einer Kalaschnikow am Kopf zusehen müssen. Auf dem letzten Teil ihrer Reise hatten sie sich von Kriechtieren, Gräsern und Abfällen ernähren müssen, bis seine Haut sich wie schwarzes Leder über die Rippen spannte.

Doch Samuel hatte all dies verdrängt. Stattdessen dachte er an seinen Bruder Chisulo, der dieselbe Reise vor fünf Jahren gewagt und nun die achttausend Dollar für die Schleuser aufgebracht hatte. Samuel freute sich auf ein Wiedersehen mit ihm und darauf, seine Familie durch harte Arbeit dauerhaft ernähren zu können, was ihm als Lehrer in seiner Heimat nicht mehr möglich gewesen war.

Acht Stunden später, als die Küstenlinie Afrikas verblasst war und die Flüchtlinge bereits die ersten verschwommenen Umrisse des europäischen Kontinents vor sich auszumachen meinten, war die Stimmung auf dem Höhepunkt: Volkslieder aus Nigeria, Kenia, Kamerun und dem Senegal wurden gleichzeitig angestimmt – so fröhlich und laut, dass im ersten Moment jener wunderbaren Kakofonie außer dem Steuermann aus Burundi niemand bemerkte, wie der Motor zu stottern begann. Kurz darauf fiel der Motor aus. Erst als das Schlauchboot langsamer wurde und wenig später, im Wasser schaukelnd, Kreise zog, verebbte der Gesang.

Die Blicke der Passagiere richteten sich auf den Steuermann, der den Motor wieder in Gang brachte. Das Boot nahm an Fahrt auf, und er wischte sich den Schweiß von der Stirn. Zögerlich blickten die Flüchtlinge wieder auf das lang ersehnte Ziel am Horizont: Spanien.

Keine drei Minuten später verebbte das Motorengeräusch erneut. Die Passagiere beschimpften den Steuermann mit erhobenen Fäusten, und nur der Platzmangel schützte den Mann aus Burundi vor den Prügeln. Dabei traf ihn keinerlei Schuld. Er war nur der Einzige aus dem zerlumpten Haufen Zentralafrikaner gewesen, der die Hand gehoben hatte, als der weiße Mann am Strand fragte, wer von ihnen Erfahrung mit Booten hätte. Anfangs hatten die anderen Flüchtlinge noch Späße gemacht, als der Mann aus Burundi erklärte, er paddele täglich mit seinem Kanu den Lake Tanganyika hinaus, um für seine

Familie Fische zu fangen. Doch nun lachte niemand mehr. Das Schlauchboot dümpelte zwischen Marokko und Spanien im Meer. Kein anderes Schiff war zu sehen, und die vermeintliche Küstenlinie Europas waren nur trügerische Nebelschwaden gewesen.

Alake begann zu weinen, als begriffe sie schon die Bedeutung all dessen. Samuel versuchte seine Tochter zu beruhigen und wich dabei den besorgten Blicken seiner Frau aus, in deren Armen Kayin, angesteckt durch sein Schwesterchen, ebenfalls zu schreien begann.

In der Nacht sanken die Temperaturen, und die Kälte ließ alle in ihrer klammen Kleidung schlottern. Kinder schrien, Frauen weinten, und die Männer beteten ihren jeweiligen Gott an. Wäre der Motor nicht ausgefallen, hätten sie jetzt um drei Uhr morgens schon den gelobten Kontinent betreten. Nun aber schien die Hoffnung auf eine schnelle Flucht nach Europa begraben. Es blieb nur noch der Glaube an Gott und daran, dass ein aufmerksamer Frachtschiffkapitän den Haufen schwarzer Gestalten in dem ebenso schwarzen Boot bemerken würde. Doch selbst wenn sich diese vage Hoffnung erfüllen sollte, bedeute dies noch gar nichts, behauptete ein Senegalese und steigerte damit ihrer aller Ohnmacht: Die vorbeifahrenden Schiffe mussten sie auch retten *wollen*. Kein von seiner Reederei unter Zeitdruck stehender Kapitän würde seinen Kurs ändern, nur um illegale Flüchtlinge an Bord zu nehmen.

Am zweiten Tag der Reise brannte die Sonne erneut vom Himmel. Keine Brise versprach Abkühlung oder verwehte den Gestank von Fäkalien und Urin. Samuel reichte seiner Frau die Plastikflasche, und Tanisha teilte den letzten Schluck Wasser auf die Kinder auf. In Sichtweite des Bootes zogen Kreuzfahrtschiffe und Frachter ihre Bahnen. Sie hielten auf die Straße von Gibraltar zu, aber die Schreie und Tumulte der Flüchtlinge halfen nichts. Die Schiffe hielten Kurs, und der Senegalese nickte selbstgerecht. Kayin weinte jetzt unaufhörlich, und Alake, die schon sprechen konnte, verlangte immer wieder nach Wasser. Tanisha wollte ihr Meerwasser zu trinken geben, aber Samuel hielt sie davon ab.

Nun konnte auch er seine Tränen nicht mehr zurückhalten, und als der zweite Tag zu Ende ging und eine weitere Nacht anbrach, fraßen sich Angst und nächtliche Kälte in seine Glieder. Bislang hatte er fest an eine baldige Rettung geglaubt, aber der Gedanke, die vorbeiziehenden Schiffe würden sie nicht bemerken oder womöglich gar nicht retten wollen, war so unerträglich, dass Samuel sich vor Schaudern die Zunge blutig biss. Im Morgengrauen des dritten Tages wurde er durch Geschrei geweckt. Eine Mutter hielt den schlaffen Körper ihres Babys an sich gedrückt und schrie gen Himmel. Das Kind hatte die Nacht nicht überlebt. Samuel richtete den Blick ebenfalls in den Himmel und flehte Gott an, ehe er seine beiden Kinder nach Lebenszeichen abtastete. Es war alles in Ordnung. Nur die Erschöpfung ließ Alake und Kayin so tief und fest schlafen, dass selbst das Wehklagen sie nicht hatte wecken können.

Der Vater des toten Babys schlug um sich und versuchte über die Menge hinwegzusteigen. Er wollte zum Steuermann. Dieser lehnte am Außenborder und hielt die Augen vor dem Elend verschlossen, für das er sich wohl verantwortlich fühlte. Dadurch begann das bereits mit Wasser gefüllte Boot zu schaukeln, und eine beleibte Frau fiel ins Wasser. Als sich der Mann nicht beruhigen wollte, schlug man ihn mit einer Flasche bewusstlos. Seiner Frau riss man das Kind aus den Armen und warf es ins Meer, wo es eine Weile mit dem Gesicht nach unten neben dem Boot trieb. Die schreiende Mutter hielt man fest, damit sie ihrem Kind nicht nachsprang. Erst als das Kind unter die Oberfläche glitt und die Mutter ohnmächtig wurde, ließen die Männer von ihr ab und zogen die zuvor ins Wasser gefallene Frau an Bord.

Die Sonne stand wieder am Scheitelpunkt des Himmels, und alle Wasservorräte waren längst verbraucht. Samuel betete, während er mit der Hand über Kayins fiebrige Stirn strich. Alake flüsterte in den Armen ihrer Mutter immer nur dieselben Worte: Mama, Durst.

Zwei Männer aus Burkina Faso konnten schwimmen und glitten ins Wasser, obwohl sie nicht wussten, in welcher Richtung sie ihr Heil suchen sollten. Es dauerte keine Stunde, bis nur noch einer der Köpfe in der ruhigen See aus dem Wasser ragte, doch auch dieser verschwand kurze Zeit darauf.

Am Nachmittag starb ein junges Mädchen mit lustigen Zöpfen. Wieder weigerte sich die Mutter, ihr Kind aus den Armen zu geben. Der Vater, bereits im Delirium, bekam nicht mit, wie seine Frau, die Tochter umklammernd, vom Boot rollte und die beiden zusammen im Meer versanken.

Am Abend näherte sich ein Frachter so weit, dass man fünf Mitglieder der Besatzung an Deck ausmachen konnte. Einige Flüchtlinge mobilisierten ihre letzten Kräfte. Sie erhoben sich und winkten und schrien dem Schiff nach, bis auch diese Hoffnung wie die Sonne im Meer versank.

Samuel presste Kayin an seinen Körper. Die ganze Nacht hielt er ihn fest umklammert, wärmte ihn und fühlte seinen Puls. Tanisha stöhnte, und Alake klagte in einer unverständlichen Sprache. Kurz vor Anbruch des vierten Tages auf See starb Kayin. Wie aus weiter Ferne hörte sich Samuel wimmern und seinen Sohn anflehen, wieder aufzuwachen. Es half nichts. Tanisha erwachte und wandte ihnen den Kopf zu, verlor sich jedoch rasch wieder in gnadenvolle Besinnungslosigkeit.

Auf Knien bahnte sich Samuel einen Weg durch die stöhnenden Leiber ans andere Ende des Boots. Dort drückte er seinen Sohn ein letztes Mal an sich, wiegte und küsste ihn und flüsterte ihm ins Ohr, wie sehr er ihn liebe und immer lieben werde. Dann ließ er Kayin ins Wasser gleiten. Der kleine Körper tauchte unter – und wieder an die Oberfläche. Ein leichter Strudel öffnete Kayins Augen, ehe das Kind erneut in die Tiefe glitt. Seine Händchen hoben sich und griffen durch das Wasser, so als verlangten sie nach einer letzten Umarmung seines Vaters.

KAPITEL EINS

Da waren wieder diese Träume gewesen … Keine Albträume, sondern Erinnerungssplitter an eine bessere Vergangenheit, zu der sie nur nachts wie unter Hypnose Zugang fand und an die sie sich morgens nicht mehr erinnern konnte.

Maria blieb liegen und musterte die fleckige Kellerdecke. Nach diesen Träumen war sie immer aufgewühlt. Auch jetzt brannten ihre Augen. Tränen liefen ihre eingefallenen Wangen hinunter.

Wann würde er kommen?

Maria wusste nicht, wie spät es war, aber meist kam er gegen Mittag. Da brachte er ihr das Essen für den Tag. Niemals etwas Warmes – nur Brot, ein Stück Salami, gestern ein vertrocknetes Käsesandwich und fade Kuchen mit viel Zucker, damit sie an Gewicht zunahm. Aber Maria nahm nicht an Gewicht zu. Das Gegenteil war der Fall. Irgendeine Krankheit hinderte sie daran. Sie stellte sie sich wie einen langen Wurm vor: einen Wurm, der sich durch ihren Körper fraß und jedes Mal, wenn er von innen gegen ihre Haut stieß, wunde Flecken hinterließ. Dennoch sorgte der Mann sich um sie. Er achtete darauf, dass sie aß, trank, ihre entzündeten Hautstellen einsalbte und sich reinigte.

Er – von dem sie nur die heisere und stotternde Stimme und den fauligen Mundgeruch kannte.

Er – dessen Namen sie nicht wusste und den sie kein einziges Mal zu Gesicht bekommen hatte.

Maria rollte von der Matratze, zog sich am Tisch hoch und humpelte zu dem Eimer in der Ecke. Nachdem sie das Band ihrer Pyjamahose gelöst hatte, beugte sie sich vornüber und hockte sich hin, ohne die Rostspäne zu berühren. Ihre Hände waren trocken, ebenso wie ihre Schenkel und der Rest ihres jungen, verkümmerten Körpers. Der schummrige Lichtstreifen, der durch den tellergroßen vergitterten Kellerschacht fiel, kroch nun schneller von der Matratze auf der einen Seite über den Boden hin zum Klapptisch, den er mittags überquerte. Zum Abend hin schlich der Zeiger ihrer Sonnenuhr an der felsigen Kerkerwand empor bis zu den Spinnweben in der Ecke, ehe das letzte Licht verschwand und nichts als Finsternis zurückließ.

Draußen geht der Sommer zu Ende, dachte Maria. Die Tage zählte sie hier drinnen nicht. Nur die Jahreszeiten. Fünf Sommer lang hielt er sie hier nun schon gefangen, und sie ahnte, dass dieser Sommer ihr letzter gewesen war.

Der Mann würde sie nicht laufen lassen.

Zu oft schon hatte sie ihn angefleht. Sie würde hier sterben – an einer Krankheit oder weil er sie vorher tötete.

Zu Beginn dieses Albtraums, aus dem sie seit Jahren aufzuwachen hoffte, hatte ihr Körper bei jedem Atemzug geschmerzt.

»Nichts Schlimmes, vielleicht ein paar gebrochene Rippen«, hatte er gemeint. Dabei waren die gebrochenen Rippen, die Abschürfungen und anderen Blessuren nicht das Schlimmste gewesen. Es waren ihre Kopfverletzungen, die anfangs nur gelegentliche Wachphasen erlaubt hatten. Jegliches Denken hatte sich auf ihre Schmerzen bezogen. Als diese zögerlich abflauten, zielten ihre Gedanken nur noch ins Leere, was zum Teil bis heute so geblieben war.

Maria war die meiste Zeit allein zwischen den modernden Wänden, von denen ihre flehende Frage nur höhnisch widerhallte: Wie war sie hierhergekommen? Bisher war ihr keine Antwort eingefallen, und auch der Mann ignorierte sie. Es war, als hätte ihr Leben in diesem Kellergewölbe begonnen.

Nicht als kleines Kind, sondern als junge Frau.

Ganz am Anfang war sie einmal komplett durchgedreht, und zwar so heftig, dass er sie an Händen und Füßen fesseln musste, damit sie nicht gegen die Mauern rannte, und dass er sie knebelte, weil er ihre Schreie nicht ertragen konnte.

Darum hatte er begonnen, sich um sie zu kümmern. Er brachte ihr Bücher mit und las ihr daraus vor, weil sie selbst das Lesen und Schreiben kaum noch beherrschte, und unterhielt sich mehr mit ihr, aber trotz ihrer Fragen hatte er ihr niemals von der Welt dort draußen erzählt. Eines Tages, als es so kalt gewesen war, dass sie die wenigen halbdunklen Tagesstunden in ihre Decke eingewickelt verbrachte, hatte er ihr ein Kuscheltier geschenkt. »Feliz Navidad«, hatte er dabei feierlich verkündet. Seither saugte der Stoffhund nachts ihre Tränen auf. Maria wusste, der Mann tat das alles nur, damit sie nicht wieder durchdrehte. Als damals ihr Körper so weit genesen war, dass sie ihr Verlies mit sieben Schritten abschreiten konnte, formte ihr nebliger Verstand in immer kürzeren Abständen nur ein Wort: Flucht.

Ihr einziger Versuch endete mit einer blutenden Kopfwunde, als sie bei einem seiner nächtlichen Besuche bei Dunkelheit gegen die offen stehende Tür gelaufen war. Aber das war lange her.

Nun spürte Maria, dass sie bereit war, das zu tun, wovor er sie immer wieder gewarnt hatte. Ehe sie zu schwach wurde und der Tod sie von ihren Leiden erlöste, musste sie es tun.

Ich werde dir in die Augen sehen, dachte sie entschlossen. Ich will wissen, wer du wirklich bist …

Sie erschrak, als es dreimal gegen die Stahltür klopfte.

Es war sein Zeichen, dass er sie besuchen kam und dass sie sich die Augenbinde überstreifen musste, ehe er das Gewölbe betrat.

Es war das erste Mal, dass Maite das »Hotel y Restaurante La Tartana« besuchte. Der von Fackeln beleuchtete Innenhof mit den Rundbögen strahlte eine ganz besondere Aura aus, und sie blieb am Brunnen in der Mitte des mondbeschienenen Gevierts stehen, um Rafael zu küssen. Er bewies Geschmack, was den Ort anbelangte. Er hatte gesagt, er wolle etwas mit ihr feiern – nur worum es ging, hatte er ihr nicht verraten.

An der Bar tranken sie Mojitos zu Kerzenschein und Live-Pianomusik, und der Abend war schon bei fünf Sternen angelangt, noch ehe er so richtig begonnen hatte. Später folgten sie der Kellnerin – die extra für Rafael die Hüften zu wiegen schien – nach draußen. Über verschiedene Terrassenebenen, auf denen jeweils nur zwei, drei Tische standen, gelangten sie an illuminierten Palmen, Bougainvilleen und Orangenbäumen vorbei zu einem Tisch, an dem eine Fackel das über eine Stunde lang perfekt gepuderte Gesicht von Maite ins rechte Licht rückte und außerdem die Moskitos vertrieb.

Der Blick über die Bucht von La Herradura, durch die das Mondlicht – nur unterbrochen vom Schatten einiger Wolken – eine Schneise bis zum Horizont zog, hielt sie lange vom Studium der Speisekarte ab. Ja, »La Tartana« war der perfekte Ort, wenn man etwas zu feiern hatte oder sein Date mit gutem Essen in romantischem Ambiente beeindrucken wollte, sinnierte Maite. Was Rafaels Liebe betraf, war sie sich trotz seiner Zärtlichkeiten nicht so sicher. Ob es von ihrer Seite wirklich Liebe war, wusste sie auch nicht so recht, aber das war bei ihren bisherigen Liebhabern nicht anders gewesen. Sie sah der Bedienung zu, wie sie die Dessertteller abräumte.

»Willst du mir jetzt bitte verraten, was wir hier feiern, Schatz?«, fragte sie. »Weil … wenn ich noch mehr Wein …«

»Un momento …« Rafael nickte einer zweiten Kellnerin zu. Die schien das Zeichen zu verstehen, jedenfalls wieselte sie gleich ins Restaurant.

Na, jetzt bin ich ja mal gespannt, dachte Maite. Was er wohl vorhatte? Würde er einen zweiten Laden aufmachen? Hatte er einen gemeinsamen Urlaub gebucht? Oder im Lotto gewonnen oder etwas geerbt? Ja, sogar an einen Heiratsantrag dachte sie in ihrer Gefühlsduseligkeit, spülte den ungemütlichen Gedanken aber schleunigst mit einem halben Glas Wein hinunter, da es ihr noch immer schwerfiel, sich Rafael als ihren Lebenspartner vorzustellen. Aber für ihren Geschmack war er nun schon zu lange und zu konsequent hinter ihr her, als dass man ihn noch in die Affärenschublade hätte stecken können.

»Wird es dir nicht langsam zu kalt, princesa?«, versuchte er Konversation zu betreiben, während die Bedienung eine Flasche Champagner auf den Tisch stellte. Keinen spanischen Cava-Sekt – nein, echten Champagner! Ein Moët-irgendwas-Brut, der aussah, als koste er so viel wie ein 5-Kilo-Hummer in einem Pariser Haubenlokal.

Während die Kellnerin an der Flasche hantierte, als handelte es sich um einen Feuerwerkskörper, und Rafael ihr dabei auf die Finger – oder in den Ausschnitt? – guckte, musterte sie ihn verstohlen. Ein Leckerbissen war er ja schon, ihr silberlockiger Rafa mit der Künstleraura. Zwar vierzehn Jahre älter als sie, aber agiler als so mancher Jungspund – und sogar einer von der gepflegten Sorte: Von Maniküre über Intimrasur und teure Männercremes bis zum Besuch des Fitnessstudios dreimal pro Woche machte er alles mit, was ihm seine Men's-Health-Magazine vorschrieben, die sich auf dem Fenstersims seiner Toilette stapelten. Wäre da nur nicht dieser spitze Adamsapfel, dem sie immer beim Hopsen zugucken musste, wenn Rafael sprach.

Aber vielleicht fällt mir das – wie sein unkontrolliertes Zwinkern auch – eines Tages gar nicht mehr auf, dachte sie und las noch mal den weisen Spruch auf dem Zuckerpäckchen neben ihrem Espresso: »Wir lernen nicht zu lieben, wenn wir die perfekte Person gefunden haben, sondern wenn wir die Makel der Person als perfekt betrachten.«

Na, da muss ich noch ein wenig üben, dachte sie und erschrak im nächsten Moment vom Ploppen des Korkens. Die Gläser wurden gefüllt, und die Bedienung zog sich zurück.

Rafael hob sein Glas, und sie tat es ihm nach.

»Maite …«, begann er und stieß sein Glas sanft gegen ihres, ehe er bedeutungsschwanger blinzelnd ihren Blick festhielt. »Maite … Es mag für dich jetzt überraschend kommen. Du wirst es vielleicht sogar für überstürzt halten, aber ich war mir noch mit keiner Frau so sicher …«

Dios mio!, dachte Maite entsetzt. Wo bitte führt das denn

jetzt hin? Und Momentchen mal, warst du dir bei deinen zwei Exen damals etwa nicht sicher?

Rafael langte in die Tasche seines marineblauen Sakkos und zog eine kleine, würfelförmige Box heraus.

Der machte wirklich ernst …

Rafael klappte den Würfel auf.

»Und da ich überzeugt bin, dass ich mein restliches Leben an deiner Seite verbringen will, und genauso sicher bin, dass ich dich dein ganzes Leben lang glücklich machen werde …«

Rafael hielt einen Ring in die Höhe.

Schön gesagt, Rafa, dachte Maite. Aber glaubst du das auch wirklich? Und wow! Ist dieser Klunker echt?

»… möchte ich dich bitten, meine Frau zu werden!«

O nein, was antworte ich ihm jetzt, verflucht noch mal …?

Sergio tauschte den Eimer gegen einen Kübel Wasser für die tägliche Reinigung aus und setzte sich an das Ende der Matratze. Dann streichelte er Marias harte sehnige Waden.

Sie zog die Füße an und drehte den Kopf in Richtung Mauer.

Heute wieder trotzig?, dachte Sergio und fragte im Tonfall eines fürsorglichen Vaters: »Ha-hast du dich mit der Salbe eingecremt?«

Keine Reaktion.

»Hast du gut g-geschlafen?«

Maria zuckte mit den Achseln.

Sie hatte nie viel geredet. Anfangs schon, als sie ihm all diese Fragen gestellt hatte, die er nicht beantwortete. Als sie wissen wollte, wie sie in diesen Keller gelangt war und warum sie ihn nicht verlassen durfte … Oder wie er hieß und warum sie ihm immer nur mit einer Augenbinde begegnen durfte.

Weil du dich sonst von mir abwenden würdest, so wie es alle Frauen tun, hätte er am liebsten geschrien. Maria war doch seine Freundin – sie durfte sich nicht vor ihm ekeln. Also log er sie an und fabulierte, seine Gesichtszüge glichen denen jener Schönlinge, die ihn ständig mit ebenso tollen Weibern in der

Glotze verhöhnten. In der Schule hatten sie ihn wegen seiner verwachsenen Stirn, des verzogenen lippenlosen Mundes, seiner Froschaugen und der holprigen Aussprache immer nur den »stotternden Quasimodo« genannt. Zumindest die netten Jungs. Den gnadenloseren Mitschülern – und auch einigen Mädchen – waren weitaus schlimmere Bezeichnungen für sein Aussehen eingefallen.

In seiner Kindheit hatte er seinen Hass erst an Kleintieren ausgelassen, als Jugendlicher hatte er ihn im Alkohol ertränkt und mit den Jahren mit immer härteren Drogen betäubt, an denen er schon längst verreckt wäre, gäbe es Maria nicht.

Er hatte ihr Leben gerettet, und deshalb besaß er sie.

Wäre er nicht gewesen, wäre Maria längst tot.

Aber auch sie war sein Schutzengel. Ihretwegen hielt er sich von der Grenze zu Delirium und Überdosis fern.

Was würde sonst aus ihr werden? Wer würde sich um Maria kümmern? Ihr zu essen und zu trinken geben oder sich mit ihr unterhalten? Er musste wenigstens ein paar Stunden des Tages clean bleiben, damit er seine Freundin besuchen konnte. Sie betete ihn an, weil sie ihm ihr Leben verdankte, statt ihn anzuglotzen wie die meisten anderen Leute, denen er begegnete, sobald er seine Finca verließ.

Maria gegenüber war Sergio jemand anderes: Seinen Mund mit den verfärbten Zahnstümpfen und den schiefen Lippen beschrieb er ihr wie den wohlgeformten Kussmund des Kerls aus den Vampirromanen, die er ihr brachte, damit sie vor Langeweile nicht durchdrehte. Seinen Körper, den er nur selten wusch und den sie ebenso wie sein Gesicht niemals berühren durfte, musste sie sich hinter ihrer Augenbinde als den sportlichen Körper eines Gleichaltrigen vorstellen. Ja, er war Marias Held, und er gefiel sich in dieser Rolle.

Noch nie in seinen zweiundvierzig Lebensjahren war er der Liebe so nahe gekommen wie mit Maria in seinem Keller. Aber das funktionierte nur, solange die Augenbinde nicht verrutschte und er seine Rolle weiterhin spielen konnte. Sollte Maria ihn jemals zu Gesicht bekommen, wäre ihre Beziehung gelaufen.

Dann müsste er sie töten. Und das wusste Maria auch.

»Du m-musst mehr essen«, tadelte Sergio sie und nahm den Plastikteller vom Tisch. Er pickte Schimmel vom Käsebrot und legte es in ihre Hand.

»Wann lässt du mich frei?«

Es waren Marias erste Worte seit Tagen.

»Schatz … W-wir haben es doch gut hier.«

»Gut habe ich es nur nachts in meinen Träumen.«

»Du weißt, dass das nicht geht. Ich l-liebe dich, wir gehören zusammen, wir haben doch nur uns …«

»Dann will ich nicht mehr weiterleben.« Maria schleuderte ihm das Käsebrot entgegen. Sergio zog sie an den verfilzten Haaren hoch und schlug ihr ins Gesicht. Sie hob zum Schutz die Hände, aber er hatte sich schon wieder unter Kontrolle.

»E-Entschuldigung. Aber so was darfst du nie wieder sagen, hörst du?«

Maria schwieg. »H-hast du mich verstanden?«, wiederholte er bebend, und als Maria keine Regung zeigte, war es wieder mal an der Zeit, ihr die Flausen auszutreiben. Wie das ging, war eines der wenigen Dinge, die er von seinem Vater gelernt hatte. Er zog den Gürtel aus den Laschen seiner einzigen Hose, die noch aus seiner Militärzeit stammte, und fummelte am Knoten ihres Pyjamabands, um ihr Hinterteil zu entblößen. Maria ließ es geschehen. Als das Band des Pyjamas offen war und Sergio den Kopf hob, dauerte es eine Weile, ehe er begriff, was sie inzwischen getan hatte. Sie starrte ihn an.

Zum ersten Mal. Die Augenbinde war ab.

KAPITEL ZWEI

Als Maite erwachte, war Rafael schon gegangen.
Kein gutes Zeichen …

Bestimmt war er noch sauer. Nach ihrer gestrigen Reaktion auch kein Wunder, dachte sie und gähnte. Dann stand sie auf und ging ins Bad, wo sie sich Wasser ins verkaterte Gesicht spritzte und einen Pickel im Ansatz ihrer runderneuerten Brüste ausdrückte.

Normalerweise verbrachten sie die Sonntage zusammen – aber warum hatte er auch gleich um ihre Hand angehalten? Und das schon nach drei Monaten? Okay, nach drei *schönen* Monaten ohne viel Streit und Tabus. Aber deswegen gleich heiraten?

Sie machte sich einen Espresso und setzte sich vor ihren Apple.

Joana war online? Maite öffnete ihren Skype-Account, setzte den Kopfhörer auf, rührte Zucker in den Kaffee und verband sich mit ihrer besten Freundin in München.

»Du glaubst nicht, was mir gestern passiert ist …«, begann sie ansatzlos und erzählte vom Abend im »La Tartana«, bis sie beim letzten Schluck Kaffee auf den Punkt kam: »Rafael hat um meine Hand angehalten.«

Es blieb still in der Leitung. Dann knisterte es.

»Joana? Bist du noch dran?«

»Ja, perdona. Xaver sitzt auf meinem Schoß. Er hat eben den Stöpsel rausgezogen. Was hast du gesagt?«

»Ich sagte, Rafael will mich heiraten.«

»Das meinst du doch nicht ernst, oder?«

»Rafael anscheinend schon. Sogar einen Ring hat er mir geschenkt, und zwar keinen Billigklunker. Nein, einen richtigen Brillantring, für den dir jeder Taschendieb den Finger abschneidet. Und heute Morgen ist er einfach weg. Rafael, mein ich – nicht den Ring.«

»Ja, aber … Ihr kennt euch doch noch gar nicht so lange. Ist es nicht ein wenig zu früh …?«

»Genau das denke ich ja auch«, unterbrach sie Joana. »Aber andererseits …« Maite stopfte sich ein Stück Donut in den Mund. »Andererseits hab ich die Zwanziger endgültig hinter mir, und Rafael hat schon was. Glaubst du, er ist der Richtige?«, fragte sie und drehte an ihrem Diamantring.

»Ich kenn ihn ja kaum, nur von damals, als ich ein paarmal in seinem Laden war. Doch nach allem, was du erzählt hast … warum nicht? Was hast du ihm denn geantwortet?«

»Bestimmt wäre er auch ein fürsorglicher Vater«, fuhr Maite fort, ohne auf Joanas Frage einzugehen. »Obwohl ich mich frage, warum er mit seinen fünfundvierzig Jahren und zwei Exfrauen nicht schon ein Kind gezeugt hat. Glaubst du, er ist steril? Dann scheuern wir uns die Becken wund, ohne dass am Ende was dabei rauskommt.«

Maite lachte über diese Vorstellung, und dabei entging ihr, wie jemand ins Zimmer kam. Rafael drückte seine Hand auf ihre Schulter und knallte eine Tüte Brötchen für das Frühstück neben den Laptop.

Als Maria in sein abstoßendes Gesicht starrte, war Sergios erste Reaktion, sie an Ort und Stelle mit ihrer Augenbinde zu erdrosseln, die sie eben zum ersten Mal abgenommen hatte. Er warf sie auf die Matratze und presste ihr den Gummizug der Binde über die Kehle. Maria röchelte, doch ihre Augen starrten ihn unverwandt an. Sie wehrte sich nicht, sondern strich ihm beinahe liebevoll mit der Hand durch seine wenigen fettigen Strähnen auf seinem ansonsten kahlen Haupt. So als würde er ihr gerade einen lange ersehnten Wunsch erfüllen.

Weinend vor Schmerz und Wut, wandte Sergio sich ab und drückte das Gummiband fester über ihren Hals.

Die Playa naturista de Cantarrijan war an sonnigen Herbsttagen Maites bevorzugter Ort zum Entspannen. Die Touristen waren längst abgereist, und sie mussten sich den Nacktbadestrand selbst am heutigen Sonntag nur mit ein paar Hippies, Homosexuellen und nordeuropäischen Rentnern teilen, die nicht glauben konnten, dass sie ihre runzelige Haut zur Schau stellen konnten, während ihre Landsleute zu Hause bereits heizen mussten.

Die Sonne strahlte vom Himmel, und das kalte türkisfarbene Wasser wirkte besser gegen Maites Kater als Aspirin. Sie steckte ihre mahagonifarbene Haarpracht hoch. Das Haar stammte ursprünglich von einem südamerikanischen Mädchen und war Maite von Almuñécars Starfigaro erst letzte Woche zu einem Preis eingeflochten worden, von dem das Mädchen in Bolivien ihre Familie einen Monat lang ernähren konnte. Maite cremte sich das Gesicht mit Sonnenschutz ein, kramte ihren Spiegel hervor und musterte sich. Sie bleckte die Zähne, die zwar nicht ganz gerade waren, aber dank acht Tagen Bleaching fast wie Klaviertasten glänzten. Ihre Lippen waren so voll, dass manche Leute glaubten, auch ihr Mund wäre aufgespritzt. Da hätte ich mir schon eher die Nase richten lassen, pflegte sie darauf zu antworten, denn ihre etwas knollige und vom Vater vererbte Nase störte sie – von den fehlenden fünfzehn Zentimeter Körpergröße mal abgesehen – am meisten.

Maite steckte den Spiegel weg und langte zu Rafael hinüber. Sie streichelte die Innenseite seiner Schenkel entlang, bis er sich auf den Bauch drehen musste, um seine Erektion vor den anderen Strandbesuchern zu verbergen.

Jetzt war wieder alles gut …

Eingerahmt zwischen mächtigen Felsformationen, schwappte das Meer beruhigend an Land. In der »Bola Marina«, einem der beiden Strandrestaurants, war die Paella für fünfzehn Uhr reserviert, und auch ihr Lieblingswein, eine Flasche Vino Blanco der Bodega Calvente, wurde bereits gekühlt. Dabei hatte es heute Morgen nach dem Telefonat mit Joana, als Rafael unerwartet den Raum betreten hatte, noch ganz anders ausgesehen. »Ich und steril? So ein Schwachsinn!«, hatte er wütend gerufen. »Und du willst nicht heiraten? Auch okay! Du musst es dir noch überlegen? Ich mir auch!«

So hatten sie noch eine ganze Weile weitergemacht, bis beim heftigen Versöhnungssex die Ikealampe auf dem Nachttisch zu Bruch ging. Immerhin war es der erste richtige Zoff, den sie hatten – und obendrein am Tag nach seinem missglückten Heiratsantrag. Wobei eigentlich nur die Reaktion missglückt gewesen war, nicht der Antrag, musste sie sich eingestehen. Als er sie gefragt hatte, ob sie ihn heiraten wolle, hatte sie sich am Champagner verschluckt und einen Hustenanfall bekommen, bis ihr übel wurde. Sie wollte zur Toilette und verhedderte sich mit der Handtasche am Stuhl. Und so kam es, dass sie ihm als Antwort einen Teil des 4-Gänge-Menüs vor die Füße spuckte. Es war ihr unendlich peinlich gewesen. Im »La Tartana« konnte sie sich jedenfalls nicht mehr blicken lassen.

Damit war der Abend gelaufen. Als es ihr im Auto wieder besser ging, faselte sie etwas wie: »Vielleicht sollten wir es uns noch ein wenig überlegen«, aber da hatte er nur noch stur auf den Scheinwerferkegel seines schnittigen Mercedes gestarrt und ihr am Abend nicht mal mehr »Buenas noches« gewünscht.

Ein gut gebauter Mittzwanziger mit einem phallischen Ungetüm watete aus dem Wasser und stierte sie ungeniert an.

Tja, Jungchen, dachte Maite, vor wenigen Monaten noch hätte ich vielleicht einladend auf die Strandliege neben mir geklopft, aber da liegt jetzt Rafael und liest die Sonntagszeitung, wodurch ihm zum Glück dein Röntgenblick entgangen ist.

Maite bedeckte sich mit einem Badetuch und schlug eine Illustrierte auf, weil der Junge etwas zu nahe an ihr vorbei durch den Sand stapfte. Sie befürchtete, er könnte in seiner jugendlichen Erregung ihren grau gelockten Rafael mit der Lesebrille für ihren Vater halten und sie vor seinen Augen anbaggern. Das wäre die nächste Peinlichkeit für Rafael, ihren Zukünftigen …

Es raschelte, als er die Zeitung umblätterte. Maite wandte sich um und versuchte einen Blick darauf zu erhaschen. Aufmacher auf Seite fünf war die Schlagzeile »Neues Flüchtlingsdrama«. Darunter ein Foto mit in Decken gehüllten ausgemergelten Afrikanern und einer Sanitäterin mit einem Kleinkind im Arm. Rafael schien deren Schicksal nicht zu interessieren – er blätterte weiter und studierte lieber die ganzseitige BMW-Werbung auf Seite sechs.

Ihr Zukünftiger … Maite konnte sich immer noch nicht mit dem Gedanken anfreunden. Aber sollte man sich bei solchen Entscheidungen nicht auf sein Bauchgefühl verlassen, anstatt die Vor- und Nachteile einer lebenslangen Bindung abzuwägen wie die Investition in eine teure Cellulitesaugglocke mit Fünfjahresgarantie für ihren kleinen Salon de Belleza?

Sie dachte an den Sex am Vormittag, der so ganz anders gewesen war als bisher. Es hatte jegliche Zärtlichkeit gefehlt, ja, Rafael war grob gewesen. Das Ganze hatte eher einem Racheakt für ihr unsensibles Verhalten geglichen, hatte kaum länger als fünf Minuten gedauert, und von einem Orgasmus war sie bei dem Gerammel so weit entfernt gewesen wie von der Entscheidung für eine Ehe mit Rafael. Und noch etwas war anders gewesen als sonst: Er hatte keinerlei Vorsicht walten lassen, und das in der fruchtbarsten Periode ihres Zyklus.

So als wollte er ihr damit zu verstehen geben: Ich und steril? Na, dir werd ich's zeigen!

Vielleicht war doch nicht alles ganz so gut, dachte Maite. Sie erhob sich von ihrer Strandliege, merkte, dass der Blick des Jünglings fünf Liegen weiter auf ihren Hintern geleimt war, und rannte über den glühenden Sand ins kalte Wasser, um Körper und Geist abzukühlen.

Es dauerte nicht lange, und der nordisch aussehende Junge stand neben ihr bis zum Hals im Wasser.

»Excuse me … But are you Penelope Cruz?«, fragte er sie. Das war zwar etwas plump, aber er war nicht der Erste, der das fragte. Maite schüttelte den Kopf und spritzte sich Wasser ins Gesicht.

»But you look like …«

»I'm just her younger sister«, schwindelte Maite und watete aus dem Wasser, ehe ihr etwas eifersüchtiger künftiger Ehemann womöglich auf das Flirten des Blondschopfs aufmerksam wurde und ihm die Leviten las.

Maria spürte eine seltsame Ruhe. Der Mann, den sie gerade zum ersten Mal zu Gesicht bekommen hatte, drückte ihr die Kehle zu. Sie versuchte zu atmen.

Er hatte nichts mit dem Jungen gemein, als den er sich beschrieben hatte. Natürlich nicht. Das hatte sie schon immer riechen können. Er sah unheimlich aus. Die gewölbte Stirn und die vorstehenden Augen erweckten den Eindruck, als stünde der Kopf unter innerem Druck. Der seitwärts verschobene Kiefer und die nach innen gestülpten Lippen wirkten so, als hätte ihn ein Rammbock gestreift. Sein Blick war hoffnungslos und leer, als hätte er eben vom Tod eines geliebten Menschen erfahren.

Nun wandte er sein Gesicht ab und drückte noch fester zu. Sie hörte sein Schluchzen. Maria strich ihm wie zum Trost über den Kopf und wartete auf die ersehnte Erlösung. Er schüttelte ihre Hand ab, ehe er noch fester zudrückte.

Das Kellergewölbe schien dunkler und dunkler zu werden, als bräche die Nacht in Sekundenschnelle herein. Und dann sah sie auch schon die ersten Sterne. Und den Mond. Oder war das sein Gesicht? Und dann war es vorbei. Jetzt war sie tot. Erlöst. Die Schmerzen waren fort und der Druck an ihrem Hals und im Bauch weg. Sogar etwas Luft bekam sie wieder. Wieso ist das wichtig, wenn man tot ist? Maria hörte ein sonderbares Geräusch. Gab es im Jenseits Tiere? Verletzte Tiere? Dann nahm der Druck auf ihrer Brust wieder zu. Ein Tier lag nun auf ihrem Bauch und heulte.

Maria öffnete die Augen. Der Mann lag weinend auf ihrer Brust. Seine Faust ballte er um die Augenbinde. Das Gummiband war gerissen.

Schade, dachte Maria.

KAPITEL DREI

Aurelio Baena setzte seine Kapitänsmütze auf, die ihm so albern erschien, dass er sie nur nachts in seinem Garten trug, und blickte auf das ihm zu Füßen liegende Salobreña. Der Ort wand sich mit seinen verschachtelten Häusern einen Hügel hoch, auf dessen Kuppe das Castillo thronte, die beleuchtete maurische Burg.

Normalerweise beruhigte Aurelio der erhabene Ausblick aus seinem manikürten Garten hinab zum nächtlichen Geflimmer der weniger Privilegierten, aber nicht heute. Heute hätten sie eine Lieferung abholen sollen, aber der Chef meinte, es sei noch zu früh – der Zeitpunkt sei nicht günstig. Einen Grund hatte er nicht genannt. Auf seine Nachfrage hin erhielt Aurelio nur ein Achselzucken, und selbst Salvador wusste nicht, wieso das so sein musste – und der verdiente sein Brot schließlich bei der Polizei. Allerdings nur das trockene Brot. Die Butter dazu organisierte Salvador sich nämlich – genau wie er selbst – in einem anderen Geschäftsfeld als der Zollbehörde, und zwar einem zollfreien.

Aurelio schwenkte sein Glas zum beschwingten Takt von Mozarts Klaviermusik. Na gut, dann eben morgen oder übermorgen, dachte er und stemmte sich aus seinem Schaukelstuhl. Über den gesprengten Rasen schritt er auf den beleuchteten Pool zu, in dem gerade ein von der Unterwasserlampe in die Irre geführter Nachtfalter seinen Todeskampf ausfocht. Aurelio kreiste mit seinem Fuß im temperierten Wasser und verhalf dem Falter mit seinem behaarten großen Zeh zu weiterem Leben. Er nippte an seinem Weinglas und genoss den Blick über das Mar de Alborán, wie der westlichste Zipfel des Mittelmeers auf den Seekarten ihrer Einsatzschiffe bezeichnet wurde. Der Falter, den er eben noch gerettet hatte, kreuzte sein Sichtfeld und flatterte davon. Aurelio schaute ihm nach. Andere Lebewesen haben ein weniger glückliches Schicksal, dachte er und rülpste, dass die Luft nach dem Kaviar roch, der in seinem Bauch gärte.

Wie viele von ihnen mochten jetzt schon verreckt sein? Morgen oder übermorgen würden sie es wissen. Dabei waren es im Norden Mexikos zigmal so viele wie hier an der beschaulichen Costa Tropical. An der Grenze zu Amerika ging's auch viel ruppiger zu als in den Gewässern zwischen Marokko und Spanien. Da ließen sie ihre Feinde von Autobahnbrücken baumeln, und das waren noch die Glücklichen unter den Opfern. Dagegen waren ihre Kollateralschäden kaum erwähnenswert. Um die paar Opferlemminge, die es brauchte, um ihre Aktionen glaubhaft durchzuführen, scherte sich doch kein Mensch, beruhigte Aurelio sein Gewissen. Lange würden sie ohnehin nicht mehr …

War da was? Aurelio riss den Kopf herum, sodass seine Kapitänsmütze verrutschte. Doch außerhalb des Leuchtkreises seines Pools war sein Garten nur eine finstere Zypressenmauer, die ihn vor den lüsternen Blicken seines Nachbarn schützte, wenn er sich gelegentlich mit gemieteten slawischen Ludern vergnügte. Vielleicht eine Katze? Aber dieses Geräusch? Ein merkwürdiger Ton, der das Zirpen der Zikaden übertönte und diese mit einem finalen Crescendo zum Schweigen brachte.

Aurelio verschüttete den Rest seines 150-Euro-Weins und hielt das fragile Glas wie eine Waffe vor sich. Eine Gestalt sprang auf ihn zu und stieß ihn rücklings ins Wasser. Bevor Aurelio dem Angreifer seinen Stapel 500-Euro-Scheine im Safe anbieten konnte, wurde sein Nacken unter Wasser gedrückt. Es war ein ungleicher Kampf. Und doch schaffte er es noch zweimal, das Kinn aus dem schäumenden Chlorwasser zu recken, ehe die Gestalt seinen Kopf ein letztes Mal unter Wasser zwang.

Zwei Minuten später perlten die letzten Luftbläschen aus Aurelio Baenas Lunge zusammen mit einer Wolke unverdauten Beluga-Kaviars an die Oberfläche seines Pools.

Rubén de Freitas zog an seiner selbst gedrehten Zigarette, deren Sonntagsmix aus vier Fünfteln Tabak und einem Fünftel Gras aus Eigenanbau bestand. Die Mischung konnte schon mal auf das Verhältnis eins zu eins ansteigen – aber er wollte heute noch ein wenig durch die Kneipen rund um die Plaza Nueva ziehen, auf der Suche nach … Tja, nach was? Nach einer Frau, der er – wenn er sie denn fand – nach ein paar Nächten klarmachen müsste, dass er gar keine feste Beziehung suchte? Noch nicht. Nur was Lockeres vielleicht. »Aha. Noch nicht? Was Lockeres vielleicht? Wie alt bist du? Dreiundvierzig? Werde mal langsam erwachsen!«, würde sie ihm empfehlen, ehe auch sie die Handtasche schnappte und verschwand.

Mit der Fernbedienung stellte er den CD-Player lauter, aus dem gerade Bob Marleys Song »No woman no cry« erklang. So einfach ist das nun auch wieder nicht, Bob, dachte Rubén und zappte einen Song weiter. »I shot the Sheriff« – auch dieses Lied war nicht gerade das, was einen leitenden Mordermittler zum Mitsingen anregte.

Also doch der Reggae von Tyrone Thompson, besser bekannt als Papa San. Rubén wechselte die CD und nahm einen weiteren Zug. Das Marihuana zeigte langsam seine Wirkung.

Ihm gefiel der Name Papa San. Sein 10-Meter-Segelboot hatte er ebenfalls so getauft, und manchen Frauen stellte er sich zu fortgeschrittener Stunde mit diesem Namen vor, was ihm in dem nächtlichen Gewühl eine gewisse Anonymität verlieh. Wegen des krausen Haars und seines Caffè-Latte-Teints, den er zusammen mit seinem Familiennamen de Freitas seinem Großvater aus St. Vincent in den Kleinen Antillen verdankte, glaubten die meisten ihm den Namen sogar. Seine wenigen

Amigos nannten ihn Lenny – wegen seiner Ähnlichkeit mit Kravitz.

Rubén lehnte sich, die Arme hinter dem Kopf verschränkt, in sein Sofa. Wenn er es schaffte, dass ihm eine Kurzentschlossene aus den Kneipen durch die steingepflasterten Gassen hoch in seine Wohnung mit Blick auf die beleuchtete Alhambra folgte, würde sie ihm erst recht glauben, dass er kein herkömmlicher Spanier war, obwohl er in Andalusien geboren war. Flaggen der Karibik und Poster der Strände von Mustique, den Tobago Cays, Palm Island und Mayreau beherrschten die Wände des Wohnzimmers. Man hätte es eher in einer Studenten-WG vermutet als in der Wohnung eines Tenientes der Mordkommission, vor dem die Rekruten zackig salutierten, auch wenn sie sich hinter seinem Rücken über seinen zu Rastalocken gezwirbelten Kinnbart lustig machten.

Außer Lucia – seiner Partnerin bei der Polizei – fanden es die meisten Frauen freaky, dass er sein Essen im Schneidersitz auf der Couch zu sich nahm, weil sein Tisch sich unter einem mobilen Gewächshaus durchbog. Darin standen acht Hanfpflanzen der Marke Pride of Amsterdam in voller Blüte, während sein Kaktus auf dem Balkon längst vertrocknet war.

Rubén schloss die Augen und gab sich seinen Träumen hin, die sich zumeist um Mayreau und den Segeltörn drehten, den er sich vor drei Jahren selbst zum Vierzigsten geschenkt hatte. Damals hatte er erstmals seine karibischen Wurzeln erkundet und das Grab seines Großvaters gefunden. Das Foto auf dem verwitterten Grabstein zeigte ihn mit einem fetten Joint. Ja, auf dieser Insel mit seinen dreihundert glücklichen Einwohnern wollte er auch begraben werden, nachdem er dort seinen Lebensabend zwischen den Windward Inseln segelnd verbracht hatte. Das war sein Traum, den er dank seines Joints so plastisch vor sich sah, dass er glaubte, die Palmenblätter im Wind rascheln zu hören, während er mit einem Cuba Libre in der Hängematte döste. Aber es war nur sein Handy, das seinen Tagtraum verglimmen ließ.

Der Name auf dem Display ließ ihn zögern.

Sonntags verhieß er immer einen Todesfall.

. . .

Lucia Cienfuegos drückte auf den Pfeil und steigerte in der Sekunde, als die Uhr auf dem Display des Laufbands auf zwanzig Minuten sprang, ihre Geschwindigkeit von neun auf elf Stundenkilometer. Sie zog ihre Wasserflasche aus der Halterung und trank, ohne aus dem Rhythmus zu fallen. Lucias iPod war so laut eingestellt, dass sie das Trommeln ihrer langen Beine auf dem Laufband nicht hörte. Die Musik von Coldplay passte auch nicht so recht zu den Bildern des neuesten Terroranschlags im Nahen Osten, der über den Flatscreen flimmerte, gegen den sie anrannte.

Beim Laufen wollte sie an gar nichts denken. Nicht an ihren Job, der sie immer mehr forderte, nicht an unbezahlte Rechnungen, nicht an ihre On-and-off-Beziehung mit Teresa und nicht an ihren pubertierenden Sohn Damian, den sie bisher alleine erzogen hatte und der nun zu seinem Vater nach Barcelona wollte, weil sie in seinen Augen eine »blöde Lesbe« war.

Trotzdem wanderten ihre Gedanken immer wieder zu ihrem Kollegen. Rubén und sie führten eine erfolgreiche Partnerschaft – sie galten sogar als Traumpaar mit einer makellosen Aufklärungsquote seit dem Bestehen ihrer Beziehung als Señora und Señor Mord & Totschlag. Aber es war nicht der berufliche Aspekt ihrer Partnerschaft, der sie das Tempo des Laufbands immer weiter steigern ließ, bis sie mit zwölf Komma fünf Stundenkilometern vor den Gedanken an ihn davonrannte.

Der Anruf erwischte Lucia an der Rückenmaschine. Sie zog das Handy aus ihrer Sporthose, stellte den iPod ab und lauschte den Ausführungen ihres Chefs: »Wir haben hier einen Todesfall mit möglicher Fremdeinwirkung. Sie und Rubén sollten sich das mal ansehen … Ja, jetzt sofort, und ich weiß, es ist Sonntag … Nein, Rubén ist noch nicht informiert …«

Das hat mir gerade noch gefehlt, dachte sie und sah auf die Uhr. Zwanzig vor acht. Sie hastete zu den Umkleiden und rannte beinahe in den übel transpirierenden Typen mit Muskelshirt, der sie schon die halbe Trainingseinheit über stalkte und immer genau am Nachbargerät seinen schwabbeligen Körper stählen musste.

Lucia Cienfuegos sank auf die Holzbank, lehnte sich gegen ihren Spind und wählte die Nummer ihres Partners Rubén de Freitas. Während sie dem Freizeichen lauschte, sank ihr Puls zum ersten Mal seit anderthalb Stunden wieder auf unter hundert Schläge pro Minute.

»Es gibt Arbeit, Rubén«, sagte sie ohne Umschweife, als er sich am anderen Ende der Leitung gemeldet hatte. »An der Küste, und zwar in der Wohnsiedlung Monte de los Almendros bei Salobreña. Ein Gärtner hat einen Villenbesitzer in seinem Pool ertrunken aufgefunden. Der Gerichtsmediziner hat die Leichenschau abgeschlossen und schließt eine Fremdeinwirkung nicht aus, weil er Hämatome an …«

»Gut, Honey Bunny, dann machen wir morgen einen Ausflug an die Küste. Ich muss eh mal wieder nach meinem Boot sehen.«

»Nix da – jetzt sofort. Der Chef hat denen da unten extra Anweisung gegeben, den Leichnam nicht abzutransportieren, ehe wir am Tatort eingetroffen sind. Die Spurensicherung ist auch schon dort.«

»Aber der Mann ist doch morgen auch noch tot. Und bis dahin haben die Spurensicherung und die Gerichtsmedizin vielleicht schon mehr Anhaltspunkte.«

»Vergiss es – um halb neun bei mir!«

»Lucia … Ich …«

»Halb neun und keine Minute später.«

»Hm, könntest du vielleicht fahren?«

»Wieso ich denn? Du fährst doch sonst immer, weil du – ich zitiere: sogar nach einer Flasche Rum noch sicherer fährst als ich.«

»Hab ich das gesagt? Kann mich nicht mehr erinnern – muss wohl nach einer Flasche Rum gewesen sein … Na ja, ich bin etwas bekifft. Woher sollte ich wissen, dass heute noch …«

»Du … du bist so ein … Okay, dann um halb neun bei dir! Aber dusch dich vorher kalt ab, hörst du?«

KAPITEL VIER

Lucia und Rubén schüttelten dem Staatsanwalt, Señor Puertas, und dem Gerichtsmediziner Dr. Castillo die Hand und nickten einer Gruppe Polizisten zu, die etwas abseits standen und sich mit einem untersetzten Mann mit Strohhut unterhielten. Ein hochrangiger Uniformierter kam auf sie zu und fasste die bisherigen Erkenntnisse zusammen. Rubén hörte ihm nur so lange zu, bis er erfahren hatte, dass der Verstorbene ein Beamter der Zollbehörde in Motril gewesen war. Rubén drehte sich einmal um die eigene Achse, blickte über den Garten mit dem imposanten Ausblick zur zweigeschossigen Villa im Glashausstil und schlenderte zum Pool.

Der Uniformierte war unsicher, ob er in seinen Ausführungen innehalten sollte, aber Lucia bat ihn fortzufahren. Rubén indes griff sich die Aluminiumstange, an der das feinmaschige Netz zur Reinigung des Pools befestigt war. Damit stocherte er im Wasser, bis er die tiefste Stelle ausmachte. Dort unten lag etwas, das hier nichts verloren hatte. Das Team der Spurensicherung war auf der Veranda und im Garten verstreut und hatte den Pool wohl noch nicht untersucht.

Er umfasste die Stange am Wasserspiegel mit Daumen und Zeigefinger, um den Pegel zu messen, und ging damit zum Toten, der neben dem Pool auf den Abtransport in die Gerichtsmedizin wartete. Rubén zog die Abdeckung beiseite und legte die Stange neben den Verstorbenen. Das Wasser hatte dem Mann nur bis zum Schlüsselbein gereicht.

»Du konntest gar nicht schwimmen, deshalb hast du deinen Pool nur so tief machen lassen, dass dein Kopf noch überall aus dem Wasser ragt. Ertrunken bist du also nicht«, sagte Rubén zu dem Toten und glaubte fast, ein leichtes Nicken als Antwort auszumachen. Aber das waren wohl nur die letzten Marihuanaschwaden, die sich langsam verzogen.

Rubén deckte die Leiche zu. Dann ging er wieder an die Stelle des Pools, wo er vorhin eine interessante Entdeckung gemacht hatte. Er tauchte das Netz ins Wasser und schabte damit am Grund herum, während alle Blicke auf ihn gerichtet waren. Schließlich zog er den tropfenden Kescher aus dem Wasser und stülpte ihn auf den Terrakottafliesen um. Heraus fielen Piniennadeln, Blätter, der Rest einer Chlortablette – und vier Garnelen. Er packte die Meeresfrüchte in eine Tüte und zwirbelte an seinem Kinnbart. Dann drückte er seinen Fund einem Mann im weißen Overall in die Hand und beauftragte ihn, sämtliche Kühlschränke und Gefriertruhen im Haus nach solchen Garnelen abzusuchen.

Lucia winkte ihn zu sich, aber Rubén ignorierte sie und studierte stattdessen das Stillleben auf der überdachten Terrasse: Eine fast leere Flasche Vega de Sicilia mit einem Preisetikett über hundertneunundvierzig Euro stand auf einem Tischchen neben einem Schälchen Cracker. Auf einem Teller waren ein paar Happen Schinken angerichtet, den er anhand der weinroten Färbung und des hohen Fettanteils als teuren Pata Negra identifizierte. Daneben lagen ein Stück Schimmelkäse, ein halbes Baguette und zwei leere Dosen Beluga-Kaviar. Aber keine Garnelen – weder rohe, wie die im Pool, noch gekochte.

Er flanierte durch den Garten und blieb wie zufällig neben einem Mann mit Strohhut stehen, der von einem Gartenstuhl aus das Geschehen beobachtete. Der Gärtner machte keine Anstalten, sich zu erheben, und musterte erst argwöhnisch Rubéns Rasta-Bart, ehe er ihm in die Augen sah.

»Sie haben den Mann also gefunden?«

»Ja, aber das habe ich eben erst Ihren Kollegen …«

»Wie viel hat er Ihnen pro Stunde gezahlt?«

»Äh … Wie bitte?«

»Okay, ich drücke mich einfacher aus: Für Ihren botanischen Service erhielten Sie im Gegenzug bestimmt einen monetären Ausgleich, und ich würde gerne wissen, auf wie viel sich der monatlich kumuliert hat.«

»Ist das denn so wichtig?«

»Sonst würde ich nicht fragen.«

Der Gärtner schien zu überlegen, ob er den Betrag nicht etwas herunterkumulieren sollte. »Fünfzehn Euro die Stunde.«

»Wie viele Stunden pro Woche?«

»Das ist doch … Worauf wollen Sie hinaus? Sie verdächtigen mich doch nicht etwa, Señor Baena …«

»Könnten Sie mir bitte meine Frage beantworten? Wissen Sie, mir ist es scheißegal, ob er Sie dafür schwarz bezahlt hat, aber Sie behindern gerade eine Mordermittlung, und damit würde ich vorsichtig sein.«

»Montag bis Samstag von sechzehn bis einundzwanzig Uhr.«

»Señor Baena zahlte Ihnen also fast zweitausend Euro im Monat, damit Sie hier ein bisschen mit dem Gartenschlauch herumspritzen?«

»Nun hören Sie mal, ich trimme die Sträucher, setze neue Pflanzen ein, kümmere mich um …«

»Okay, okay, keine weiteren Fragen mehr – nur noch eine: Wissen Sie, ob er einen Safe besaß?«

»Nein. Drinnen hatte ich nie was zu schaffen. Da müssen Sie schon seine Putzfrau fragen.«

Putzfrau? Aber klar doch. Der Mann residierte in einer Zweimillionenvilla, entlohnte seinen Gärtner fürstlich, aß russischen Kaviar zu Abend, trank dazu einen 150-Euro-Wein – und das als Zollbeamter, als der er wohl auch nicht mehr verdiente als er selbst bei der Guardia Civil. Rubén ergriff die Hand des Gärtners. »Mein Beileid für den tragischen Verlust … Ihres

Jobs«, fügte er an und ließ den Gärtner mit hochrotem Kopf stehen.

Der Mann von der Spurensicherung kam auf Rubén zu und hielt ihm einen 200-Gramm-Beutel tiefgefrorener, geschälter und vorgekochter Shrimps entgegen, wie man sie auf der Pizza Frutti di mare fand. »Außer denen hier habe ich nirgends etwas Garnelenähnliches gefunden«, erklärte der Mann im weißen Overall und hielt die Tüte mit den vier rohen Garnelen hoch. Rubén nahm sie ihm ab, bedankte sich und gesellte sich zu Lucia, die sich immer noch Notizen machte, während sich der Gerichtsmediziner, der Teniente und der Staatsanwalt in Spekulationen ergingen.

Rubén bedeutete seiner Partnerin, ihm zu folgen, und ging voraus ans Ende des Grundstücks, wo er sich über die Balustrade lehnte. Aber Lucia schien kein Auge für den großartigen Blick aufs Castillo zu haben: »Es kommt nicht besonders gut an, dass du den Staatsanwalt, den Gerichtsmediziner und den Leiter der lokalen Guardia Civil ignorierst, als wären sie irgendwelche Presseheinis«, tadelte Lucia ihn und lehnte sich neben ihn an die Brüstung.

»Aber, Honey Bunny, die wollten doch *dich* beeindrucken, während sie *mich* nicht ausstehen können. Außerdem bist du von uns diejenige mit der Konzentration eines russischen Schachgroßmeisters. Also, was haben wir?«

»Zum letzten Mal: Es ist ja toll, dass ›Pulp Fiction‹ dein Lieblingsfilm ist – aber deswegen bin ich noch lange nicht dein ›Honey Bunny‹. Also verkneif dir das in Zukunft. Also, Dr. Castillo schätzt nach einer ersten …«

»Ist ja schon gut – obwohl's so gut zu dir passt. Außerdem hast du den Film gar nicht gesehen, wie kannst du dann …«

»Hörst du mir bitte zu, Rubén? Also: Dr. Castillo schätzt unter Berücksichtigung der Wassertemperatur den Todeszeitpunkt auf irgendwas vor einundzwanzig bis vierundzwanzig Stunden. Das heißt, gestern zwischen elf Uhr abends und zwei Uhr morgens. Der Tote weist am Nacken Hämatome auf. Es muss also ein Kampf stattgefunden haben. Die Spurensicherung wird das Poolwasser über einen Spezialfilter ablaufen lassen … Aber du bist denen schon zuvorgekommen, wie ich sehe.«

Sie deutete auf den Beutel mit den Garnelen.

»Ist das sein Haus?«, fragte Rubén.

»Das Haus gehört einer in Gibraltar ansässigen Firma, deren Geschäftsführer …«

»… unser Mann im Pool war«, vollendete Rubén den Satz.

»Sehr scharfsinnig, Rubén – hat sich der Nebel verzogen?«

»Nur etwas gelichtet. Soweit ich das sehe, hat unser Zollbeamter bei irgendwelchen krummen Geschäften seine ganz persönliche Zollgebühr erhoben, und die kann nicht gering gewesen sein, wenn du dir diese Bude ansiehst. Der Mann hat sich Kaviar reingestopft wie andere Popcorn und hat seinem Gärtner fast zweitausend Euro im Monat bezahlt. Wir werden prüfen, ob der Mann in der Lotterie gewonnen oder sein Geld von einem reichen Onkel geerbt hat, aber da wir uns nun mal an der Küste befinden, an der ein Großteil der Drogen ins Land geschmuggelt wird, tippe ich eher auf diese zusätzliche Einkommensquelle. Wir werden mit dem Drogendezernat zusammenarbeiten müssen.« Rubén zog eine Garnele aus der Tüte und hielt sie am Schwanz hoch. »Das ist übrigens eine Gamba Blanca. Der helle Körper und die langen Fühler sind charakteristisch für diese Spezialität aus den Gewässern um Motril«, belehrte er Lucia, die aus Madrid stammte und von der lokalen Meeresbiologie sicher keine Ahnung hatte. »Die kosten über hundert Euro das Kilo. Die bekommt man nicht überall zu kaufen, und in Krisenzeiten werden die bestimmt nicht massenhaft verspeist. Das wäre also schon mal ein Ansatz.«

»Du glaubst doch nicht ernsthaft, der Mörder hat – vorausgesetzt, es war Mord – diese Garnelen mitgebracht und sie in den Pool geworfen, nachdem er sein Opfer ertränkt hat?«

Lucia trat einen Schritt auf ihn zu und knickte dabei mit ihrem spitzen Absatz im Gras um.

Rubén bekam sie am Oberarm zu fassen. »Ja, genau – und wer weiß, vielleicht will er uns damit etwas mitteilen.«

Lucia richtete sich auf und wandte sich ihm zu. Ein Scheinwerfer am Gartenrand blendete ihre rostbraunen

Augen, die von grünen Splittern durchsetzt waren. Sie schirmte den Strahl mit der Hand ab, wodurch ihre violette Brille und die wie eine Sprungschanze auslaufende Nase im Schatten lagen.

Wegen der Absätze befand sie sich auf Augenhöhe mit ihm und überragte alle anderen ermittelnden Männer im Garten des Opfers, die hin und wieder einen verstohlenen Blick auf sie warfen. »Aha. Sehr mysteriös. Darf ich fragen, an welche Nachricht vom Mörder du bei vier vergammelten Garnelen im Speziellen denkst?«

»Das werden wir herausfinden, Honey Bu… Lucia. Und nun lass uns nach Almuñécar fahren.«

»Nach Almuñécar?«

»Für weitere Ermittlungen. Zum Beispiel im ›Restaurante Casa Paco‹. Da gibt's die besten Schalentiere der Costa Tropical, und in diesem Fall können wir die Rechnung sogar über das Spesenkonto verbuchen.«

Nachdem Salvador Molina seine beunruhigenden Ausführungen beendet hatte, war es still im Hinterzimmer der »Pescaderia y Marisqueria Gamba Blanca« am Hafen von Motril. »Gamba Blanca« war der Deckname ihrer Organisation, die sie an diesem Ort vor drei Jahren per Handschlag gegründet hatten.

Hier konnten sie ungestört ihre lukrativen Machenschaften planen und zur Tarnung pokern. Es war eine Kneipe, in der wortkarge Hafenarbeiter ihre Sardinen, Schinkenkroketten und russischen Salate an der metallenen Theke aßen und Olivenkerne, ölige Brotreste und zerknüllte Servietten auf den Boden warfen, während sie den Wendungen im Leben der semiprominenten Zeitgenossen im lärmenden Fernseher folgten. Ein verirrtes englisches Touristenpaar aus dem nahe gelegenen Robinson Club saß abseits auf Plastikstühlen vor seinen Miesmuscheln a la Marinera und den Calamares fritos, um später daheim in Birmingham bei den Dinnerpartys erzählen zu können, dass sie auch mal fernab des überladenen All-inclusive–

Büfetts in einem really typical Restaurant ihren Lunch genommen hätten.

Neben den Toiletten befand sich eine Tür mit der Aufschrift ›privado‹. Francisco, der schnauzbärtige Chef des Lokals, dessen Bluthochdruck seinem Gesicht die Farbe von zu lange gekochten Garnelen verlieh, öffnete sie nur für ausgewählte Pokerrunden mit besonders hohem Einsatz. Und für die, die manchmal neben dem Kartenspiel diskret etwas besprechen wollten – so wie heute.

Diego Roca, der kantige und kurz geschorene Leiter der Seenotrettung, führte, angeregt von den Fernsehreportagen über die knallharten Ausbilder bei den US-Marines, seinen Salvamento Marítimo mit militärischem Drill. Niemand in seiner Truppe hatte ihn jemals lächeln sehen. Gerade fixierte er Salvador Molina mit einem Blick, dem dieser keine zwei Sekunden lang standhielt. Salvador war mit seinen Alkohol- und Herzproblemen in Diegos Augen das schwächste Glied ihrer langsam rostenden Kette.

»Du bist dir also sicher, dass Aurelio ermordet wurde?«, vergewisserte sich Diego.

»Ja, verdammt! Mir wird das zu heiß. Ich war ja selbst am Tatort, und alles deutet darauf hin. Sogar die Lesbe und der Ausgeflippte aus Granada haben dort herumgeschnüffelt – und dann diese Garnelen, die dieser Rubén de Freitas im Pool gefunden hat. Genau die Art von Garnelen, nach der diese Kneipe benannt ist! Einer von uns ist ermordet worden, und jedes Kind kann sich ausrechnen, dass da ein Zusammenhang …«

Carlos unterbrach Salvador Molina durch einen groben Griff um sein verschwitztes Handgelenk. Mit seinem Anteil von vierzig Prozent war Carlos der Gründer und Kopf ihrer lukrativen Vereinigung, während Diego Roca, Salvador Molina und Aurelio Baena jeweils zwanzig Prozent hielten. Doch Aurelios Anteil stand nun zur Disposition, und das Erbe war ein Punkt der heutigen Tagesordnung, den er gleich ansprechen müsste.

Auch Carlos' Äußeres ließ keinen Zweifel daran, wer hier der Boss war. Niemals sah man ihn ohne Sakko und Krawatte –

selbst in dieser Spelunke nicht. Sein schütteres Haar gelte er akkurat nach hinten, um die lichten Stellen zu verbergen. Ein wuchtiger goldener Wappenring an seinem Ringfinger, eine Rolex aus demselben Metall um das behaarte Handgelenk und der Bentley vor der Tür sollten seinen Leader-Status unterstreichen.

»Das ist in der Tat ein interessanter Zufall. Aber was haben wir zu befürchten? Wir haben ihn doch nicht ermordet. Oder hat jemand von uns etwas damit zu tun?«, fragte er und sah in zwei entrüstete Gesichter.

»Na gut, dann würde ich vorschlagen: Seguimos como siempre. Oder wie die Engländer zu sagen pflegen: Business as usual. Sag mal, Diego, wie kommen wir jetzt ohne Aurelio in das Zolldepot, wenn das Boot …«

»Jetzt mal langsam, Carlos«, unterbrach ihn Salvador mit seiner vom jahrelangen Rauchen heiseren Stimme. »Ihr wollt weitermachen, als wäre nichts geschehen? Ja, verflucht noch mal, was ist, wenn da draußen jemand herumläuft, der sich an uns rächen will? Wer wusste denn vom Symbolgehalt der Garnelen? Das ist doch ein Zeichen! Was ist denn zum Beispiel mit Sergio oder Zoco, hä? Die wissen immerhin den Codenamen.«

Die beiden Handlanger beschäftigten eine Weile ihre Gedanken. Vor allem Zoco, auf dessen Vermittlungsdienste sie seit einigen Wochen nicht mehr zurückgriffen, wodurch ihm der Geldhahn zugedreht worden war. Wollte sich der abservierte Zoco an ihnen rächen? Aber außer ihm gab es auch noch andere Kandidaten: Hintermänner, Schlepper, Schmiergeldempfänger, Junkies.

Nach einem Schluck Cognac unterbrach Salvador die Stille: »Ich sag euch eines – ich mach nicht mehr weiter. Meinetwegen könnt ihr euch noch weiter die Taschen voller …«

Diego schlug mit der Faust auf den Tisch und ließ Salvador verstummen. »Red hier bloß keinen Schwachsinn! Symbolgehalt – von wegen! Dem verfressenen Aurelio sind die Scampis vermutlich in den Pool gefallen, ehe er sie sich ins Maul stopfen konnte, und wahrscheinlich ist er von alleine ersoffen. Bestimmt konnte er nicht mal schwimmen, der Fettsack. Und um Carlos' Frage zu beantworten: Ich denke, du, mein lieber Salvador, solltest anstelle von Aurelio ins Zolldepot eindringen, sobald das Boot dort eingelagert ist.«

Salvador sprang auf, was ihm zusammen mit der Aufregung den Atem nahm, weshalb er erst mal durchatmen musste. »Bist du jetzt komplett durchgedreht? Wie soll ich denn da rein? Vergiss es! Wir müssen beim Zoll jemand anderen finden, der ... Aber was rede ich da – *Ihr* müsst euch wen anderen suchen. Ich bin jedenfalls raus, adiós!«

Er kippte den Rest Cognac hinunter, doch noch ehe er die Tür erreicht hatte, ließ ihn Carlos' drohender Unterton innehalten. »Wir sollten das jetzt nicht so beenden, Salva. Ich weiß, du wirst in wenigen Monaten in Pension gehen, und natürlich liegt dir viel an deinen Enkeln. Aber wenn du hier und jetzt aussteigst, werden deine Vorgesetzten bei der Guardia Civil einen Tipp bekommen – und wie stehst du dann da? Vor deinen Kollegen, deiner Frau, deinen Freunden, deinen Kindern? Tja, und dann geht's in den Knast anstatt in den wohlverdienten Ruhestand.«

»Das, das ist doch ... Du mieses ...«, knurrte Salvador mit seinen geteerten Stimmbändern, aber Carlos ließ sich nicht unterbrechen, lehnte sich bedenklich gegen die wacklige Holzstuhllehne und verschränkte seine borstigen Unterarme im Nacken.

»Es ist doch so, Salva ... Wir sitzen alle im selben Boot, und da wir schon von Booten sprechen – darf ich dich daran erinnern, dass seit fast einer Woche achtzig Seemeilen vor Motril ein havariertes Flüchtlingsboot dümpelt und dass dieses Schiff von Diego mit der Wasserrettung langsam mal geborgen werden sollte? Wir müssen den Deal noch zusammen abschließen, mein Freund. Und ich finde auch, dass Diego recht hat: Du kommst am einfachsten in die Zollhalle. Wer denn sonst, wenn nicht du? Du fährst in deiner Uniform dort vorbei – meinetwegen sogar am helllichten Tag –, zeigst dem Wachmann deinen Ausweis, erzählst was von einer Kontrolle der Guardia Civil und machst dich an die Arbeit. Das hier soll dann auch dein letzter

Job gewesen sein. Versprochen. Und dafür bekommst du neben deinem Anteil für diesen letzten Einsatz auch noch Aurelios Stück vom Kuchen ab. Als Abfindung und kleine Anerkennung deiner Dienste sozusagen.«

Salvador hielt an der Tür zum Schankraum inne, öffnete sie, orderte den sechsten Cognac und setzte sich wieder zu Carlos und Diego an den Tisch.

KAPITEL FÜNF

Diego Roca konnte nicht mehr ruhig am Schreibtisch der Seenotrettung im Hafen von Motril sitzen. Er schritt sein Büro mit den Wimpeln, Orden und Urkunden ab und blieb vor dem gerahmten Foto des orangefarbenen Einsatzschiffes stehen. Diego wartete auf den Funkspruch, der in diesen Minuten erfolgen sollte.

Dann würde er mit seiner Truppe wieder »Leben retten«.

Die Mehrzahl ihrer Einsätze drehte sich um Pateras, wie die Flüchtlingsboote im Behördenjargon genannt wurden. Siebentausend Illegale hatten im letzten Jahr versucht, die spanische Küste zu erreichen. Neunhundertzwanzig von ihnen hatten den Tod gefunden, darunter viele Frauen und Kinder. Dazu kamen Unzählige, die auf der monatelangen Anreise durch Afrika ihr Leben ließen. Europaweit hatten seit Beginn des Flüchtlingsstroms vierzigtausend Menschen den Tod im Mittelmeer oder auf ihrem Weg zu den Kanarischen Inseln gefunden. Offiziell.

Er und sein Team hatten viele der armen Kreaturen gerettet, wovon die Urkunden an der Wand und das Foto mit dem König zeugten, der ihm eine Medaille umhängte. Wehmut überkam ihn – denn das war noch zu Zeiten gewesen, als er stolz auf seinen Job war. Als es seine Bestimmung war, mit seinen Jungs Menschen in Not zu retten, um dafür am Ende des Monats ein Salär zu erhalten, von dem er – der das Meer so sehr liebte – gerade noch die Hypothek für eine Wohnung *ohne* Meerblick bezahlen und seine Frau am Samstagabend nur zu Pizza einladen konnte. Das war gewesen, bevor sie ihn – den hochdekorierten Einsatzleiter der Wasserrettung – ausgerechnet mit dem Bademeister des lokalen Schwimmbads betrogen hatte. Und bevor sich seine Tugend in Gier gewandelt hatte und er Menschen zu opfern begann, anstatt sie zu retten.

Im Funkgerät rauschte es. Diego rückte die schwarze Baseballkappe mit dem goldenen Emblem eines Ankers und den Initialen SM zurecht und eilte an den Schreibtisch, wo er seine Füße mit den wasserfesten Stiefeln wie seine bewunderten hartgesottenen amerikanischen Kollegen von den Marines auf den Schreibtisch legte.

»Spanish Coast Guard, Spanish Coast Guard, Spanish Coast Guard? This is Sailing Yate Michelle II. Can you hear me?«, schallte es mit französischem Akzent aus dem Notrufkanal.

»This is Spanish Coast Guard. I can hear you«, antwortete Diego und dachte daran, dass jeder Notruf aufgezeichnet wurde und gerade die gesamte Mannschaft zuhörte. »What is your problem, Sailing Yate Michelle?«

Es gab eine Funkstille, und Diego stellte sich Carlos vor, wie er in seiner 46-Fuß-Motorjacht im Hafen der Marina del Este saß und mit seinem dürftigen Englisch den fingierten Notruf absendete. »Sailing Yate Michelle?«

»I am sailing thirty miles east of Alborán Island and there is a boat with black people on board. It looks like they have serious problems.«

»What is your exact position, Sailing Yate Michelle?«

»One moment …«

Diego zog schon mal den Reißverschluss seines Overalls zu und wartete, obwohl er über die Position des Schiffes, das mit einem versteckten Peilsender ausgerüstet war, ebenso informiert war wie Carlos.

»35°57'28 North and 03°27'46 West.«

»Received. Thank you. Over and out.«

Gut gemacht, Carlos!

Diego tauschte seinen alten Kaugummi gegen einen neuen

mit Minzgeschmack aus und gab einen internen Funkspruch ab, um seine Mannschaft zu instruieren.

Er würde das Rettungsboot selbst steuern.

Seit einer Woche waren die Flüchtlinge auf See zusammengepfercht.

Diego hatte diesen Morgen extra nicht gefrühstückt.

Es würde ein fürchterlicher Anblick werden.

Rubén und Lucia saßen nachmittags in der »Teteria Kasbah«, die in einer dieser engen Gassen im Herzen Granadas lag, von der man wegen der orientalischen Geschäfte und Lokalitäten meinen könnte, sie befände sich mitten in Marrakesch. Lucia kippte aus der silbernen Kanne ihren Jasmintee ins Glas, während Rubén an seinem Té Sueño de Alhambra nippte und sich auf den Geschmack von Mangos, Orangen und Ingwer konzentrierte.

Die marokkanische Teestube regte Rubéns Sinne mehr an als sein tristes Büro im Guardia-Civil-Gebäude in Granada, wo er sich nur aufhielt, um Papierkram zu erledigen und dem Chef Bericht zu erstatten. Lucia entschuldigte sich und verschwand durch den runden Gewölbedurchgang zu den Toiletten. Die beiden waren allein in ihrer mit Wandteppichen verzierten Nische. Halim war in der Küche beschäftigt, und die Rucksacktouristen am Eingang waren über einen Stadtplan gebeugt.

Trotz des Rauchverbots in Gaststätten griff Rubén in seine Umhängetasche aus grobem Leinen und zog den Rest des Joints vom Vormittag hervor. Er nahm drei tiefe Züge, ehe er die Kippe unterm Sofa mit dem Absatz zerdrückte und den Rauch verwedelte. Dann lehnte er sich in die Kissen und lauschte dem orientalischen Gedudel aus den Lautsprechern. Halb liegend, wartete er auf Lucia und auf die beruhigende Wirkung seiner geliebten Topfpflanzen.

Als er fast weggenickt war, setzte Lucia sich auf den Hocker, schnüffelte herum wie ein Schäferhund der Drogenfahndung und funkelte ihn dann wütend an.

Rubén wartete auf die obligatorische Moralpredigt, aber sie schien es schon aufgegeben zu haben.

»Also, was haben wir?«, begann Rubén die Lagebesprechung.

»Wir haben einen Mann, der es nicht lassen kann, verbotene Substanzen zu rauchen – und dabei auch noch gegen das Rauchverbot in Lokalen und öffentlichen Einrichtungen verstößt«, meckerte Lucia. »Also gleich zwei Vergehen. Und es handelt sich dabei nicht um den Drummer einer Reggae-Band, sondern um einen Teniente der Guardia Civil, der gerade jetzt all seinen Verstand bräuchte, um einen Mord aufzuklären.«

Und ich dachte schon, sie könnte es sich wenigstens einmal verkneifen, dachte Rubén und richtete sich auf, bevor er die Unterlagen zum aktuellen Fall aus seiner Tasche zog.

»Können wir anfangen, oder willst du mir erst noch Handschellen anlegen?«, meinte er süffisant lächelnd.

Sie sah mit verschränkten Armen und ihrem »Ach leck mich doch«-Blick auf die Teekanne. Erst jetzt fiel Rubén die unbeabsichtigte Anspielung auf, und er musste grinsen.

Daraufhin entspannten sich auch Lucias Gesichtszüge.

Vor nicht allzu langer Zeit hatte sie ihm tatsächlich Handschellen angelegt – und ihm sogar die Augen mit ihrer Strumpfhose verbunden.

»Wir könnten mal wieder etwas privater miteinander umgehen«, probierte Rubén. Aber Lucia überhörte seinen Vorschlag geflissentlich, zog ihr iPad aus der Hülle und rief ihre Notizen auf. Er wusste, dass seine dualempfängliche Kollegin ihre aktuelle Geschlechterpräferenz meist über ihre Haarlänge ausdrückte: lang = Männer, kurz = Frauen. Seit geraumer Zeit rannte Lucia nun mit einem schulterlangen Pagenkopf herum, aus dem er nicht schlau wurde.

Lucia versicherte sich mit einem Blick über den Rand ihrer violetten Gleitsichtbrille seiner Aufmerksamkeit. »Kurze Zusammenfassung: Aurelio Baena, neunundfünfzig Jahre alt, wurde von seinem Gärtner tot aufgefunden, als dieser am Sonntagmorgen die Sprinkleranlage reparieren wollte. Tatzeitpunkt am Samstag gegen Mitternacht. Der Gärtner war zu der

Zeit auf einer Hochzeit. Er hat also ein Alibi. Unser Opfer war von Beruf Zollbeamter. Sein Gehalt passte aber nicht zu dem Luxusleben, das er mit einer Scheinfirma zu kaschieren versuchte. Befragungen bei Vorgesetzten oder Kollegen ergaben keine Unregelmäßigkeiten – aber die muss es geben, denn bei der Überprüfung seiner Finanzen sind wir auf keine andere Einnahmequelle als sein Gehalt beim Zoll gestoßen. Dafür haben wir in seinem Safe über hunderttausend Euro Bargeld gefunden. Der Gerichtsmediziner hat Kampfspuren und Kratzer am Nacken des Opfers bestätigt. Chloriertes Wasser in seiner Lunge weist darauf hin, dass der Kampf im Pool stattgefunden haben muss. Offenbar ist Baena ertränkt worden. Die unmittelbaren Nachbarhäuser standen leer, und auch sonst hat keiner der Anwohner des Monte de los Almendros etwas bemerkt. Die Spurensicherung hat jede Menge Haare im Pool gefunden. Die könnten aber von seinen erwachsenen Kindern oder deren Nachwuchs stammen, die vor Kurzem zu Besuch waren. Da dauert die Untersuchung noch an. Der Spur mit den vier Garnelen sind wir nachgegangen. Diese Meeresfrüchte werden im Umkreis von dreißig Kilometern um Motril an elf verschiedenen Fischläden und Marktständen verkauft, und die Befragungen der Verkäufer haben nichts ergeben. Trotzdem sollten wir uns weiter um diese Spur kümmern. Vielleicht musste unser Mörder die Garnelen gar nicht kaufen, weil er ein Fischer ist? Oder sollten wir die Garnelen gar nicht überbewerten? Vielleicht sind sie dem Opfer nur auf einer Grillparty in den Pool gefallen? Andererseits … Rubén?«

Ihr Kollege, der einen Großteil ihres Monologs verpasst hatte, weil er darüber nachdachte, ob er sein Segelboot dieses Jahr über den Winter ins teure Trockendock stellen sollte, richtete sich auf. »Doch, doch – die Garnelen sind wichtig, weil der Mörder sie mitgebracht haben muss. Nirgends sonst im Haus waren die Dinger zu finden. Wir müssen uns fragen, warum gerade eine solch seltene Spezies? Und wieso vier Stück? Hat die Anzahl vielleicht eine Bedeutung? Und warum nicht drei Miesmuscheln oder fünf Sardinen? Diese Fragen gilt es – neben der

Frage, wie der Mann zu so viel Geld gekommen ist – zu beantworten. Kannst du damit auch hier ins Internet?«

Lucia murmelte etwas, das sich für ihn so anhörte, als würde sie eine solch dämliche Frage nicht mal ihrer Oma zutrauen, loggte sich ins Netz ein und schob Rubén ihr iPad zu. »Willst du jetzt ›Wer hat Aurelio Baena letzten Samstag in Salobreña ermordet?‹ googeln?«

Er ging nicht darauf ein, und seine Zungenspitze bewegte sich bereits wie ein Scheibenwischer über die Oberlippe. Das tat sie nur, wenn er konzentriert bei der Sache war. Zuerst gab er »Cuatro Gambas Blancas«, danach »Gamba Blanca Salobreña«, dann »Gamba Blanca Almuñécar« und zuletzt »Gamba Blanca Motril« ein. Dann schob er ihr das Ding zu und nahm sich vor, nie wieder über ihren Apple-Fimmel zu lästern.

»Du zahlst den Tee, dafür fahre ich«, verteilte Rubén die Aufgaben und schlüpfte in seinen militärgrünen Parka.

»Was? Wohin?«

»In der Nähe des Hafens, wo unser Opfer gearbeitet hatte, gibt es ein Restaurant namens ›Gamba Blanca‹, und da fahren wir jetzt hin, weil ich keine Lust mehr habe, ins Büro zu gehen. Noch Fragen?«

»Wieso willst du denn fahren? Du hast doch gekifft.«

»Ich? Wie kommst du denn darauf?«

»Ach, hör doch auf – ich hab's ja gerochen.«

»Ich hab nur kurz meine Schuhe entlüftet. Ist das nun auch schon verboten?«

»Idiot«, murmelte sie und legte fünf Euro auf die Rechnung in der Silberschale.

Es herrschte Westwind, und Gischt spritzte auf das Vordeck, als sie mit vierzig Knoten durch die anrollenden Wellen pflügten. In zehn Minuten würden sie beim Zielobjekt angekommen sein. Es war bei diesem Stampfen kaum möglich, das Fernglas auf das schwarze Boot zu richten, das am Horizont immer wieder zwischen den Wellenkämmen verschwand. Diego bekam es nur einmal für den Bruchteil einer Sekunde ins Sichtfeld, ehe das

Suchfeld wieder in den bewölkten Himmel abschweifte. Verflucht … Diesmal waren sie zu weit gegangen und hatten wegen Aurelios Tod zu lange gewartet. An Bord war niemand mehr zu sehen. Ein Geisterschiff. Dabei waren laut dem marokkanischen Schlepper bei dieser Fahrt sechsunddreißig Flüchtlinge an der Nordküste Afrikas an Bord gegangen. Diego legte das Fernglas weg und musterte seine Mannschaft, die mit geübten Handgriffen ihr Rettungsgeschirr überprüfte, und die drei Sanitäter in orangefarbenen Schwimmwesten, die auf den schwarzen Punkt in der Ferne starrten.

Ihm wurde schlecht. Er übergab das Steuer und schaffte es gerade noch an die Reling, ehe er bittere Magensäfte ins Meer spuckte. Er spürte die Blicke seiner Truppe, die sich bestimmt wunderte, dass ihr tougher, marathonlaufender, hantelstemmender Capitán mit der befehlsgewaltigen Stimme nicht gegen Seekrankheit gefeit war.

Aber es war nicht das kabbelige Meer, das ihm Übelkeit bereitete. Er ekelte sich vor sich selbst.

Einen Moment lang überlegte er, über die Reling zu rollen, ein paar Meter abzutauchen und mit einem letzten Atemzug seine Lunge zum Platzen zu bringen und dem Meeresgrund entgegenzuschweben, auf dem durch seine Schuld schon so viele Menschen lagen. Aber davor hatte er zu große Angst. Nicht vor dem Tod, sondern dass es doch so etwas wie Himmel und Hölle gab. Die Hölle wäre ihm gewiss.

Kurz darauf legte ihr Einsatzschiff längsseits am Zielobjekt an. Es war doch nicht leer. Diego zählte vierzehn Afrikaner, die gekrümmt im Schlauchboot lagen und deswegen aus der Ferne nicht zu erkennen gewesen waren. Einige wandten ihnen die Gesichter zu, andere schienen tot zu sein. Den Überlebenden hatten wohl am Ende schon die Kräfte gefehlt, um die Leichen ins Meer zu werfen. Keiner der Flüchtlinge war in der Lage, die Leine zu fassen, die ihnen zugeworfen wurde.

Bei dem Wellengang erforderte es eine gewisse Akrobatik seiner Mannschaft, bis das Boot seitlich festgezurrt war und die Flüchtlinge in das Einsatzschiff gehievt waren. Ein junger Draufgänger aus seiner Mannschaft fiel dabei ins Wasser und gelangte zwischen die scheuernden Boote, wurde aber nicht ernsthaft verletzt.

Von den sechsunddreißig hatten nur neun überlebt. Siebenundzwanzig Tote, ging es Diego durch den Kopf, während er das schwarze Schlauchboot zum Abschleppen am Heck vertäute. Dann ging er sicheren Schrittes über das schwankende Deck zum Steuerstand, wendete das Einsatzschiff und nahm Kurs auf den Heimathafen Motril. Die Überlebenden, darunter zwei Frauen und ein Kind, lagen in Decken gehüllt am Heck. Ihnen wurde Wasser eingeflößt, ansprechbar waren sie nicht. Die Toten lagen am Vorschiff unter Tüchern, die der Fahrtwind immer wieder verwehte, so als wollte man ihm sein Verbrechen unentwegt vor Augen führen.

KAPITEL SECHS

Maite verabschiedete die letzte Kundin und ging die Termine für morgen durch: vormittags Maniküre und Pediküre für die geschwätzige Ehefrau ihres Hausarztes, danach Fußdepilation bei Josefina und am Nachmittag nur die Aknebehandlung einer Teeniegöre.

Sie klappte ihr Notizbuch zu und zog an der Südseeperle in ihrem Ohrläppchen. Das ist zu wenig, dachte sie. Wofür habe ich Tourismus und Hotelmanagement studiert, Diplome in Englisch, Französisch, Portugiesisch und einen Bachelor in Eventmanagement gemacht?

Das fragte sie sich oft in den frustvollen Momenten, seit sie damals ihren Job im »Costa Tropical Palace« verloren hatte, weil das Hotel aufgrund einer Reihe von mysteriösen Todesfällen schließen musste. Wochenlang hatte sie sich um eine angemessene Anstellung in der Tourismusbranche bemüht, aber vergeblich. Notgedrungen hielt sie sich seitdem mit ihrem Beautysalon über Wasser, der aus Kostengründen in ihrer kleinen Wohnung untergebracht war.

Was anfangs nur als Zwischenlösung gedacht war, mauserte sich bald zu Plänen für einen Schönheits- und Kosmetiksalon in guter Lage – ausgestattet mit einer ultramodernen Maschine zum Kampf gegen die Cellulitis der lokalen Señoras, die sich mit allen Mittelchen dagegen wehrten, dass ihre Männer sich halb so alten Frauen zuwandten.

Sogar die Anstellung einer Hilfskraft schwebte ihr vor.

Aber drei Banken hatten den nötigen Kredit verweigert.

Irgendwie auch verständlich … Letzten Monat waren ihr nach Abzug der Kosten gerade mal vierhundertsiebzig Euro übrig geblieben. Damit wäre sie nie über die Runden gekommen, wenn Rafael sie nicht unterstützen würde. Er sprach sogar davon, ihr das Geld für ihre Pläne zu leihen. Aber was dann? Dann wäre sie von ihm abhängig, und das wollte sie auch nicht. Obwohl … Wenn sie heirateten, wäre es ohnehin vorbei mit ihrer Unabhängigkeit.

Maite setzte sich vor ihren Laptop und loggte sich in ihr Facebook ein. Sie überflog die spannenden Statusmeldungen ihrer zweihundertdreiundvierzig engsten Freunde: Miriams Urlaub war vorbei, und sie hatte *stöhn* keine Lust zu arbeiten. Jorge kam gerade *schwitz* aus der Muckibude. Tanja backte eine lecker Torte :-), Concha fühlte sich heute etwas gaga, und Joana hatte ein Foto ihres kleinen Xaver gepostet. Na, der wurde ja immer süßer. Maite klickte auf »Gefällt mir« und wollte das Bild gerade kommentieren, als das Chatfenster sich öffnete.

»Hallo, Maite, bist du nicht am Arbeiten?«

»Hi, Joana, nee – war nicht viel los. Die Wirtschaftskrise macht nicht mal vor Orangenhaut und geklebten Nägeln halt.«

»Das wird schon wieder. Und wie geht's dir so? Hast du dich entschieden ;-)?«

»Ach was. Seit seinem Antrag ist unsere Beziehung lauwarm geworden. Aber soll ich ihm nach nur drei Monaten Probezeit versprechen, ihm für den Rest meines Lebens treu zu sein, nur damit er nicht sauer ist? :-(«

»Und was ist, wenn du *Nö* sagst? Wäre dann eure Beziehung zu Ende?«

»Das könnte durchaus sein. Ich möchte mich aber nicht unter Druck setzen lassen. Lieber warte ich noch ein paar Monate, bevor ich mich entscheide – ob ihm das nun recht ist oder nicht.«

»Das würde ich an deiner Stelle auch so machen.«

»Obwohl es sein könnte«, Maite drückte versehentlich mit ihrem Korallenarmband auf die Enter-Taste und sandte die Zeile unvollständig nach München. Das wusste noch nicht mal ihre Mutter, und auch Joana gegenüber wollte sie es noch nicht ansprechen.

»Obwohl was sein könnte?«

»Vergiss es. Ein herziges Foto hast du da übrigens eingestellt. Es wird langsam Zeit, dass ich euch mal in München besuchen komme, um den Kleinen kennenzulernen.«

Danach tat sich eine Weile nichts im Chatfenster.

»So, ich muss jetzt langsam los.«

»Maite – willst du mir bitte erst sagen, was Sache ist? Ich kenn dich doch. Obwohl *was* sein könnte?« Joana ließ sich nicht so leicht abwimmeln.

Maite zögerte. »Es könnte sein, dass Rafa mich gar nicht liebt, sondern sich nur mit einer jungen Frau an seiner Seite schmücken will.« Aber sie drückte nicht auf die Enter-Taste, sondern löschte das Geschriebene und überlegte.

»Es könnte sein, dass ich ihn nicht ausreichend liebe, um ihn zu heiraten«, schrieb Maite und kreiste eine Weile mit dem Zeigefinger über der Enter-Taste, ehe sie auch dieses banale Statement löschte. »Es könnte sein …«

Lass den Quatsch, und erzähl ihr von deinen wahren Sorgen!

»Meine Regel kommt immer pünktlich, und um den Zehnten herum wäre es so weit gewesen. Und heute haben wir den sechszehnten, und ich hab noch nicht den kleinsten Tropfen Blut im Slip gefunden! :-(«

Rubén parkte einige Gassen vor dem Fischlokal »Gamba Blanca« in der Nähe des Hafens von Motril.

»Endlich«, grummelte eine übellaunige Lucia und öffnete den Gurt.

»Nein, du bleibst hier«, entschied Rubén.

»Spinnst du? Ich fahr doch nicht mit an die Küste, um dann im Auto zu warten.«

»Muss aber leider so sein. Und zwar aus demselben Grund, weshalb wir kein Dienstfahrzeug genommen haben: Die sollen mich nicht für einen Polizisten halten.«

»Aha. Klar. Und ohne mich halten die dich dort für Lenny Kravitz, der in einem grasgrünen VW-Bus Baujahr Woodstock durch Spanien tingelt, oder was?«

»Dauert ja nur zehn Minuten, und wenn alles gut läuft, bekommst hinterher auch du noch deinen Soloauftritt.«

Rubén klammerte die Sonnenbrille an den Rückspiegel seines treuen Gefährts, das ihn in seinen stürmischen Zeiten unzählige Male zu den Surfspots in Tarifa oder Almeria begleitet hatte, stieg aus und knallte die Fahrertür mit dem überdimensionalen Peace-Zeichen zu.

Hafenkneipe, möglicherweise Drogen, der Name »Gamba Blanca«, die Zollbehörde keine fünfhundert Meter von hier … Natürlich konnte er nicht wissen, ob diese verdächtige Kombination irgendwohin führte, aber einen Versuch war es allemal wert. Er setzte eine Miene auf, die die herumlungernden Bewohner einer brasilianischen Favela in ihre Wellblechhütten gescheucht hätte, und betrat das Lokal. Hinter dem Tresen standen eine schweinsgesichtige Frau und ein Mann mit Schnauzbart, Alkoholnase und Blutdruckproblem.

Rubén stellte sich an den Tresen, wo der Wirt gerade zwei leere Biergläser und einen ölverschmierten Teller abräumte. Statt zu grüßen und sich nach den Wünschen seines Gastes zu erkundigen, hob er nur das Kinn in seine Richtung.

»Cerveza«, antwortete Rubén knapp.

Der Wirt schnappte ein Glas, füllte es mit Bier und stellte es vor Rubén ab. Seine Frau hinkte durch die Pendeltür in die Küche, wodurch der Geruch von frittiertem Fisch in den Schankraum gelangte. Wenig später stand eine Tapa aus vier Calamares fritos, ein paar schwarzen Oliven und eingelegten Knoblauchzehen vor ihm. Rubén aß die Tapa und trank sein Bier aus, ehe er sich an den Wirt wandte.

»Bist du Francisco?«, fragte er, obwohl er den Namen des Mannes vorhin an einem Kiosk erfragt hatte.

»Wer will das wissen?«

Rubén winkte ab, als tue sein Name nichts zur Sache, und erwiderte in dem südamerikanischen Slang, den er seit der Beziehung mit einer Venezolanerin beherrschte: »Nenn mich den Kolumbianer oder gerne auch den Mann aus Medellín. Mein Boss schickt mich. Geschäftlich.«

Rubén schniefte an seinem Handrücken, um das betreffende Geschäftsfeld zu veranschaulichen. Francisco setzte einen Blick auf, mit dem man anderenorts nicht mal Zechprellern begegnet. »Da bist du hier falsch. Hier gibt's nur Fisch. Das Bier macht eins achtzig.« Francisco hielt ihm die Handfläche entgegen, woraufhin Rubén seinen Parka aufknöpfte und den Blick auf seine Dienstwaffe freigab.

Der Wirt schluckte einen imaginären Big Mac hinunter und hob seine Hände an, als handele es sich um einen Überfall.

Dann zog Rubén einen mit Mehl gefüllten Gefrierbeutel aus der Innentasche des Parkas – eine Requisite aus dem Supermarkt um die Ecke – und wies durch das Fenster zum Hafen.

»Dort draußen liegt ein Schiff mit drei Tonnen davon, und seit dem traurigen Dahinscheiden unseres Amigos Aurelio Baena von der Zollbehörde gibt es gewisse Probleme, die Ladung zu löschen. Señor Baena war leider unser einziger Verbindungsmann an dieser Küste, und wir wissen, dass der Mann hier ein und aus ging.« Das wusste er zwar nicht, aber da dies vom Arbeitsplatz des Opfers eine der am nächsten gelegenen Kneipen mit Mittagsmenü war, konnte er damit nicht so falsch liegen.

Die Röte in Franciscos Gesicht war verblasst. Er zapfte sich selbst ein Glas Bier und trank es mit zittriger Hand. Rubén beugte sich über die metallene Theke und flüsterte: »Und jetzt brauche ich die Namen von seinen Partnern. Denn die gibt es, wie er uns zu Lebzeiten versichert hat. Nur leider konnte er uns die nicht mehr verraten, und mein Boss meinte, du könntest mir mit ein paar Namen aushelfen. Kanntest du Aurelio Baena?«

»Ja, schon – aber nur als Gast. So wie viele, die im Hafen arbeiten. Aber ich hab damit …« – Er nickte in Richtung des Gefrierbeutels – »… nichts zu tun. Das musst du mir glauben. Baena war ein paarmal zur Mittagszeit hier, um …«

»Francisco, du hast es hier nicht mit jemandem zu tun, der ein bisschen Hasch im Schulhof verkauft. Ich geh zur Tür raus, geb ein Zeichen, und 'ne Panzerfaust fliegt hier durchs Fenster. Aber du hast bis morgen Zeit zu überlegen. Dann will ich die Namen der anderen, verstanden?« Rubén legte zwei Euro auf den Tresen und verließ die Kneipe.

Um sich die Wartezeit zu vertreiben, spielte Lucia »Angry Birds« auf ihrem iPad und war kurz davor, ihren Highscore zu knacken, als Rubén die Fahrertür aufriss und ihr das Gerät vor Schreck fast vom Schoß fiel.

»Kann man mit diesem iDingsda auch fotografieren?«

»Ja, kann man. Aber möchtest du mich nicht erst an deinen Ermittlungsergebnissen teilhaben lassen?«

»Aber natürlich. Dein Auftritt steht ja auch noch bevor, wir müssen nur etwas Zeit verstreichen lassen. Gehen wir was essen? Oder sollten wir stattdessen mal wieder …?«

Lucia folgte Rubéns Blick in den Laderaum. Dort lagen eine Werkzeugkiste, verschiedene Kanister und ein Ersatzreifen neben der Pritsche mit dem zerwühlten Laken.

»Definitiv essen. Außerdem stinkst du nach Knoblauch.«

Rubén, der ein Gutteil seines Gehalts in lukullische Freuden oder die Vinothek im Kellerabteil seiner Wohnung investierte, schleppte seine Kollegin in ein Steakhouse in Salobreña.

Zwei Stunden später fand sie sich, abgefüllt mit argentinischem Babybeef, erneut in sicherer Entfernung der Hafenkneipe ein. Ihr Herz pochte, als trabte sie auf dem Laufband in ihrem Fitnessstudio.

Sie hatte kein gutes Gefühl bei der Sache.

Seit sie mit Rubén zusammenarbeitete, war es mittlerweile fast schon normal, dass sie nicht immer ganz genau nach Vorschrift ermittelten – aber das hier ging zu weit. Trotzdem würde sie wieder mitmachen. Wie schon bei Rubéns anderen fragwürdigen Aktionen, für die der Chef sie mindestens um zwei Ränge degradiert hätte, wenn er dahintergekommen wäre.

Rubén hatte es ihr während des Abendessens auf seine pragmatische Art erklärt: »Sieh unseren Job doch mal wie ein Fußballspiel – am Ende fragt keiner mehr, ob nicht das eine Tor abseits oder der Elfmeter gerechtfertigt war. Nur der Sieg zählt dann noch, genau wie bei uns.«

»Dann erklär das beim nächsten Anschiss mal unserem Chef«, hatte sie gekontert, aber sein Instinkt betrog ihn nur selten, und vielleicht führte diese Aktion tatsächlich in die Nähe des Täters. In einem hatte Rubén jedoch recht: Sollte der Wirt etwas Kompromittierendes über seine Gäste wissen oder selbst an illegalen Machenschaften beteiligt sein, würde er darüber keinesfalls mit der Guardia Civil plaudern. Bei einem gefährlichen Kolumbianer war das schon was anderes.

»Na, dann leg mal los, Lucia«, sagte Rubén.

»Falls die uns erwischen, finde ich nicht mal einen Job als Kaufhausdetektivin«, maulte sie und schlug die Tür zu. Sie entfernte sich ein paar Schritte, machte auf dem Absatz kehrt und zog die Tür auf der Fahrerseite auf.

»Und dass du dich in der Zwischenzeit ja nicht zukiffst – ich kann mit dieser Flowerpower-Laube jedenfalls nicht nach Granada zurückfahren.«

Lucia ging durch die leeren Gassen des Hafenviertels. Um jeden dunklen Hauseingang machte sie einen Bogen und merkte, wie ihre Hand zum Pistolenschaft glitt. Sie sollte sich auf die bevorstehende Aufgabe konzentrieren, aber es gelang ihr nicht.

Sie war noch immer weit davon entfernt, die Ereignisse vor acht Jahren überwunden zu haben. Der Nachhauseweg vom Verkehrsstreifendienst, halb drei Uhr morgens … Allein, in Uniform, aber ohne Dienstwaffe … Der Hinterhalt … zwei maskierte Männer, die auf sie eintraten …

Als Verkehrspolizistin hatte sie zahlreiche Führerscheine eingezogen, sodass man spekuliert hatte, dass es sich um einen Racheakt gehandelt haben könnte. Die Täter waren jedoch nie gefasst worden, obwohl sie einem von ihnen die Maske vom Gesicht zerren konnte. Bis heute zuckte sie zusammen, wenn ihr ein junger Mann mit dunklen Augen und kurzen braunen Haaren begegnete – wie es sie in der Provinz Granada zu

Tausenden gab. Nach dem Krankenhausaufenthalt hatte sie sich geweigert, in eine Uniform zu schlüpfen, und nachdem sie ein Jahr lang ihren Dienst als Verkehrspolizistin nicht ausüben konnte, versetzte man sie in den Innendienst der Mordkommission, wo eine Planstelle frei geworden war und sie Berichte tippen musste.

Mit der Zeit wurde sie für einfache Ermittlungsarbeiten herangezogen und hatte dabei zweimal zur Lösung des Falls beigetragen. Nach einer zweijährigen Fortbildung hatte sie den Rang eines Tenientes erlangt und war nach weiteren vier Jahren zur stellvertretenden Leiterin der Mordkommission aufgestiegen.

Eigentlich hatte sie früher Autorin oder Theaterschauspielerin werden wollen. Aber nach dem dritten überall abgelehnten Manuskript und der vermasselten Aufnahmeprüfung an einer Schauspielschule in Madrid waren ihre Eltern bei einem Autounfall gestorben. Er wurde durch einen Lkw-Fahrer mit über zwei Promille Alkohol im Blut verschuldet, und schon hatte sie eine neue Berufung gefunden: daran mitzuwirken, die Anzahl der Verkehrstoten und damit auch das Leid der Angehörigen zu verringern.

Sie wollte sich so weit im Ministerium hocharbeiten, dass sie auf die Sicherheit im Straßenverkehr Einfluss nehmen konnte, und hatte auch schon eine Menge Ideen, die sie dem Verkehrsminister in einem persönlichen Brief präsentieren wollte. Aber nach dem Überfall hatte sie sich monatelang komplett zurückgezogen.

Derart in Gedanken versunken, wäre sie beinahe am Lokal vorbeimarschiert.

Sie rief sich in Erinnerung, was sie nun zu tun hatte.

Ihre Anspannung stieg. Jetzt könnten einige Schauspielgrundkenntnisse nicht schaden, dachte sie und betrat die Arbeiterschenke, in der sie sich so deplatziert vorkam wie in der Kantine einer Ölplattform.

Das Lokal war am Abend gut gefüllt, und der Schallpegel des Stimmengewirrs und der Fußballübertragung im Fernseher machte ihre Aufgabe nicht einfacher. Lucia drängte sich zwischen ein paar Männern zur Theke vor, ignorierte deren Bemerkungen und winkte den Wirt mit den Schweißflecken am Hemd herbei, bei dem es sich laut Rubéns Beschreibung um Francisco handeln musste.

Sie hielt ihre Dienstmarke über den Tresen.

»Polizei. Mordkommission. Ich muss Ihnen ein paar Fragen stellen. Gibt es hier einen ruhigeren Ort?«

Der Wirt verbarg seinen Unmut erst gar nicht. »Mordkommission?«, antwortete er viel zu laut und nötigte die Männer in ihrem Rücken zu weiteren Kommentaren.

»Da waren Anfang der Woche schon mal welche da. Ja, Aurelio kam hier ein paarmal zum Mittagessen, das Zollbüro ist ja hier um die Ecke. Aber das war auch schon alles. Und jetzt muss ich weiterarbeiten.«

»Es geht nicht direkt um Aurelio Baena.«

»Sondern?«

»Viel schlimmer. Also, haben Sie hier einen ruhigeren Raum, oder sollen wir für die Befragung gleich in die Comandancia nach Granada fahren?«

Lucia folgte dem grummelnden Francisco in einen Lagerraum voller Limokisten, Bierfässer und staubiger Barhocker. Der Boden klebte vom Inhalt einer zerbrochenen Colaflasche, der nicht aufgewischt worden war.

»Kennen Sie diesen Mann?« Lucia kam gleich zur Sache und hielt Francisco ihren iPad vor die Knollennase mit den unzähligen kleinen Promillekratern. Der Bildschirm zeigte ein Foto von Rubén mit Guerilla-Blick, nacktem Oberkörper, einem Schweißband auf der Stirn und der Dienstwaffe im Anschlag. Man könnte meinen, es wäre in einem Rebellenunterschlupf im kolumbianischen Dschungel aufgenommen worden, dabei hatte sie es vorhin im Laderaum seines VW-Busses geschossen. Sie konzentrierte sich auf die Mimik des Wirts.

Hochgezogene Stirn = erschrecken. Das Kinn reiben = vorgetäuschtes Nachdenken. »Noch nie gesehen«, antwortete er und sah nach links unten = Lüge.

»Sind Sie sich da ganz sicher?«

»Ja, aber Sie sehen ja, was da draußen los ist. Ich kann mir auch nicht jedes Gesicht merken.«

»Aber dieses Gesicht ist doch wohl sehr einprägsam, oder etwa nicht? Sehen Sie sich nur mal an, wie der den Bart trägt. Diese vier dicken Rastazottel, die da vom Kinn hängen. Schon ein wenig auffällig, finden Sie nicht?«

»Ich kenn den Mann jedenfalls nicht. Wer soll denn das sein?«

»O, das wollen Sie lieber nicht wissen. Kolumbianer. Wir glauben, er kommt vom berüchtigten Medellín-Kartell. Ganz übler Bursche. Wir haben einen Tipp bekommen, dass er auf eine riesige Ladung in einem Schiff im Hafen wartet. Jedenfalls geht der Typ über Leichen, und wir glauben, der tote Zollbeamte war eine davon. Hat aber wohl auch noch ein paar andere auf dem Gewissen.«

Der Wirt stemmte die Arme in die Hüften und kniff die Augen zusammen, dass seine drallen Tränensäcke zu platzen drohten.

Auweia, der glaubt mir nicht, dachte Lucia. Das Einzige, was Sie hier zu suchen haben, ist der Notausgang, hatte die Leiterin der Schauspielschule damals zu ihr gesagt – und sie hatte wohl recht gehabt. Aber jetzt war es zu spät, und sie war nicht mal fertig mit Rubéns Stresstest.

»Jedenfalls wissen wir, dass er mit Aurelio Baena Geschäfte gemacht hat. Wahrscheinlich hat er ihn auch umgebracht – anscheinend nur, weil er dem Kartell seine Kontakte nicht preisgeben wollte. Wir denken, der Kolumbianer sucht nun nach Partnern von Baena, weil das Bogota-Kartell hier im großen Stil …«

»Sagten Sie nicht, der wäre vom Medellín-Kartell?«

Lucia merkte, wie ihr 24-Stunden-Deodorant vorzeitig den Schichtbetrieb einstellte. »Äh ja, klar, vom Medellín-Kartell – da hab ich eben etwas verwechselt. Wir suchen auch noch nach einem anderen, der dem Bogota… Na, egal, jedenfalls wollen die hier groß einsteigen, und wer sich denen in den Weg stellt, hat schlechte Karten. Ganz schlechte Karten. Die Fahndung läuft zwar unter Hochdruck, aber der Kerl ist nicht aufzuspüren. Unsere Drogenabteilung meint ja, er halte sich wegen der Schiffsladung womöglich in der Gegend um Motril auf, wegen des Hafens …«

»Aber Sie sind nicht von der Drogenfahndung?«

»Nein, ich …«

»Aber eine Polizistin sind Sie schon, oder? Zeigen Sie mir bitte Ihren Ausweis.«

In ihrem Bauch rumorte es, als reinkarniere das junge Rind aus dem Steakhouse. Sie zog ihren Ausweis hervor und hielt ihn vor Franciscos Nase. Er nahm ihn ihr aus der Hand und hielt ihn gegen das Licht aus der nackten Glühbirne.

»Ich bin von der Mordkommission. In diesem Fall arbeiten wir mit der Drogenfahndung zusammen, und ich wollte nur, dass Sie Bescheid wissen, falls der Mann bei Ihnen auftauchen sollte. Dann rufen Sie mich sofort an. Es ist zu Ihrer eigenen Sicherheit«, fügte sie resolut hinzu und drückte dem Kneipenbesitzer – dem man nicht ansah, ob er ihr die Geschichte glaubte – eine Karte in die Hand.

»Da fällt mir noch was ein: Wussten Sie von den illegalen Geschäften des Señor Baena von der Zollbehörde?«

Energisches Kopfschütteln. Was auch sonst.

»Dann kennen Sie auch nicht seine Partner, Hintermänner oder Drahtzieher, mit denen er seine Geschäfte betrieben hat?«

Dieselbe Reaktion. Natürlich nicht.

»Na, schön. Wenn Ihnen noch etwas einfällt, melden Sie sich einfach. Und … Passen Sie bitte auf sich auf.«

Francisco machte nicht den Eindruck, als hätte sie ihn eben das Fürchten gelehrt. Lucia verließ das Lokal und trottete mit gesenktem Haupt zu Rubéns Cannabiskarre.

»Und wie ist's gelaufen?«

»Ich glaub, ich hab's versemmelt.«

Auf dem Weg nach Motril ins Zolllager musste Salvador Molina um zwei Uhr morgens bei der rund um die Uhr geöffneten Bar »Medina« anhalten, um dort die Toilette zu benutzen. Weil er seinen Gast gut kannte, stellte der Wirt ohne Aufforderung einen Kaffee mit einem Schuss Anislikör auf die Theke und einen Schwenker Brandy daneben. Nachdem Salvador beides getrunken hatte, fühlte er sich angesichts der bevorstehenden Aufgabe gleich besser. Er wollte die Sache endgültig hinter sich bringen.

Als er die Kneipe verließ, begegneten ihm zwei uniformierte Kollegen und begrüßten ihn. Die jungen Cabos waren zwei Ränge unter ihm, trotzdem fühlte Salvador sich ertappt, schließlich war er heute Nacht trotz Uniform nicht im Dienst. Er stieg in den grün-weißen Nissan Patrol und machte sich auf den Weg. Hätte ich mich nur nicht auf Diegos und Carlos' Aufforderung eingelassen, dachte Salvador zum wiederholten Mal. Aber jemand musste in das Zolllager, wohin das Flüchtlingsboot von Diegos Truppe nach Bergung der überlebenden Afrikaner geschleppt worden war. In seiner Uniform konnte er am einfachsten die Hafenschranken passieren und ins Lager eindringen. Jeder hatte einen Schlüssel für die Lagerhalle bekommen, so weit hatte Aurelio zu Lebzeiten vorausgedacht. Trotzdem hätte Carlos ihn nicht bedrohen dürfen, als er sagte, er wolle aussteigen, weil ihm die Sache nach Aurelios Tod zu heiß wurde. Aber Carlos hatte ihm versprochen, dass dies sein letzter Auftrag wäre, und ihm Aurelios Anteile zugesichert.

Vierzig Prozent von der bisher größten Lieferung.

Danach noch einige Monate Dienst schieben, und dann war er frei. Vierzehnhundert Euro Pension, und wenn man den aktuellen Deal hinzuzählte, etwa eins Komma sechs Millionen im Geheimversteck, von dem nicht einmal seine Frau wusste. Dann würde er Spanien das erste Mal in seinem Leben verlassen und reisen: nach Italien, Frankreich oder in die Alpen. Oder vielleicht nach Übersee. Er würde zum ersten Mal mit einem Flugzeug fliegen oder eine Kreuzfahrt machen. Und er wusste auch schon, wie er es machen würde, dass seine Frau und seine Kinder keine Fragen stellten, wo plötzlich das viele Geld herkomme.

Zwei Monate nach Pensionsantritt würde er im Lotto gewinnen – und zwar online, damit er seiner Frau, die von Computern nichts verstand, den Glücksschein nicht vorlegen musste. Nur sie und seine drei erwachsenen Kinder würde er über seinen angeblichen Gewinn informieren.

Anfangs hatte er geplant, das Vermögen völlig zu verschweigen, denn seine Söhne waren nicht dumm und könnten ihn leicht verdächtigen. Aber falls er starb, ohne seine Familie einzuweihen, würde das schöne Geld im Versteck verrotten, ohne dass damit die Ausbildung seiner Enkel bezahlt werden könnte. Aber vor seinem Ableben wollte auch er noch etwas davon haben.

Carlos und Diego residierten in Villen mit Swimmingpools, löffelten Kaviar und kauften dreiundzwanzigjährige Mädchen. Während er die Hypothek für das baufällige Altstadthaus abstotterte, verkochte Eintöpfe fraß und seine Frau – eine siebenfache Oma – seit dem sechsunddreißigsten Hochzeitstag nicht mehr anfasste. Andererseits konnte er schlecht mit einem Porsche zur Dienststelle fahren. Da könnte er gleich beim Chef ein Geständnis ablegen.

Nein – der fingierte Lottogewinn war die Lösung.

»Wir sind gleich bei der Kontrolle, ab jetzt keinen Mucks mehr«, rief er nach hinten, wo Sergio auf der Ladefläche zwischen leeren Obstkisten unter einer Decke versteckt lag. Es kam keine Rückmeldung.

Sergio war ihr Handlanger. Auf dem Grundstück seiner Finca lagerte in einem ausgedienten Wasserreservoir ihre Ware. War er etwa auf einem Trip, oder schlief er nur? Vorhin schien er nüchtern gewesen zu sein, ansonsten hätte ihn Carlos ebenso rausgeworfen wie Zoco, den Schleimer, der für seine Vermittlerdienste immer mehr abhaben wollte. Salvador wandte sich um und kontrollierte, ob Sergio im dunklen Laderaum auch vollständig unter der Decke verborgen lag, die zumindest etwas von Sergios Ausdünstungen abhielt. Mein Mülleimer riecht nach drei Tagen in der Sonne genauso, dachte Salvador, während er um die Ecke bog und auf das Wachhaus der Hafenbehörde zufuhr.

Wie erhofft ging die Schranke nach oben, ohne dass er das Fenster öffnen musste, um seine für diesen Fall einstudierte Erklärung abzugeben. Er atmete durch und fuhr an dem Laden für Bootszubehör vorbei, in den hinteren Teil des Industriehafens, wo sich die Container stapelten und die Depothallen aneinanderreihten. Das Zolllager war das Vorletzte in der dritten Seitenstraße. Niemand war zu sehen.

Es hatte zwei Möglichkeiten gegeben. Hätte er seinen Besuch im Zollbüro angemeldet, um Ermittlungen durchzuführen, hätte man ihm tagsüber die Tür geöffnet, ihm aber womöglich auf die Finger geschaut. Deshalb hatte er sich für Plan B entschieden: im Schutz der Nacht seine Schlüsselkopie zu benutzen, den Job zu erledigen und dann wieder zu verschwinden.

Salvador parkte vor dem Gebäude. Er schloss auf, zog das Tor beiseite, schaltete die Scheinwerfer ab und fuhr in die Halle. Danach zog er das Tor zu und öffnete die rückwärtige Tür. »Wir sind da, Sergio.« Wieder keine Reaktion.

Ich steh kurz vor dem Infarkt, und der Typ schläft einfach.

Salvador zog ihm die Decke weg. »Nun mach schon, verdammt noch mal. In zwanzig Minuten müssen wir wieder draußen sein!« Salvador rüttelte vergebens an Sergios Füßen. Die Zeit, die es brauchte, um die Ware umzuladen, würde er schon benötigen, um diesen Typen zu wecken, der wohl doch so einiges konsumiert haben musste.

Salvador leuchtete mit der Taschenlampe das Lager ab und fand das schwarze Schlauchboot aufgebockt an der rechten Hallenwand. Er stieg in das Fahrzeug, setzte bis auf zwei Meter zum Boot zurück und stellte den Motor ab. Jetzt war nur noch der hechelnde Atem aus seiner vier Jahrzehnte lang mit Ducados malträtierten Lunge zu hören. Etwas über ein Jahr war er nun schon qualmfrei, aber hätte er jetzt die blau-weiße Packung in der Hemdtasche, würde er, ohne zu zögern, rückfällig werden.

Salvador hastete zum Eingangstor und kontrollierte, ob draußen alles ruhig war, ehe er sich an die Arbeit machte. Mit einem Messer löste er auf beiden Seiten die Gummikappen am hinteren Ende des Schlauchboots, welches genau genommen nur zur Hälfte eines war. Denn in die hinteren Luftkammern waren Aluminiumrohre vom selben Durchmesser wie die Rumpfschläuche eingezogen worden. Salvador machte sich daran, die Deckel dieser Rohre abzuschrauben, aber die Schrauben waren mit Salz verkrustet und schon etwas verrostet. Es dauerte zehn Minuten, ehe die Verschlüsse gelöst waren. Er lehnte sich mit der verschwitzten Stirn gegen den Gummirumpf, weil er jetzt schon am Ende seiner Kräfte war.

Neben dem Gummi roch er noch etwas anderes, etwas wie Angst, Tod und Verderben. Wie viele mochten bei der Überfahrt in dem Boot gestorben sein? Zwanzig? Dreißig? Und wie viele waren es insgesamt, seit Carlos auf die Idee gekommen war, die Flüchtlingsboote für einen ganz anderen Zweck zu nutzen? Damals lag der Drogentransport auf dem Seeweg brach, weil die meisten Lieferungen aufgeflogen waren, selbst wenn die Ware noch so ausgeklügelt versteckt wurde. Die Anzahl der Drogenschiffe nahm im selben Maße ab, wie der Strom der Flüchtlingsboote zunahm. Und so kam Carlos die geniale Idee, die Schlepper in Marokko am Umsatz zu beteiligen, wenn man dafür die Flüchtlingsboote zum Transport ihrer heißen Ware benutzen durfte. Sein Plan sah aber auch vor, dass das Benzin immer nur so bemessen wurde, dass die Boote bereits außerhalb der marokkanischen und noch vor den spanischen Hoheitsgewässern zum Erliegen kamen. Dadurch fühlte sich keine der beiden Regierungen verantwortlich, selbst wenn das Schiff auf den Radarschirmen entdeckt wurde. Das mit einem Peilsender ausgestattete Boot dümpelte einige Tage auf hoher See, ehe Diego und seine Seerettung die noch lebenden Afrikaner retteten.

Die Aufregung um das Schicksal der Einwanderer war groß: Sanitäter, Staatssicherheit, Presse, Hilfsorganisationen, Guardia Civil – alle waren beteiligt. Aber um das nach Fäkalien und Erbrochenem stinkende Boot kümmerte sich niemand. Es wurde ins Zolllager geschleppt und würde für wenig Geld an einen Familienvater versteigert werden, der im nächsten Sommer seinen halbwüchsigen Sohn auf Wasserskiern herumziehen würde.

Salvador war wieder zu Atem gekommen und begann mit einem Bootshaken die in Plastik verschweißte Ware aus den Rümpfen zu ziehen. Zwanzig Minuten später lagen sechsunddreißig Päckchen auf dem Boden zwischen Boot und Auto. Jedes davon wog zwanzig Kilo. Salvador fasste sich ans Herz und fürchtete, sein rasselndes Keuchen könnte denselben Effekt wie eine Alarmanlage haben. Wie soll ich das alleine auf die Ladefläche wuchten, du verfluchter Junkie!, dachte Salvador und schlug mit dem Bootshaken auf Sergio ein, bis der die Augen öffnete.

»Du sollst mir helfen, du verdammter Penner. Ich kann nicht mehr.«

Sergio schien im ersten Moment nicht zu wissen, wo er war, und rappelte sich hoch, gerade als ein Lichtstrahl durch einen Spalt am Eingangstor fiel. Salvador gab Sergio ein Zeichen, wieder unter die Decke zu kriechen, und kam hinter dem Wagen hervor. Der Lichtstrahl schwenkte auf ihn, und er hob die Hand vor seine Augen.

»Was machen Sie hier?«, schallte es durch die Halle.

»Guardia Civil!«, schrie Salvador, obwohl er in Uniform vor einem Polizeiwagen stand. Mit der Taschenlampe, die er immer am Gürtel trug, leuchtete er den Mann an, den er anhand des Emblems auf der braunen Uniform als Angestellter eines Wachdienstes erkannte.

»Was machen Sie hier?«, wiederholte der Wachmann, als sie sich gegenüberstanden.

Selbst Salvadors Schirmmütze war durchgeschwitzt, dennoch versuchte er cool zu wirken: »Ich gehe einem anonymen Hinweis nach, aber hier scheint alles in Ordnung zu sein. Danke fürs Kontrollieren. Sie dürfen Ihre Runde fortsetzen.«

Der Wachmann kniff seine buschigen Augenbrauen zusammen und leuchtete an ihm vorbei zum Auto, das so dicht vor dem Boot stand, dass es den Anschein erweckte, Salvador wollte es von dort wegschleppen. Nur die vielen weißen Päckchen konnte man aus diesem Winkel nicht erkennen. Salvador wurde klar, dass von den nächsten Sekunden sein weiteres Leben abhing.

»Hören Sie – wie ich schon sagte, hier ist alles in Ordnung, und nun dürfen Sie …«

Der Wachmann ignorierte ihn und ging in Richtung Schlauchboot.

Aus. Aus und vorbei. Das war's. Zehn Jahre Haft, mindestens.

Es sei denn …

Dutzende Menschen waren durch seine Mitschuld gestorben. Das waren zwar nur schwarze Illegale gewesen, aber auf den einen weißen Legalen kam es nun auch nicht mehr an. Wegen dieses neugierigen Schnüfflers würde er nicht in den Bau wandern!

Er zog die Pistole und zielte auf den Rücken des Wachmanns.

KAPITEL SIEBEN

Der *von Gott Erhörte* machte sich den Schutz der Nacht zunutze. Er trug den dünnen Neoprenanzug mit Kapuze, Handschuhen und Füßlingen, den der Mann ihm besorgt hatte, damit er keine Spuren hinterlassen würde. Er schlich durch das Gestrüpp, bis das Haus in der Wohnsiedlung Los Pinos bei Almuñécar vor ihm lag. Sein Opfer war nicht zu Hause.

Laut seinem Informanten würde er heute den Nachtdienst bei der Seenotrettung bis sechs Uhr morgens übernehmen. Zur Straße hin lagen die Garage, die Eingangstür und ein vergittertes Fenster. Von vorne würde er also nicht hineinkommen. Er holte den tags zuvor vom Informanten hinter einer Mülltonne versteckten Wagenheber hervor. Dann überwand er die zwei Meter hohe Mauer und sprang in einen Patio mit Grillecke und einer Terrassengarnitur hinab. Über eine Treppe gelangte er in den Garten und stand vor dem Haus. Die Fensterfront, hinter der er das Wohnzimmer vermutete, war vergittert und die Rollläden geschlossen.

Zu den Fenstern im oberen Stock könnte er hinaufklettern, aber dahinter lagen die Schlafzimmer. Dort konnte er nicht einbrechen, ohne dass es das Opfer bemerken würde, ehe es zu Bett ging. Er ging ums Haus und stieg die Treppe auf der anderen Seite hoch. Auf halber Höhe lag ein vergittertes Fenster. Er leuchtete in einen Heizungsraum und setzte den Wagenheber zwischen den Stäben an. Nach fünf Minuten Kurbeln waren sie ausreichend weit auseinandergebogen.

Dann stieß er den Wagenheber gegen das Glas. Das Klirren war nicht gerade leise, doch während er die Splitter aus dem Rahmen entfernte, ging kein Licht in der Nachbarschaft an. Er zwängte sich mit den Füßen voran durch die Öffnung und federte seinen Sprung ab. Durch die Tür im Haustechnikraum gelangte er in einen Flur, bog um die Ecke und stieg die Treppe zu den Schlafzimmern hoch. Zwei davon waren unbenutzt, aber im Dritten war das Bett zerwühlt, und im Badezimmer lag Wäsche auf dem Boden. Er stellte sich ans Fenster. Im Mondschein wirkten die gegen die Küstenlinie anrollenden Wogen silbern. Das Meer …

Er wischte eine Träne mit dem Neoprenhandschuh weg.

Er sollte nicht hier sein.

Er sollte die Vergangenheit ruhen lassen.

Aber seit der Mann in sein Leben getreten war und ihm alles erzählt hatte, würde er erst damit abschließen können, wenn sie alle gestorben waren. Er suchte nach einem Versteck. Das Bad würde sein Opfer vor dem Schlafengehen benutzen und in den Schrank womöglich seine Kleidung hängen. Blieb nur noch eines übrig: *Der von Gott Erhörte* kroch unter das Bett, um dort auf Diego Roca zu warten.

Diego Rocas Schicht beim Salvamento Marítimo endete um sechs Uhr morgens. Es hatte keinen Einsatz gegeben, und doch war er müde. Als Chef musste er nur einmal pro Woche den Nachtdienst übernehmen. Er hasste das – so wie er seinen Job im Allgemeinen verabscheute, den er nur noch ausübte, um ihre Deals zu kaschieren.

Diego betrat eine Cafeteria, die um diese Zeit schon offen war, und bestellte einen Kaffee und ein Schinkenbrot. Er blätterte die Zeitung vom Vortag durch, bis er auf den Artikel stieß, den er ohnehin schon gelesen hatte: Flüchtlingsboot mit nur neun Überlebenden sechzig Meilen vor der Küste … Diego

Roca berichtet … Damit sind seit Jahresbeginn über … Tragödie … Bla bla.

Diego klappte die Zeitung zu und versuchte erneut, Salvador auf dem Handy zu erreichen, doch es war ausgeschaltet, wie schon die ganze Nacht lang. Er musste wissen, ob Salvador gestern die Ware aus dem Zolldepot weggeschafft oder im letzten Moment doch noch gekniffen hatte. Diego hoffte das Beste, nämlich dass Salvador neben seinem fetten alten Weib schnarchend im Bett lag und sich die Ware längst im sicheren Versteck oben bei Sergios Finca befand.

Er zahlte, stieg in seinen neuen Audi mit Biturbo und fuhr in sein einsames Heim. In der Doppelgarage blieb er sitzen, ohne den Motor abzustellen. Er betrachtete die Tankanzeige. Zu drei Vierteln voll. Wie lange würde es dauern, wenn er das Garagentor verschloss, die Fenster herabkurbelte und den Motor laufen ließe? Zwei, drei oder mehr Stunden, ehe die Abgase …

Schwachsinn!

Er war reich, gut aussehend, durchtrainiert und noch lange keine fünfzig. Es blieb noch viel Zeit, um das Leben in vollen Zügen zu genießen. Diego stieg aus und ließ das Tor von außen zugleiten. Dann öffnete er die Tür zu seiner Villa und ging direkt in den Fitnessraum im Keller. Ohne aufzuwärmen oder den Funktionsoverall der Wasserrettung abzulegen, drosch er auf den Sandsack ein, pumpte auf der Hantelbank neunzig Kilo in drei Sätzen und powerte sich mit Bizepscurls, Sit-ups und Klimmzügen aus, bis sein Frust auf ein erträgliches Maß geschrumpft war.

Im Bad neben seinem Schlafzimmer entledigte er sich des verschwitzten Overalls und kickte ihn in die Ecke, wo seine Putzfrau ihn aufzusammeln hatte. Dann stieg er unter die Dusche und drehte das Thermostat bis zum Anschlag in den blauen Bereich. Diego urinierte in den Abfluss, ehe er lustlos und frierend masturbierte. Während er sich im Schlafzimmer mit dem Handtuch den Rücken abrieb, hielt er inne und schnupperte. Es war kaum wahrnehmbar, aber es roch irgendwie … ungewohnt.

Nach dem verschwitzten Hemd eines Fischhändlers. Aber sein Geruchssinn spielte ihm nach vierundzwanzig Stunden ohne Schlaf wohl einen Streich. Er trat auf den Balkon. Die Morgenröte zog über das Kap Sacratif herauf. Die Sterne waren verblasst, und die Häuser der Orte Salobreña und Motril hatten den fahlen Schimmer von Wasserleichen angenommen, die er schon so oft aus dem Mittelmeer hatte bergen müssen. Zu seinen Füßen lag auf zweitausend Quadratmetern sein Garten mit den Skulpturen, einem Springbrunnen, mehreren überdachten Sitzecken und siebzehn Palmen, für die er pro Stück ein Monatssalär hätte hinblättern müssen. Der Pool verfügte über eine Gegenstromanlage, damit er gegen die Strömung ankraulen und sich fit halten konnte. Es dampfte aus dem Wasser, weil das Becken auf siebenundzwanzig Grad beheizt war.

Aber Diego sah den Luxus nicht. Er hatte die Augen geschlossen und dachte an die enge Wohnung, die noch keiner Scheinfirma gehört hatte und in der er mit seiner Familie glücklich gewesen war, ehe er der Gier erlegen war. Aber das war lange her, und die Zeiten änderten sich eben, redete er sich ein und ging zurück ins Schlafzimmer.

Diego zog die Glastür zu und ließ die Jalousien herab, bis es im Raum so finster war wie in seinen Gedanken. Er legte sich ins Bett und versuchte an nichts mehr zu denken.

Nicht an Salvador und ob er wohl den Auftrag ausgeführt hatte, nicht an den ermordeten Aurelio und die Garnelen, die in seinem Pool gefunden worden waren. Nicht an Carlos, mit dem ihm noch eine Diskussion bevorstand, weil er an Aurelios zwanzig Prozent beteiligt werden wollte, und auch nicht daran, woher dieser seltsame Geruch stammen könnte, den er jetzt noch deutlicher als vorhin wahrnahm.

Kurz nachdem es geöffnet hatte, betrat Rubén das »Restaurante Gamba Blanca« in seiner Rolle als Mitglied eines kolumbianischen Drogenkartells, das nach den Partnern des verstorbenen Aurelio Baena suchte.

Francisco ließ beinahe das Frühstückstablett fallen, als er ihn bemerkte. Er drückte es seiner Frau in die Hand und gab Rubén ein Zeichen, ihm ins Hinterzimmer zu folgen. Lucia hatte ihre Rolle doch nicht so schlecht gespielt, wie sie behauptete.

»Also, Amigo, hast du ein wenig nachgedacht?«, fragte er.

»Ich hab damit nichts zu tun, das musst du mir glauben, ich …«

Rubén hob die Hand wie zum Einspruch, und Francisco beeilte sich hinzuzufügen: »Ich kann dir nur sagen, dass Aurelio sich in diesem Raum manchmal mit drei anderen getroffen hat. Zwei davon kenne ich nicht, aber den Dritten schon, weil der auch im Hafen arbeitet und hier manchmal …«

»Wie heißt er?«

»Er ist der Chef der Seenotrettung. Diego Roca heißt er. Aber von den anderen weiß ich die Namen nicht, ehrlich.«

Rubén wollte sein Theater nicht übertreiben und ließ es dabei bewenden. Nachdem ihm der Wirt die beiden Namenlosen beschrieben hatte, verließ er das Lokal. Ein paar Straßen weiter stieg er zu Lucia ins Auto, die für diese Fahrt an die Küste auf ihren VW-Passat-Dienstwagen bestanden hatte, und berichtete vom Teilerfolg ihrer Einschüchterungsaktion.

Ein Schmatzer auf seiner Wange drückte Lucias Erleichterung aus, dass sie es doch nicht vermasselt hatte. »Der Chef der Wasserrettung hat sich dort also regelmäßig mit dem Opfer getroffen. Glaubst du, das hat was zu bedeuten?«

»Genau das werden wir ihn jetzt fragen, Lucia, und jetzt beweg deine seelenlose Karre in den Hafen«, sagte er und brachte Lucia mit seinem Kolumbianer-Jargon zum Lachen.

Aber Diego Roca war nicht dort.

Von einem jungen Mann im Bereitschaftsraum erfuhren sie, dass Roca letzte Nacht Dienst gehabt hatte und erst morgen früh wieder im Einsatz sein werde. Selbst nach Begutachtung ihrer Dienstmarken gab er ihnen nur ungern die Privatadresse seines Chefs, weil der um diese Uhrzeit bestimmt schlafe.

Zwanzig Minuten später standen sie vor der Villa im andalusischen Türmchen- und Rundbogenstil. Selbst nach der dritten Klingeloffensive blieb es still im Haus. »Schläft der wirklich so fest, oder will er uns nur nicht öffnen?«, mutmaßte

Lucia, während Rubén durch die Bullaugen im Garagentor schaute.

»Sein Auto ist jedenfalls hier. Und was für eines. Der Typ mag zwar Chef der Wasserrettung sein, bezieht aber auch nur ein Beamtengehalt. Und jetzt sieh dir mal an, wie der wohnt.«

Diesmal ließ Lucia ihren Finger für eine halbe Minute auf der Klingeltaste.

Kurz darauf gab es eine Reaktion. Allerdings nicht im Haus, sondern dahinter.

Sie wich zurück und zog ihre Pistole.

»Was war das denn? Das hörte sich an, wie … wie …«

»Wie eine Arschbombe vom 5-Meter-Turm im Freibad«, ergänzte Rubén.

»*Señor Roca*!«, schrie Lucia mehrmals über die Mauer, bis auf den Balkon der Nachbarvilla, vor der ein Landrover mit englischem Kennzeichen parkte, eine Lady im Morgenmantel trat und sich – not very amused – nach der Lärmquelle umsah. Schließlich fiel ihr Blick in den Nachbargarten, und sie begann zu schreien.

KAPITEL ACHT

Er musste eingeschlafen sein, während er unter dem Bett auf sein Opfer gewartet hatte. Traumfetzen eines längst vergangenen Lebens hallten an die Oberfläche. Es war ein schöner Traum gewesen, und er wollte wieder in den Schlaf abdriften, um der Realität noch einige Minuten zu entkommen. Aber es war an der Zeit.

Lichtpfeile drangen durch Ritzen in den Jalousien. *Der von Gott Erhörte* griff nach dem Wagenheber und schob sich unter dem Bett hervor. Unter der Bettkante blieb er liegen, weil der Mann nun geräuschloser atmete. Erst als er wieder zu schnarchen begann, erhob er sich.

Erneut überkamen ihn Zweifel. Diego Roca verdiente den Tod. Aber durfte er ihn bestrafen, als wäre er Gott? Er ließ den Wagenheber sinken, der zunehmend schwerer wog. Noch könnte er davonlaufen. Doch sein Zögern bekam ein jähes Ende.

Ein Klingeln hallte durchs Haus und zwang ihn zu handeln – sich entweder unter dem Bett zu verstecken oder seine Tat auszuführen. Es klingelte erneut. Anhaltender als zuvor. Nun regte sich der Mann im Bett, fluchte und tastete nach der Nachttischlampe. Als das Licht anging, stieß er einen Schrei aus.

Er musste einen erschreckenden Anblick abgeben, in seinem schwarzen Tauchanzug mit Kapuze. Aber jetzt war es zu spät, um Einsicht mit dem Opfer zu haben. Es gab kein Zurück mehr.

Der erste Schlag mit dem Wagenheber zersplitterte den Ellenbogen, mit dem Diego Roca seinen Kopf schützen wollte.

Die darauffolgenden trafen seinen Schädel.

Als die Füße seines Opfers ein letztes Mal unter dem Laken zuckten, war wieder die Türklingel zu hören, diesmal besonders lang. Es gab schon lange nichts mehr zu fürchten oder zu verlieren. Ruhig zog er die Jalousien hoch und öffnete die Glasschiebetür. Dann hob er sein Opfer vom Bett und stemmte es über die Balustrade in den ein Stockwerk tiefer gelegenen Pool. Die Garnelen warf er hinterher.

Ohne Eile ging er aus dem Schlafzimmer, über die Treppe hinab und den Flur entlang in den Heizungsraum. Er zog sich am Mauervorsprung hoch und lugte aus dem Fenster.

Es war niemand zu sehen. Nur eine Frau schrie hysterisch. Er schob sich aus dem Fenster und wartete, bis sein Atem sich beruhigt hatte. Da hörte er, wie auf der anderen Seite jemand über die Mauer sprang und die Treppe hinabrannte.

Lautlos näherte er sich der unteren Hausecke und spähte in den Garten. Ein Mann zog sein Opfer aus dem Wasser, während eine Frau etwas in ihr Handy schrie. *Der von Gott Erhörte* wandte sich ab. Geräuschlos rannte er die Stufen hoch, zog sich über die Mauer und verschwand zwischen den Sträuchern am Ende der Sackgasse.

Maite legte den Schwangerschaftstest auf das Waschbecken. Jetzt hieß es warten. Sollte sie darauf hoffen, dass gleich zwei violette Linien erschienen – was bedeuten würde, dass sie schwanger war?

Sie ging hinüber und setzte sich auf die Wohnzimmercouch. Dort streifte sie die Kopfhörer über und verband sich via Skype mit Joana in München.

»Und?«

»Gleich wissen wir's. Das Ding liegt im Bad und entscheidet gerade über meine Zukunft.«

»Und Rafael? Ist der nicht dabei?«

»Der ist in seinem Laden«, meinte Maite in einem Ton, als spräche sie von einem entfernten Onkel.

»Hast du mit ihm über das Ausbleiben deiner …«

»Nein.«

»Hm. Es kriselt also etwas zwischen euch?«

Maite brauchte lange, um es sich einzugestehen.

»Hm, ja, ein bisschen …«

»Oha. Und jetzt hoffst du, dass der Test negativ ausfällt?«

Tja – das war die Frage. Eigentlich wollte sie schon gern ein Kind. Aber vielleicht nicht gerade in dieser Situation und von diesem Mann …

»Ich schau jetzt einfach mal nach. Wart mal kurz.«

Maite ging ins Bad und starrte auf das Ergebnisfeld des Tests, ehe sie auf den Toilettendeckel sank. Das durfte doch nicht wahr sein. Wie war das mit den Linien doch gleich?

Sie überflog den Beipackzettel, aber es blieb dabei. Auf wackeligen Knien wankte sie zum Laptop.

»Joana?«

»Ja?«

Maite schluchzte ins Mikro und redete sich ein, gerade vor Glück zu weinen.

»Nun mach's nicht so spannend, Maite …«

»Willst du Taufpatin werden?«

Maria formte ihre Hände zu einer Schale und trank das abgestandene Wasser im rostigen Eimer. Wie viele Tage waren vergangen, seit sie das erste Mal sein Gesicht gesehen hatte, weil die Augenbinde ab war? Vier, fünf, eine Woche? Seither war er nicht wieder gekommen, um ihr Essen zu bringen, ihre Ausscheidungen zu entsorgen oder um sie mit einem stärkeren Strick zu erdrosseln.

Wollte er sie ihrem Schicksal überlassen?

Sie verhungern und verdursten lassen? Das Wasser im Kübel, mit dem sie sich eigentlich waschen sollte, ging zur Neige. Wie lange konnte sie in ihrem Zustand ohne Essen und

Trinken überleben? Es war ihr egal. Sie wollte ohnehin sterben, je früher, desto besser. Maria hatte in den letzten Tagen so oft gegen die Stahltür getrommelt, bis sie kraftlos und heulend zu Boden gesunken war. Hier unten lange alleine zu sein war für sie das Schlimmste. Indem sie die Regeln seines Rollenspiels gebrochen hatte, hatte sie ihn wohl so gekränkt, dass er sie in dem Loch ihrem Schicksal überließ.

Maria hatte vergebens gehofft, dass er zurückkommen und ihr zu einem schnellen Tod verhelfen würde. Gestern hatte sie deshalb versucht, sich am rostigen Eimerrand die Innenseite ihrer Handwurzel aufzuscheuern, bis die Ader durchtrennt wäre. Aber es war ihr nicht gelungen. Woher wusste sie das mit den Pulsadern und dem Verbluten? Und warum wusste sie so viele andere Dinge nicht oder konnte sich nicht daran erinnern?

Maria hob die Augenbinde vom Boden auf.

Der Gummizug hatte dem Druck nicht standgehalten, oder er war zu feige gewesen, sie zu erdrosseln.

Sie sah an sich hinab.

Sie hatte ein stärkeres Band zur Verfügung.

Aber woran befestigen? Maria zog die Kordel aus ihrer Hose und verknüpfte sie zu einer Schlinge. In ihrem Verlies gab es an der Wand nirgends einen Haken, einen Vorsprung oder sonst etwas, woran man das Band ihrer Pyjamahose befestigen konnte. Das Inventar bestand aus der Matratze, den beiden Eimern, einem Stuhl und dem Tisch.

Sie befestigte das Band über der Stuhllehne und versuchte ihren Kopf in die Schlinge zu stecken, aber die Schlaufe war zu eng. Sie überlegte, hob schließlich ihre Pyjamahose auf und verknotete die Beine zu einer Schlaufe.

Damit müsste es funktionieren.

KAPITEL NEUN

Lucia und Rubén frühstückten im »Restaurante David« im idyllischen Jachthafen Marina del Este. Txema, der hier seit über zwanzig Jahren täglich seine Gäste bewirtete, stellte ihnen je einen Kaffee und einen Tomatentoast hin. Neugierig, wie der kleine Mann mit dem grauen Ziegenbart und der sonnenverbrannten Halbglatze war, wollte er in Erfahrung bringen, wie es mit ihren Mordermittlungen so voranging, aber Rubén gab ihm mit einem Zwinkern zu verstehen, dass sie darüber nicht sprechen durften.

Lucia streckte sich in ihrem Stuhl und gähnte. Sie hatte nicht gut geschlafen auf der Papa San, Rubéns 10-Meter-Segelboot, auf dem er seine gesamte Freizeit verbrachte – wenn er sich nicht gerade in Kneipen herumtrieb, um weibliche Anhänger seiner polyamourösen Lebensphilosophie zu gewinnen. Seiner Meinung nach brachte sie nichts als Vorteile: Mit dem Einverständnis seines eigenen Partners jemand anderen zu lieben und vice versa hielt die Liebe unverbraucht, verhinderte Eifersüchteleien, Seitensprünge, Streitereien, Alltagstrott und Besitzansprüche.

Lucia hielt das für Schwachsinn. Das Thema hatte schon einige Male für einen hitzigen Disput zwischen ihnen gesorgt. Gestern war sie trotz der momentanen Beziehungsflaute mit Teresa nur mit ihm auf sein Schiff gegangen, um nach einem langen Tag nicht hoch nach Granada fahren zu müssen. Allein wollte sie nicht im Hotel einchecken, denn Rubén schlief immer auf seinem Schiff, wenn er sich an der Küste aufhielt. Er hatte ihr die größere Heckkoje überlassen und die Nacht in der winzigen Vorderkajüte verbracht. Bis auf das Duschen in der mikroskopisch kleinen Nasszelle mit Gartenschlauch und kaltem Wasser war das eigentlich ein ganz nettes Erlebnis.

Lucia sah auf die Zeitanzeige ihres Handys. Um zehn Uhr mussten sie auf dem Polizeirevier in Almuñécar sein, wo sie nach dem zweiten Mord ihr temporäres Küstenquartier aufgeschlagen hatten. Die Morgenbesprechung mit den sechs Beamten, die ihnen zur Seite gestellt wurden, begann in einer halben Stunde.

Rubén lehnte mit geschlossenen Augen und verschränkten Armen im Stuhl und schien seiner vertrauten Musik zu lauschen. Wind pfiff durch die Marina und trommelte lose verzurrte Leinen gegen Masten, ließ Stahlseile surren und Sonnenschirme flattern. Diese ungewohnte Melodie hatte sie die halbe Nacht wach gehalten, und in den wenigen Schlafstunden war sie im Traum in einen Swimmingpool voller mörderischer Garnelen mit Mäulern wie Piranhas gefallen. Während sie sich von einer Kojenseite zur anderen wälzte, hatte sie ihre bisherigen Erkenntnisse durchgekaut, so dürftig sie auch waren: Sie hatten die Leichen zweier Männer, die zu Lebzeiten mit illegalen Geschäften offenbar ein Vermögen verdient hatten.

Der eine war beim Zoll gewesen, der andere bei der Seenotrettung. Beide waren in ihren Pools gefunden worden, und als Grabbeigabe lagen bei Baena vier Garnelen im Wasser und bei Roca drei. Deutete dieses Zeichen auf weitere Morde hin? Beim nächsten Opfer zwei Gambas und danach nur noch eine?

Bei Diego Roca hatten sie den Mörder anscheinend überrascht. Er hatte die Leiche vom Balkon aus in den Swimmingpool geworfen und die Garnelen hinterher. Während Rubén den Mann aus dem Wasser zog, aber nur seinen Tod feststellen konnte, war der Mörder aus einem Fenster gekrochen und über die Mauer entwischt. Sie mussten ihn um Sekunden verpasst haben.

Die Nachbarin hatte angegeben, dass ein Mann in einem schwarzen Neoprenanzug in den Sträuchern verschwunden sei. Das erklärte auch, warum sie in Rocas Schlafzimmer keine verwertbaren Spuren gefunden hatten – außer Rocas Handy.

Wie sich bei der Durchsuchung der Villa herausgestellt hatte, waren die Garnelen nicht der einzige Zusammenhang zwischen den beiden Mordfällen.

»Was hältst du von den Handys?«, wollte Lucia wissen und holte Rubén aus seinem Tagtraum, in dem bestimmt ein weißer Sandstrand und ein knapper Bikini die Hauptrollen spielten.

»Die Handys sind neben den Garnelen unsere wichtigste Spur. Vielleicht sogar noch relevanter, weil sie möglicherweise auf zwei weitere Opfer hinweisen: ›Delta‹ und ›Alpha‹.«

Das war gar nicht so abwegig. Bereits bei Baena hatten sie ein Handy gefunden. Kein reguläres, in dem Dutzende Nummern von Freunden und Bekannten abgespeichert waren, sondern ein billiges Prepaid-Zweithandy, in dessen Kontaktliste sich nur vier Nummern befanden. Diese Telefonnummern waren offensichtlich mit Decknamen versehen und unter den vier Buchstaben des Seeflaggenalphabets abgespeichert: Alpha, Bravo, Charlie und Delta. »Charlie« konnte Aurelio Baena zugeordnet werden, und in Diego Rocas Villa hatten sie auf dem Kaminsims neben seinem Smartphone ein ähnliches Handy mit denselben vier Rufnummern gefunden, anhand deren Roca als »Bravo« identifiziert werden konnte.

»Vier Personen haben mit anonymen Handys kommuniziert, und zwei davon sind nun tot. Es könnte aber auch sein, dass Alpha und Delta nicht die nächsten Opfer sind, sondern etwas mit den Morden zu tun haben«, wandte sie ein und hoffte, dass sie recht hatte. Die Anrufe bei den beiden unter Alpha und Delta gespeicherten Rufnummern hatten nichts ergeben. Eines war ausgeschaltet, und beim anderen ging niemand ran. Die Handyortung hatte deshalb nichts eingebracht, und der Provider konnte ihnen bislang nicht weiterhelfen.

»Hat vielleicht die Reihenfolge der Buchstaben etwas zu bedeuten? Zuerst C für Charlie, der wiederum für Aurelio Baena steht, und danach B für Bravo, was für Diego Roca steht … Vielleicht gibt uns da jemand eine Art Rätsel auf?«, schlug Lucia vor. Doch ihr Kollege zwirbelte seinen Rastabart und schien an etwas anderes zu denken.

»Na, das werden wir ohnehin gleich alles besprechen. Wir sollten dann auch langsam mal los«, entschied Lucia und wischte sich Brotkrümel vom marineblauen Hosenanzug. »Du solltest dich also langsam umziehen gehen.«

In seinem verschlissenen gelben Segelanzug sah Rubén aus, als käme er von der Nachtschicht auf einer Ölbohrinsel.

»Du fährst alleine zur Besprechung.«

»Wie bitte? Und was machst du zwischenzeitlich? Wieder den gefährlichen Kolumbianer in der Hafenkneipe mimen?«

»Ich geh segeln – ist ein schöner Wind dort draußen.«

»Sag mal … Hast du sie noch alle? Wir fahnden nach einem Doppelmörder, und du willst in der Gegend herumschippern – du verarschst mich doch, oder?«

Rubén spendete den letzten Bissen seines Toasts einer streunenden Katze, die dafür brav Männchen machte. Dann orderte er bei Txema die Rechnung.

»Keineswegs. Ist gut für die Ermittlungen, weil ich mich an der frischen Luft besser konzentrieren kann als in einem muffigen Raum mit diesen Flachdenkern. Ruf mich an, falls ihr dort tatsächlich zu neuen Erkenntnissen gelangen solltet.«

Zoco trank den Espresso aus und stopfte die Zeitung in den Zeitschriftenständer. Dann bezahlte er und verließ die »Cafetería Italiana« in Almuñécar. Es lief gut. Sehr gut sogar. Zwei waren tot, und nun fehlten nur noch zwei weitere, ehe er der Boss war. Die Polizei ging von einem Doppelmord aus, aber Spuren oder gar Verdächtige hatten sie noch keine, und die Garnelen wurden in der Zeitung wohl aus ermittlungstaktischen Gründen nicht erwähnt. Salvador und Carlos würden die Hosen voll haben, sich jedoch hüten, ihn anzuschwärzen.

Und selbst wenn – er hatte bei beiden Morden für ein Alibi gesorgt.

Zoco stieg ins Auto und rief bei Sergio an, aber der Penner hatte sein Handy immer noch ausgeschaltet und schlief wohl noch. Es wurde langsam Zeit, Mitglieder für sein eigenes Kartell anzuwerben oder in Sergios Fall *abzuwerben*.

Er hielt nicht viel von ihm, aber Sergio war einer der Händler für die Drogenorganisation, der er bis vor Kurzem selbst noch angehört hatte. Auch aus einem anderen Grund musste er dringend mit Sergio sprechen. Ihm wurde nämlich das Geld knapp, seit Carlos ihn hinausgeworfen hatte, deshalb brauchte er dringend Ware, die er an seine Kunden verhökern konnte.

Zoco fuhr die N340 bis Motril. Vor dem Ortszentrum folgte er der Straße in Richtung Santa-Ana-Krankenhaus und bog dann in einen Schotterweg ein, der zu einer Finca führte. Sergios verbeulter sandfarbener Landrover-Defender sah aus, als wäre er bereits ein Teil des Schrotthaufens auf dem Vorplatz, der aus einem ausrangierten Kühlschrank, überwucherten Möbeln, einem Anhänger und einem Stapel Reifen bestand. Das Haus befand sich in einem ebenso desolaten Zustand: Der Verputz war vielerorts abgebröckelt, und poröse Backsteinziegel, die dort vor fünf oder sechs Generationen vermauert worden waren, klafften wie entzündete Wunden auf. Aus den sonnenbleichen moosfleckigen Dachpfannen wuchs Gestrüpp.

Vor Jahren hatte es hier oben einen Flächenbrand gegeben. Das alte Gemäuer hatte den Flammen standgehalten. Nur der schwarze Ruß an der Fassade zeugte noch vom Brand, den Sergio mit einer Kippe ausgelöst hatte. Er hatte sich natürlich nie die Mühe gemacht, sein Haus neu zu streichen, und die Einheimischen nannten sein Heim fortan nur noch die »schwarze Finca«. Laut ihrer einhelligen Meinung passte das auch wunderbar zu seinem Bewohner, von dem man sich abwandte, wenn man das Pech hatte, ihm zu begegnen. Das kam allerdings nur selten vor, weil die schwarze Finca so abgelegen war.

Die Klatschmäuler der Umgebung sagten Sergio so einiges

nach. Dass er als Junge seine Schwester im Brunnen ertränkt hatte, war noch das Netteste. Seine zahlreichen lokalen Biografen wussten außerdem zu berichten, dass er mit seiner Mutter habe schlafen müssen, als diese noch lebte, und er seinem Vater beim Selbstmord mit dem Strick tatkräftig zur Hand gegangen sei.

Zoco hupte und wartete vergeblich auf eine Reaktion. Er stieg aus dem Wagen und klopfte gegen die versengte, aber robuste Holztür. Wieder nichts. Dabei musste er zu Hause sein. Das war er immer. Die Tür war nicht verriegelt.

Dahinter lag der Wohnraum der Finca im Halbdunkel.

Scheiße, der ist heute nicht mehr ansprechbar, dachte Zoco.

Sergio war fast vom Sofa gerutscht. Sein bleicher nackter Bauch hob und senkte sich und sprach eine andere Sprache als seine halb geöffneten und nach oben verdrehten Augen, die eher zu einem Toten gepasst hätten. Zoco atmete durch seinen Ärmel und rüttelte an Sergios Schulter, aber dessen einzige Reaktion bestand darin, die Kinnlade aufzuklappen und seine letzten Zahnstummel zu präsentieren.

Das Stillleben am Couchtisch war unmissverständlich: eine leere Flasche Whisky aus dem Discounter, Spritzen, Kanülen, Koks, Feuerzeug, Löffel und ein mit Kippen gefüllter Suppenteller als Aschenbecher.

Er kippte etwas Koks auf den Handrücken und zog es die Nase hoch. Das war ja ohnehin sein Zeug. Er war es doch gewesen, der damals alles eingefädelt hatte – und nun wollten sie ihn raus haben.

Tja, Freunde, daraus wird nichts, und zwei von euch mussten deswegen schon daran glauben. Angewidert sah er auf Sergio hinab. Wie sollte er mit dem jemals zusammenarbeiten? Lange würde es der ohnehin nicht mehr machen.

Jedenfalls war er heute umsonst gekommen.

Mit dem war nichts mehr anzufangen. Es sei denn …

Zoco drehte sich um die eigene Achse.

Wo mochte Sergio die Ware versteckt haben?

Er durchsuchte die versiffte Küche, zwei Schlafzimmer und

das Bad, das den Anschein erweckte, es gäbe seit Jahren kein fließendes Wasser mehr. Nichts.

Erst jetzt fiel ihm eine steile Steintreppe auf, die nach unten führte. Seltsam. Alte Fincas waren kaum jemals unterkellert.

Zoco stieg die Treppe hinab und stand in einem Lagerraum ohne Lichtschalter. Mit seinem Handydisplay leuchtete er den Raum aus, bei dem es sich wohl um eine alte Kornkammer handelte. Hier standen Holzkisten, die nach Getreide rochen, und wertloses Gerümpel aller Art. Er durchsuchte den Raum, fand aber auch hier keine Drogen, die er hätte mitgehen lassen können. Am Ende des Raums stieß er auf eine mit einem Vorhängeschloss gesicherte Stahltür. Der Schlüssel dafür steckte.

Zoco schloss auf, zog den Bügel aus der Sicherung, schob den Riegel aus dem Loch in der Mauer und drückte die über den Steinboden scheuernde Eisentür auf.

Es roch modrig und faulig, als wären hier eine Katze oder ein paar Ratten verwest. Ein Lichtstrahl fiel ihm aus einem Lüftungsschacht wie ein Spotlight vor die Füße. In dem Raum fanden sich nur eine Matratze, ein Stuhl, zwei Eimer und ein Tisch und … was zum Teufel …

Ein Mädchen hing verrenkt in einer Schlaufe am Tisch.

Was war Sergio denn für ein Perversling?

Hielt er sich hier unten etwa eine Nutte und veranstaltete Fesselspiele? Zuzutrauen wär's ihm. Er zog den Kopf der nur mit einem Slip bekleideten jungen Frau aus einer verknoteten Jogginghose und hob sie auf die Matratze. Sie röchelte und war anscheinend nicht in der Lage, die Augen zu öffnen.

Er tätschelte ihre Wange, aber sie war wohl ebenso voller Drogen gepumpt wie Sergio. Dacht ich mir's doch, Mann – du kriegst deine Weiber nur mit Geld.

Er musterte das Mädchen. Es hatte hübsche Gesichtszüge, war aber durch den Drogenkonsum ausgezehrt, verwahrlost und so verblasst, als hätte sie lange keine Sonne gesehen. Ihre schwarzen Haare waren so verfilzt, dass ein Kamm kaum mehr dagegen ankommen würde. Sein Blick glitt über die verkümmerten Brüste hinab zu dem schmutzigen Slip, aus dem sich buschige Haare kräuselten, und den knochigen Beinen. Da drehte sich das Mädchen zur Seite, und Zoco sah die Wade des anderen Beins.

Es dauerte eine Weile, ehe die Tragweite seiner Entdeckung an ihrem Körper in sein Bewusstsein drang. Er kniete sich vor die Matratze und hob ihr Gesicht an.

Das Mädchen öffnete die Augen.

Er sprang auf und taumelte zurück.

Das kann doch nicht wahr sein!, dachte er. Sie ist es! Sie ist es tatsächlich!

Zoco stürmte aus der Finca.

KAPITEL ZEHN

Was der hässliche Mann nicht geschafft hatte, war auch ihr nicht gelungen. Sie konnte wieder atmen. Sie war nicht tot. Maria öffnete die Augen und sah einen Mann vor sich. Einen anderen Mann. Sie dachte erst, sie hätte auf dem Rückweg aus dem Tunnel, der zu dem Licht führte, welches ihre Erlösung bedeutet hätte, eine Halluzination erlitten. Langsam wurde ihr bewusst, dass sie immer noch im Keller lag und sich jemand über sie beugte, jemand, den sie schon irgendwo …

Sie wollte etwas sagen, aber sie konnte ihn nur anstarren. Der Mann war erschrocken. So sehr, dass er davongelaufen war. Maria schloss ihre Augen. Von irgendwoher kannte sie ihn. Sie versuchte ihre Gedankensplitter festzuhalten. Der Begriff »Schwester« kam ihr in den Sinn. Dazu formte sich ein unscharfes Bild, das bald verblasste.

Der neue Mann war noch nicht wiedergekommen. Bestimmt war er gleich wieder da, ansonsten hätte er die Tür nicht offen gelassen. Vielleicht würde er ihr etwas zu essen bringen, nachdem der andere sie nicht weiter versorgte. Maria blickte auf die Tür.

Träge formte sich ein Gedanke in ihrem Kopf.

Die Tür stand offen.

Sie rappelte sich auf und kroch zum Tisch, über dessen Kante ihre Pyjamahose hing. Daran zog sie sich hoch und ging

Schritt für Schritt auf die Tür zu. Und durch sie hindurch. Hier war es dunkel, und zwischen den vielen Dingen, die hier standen, befand sich ein schmaler Gang, durch den sie auf eine Treppe zuwankte. Dort hielt sie inne und sah nach oben. Dann schleppte sie sich die Stufen hoch und stand schließlich oben in einem Raum voller Unrat. Der Mann, der sie jahrelang gefangen gehalten hatte, schlief auf dem Sofa. Maria hätte sich ihn gern genau angesehen, aber dadurch erwachte er vielleicht.

Das Zimmer roch nach ihm: nach Tabak, Alkohol und Schweiß.

Sie ging auf eine Holztür zu und schob sie auf.

Maria starrte durch den Rahmen wie auf ein wunderschönes Bild: der blaue Himmel, Wolken, Sonne, Büsche, Hügel, ein Vogel … Sie trat über die Türschwelle und achtete nicht auf die Stufe. Maria fiel hin, rappelte sich wieder hoch und tat ihre ersten Schritte in Freiheit.

Rubén kurbelte an der Winsch und zog die Fockschot dichter. Die Papa San lief nun am Wind gegen die Wellen an, die der Westwind mit fünfundzwanzig Knoten zur Küste schob. Er saß auf der hoch aus dem Wasser ragenden Steuerbordseite und hielt sein Gesicht in die anspritzende Gischt. Durch das Ölzeug blieb er trocken und fror nicht. Die salzige Meerluft, das Glucksen des Rumpfs in seiner windgetriebenen Fahrt durch die Fluten und das Geschrei der Möwen, die über einem passierenden Fischkutter kreisten, waren sein Element – nirgends konnte er besser nachdenken. Mit Sicherheit nicht auf einem Resopalstuhl in einem Raum zwischen einem halben Dutzend sich profilieren wollender Polizisten, von denen einige ihn anstarrten, als wäre er der Verbrecher. Rubén wandte sich um.

Die Orte Nerja, La Herradura, Almuñécar, Salobreña und Motril reihten sich aneinander. Dahinter erhob sich das karge, kaum besiedelte Hinterland, das hoch zum Plateau von Granada führte – seiner Heimatstadt. Im Osten ragte der Mulhacén auf, der höchste Berg des spanischen Festlands.

Rubén zwang sich, seine Gedanken auf die Arbeit zu fokussieren. Der erste Mord war am Monte de los Almendros in Salobreña geschehen und der zweite in Los Pinos bei Almuñécar. Selbst aus acht Seemeilen Entfernung konnte er die beiden Villen noch ausmachen, in denen die Verbrechen geschehen waren. Aber es war wohl kaum die Lage der Immobilien, die sie auf die Spur des Täters führen würde. Bei der gestrigen Besprechung hatten Lucia und er die Vermutung angestellt, dass man von der Anzahl der Garnelen auf die noch zu erwartende Opferzahl schließen könne, wenn sie den Täter nicht rechtzeitig fassten. Demnach müssten sie noch mit zwei weiteren Morden rechnen.

Nachdem die Auswertung der Spuren an den Tatorten nichts ergeben hatte, weil der Täter laut der Zeugin am zweiten Tatort einen Neoprenanzug trug, waren die beiden heißesten Spuren die bei den Opfern aufgefundenen anonymen Prepaid-Handys und das »Restaurante Gamba Blanca« am Hafen von Motril. Dort hatten sich Baena und Roca laut dem Wirt manchmal mit zwei anderen Typen getroffen, nach denen sie nun fahndeten. Waren das die Täter – oder die noch zu erwartenden Opfer? Und waren das zugleich die fehlenden Kontakte in den Handys? Alpha und Delta?

Was hatten die vier zu besprechen gehabt?

Nach seiner Nummer als Mitglied des Medellín-Kartells konnte er sich in der Hafenkneipe nicht wieder blicken lassen, um den Besitzer nun offiziell in die Mangel zu nehmen.

Deshalb hatten zwei der ihm zugeteilten Beamten der Guardia Civil diese Aufgabe übernommen, aber die hatten nichts aus dem Wirt herausbekommen. Also wurde beschlossen, das Lokal zu observieren. Als Hafenarbeiter oder Fischer gekleidete Polizisten wechselten sich beim Besuch der Kneipe ab, ohne jedoch bisher etwas Aufregendes berichten zu können. Rubén wandte sich wieder dem Meer zu. Die Lösung musste ohnehin eher auf dem Wasser zu finden sein als an Land, dachte er.

Die Seenotrettung mit ihren orangefarbenen Einsatzbooten, der Zoll mit den blauen Patrouillenbooten, Garnelen, die vier ersten Buchstaben des Seeflaggenalphabets in den anonymen

Handys … Alles war irgendwie mit dem Meer verbunden, und wenn man davon ausging, dass die Mordopfer ihr Vermögen im Drogenbusiness verdienten, so wurde die Ware wahrscheinlich auf dem Seeweg verschifft. Doch was hatten Diego Roca und Aurelio Baena damit zu tun? Deckten sie jemanden, oder wussten sie zu viel? Der Zollbeamte Baena konnte in seiner Funktion durchaus hilfreich für den Drogenschmuggel sein. Aber Roca von der Wasserrettung?

Jemand, der mit seinem Team hauptsächlich in Seenot geratene Afrikaner rettete. Das letzte Mal lag gar nicht lange zurück, wie die Zeitung gerade vor einigen Tagen berichtet hatte. Neun Überlebende hatte es beim jüngsten Flüchtlingsdrama gegeben. Das Boot war wegen Treibstoffmangels zum Erliegen gekommen, und wie viele Menschen deswegen hatten sterben müssen, konnte man nur schätzen. Moment mal …

Rubén schaltete den Autopiloten ein und stieg in die Kajüte. Tatsächlich fand er im Papierkorb noch die alte Zeitung, in der er diesen Artikel gesehen hatte. Draußen war es zu windig zum Lesen. Rubén vergewisserte sich durchs Bullauge, dass die Papa San in den nächsten Minuten nicht den Weg eines anderen Schiffes kreuzte, breitete die Zeitung auf dem Kartentisch aus und begann zu lesen.

Die dürftigen Details und die nüchterne Beschreibung der tragischen Vorfälle glichen einem aus ähnlichen Artikeln kopierten Standardtext. Drei Bilder ergänzten den ganzseitigen Bericht: Eines zeigte eine Gruppe in Decken gehüllter Afrikaner mit starren Blicken, auf dem zweiten war Diego Roca zu sehen, der zum Zeitpunkt der Aufnahme wohl nicht gedacht hatte, dass dies sein letzter Einsatz auf hoher See gewesen war, weil er wenige Tage später ermordet werden würde. Auf dem dritten war das Schlauchboot abgebildet, mit dem diese Menschen in eine bessere Welt übersetzen wollten. Rubén konzentrierte sich auf das Bild des Schiffes und das Foto von Diego Roca. Es war dein letzter Einsatz, dachte Rubén. Hatte dein Tod vielleicht etwas damit zu tun?

Hing das etwa alles zusammen? Schiffe, Seenot und Drogen?

Gedankenverloren stopfte er die alte Zeitung in den Papierkorb, stieg aus der Kajüte in das Cockpit und klemmte sich wieder hinter den Steuerstand.

Nachdem die Guardia Civil in den letzten Jahren immer mehr Drogenboote beschlagnahmt hatte, war der Drogenverkehr auf See stagniert. Aber war er das wirklich? Oder hatten die Dealer nur eine bessere Lösung gefunden, die Ware von der Nordküste Afrikas nach Spanien zu schmuggeln?

Vielleicht durch die Flüchtlingsboote?

Die Anzahl der gefassten Drogenboote hatte im selben Umfang abgenommen, wie die Flüchtlingsschiffe zunahmen. Wurden die Boote auf Drogen hin kontrolliert? Platz genug in den Gummirümpfen wäre dafür jedenfalls. Könnte die Lösung so simpel sein? Falls Diego Roca bei dieser Sache involviert gewesen war, wäre auch geklärt, warum er zu so viel Geld gekommen war. Womöglich war es gar nicht seine Absicht gewesen, Menschen zu retten, sondern er hatte gleich damit kalkuliert, dass er unter diesem Vorwand Drogen auf hoher See schmuggeln könnte? In Rubén kribbelte es.

Er spürte, dass er damit nicht so falsch liegen konnte.

Schlauchboote. Flüchtlinge. Afrikaner. Drogen.

Da war doch noch etwas … Richtig, die schwarze Gestalt!

Rubén dachte an die Befragung von Rocas Nachbarin, die den Täter hatte flüchten sehen.

»Eine schwarze Gestalt«, hatte sie gesagt. »Von Kopf bis Fuß. Er hatte so eine Art Gummianzug an. So wie zum Tauchen oder Schwimmen. Mit Kapuze. Nur die Augen konnte man erkennen. Alles andere war schwarz wie die Nacht. Wie groß? Etwa eins achtzig, aber es ging ja alles so schnell. Sein Körperbau? Schlank oder athletisch. Aber mit dem Anzug ist das schwer zu sagen.«

Rubén klatschte sich gegen die Stirn.

Dass ihm das erst jetzt auffiel, verdammt!

Er riss das Ruder herum, löste die Vorschot, zog den Kopf ein, damit ihn der herumwirbelnde Baum nicht traf, und kurbelte die Schot auf der Steuerbordseite dicht. Als er das Wendemanöver beendet hatte, rief er Lucia an, die sich einen ihrer bissigen Kommentare nicht verkneifen konnte:

»Bist du etwa in Seenot? Tja – Pech gehabt, denn der Chef der Seenotrettung wurde leider ermordet, und wir geben hier unser Bestes, diesen Mord aufzuklären, während andere …«

»Unser Täter ist möglicherweise Afrikaner.«

»Waaas? Wie kommst du denn darauf?«

»Die Engländerin hat es uns erzählt.«

Trotz der Windgeräusche hörte er Lucia seufzen.

»Du solltest nicht so viel von deinem Kraut rauchen. Sie hat von einer ›schwarzen Gestalt‹ gesprochen, weil der Mann in einem schwarzen Neoprenanzug steckte, aus dem nur die Augen hervorlugten.«

»Genau«, pflichtete Rubén ihr bei und schaltete den Motor dazu, damit er schneller vorankam. »Nur die Augen stachen aus der Kapuze hervor, alles andere war schwarz. Auch die Stirn, die Wangen und die Nase, die nicht von einer Taucherhaube bedeckt werden, waren schwarz. Entweder er hat sein Gesicht mit Tarnfarbe beschmiert, oder wir suchen nach einem Afrikaner!«

Zoco sprang in sein Auto. Schotter spritzte beim Anfahren unter dem Heck hervor. Damit wollte er nichts zu tun haben. Dieses perverse Arschloch hatte ein unschuldiges und damals noch minderjähriges Mädchen entführt und hielt sie seitdem gefangen. War an dem Dorftratsch über ihn doch etwas dran?

Er zwang sich, langsamer zu fahren. Vom Weg abzukommen hätte tödliche Überschläge den steilen Abhang hinab zur Folge. Zur Polizei konnte er keinesfalls laufen. Dort würde er eine Menge unangenehmer Fragen beantworten müssen, und von Sergio – von dessen Wohlwollen er abhängiger war, als es ihm recht war – würde er nicht mal mehr eine Packung Zigaretten bekommen.

Sollte er das Mädchen einfach freilassen?

Oder …

Zoco bremste. Das ABS aktivierte sich klackernd.

Oder …

Nach seinem Rauswurf brauchte er Geld, um seinen

Lebensstil beizubehalten, und mit etwas Phantasie könnte er seine Entdeckung durchaus vergolden. Zoco fuhr einen Kilometer weiter, ehe er auf dem schmalen Weg wenden konnte. Jemand würde ihm für diese Enthüllung eine Menge Geld bezahlen.

Und er wusste auch schon, wer.

Zoco jagte seinen Wagen zurück zum Haus des Typen, der sich jahrelang ein Mädchen wie ein Stück Vieh gehalten hatte. Er bog in den Vorplatz der schwarzen Finca ein und stemmte seinen Fuß auf das Bremspedal. Beinahe hätte er sie überfahren.

In seiner Panik hatte er nicht daran gedacht, die Tür zu ihrem Versteck zu verriegeln. Zoco sprang aus dem Auto und rannte zur geöffneten Fincatür. Als er sich vergewissert hatte, dass Sergio unverändert im Delirium lag, schnappte er sich die wehrlose junge Frau, hielt ihr den Mund zu und zerrte sie wieder in den Keller der Finca.

»Wenn du schreist, bringe ich dich um«, drohte er ihr und nahm die Hand von ihrem Mund. Sie schien kaum wahrzunehmen, was um sie herum passierte, und starrte ihn wortlos an.

Zoco fotografierte ihr Gesicht und die Wade mit dem Handy. Dann kontrollierte er die Fotos und lächelte. Es gab keinen Zweifel – wenn er es richtig anstellte, könnten die Fotos eine Menge Geld einbringen. Er steckte das Handy weg und zog die junge Frau an den zotteligen Haaren hoch.

»Kein Wort zu Sergio, hörst du? Kein Wort! Sonst …«

Zoco ließ von ihr ab und verließ das Gewölbe. Diesmal nicht ohne den Bolzen des Riegels in die Mauer zu schieben und das Vorhängeschloss anzubringen. Vorbei an Sergio, der vom Sofa gerutscht war und seinen Besuch nicht bemerkte, verließ er das schäbige Gemäuer.

KAPITEL ELF

Maite saß mit Rafael in der »Soho Lounge«. Die Sonne senkte sich langsam über den Felsen von Almuñécar herab. Die Strandpromenade wie auch die Playa waren voll von verliebten Teenies, jungen Ehepaaren, glücklichen Eltern und händchenhaltenden Rentnern.

Die letzten Tage und einen Teil der Nächte hatte sie über das Thema Hochzeit nachgegrübelt und war zu einem Entschluss gekommen: Es war an der Zeit, eine Familie zu gründen und ihren Widerstand aufzugeben. Kleinere Querelen würde es in einer Beziehung immer geben – aber nun musste sie, anstatt wie bisher davonzulaufen, eben daran arbeiten. Momentan war wieder alles so wie zu Beginn ihrer Beziehung, und so hatte sie sich letzte Nacht in seinen Armen zu einer überfälligen Entscheidung durchgerungen.

Rafael winkte die Kellnerin heran und orderte zwei Mojitos. Der Wind hatte ihm seine grauen Locken zerzaust, die er nun nach hinten strich.

»Nur einen Mojito und eine Cola bitte«, korrigierte sie die Bestellung und erklärte gegenüber Rafael: »Mir ist heute nicht nach Alkohol.«

Eine Woche war seit dem Schwangerschaftstest vergangen, und bisher wussten nur Joana und ihre Mutter davon. Ihm hatte sie es vorerst noch nicht erzählt, weil er nicht glauben sollte, sie wolle ihn nur deswegen heiraten.

»Rafa …«, begann Maite, als die Getränke vor ihnen standen, und drehte ihren Diamantring am Finger. »Was du mich neulich in der ›Tartana‹ gefragt hast …«

Aber er winkte nur ab, als ob er ihr zu verstehen geben wollte, dass er ihr deswegen nicht mehr böse war.

»Ich hab mir Gedanken gemacht und … na ja – warum eigentlich nicht? Lass uns heiraten, Rafa!«

Ihr Auserwählter stellte seinen Drink bedächtig auf den Tisch. Falls es eine Gefühlsregung gab, wurde die von seiner Armani-Sonnenbrille verdeckt.

»Oder willst du jetzt nicht mehr?«

Er nahm seine Brille ab und zwinkerte zweimal unkontrolliert mit beiden Augen, was er immer tat, wenn ihn etwas aufregte oder berührte.

Dann erhob er sich, zog Maite vom Stuhl und umarmte seine Verlobte.

Wieder einmal trafen sich Salvador und Carlos im Hinterzimmer des »Gamba Blanca«. Bei ihrem vorletzten Treffen waren sie noch zu viert gewesen und beim letzten zu dritt.

Salvador war außer Dienst und trug anstatt seiner Uniform einen Real-Madrid-Jogginganzug und Turnschuhe. Carlos war mit einem schwarzen Anzug bekleidet, als käme er gerade von Diego Rocas Beerdigung oder als trauerte er um ihn.

Aber Salvador kannte ihn besser, um zu wissen, dass Carlos allein sein finanzieller Vorteil interessierte.

»Hör zu, Carlos – ich hätte den Wachmann beinahe erschossen, wenn er nicht im allerletzten Moment kehrtgemacht hätte. Der Nachtwächter ist im Zolllager schon auf den Dienstwagen zugelaufen, hinter dem jede Menge Stoff lag. Wenn er zehn Schritte weitergegangen wäre – was hätte ich dem denn sagen sollen? Das ist nur Mehl, und ich bin Hobbybäcker oder was? Zehn Jahre hätte ich gesessen, und du wärst fein raus gewesen. Zehn beschissene Jahre! Aber vorher hätte ich ihn abgeknallt – dann wären es halt fünfzehn gewesen, während du …«

»Jetzt beruhige dich mal. Ist ja noch gut ausgegangen, oder? Du solltest dich nicht immer so aufregen – ist nicht gut fürs Herz. Sonst lebst du ohnehin keine zehn Jahre mehr.« Carlos grinste.

»Gut ausgegangen nennst du das? Zwei von uns sind brutal ermordet worden, und ich wäre um ein Haar zum Killer geworden. Ich will mein Geld – und dann adiós!«

»Dein Geld?«

»Genau. Meine zwanzig Prozent und die zwanzig von Aurelio, die du mir zugesichert hast. Diegos Anteil können wir von mir aus teilen – also sind es fünfzig Prozent, und ich bin raus.« Salvador wischte sich ein paar Cognactropfen aus dem Schnauzbart und hielt Carlos' Blick stand.

Der nahm seine Hornbrille ab und polierte sie mit einer Serviette, obwohl sie bereits glänzte. »Um Geld verteilen zu können, müssen wir die Ware erst mal verkaufen, findest du nicht, Salva?«

»Nein, verdammt, ich will *jetzt* mein Geld. Ich will ab sofort nichts mehr mit der Sache zu tun haben. Mir ist das schon längst zu heiß. Da hat's irgendwer auf uns abgesehen. Ich war an Diegos Tatort. Du hast ja sein Gesicht nicht gesehen. Wie 'ne zertretene Tomate, sag ich dir! Und dann wieder diese verfluchten Garnelen im Pool. Findest du das nicht beunruhigend, zumal …«

Salvador verstummte. Erst jetzt kam ihm als Polizist eine Idee, warum Carlos so ruhig auf die beiden Morde reagierte. Hatte er etwas damit zu schaffen? Aber was wäre sein Motiv? Nicht teilen zu müssen? Doch wer würde in dem Fall für ihn die Drecksarbeit erledigen, wenn er seine eigene Bande aus dem Verkehr zog?

Sonst lebst du ohnehin keine zehn Jahre mehr, hatte er vorhin gesagt und dabei gegrinst.

Handelte es sich dabei etwa um eine Drohung?

Francisco kam ins Hinterzimmer. Sie nickten ihm zu, und Salvador bestellte einen weiteren Cognac – den siebten seit dem

Frühstück. Der Wirt knetete eine Serviette und druckste herum, ehe er mit der Sprache herausrückte: »Es tut mir leid, aber ihr müsst gehen. Und lasst euch hier nicht wieder blicken.«

Salvador wollte etwas erwidern, aber Carlos erklärte das zur Chefsache. »Habe ich eben richtig gehört?«

Der Wirt nickte wortlos und blickte auf seine Schuhspitzen.

»Interessant. Und darf ich fragen, warum?«

»Das ist meine Sache.«

Dabei ließ es Carlos, dessen Naturell es nicht erlaubte, sich von einem schmierigen Wirt etwas vorschreiben zu lassen, natürlich nicht bewenden: »Du wirfst uns also aus einer Laune heraus aus deinem schäbigen Lokal?«

»Ich will damit einfach nichts zu tun haben. Die Rechnung geht auf mich, aber jetzt verschwindet bitte.«

Carlos erhob sich. »Du willst mit *was* nichts zu tun haben?«

Nun wurde der Wirt wütend. »Das fragst du noch? Die anderen zwei sind ermordet worden, und ein gefährlicher Kolumbianer hat schon zweimal nach euch gefragt. Obendrein läuft die Polizei hier aus und ein und fahndet nach dem Kolumbianer *und* nach euch. *Damit* will ich nix zu tun haben. Ist das denn so schwer zu kapieren?«

Was für ein gefährlicher Kolumbianer?, fragte sich Salvador. Das wurde ja immer toller. Und anscheinend schnüffelten seine Kollegen hier herum, wovon er gar nichts wusste. Er war zwar an den Tatorten gewesen, weil er bei den jeweiligen Einsätzen Dienst versehen hatte, gehörte aber nicht zu dem mit den Ermittlungen betrauten Team.

»Welcher Kolumbianer?«, wollte Carlos von Francisco wissen.

»Na, so ein Kolumbianer halt. Hatte 'nen Sack Drogen dabei und 'ne Knarre und hat mir damit gedroht, eine Panzerfaust durchs Fenster zu knallen. So ein kaffeebrauner Typ mit krausen Haaren und einem Kinnbart …« Francisco zwirbelte an imaginären Haaren am Kinn.

»Mit Rastalocken?«, fragte Salvador nach.

»Genau. Jedenfalls ein übler Bursche.«

Rastalocken? Kolumbianer? Salvador Molina erhob sich und

ließ den Vollidioten von Wirt und auch Carlos in dem Glauben, dass sie von einem gefährlichen Kolumbianer verfolgt werden würden. Sollte Carlos, der sich gerade mit seinem seidenen Einstecktuch die Stirn abtupfte, auch mal Schiss haben. Der »Kolumbianer« konnte jedenfalls nur dieser Rubén de Freitas sein.

»Das glaub ich nicht«, antwortete Joana.

»Wenn ich's dir doch sage – wir werden heiraten! Und zwar im ›Albayzín del Mar‹. Das kennst du doch, oder? Was für eine geile Location. Ihr müsst unbedingt dabei sein.«

»Dabei warst du dir bis vor Kurzem noch gar nicht so sicher, Maite.«

»Ja schon, aber wegen der Schwangerschaft …«

»Und was sagt der künftige Vater dazu?«

Gute Frage … Maite fühlte sich zunehmend schlechter bei dem Gedanken, dass sie ihr süßes Geheimnis noch nicht mit dem Vater des Kindes geteilt hatte. Na, er wird es schon noch rechtzeitig erfahren, und dann wird seine Freude umso größer sein, sagte sie sich. Sie ging ins Wohnzimmer und setzte sich mit dem Laptop auf die Couch.

»Er weiß es noch gar nicht. Sonst könnte er denken, das wäre der einzige Grund für meine Zusage. Er hat ohnehin nicht verstanden, warum ich wochenlang gezögert habe und nun dafür umso eiliger mein Schicksal besiegeln will. Aber wer will schon mit einem Umstandskleid auf der eigenen Hochzeit herumlaufen?«

»Habt ihr denn schon einen Termin?«

»Nein. Ich wollte nächstes Jahr im April oder Mai heiraten, aber da wäre ich im siebten oder achten Monat, daher muss es im Winter passieren. Vielleicht sogar vor Weihnachten.«

»Vor Weihnachten noch? Puh, das geht ja wirklich schnell. Wie lange kennt ihr euch dann am Tag eurer Hochzeit?«

»Keine sechs Monate. Ein wenig überstürzt das Ganze, aber jetzt kann ich nicht mehr zurück … Und ich weiß, Joana … nach all dem, was damals passiert ist, wirst du nicht gerne nach

Almuñécar reisen, aber natürlich würd's mich riesig freuen, wenn ihr dabei wärt.«

»Ich muss das erst mit Kilian absprechen, aber ich geh mal davon aus, dass wir kommen. Ich freu mich ja so für dich – auch wegen des Babys.«

Maite tratschte noch etwas mit ihrer Freundin und beendete dann das Skype-Gespräch. Ja, ihr Leben würde sich ändern, aber genau daraus bestand das Leben doch – aus Veränderungen.

Sie würde schon glücklich werden mit Rafael, dachte sie und klickte auf den Ordner »Hochzeitsvorbereitungen«. Der Datei »Gästeliste« fügte sie die Namen Joana, Kilian und Xaver hinzu. Sie musste sich in den nächsten Tagen und Wochen um Tausende von Dingen kümmern: Brautkleid aussuchen, Termin mit der Kirche vereinbaren, Gästeliste vorbereiten, Einladungen drucken und noch eine Menge anderer Dinge. Von Rafael konnte sie kaum Unterstützung erwarten, denn der hätte nach eigenen Aussagen am liebsten auf eine Feier verzichtet und in Las Vegas geheiratet.

Bei dir ist es ja auch schon das dritte Mal, du Romantikmuffel, hatte sie argumentiert und ihren Wunsch auf eine Traumhochzeit in Weiß vehement durchgesetzt.

Zoco war nicht gerade ein Paradeinformatiker, wusste aber, dass IP-Adressen zurückverfolgt werden konnten. Deshalb hütete er sich, sein Vorhaben zu Hause von seinem Computer aus umzusetzen, und betrat stattdessen einen schmuddeligen Callshop mit Internetcafé. Eine ecuadorianische Hausgehilfin telefonierte tränenreich mit der kleinen Tochter in der alten Heimat, zwei giggelnde Chicas chatteten mit einer Gruppe Jungs, die sich über Webcam in den Vordergrund des 15-Zoll-Bildschirms drängelten, und eine Frau mit Kopftuch las eine Onlinezeitung mit arabischen Schriftzeichen. Zoco setzte sich zwischen den Trennwänden auf den verschlissenen Stuhl und warf zwei Euro in den Schlitz. Er öffnete den Explorer mit der Maus, auf der derselbe braune Film von Tausenden ungewaschenen Fingerkuppen haftete wie auf der Tastatur, und gab zum ersten Mal die Adresse von Facebook ein.

Die Registrierung unter einem getürkten Profil war gar nicht so einfach, weil er dafür erst einen anonymen E-Mail-Account einrichten musste. Zoco warf zweimal Münzen nach, ehe sein Account fertiggestellt und die Metamorphose vollzogen war. Auf Facebook war er nun Carmen Campos, siebenundzwanzig Jahre alt, ledige Einzelhandelsangestellte aus Motril mit den aufregenden Hobbys Lesen, Tanzen und mit ihrem Hund spielen. Im Internet fand er das Foto einer brünetten pummeligen Andalusierin, zu der das Alter in etwa passte und die selbst an einen pinkfarbenen Maserati gelehnt niemandem auffallen würde.

Zoco speicherte es als sein Profilbild.

Dann suchte er nach seiner ersten »Freundin«, aber auch das war nicht so einfach, weil sich zu viele Namensgleichheiten ergaben. Erst auf der dritten Seite erkannte er sie an den eingestellten Fotos. Er sandte eine Freundschaftsanfrage in den virtuellen Raum und lehnte sich zufrieden zurück wie ein Fischer, der eben seine Angel mit dem leckeren Köder in den Teich geworfen hatte. Zu Zocos Verwunderung dauerte es keine fünf Minuten, bis er seinen Fisch am Haken hatte. Er lächelte und warf zusätzliche Münzen in den Schlitz – schließlich musste er seine Beute auch an Land ziehen.

KAPITEL ZWÖLF

Maria lag auf ihrer Matratze. Staubflusen und eine Fliege schwirrten durch den Lichtkegel, der in ihr Verlies fiel. Sie beneidete die Fliege, die durch den vergitterten Luftschacht in die Freiheit konnte, wann immer sie wollte. Dorthin, wo sie ebenfalls vor Kurzem gewesen war, weil mit einem Mal die Tür offen gestanden hatte. Die Erinnerung an die Sonne, den Himmel, die Weite, den Blick auf das Meer, die klare Luft ließ ihre Augen brennen.

Für wenige Momente war sie in Freiheit gewesen. Bis der Mann zurückgekommen war. Nicht der Hässliche, der sie hier gefangen hielt und sie erst gestern wieder mit Essen versorgt hatte – nein, der andere Mann. Der, den sie von irgendwoher kannte. Das wusste sie ganz bestimmt. Aber woher? Dieser Mann hatte Hoffnung in ihr geweckt. Erst hatte er die Tür nicht verschlossen, damit sie flüchten konnte, doch kurze Zeit später hatte er sie doch wieder in den Keller gesperrt. Trotzdem glaubte sie, dass er sie bald freilassen würde. Nun, da sie wusste, wie schön es dort draußen war, wollte sie nicht mehr sterben. Sie wollte in die Freiheit. Und sie war es leid, an nichts zu denken, nur weil sie sich an nichts erinnern konnte. So stellte sie sich immer wieder dieselbe Frage: Woher kenne ich diesen Mann?

Zu einem Ergebnis war sie dabei noch nicht gekommen,

aber ihr strömten verworrene Gedanken durch den Kopf, die sich nicht festhalten ließen und keinen Zusammenhang ergaben. Sie wusste nicht einmal, ob es sich dabei um Erinnerungen handelte. Es waren jedenfalls keine Gedanken, die sich um ihr Dasein in diesem Gewölbe drehten.

Da war ein Raum mit Mädchen und Jungen in ihrem Alter und eine Frau, die etwas an eine Tafel schrieb … Ein Junge, mit dem sie ein Eis aß und der in ihr ein Gefühl weckte, das über Freundschaft hinausging … Ein Bad im warmen Meer … Ein Saal mit festlich gekleideten Menschen.

Sie hatte zwischen guten und schlechten Erinnerungen zu unterscheiden gelernt, denn oft war sie in Gedanken in Bereiche abgedriftet, an die sie sich gar nicht erinnern wollte: Schmerz, Blut, Wasser, Angst … Todesangst …

Dann dachte Maria wieder an den Tag, als der andere Mann in ihrem Gefängnis erschienen war und ihren Kopf aus dem Kleiderstrang befreite, mit dem sie sich erdrosseln wollte. Sie war kaum bei Bewusstsein gewesen, aber trotzdem hallte in ihrem Kopf noch deutlich nach, was er ausgerufen hatte, als er aus ihrem Verlies rannte, ohne die Tür hinter sich zu verriegeln.

Er hatte den Namen eines Mädchens gerufen.

Erst Stunden nach der misslungenen Flucht dachte sie daran, was das bedeutete. Auch er schien sie zu kennen.

Deshalb hatte er sie beim Namen gerufen.

Aber der lautete nicht Maria.

Joana legte Xaver in sein Gitterbett und blieb bei ihm, bis er eingeschlafen war. Sie strich ihrem vierzehn Monate alten Sohn übers strohfarbene Haar und zog die Decke über seine Füßchen. Dann schaltete sie das Babyfon an und zog die Kinderzimmertür zu.

Sie überlegte, was sie in den ein bis zwei Stunden anfangen sollte, während ihr Sohn Siesta machte. Ihr Buch war langweilig, Fernsehen am Nachmittag ärgerte sie nur, und in der Küche gurgelte bereits die Spülmaschine. Joana befand sich in Elternzeit, aber heute war Donnerstag, und sobald Kilian abends nach

Hause kam, müsste sie los, weil sie donnerstags und freitags manchmal im spanischen Restaurant »La Tasca« aushalf. Sollte sie sich vorher etwas ausruhen?

Doch sie fühlte sich nicht müde und legte stattdessen ein Pad in die Espressomaschine. Mit dem Kaffee setzte sie sich an ihren Computer und checkte auf eBay, ob schon weitere Gebote auf das Beistellbettchen eingegangen waren, das Xaver zu klein geworden war. Es stand immer noch bei fünfzig Euro. Danach zappte sie seit Langem wieder einmal auf ideal.es durch die Nachrichten ihrer Heimat, in der sie seit den tragischen Vorfällen vor drei Jahren nicht mehr gewesen war. Leider fand sie nur negative Schlagzeilen: erneutes Flüchtlingsdrama vor Motril, Doppelmord an der Costa Tropical, Anstieg der Arbeitslosigkeit im Vergleich zum Vorjahr …

Joana seufzte. Um nicht alte Wunden aufzureißen, beschloss sie, die Artikel nicht zu lesen. Stattdessen lud sie die Fotos vom Sonntagsausflug am Königssee vom Handy auf ihren Laptop. Sie klickte sich durch zwei Dutzend Bilder und musterte die aus, auf denen sie sich nicht gefiel. Ein besonders gelungenes wählte sie als ihren neuen Bildschirmschoner.

Ein Japaner mit bayrischem Trachtenhut, dem sie ihre Kamera in die Hand gedrückt hatten, hatte es von ihnen geschossen: Sie posierten neben der Bootsanlegestelle bei der Kapelle von Sankt Bartholomä mit dem schneebedeckten Watzmann als Hintergrund. Kilian steckte in Boots, Jeans, T-Shirt und Lederjacke, seinem bevorzugten Alltagslook, und trug ihren Sohn auf seinen Schultern. Xavers Bayern-München-Cap war verrutscht, und so lugte nur eines seiner blauen Augen ins Objektiv. Er hielt sich an Kilians Haar fest, als säße er auf einem Pony.

Auf diesem Foto fand sie sich sogar selbst gut getroffen – und Joana war da eher kritisch. Ihre für Hochglanzmagazinstandard zu üppige Statur wurde von grüner Wanderkleidung dezent vertuscht. Die schwarze Mähne, derentwegen man sie in Deutschland zumeist für eine Latina hielt, hatte sie nach einer Phase mit kürzerem Mamaschnitt nun wieder länger wachsen lassen. Sie lehnte an Kilians Schulter und hatte in dem Moment auflachen müssen, als der Japaner auf den Auslöser drückte, weil Xaver sie mit dem Fuß am Hals gekitzelt hatte. Ihr Lächeln mit den Grübchen auf der Wange war aufrichtig gewesen und nicht aufgesetzt wie damals, als sie als Empfangsdame im »Hotel Costa Tropical Palace« angehalten war, immerfort freundlich zu sein. Wegen der Trauer um ihre vermisste jüngere Schwester war ihr damals jegliche positive Gefühlsregung schwergefallen. Bis der Mörder ein Geständnis abgelegt hatte und sie mit der Trauerarbeit beginnen konnte.

Joana wurde bewusst, dass sie seit längerer Zeit wieder einmal an ihre Heimat und an ihre Vergangenheit dachte. Sie nahm ihre Kaffeetasse und trat hinaus auf den Balkon ihrer Wohnung im Münchner Vorort Feldkirchen. Zwei Jahre waren schon wieder vergangen, seit sie von Kilians Altbauwohnung hierhergezogen waren. Parkettböden, raumhohe Fenster und helles Mobiliar ergaben das perfekte Zuhause für ihr Familienglück. Zudem mochte Joana die Überschaubarkeit des Lebens am Ostrand der Stadt, mit der S-Bahn nur fünfzehn Minuten von der Innenstadt entfernt. Sie unterhielt sich gern mit den anderen Müttern aus der Kita, lief morgens ein paar Runden um den nahe gelegenen See, während Xaver in der Krippe spielte, oder genoss es, einfach auf dem Balkon zu liegen und ihren Sohn dabei zu beobachten, wie er mit seinem Bagger und den Legosteinen werkte. Es ging ihr gut in Feldkirchen – und doch vermisste sie manchmal ihren Heimatort.

Sie hatte bereits mit Kilian gesprochen, und ja, sie würden zu Maites Hochzeit nach Almuñécar reisen. Dorthin, wo auch für sie beide alles begonnen hatte – wenn auch auf tragische Weise.

Maites Hochzeit. Sie konnte es immer noch nicht glauben. Mal sehen, ob sie online ist, dachte Joana und holte ihren Laptop auf den Balkon. Sie öffnete Facebook, doch Maite war leider nicht an ihrem Computer. Joana scrollte durch die Posts ihrer Bekanntschaften, die sich im Laufe der Zeit aus dem Umfeld der Krippenmütter, gemeinsamen Freunden von Kilian und spanischen Stammgästen von »La Tasca« angesammelt hatten.

Joana wollte sich eben ausloggen, da blinkte eine neue Freundschaftsanfrage auf. Sie stammte von einer gewissen Carmen Campos. Einer Mittzwanzigerin, der man ihre andalusische Abstammung selbst auf den wenigen Pixeln ansehen konnte. Joana überlegte, ob sie aus ihrer Schul- oder Jugendzeit eine Carmen Campos kannte. Ihr fiel nichts ein. Um an nähere Infos zu gelangen, öffnete sie das Profil. Die junge Frau stammte aus Motril – keine zwanzig Kilometer von Almuñécar entfernt. Seltsam, sie hatte erst vor wenigen Minuten ihr Profil erstellt. Sehr informativ war es nicht: nur eine Berufsbezeichnung, ihr Alter, der Wohnort, die Hobbys und ein Profilbild, welches bei ihr nicht im Entferntesten eine »Ah die ist das«-Reaktion auslöste. Bisher war diese Carmen Campos auf Facebook mit niemandem befreundet.

Und jetzt wollte sie ausgerechnet ihre Freundin werden?

Bei einem unbekannten Typen hätte sie nicht akzeptiert, aber wieso sollte sie die junge Frau vor den Kopf stoßen? Vielleicht kenn ich dich von damals doch über drei Ecken und kann mich nur nicht daran erinnern, dachte sie, du sollst deine erste Facebook-Freundin haben. Joana klickte auf »Bestätigen« und schrieb zur Begrüßung gleich etwas Nettes an Carmen Campos' Pinnwand.

KAPITEL DREIZEHN

Der Anruf erreichte Maite in der Umkleidekabine eines Brautmodengeschäfts in Granada. Es war Rafael, der sie nach ihren Plänen für den Abend fragte. Sie versprach ihm, später zurückzurufen, jetzt passe es gerade nicht. Das zog natürlich Rafaels Frage nach sich, wo sie gerade stecke, und da er nicht wissen musste, dass sie schon den halben Tag lang in 2000-Euro-Brautkleider schlüpfte, antwortete sie: »Beim Friseur.«

Maite zupfte den Schleier zurecht, ehe sie den Showroom betrat, wo die beiden Verkäuferinnen und ihre Mutter wie die Juroren einer Talentshow nebeneinander auf der Bank saßen und ihre Kommentare abgaben.

Ihre Mutter, die für diesen Anlass eine Stunde Autobusfahrt aus Jaén in Kauf genommen hatte, schüttelte den Kopf. »Ich finde das Vierte immer noch am besten.«

Die beiden Verkäuferinnen nickten pflichtschuldig, in der Hoffnung, dass diese zähe Modenschau bald ein Ende finden würde. Maite drehte sich in dem Kleid vom Typ Schlicht & Sexy vor der Spiegelfront im Kreis.

»Also, ich find's nicht sooo schlecht, Mama. Und dazu noch die Strümpfe …« Eine Verkäuferin sah betont auffällig auf die Uhr. Fünf vor Mittagspause. Maite verstand das Zeichen und verschwand in der Umkleide, wo sie in ihr Straßenkleid Modell

Kurz & Eng schlüpfte, welches ebenfalls nicht die Zustimmung ihrer Mutter bekommen hatte.

»Und was würde das Vierte mit allem Pipapo kosten?«, wollte Maite wissen und setzte sich neben ihre Mutter.

»Mit Schuhen, Handtasche, Schleier, Handschuhen, dem Gürtel und den passenden Ohrringen?«

Sie nickte und hielt tapfer die Hand ihrer Mutter, während die aufgetakelte Verkäuferin ihren Katalog zurate zog und auf dem Taschenrechner herumtippte. Maite war auf das Schlimmste gefasst und wandte sich dem Schaufenster zu, durch das man zwischen Brautkleiderpuppen auf die belebte Fußgängerzone sehen konnte.

Was war das denn? Das war doch … Trotz des Gewusels hatte sie in der Menge jemanden ausmachen können, der sich ganz offensichtlich zur falschen Zeit am falschen Ort befand.

Maite zwängte sich zwischen die Schaufensterpuppen und brachte dabei die mit Brautkleid Nummer sieben bedenklich zum Wackeln, aber da war er schon um die Ecke verschwunden.

Die zweite Fachberaterin eilte mit schockgefrostetem Lächeln herbei und rückte die Puppen zurecht.

»Was sollte das denn?«, fragte ihre Mutter.

»Dort ist eben Rafael vorbeispaziert«, klärte sie ihre Mutter auf, die das nicht besonders aufzuregen schien.

»2.881,70 Euro alles zusammen«, verkündete die Verkäuferin ihr hartes Urteil.

Aber Maite war in Gedanken weit weg. Was tat Rafael in Granada, nachdem er ihr vor zehn Minuten am Telefon verklickert hatte, er wäre in seinem Laden – im siebzig Kilometer entfernten Almuñécar?

Joana wollte sich gerade bei Facebook ausloggen, als sich das Chatfenster öffnete. Eben hatte sie die Anfrage dieser Carmen Campos aus Motril akzeptiert, und schon wollte sich das Mädel mit ihr unterhalten. Seltsam.

»Danke für den Add«, schrieb sie.

»Keine Ursache. Aber wie kommst du auf mich, Carmen? Kennen wir uns von früher?«

Es dauerte eine Weile, ehe Carmen antwortete. Joana blickte zwischenzeitlich auf das Babyfon, aber Xaver schlief noch.

»Nicht unbedingt.«

Komische Antwort. Joana wusste nicht, was sie mit ihrer Landsfrau chatten sollte, und verspürte auch keine Lust dazu. Der Höflichkeit halber tippte sie: »Wie ist denn das Wetter in Motril?«

»Ich habe dich nicht kontaktiert, um über das Wetter zu plaudern.«

Was sollte das denn werden?

Joana suchte bereits nach der Option, Carmen die noch junge Freundschaft aufzukündigen, doch dann überwog ihre Neugier. »Sondern?«

»Sagt dir der Name Carmen etwas?«

»Nein, ich denke nicht, dass wir uns kennen.«

»Ich dachte auch eher an eine andere Carmen. An eine aus deiner Familie?«

Das wurde ja immer unglaublicher.

»So hieß meine Schwester. Kanntest du sie?«

Joana starrte auf den Screen und wartete auf eine Antwort.

»Ja, ich kenne sie.«

»Du meinst wohl, du *kanntest* Carmen …«

»Du hast schon richtig gelesen.«

»Das muss ein Missverständnis sein. Ich wohne in München und war seit drei Jahren nicht mehr in Spanien. Meine Schwester hieß zwar Carmen, aber die ist leider verstorben. Du hast dich also geirrt. Und ich muss mich jetzt um meinen Sohn kümmern.« Kann ja mal vorkommen, aber pass das nächste Mal besser auf, wem du deine Freundschaftsanfragen sendest, dachte Joana.

An dem Stiftsymbol erkannte sie, dass Carmen Campos gerade schrieb. Wahrscheinlich an einer Entschuldigung.

»Du bist schon die Richtige. Die ehemalige Empfangsdame des ›Palace‹, deren Schwester damals spurlos verschwunden ist – das bist doch du, oder?«

Sie schluckte. »Meine Schwester ist längst tot, und falls das ein übler Scherz sein soll, habe ich überhaupt keine Lust …«

»Woher willst du das wissen?«

Wie bitte? Das ging zu weit! Was auch immer diese Frau für ein Spielchen trieb, sie hatte keine Lust, schmerzliche Erinnerungen an die Geschehnisse in Almuñécar hervorzukramen.

»Meine Schwester ist seit fünf Jahren tot! Adiós!« Joana klickte das Chatfenster zu und stampfte auf das Parkett, dass die Kurve des Babyfons wie ein Seismograf ausschlug.

So eine Frechheit aber auch!

Doch das Nachrichtenfenster öffnete sich erneut, ehe Joana ihren Laptop zuklappen konnte.

»Nein, Carmen lebt – freust du dich denn gar nicht?«

Wütend klickte Joana sich bis zur Option »als FreundIn entfernen« durch, aber sie war nicht schnell genug.

»Geh auf mein Profil und überzeuge dich …«

Joana ignorierte die Aufforderung.

»Dort sind zwei aktuelle Fotos von ihr eingestellt.«

Lass mich in Ruhe, wer immer du bist, dachte Joana, aber natürlich konnte sie nicht widerstehen.

Zwei aktuelle Fotos von Carmen?

Sie klickte das Profil an. Ihr Herz pochte, wie nach einer Rekordrunde um den See. In einem eben erst angelegten Album mit dem Titel »Fotos Carmen« waren zwei unterbelichtete Pics eingestellt. Joana vergrößerte die Fotos.

Wer ist das?, dachte sie. Sicherlich nicht meine Schwester.

Doch dann erkannte sie das Muttermal über dem Fußknöchel des verwahrlosten Mädchens, und auch die Gesichtszüge schienen plötzlich zu ihrer vor fünf Jahren gestorbenen Schwester passen zu können. Joana glitt vom Stuhl.

Sie brauchte eine ganze Weile, ehe sie mit ihren zitternden Händen wieder tippen konnte. »Wer bist du? Was willst du?«

Die Antwort ließ nicht lange auf sich warten: »Wer ich bin, tut nichts zur Sache. Ich will 150000 Euro für das Leben deiner Schwester.«

. . .

Kilian saß in der überfüllten S-Bahn. Eben schlossen sich die Türen an einer Haltestelle, wo ein Mann mit Gipsfuß und Krücken eingestiegen war. Als der Möchtegernrapper mit quer gezogener Kappe auf dem Nebensitz keine Anstalten machte, sich zu erheben, überließ Kilian dem Mann seinen Platz.

Er sah aus dem Fenster zu einem Einkaufszentrum. Der Schriftzug »Fitness First« machte ihm ein schlechtes Gewissen. In den letzten Wochen war er wegen der vielen Arbeit kaum zum Sporttreiben gekommen. Sein Webportal www.coupon24.de, in dem er deutschlandweit Gutscheine und Preisnachlässe in allen möglichen Segmenten vermittelte, verlangte neben der Familie Kilians ganze Aufmerksamkeit. Auch jetzt war es schon wieder nach acht, und er hoffte, Xaver lag noch nicht im Bettchen und er konnte noch ein wenig mit ihm knuddeln.

Seit Kilian wegen Zeitmangels unter der Woche vermehrt zu Currywurst und Döner griff und kaum mehr Sport machte, wog er zwar einige Kilos mehr, aber das fiel in den Herbstklamotten nicht auf. Jenny – die pfiffige und ansehnliche Informatikabsolventin, die seit dem Sommer zu Joanas Leidwesen für ihn arbeitete – schätzte ihn jedenfalls auf »um die dreißig«. Sie schien ehrlich überrascht gewesen zu sein, als er zugab, bald seinen siebenunddreißigsten Geburtstag zu feiern. Die will sich doch nur bei dir einschleimen, hatte Joana gespöttelt, als er ihr davon erzählte. Damit fiel der Startschuss für ihre teils gespielten andalusischen Eifersüchteleien, die immer dann aufkeimten, wenn er später als üblich nach Hause kam. Dabei war ihm nur wichtig, dass Jenny den Internetauftritt seiner Firma in wenigen Wochen entscheidend verbessert hatte, was zur Akquise von zwei wichtigen Kunden geführt hatte. Aber nach Feierabend wollte er nicht an Jenny denken. Auch das bereitete ihm ein schlechtes Gewissen. Kilian stieg in Feldkirchen aus, zog seine Lederjacke zu und unterquerte den Bahnübergang. Die drei Etagen zu Hause nahm er zu Fuß – wenigstens so viel Sport musste sein. Er stellte den Aktenkoffer vor der Wohnungstür ab und kramte nach seinem Schlüssel, aber Joana kam ihm zuvor und öffnete die Tür.

Er erschrak, als er ihr verweintes Gesicht sah.

»Ist was mit Xaver?« Ohne eine Antwort abzuwarten, drängte er an Joana vorbei in die Wohnung, aber sein Sohn saß auf seiner Winnie-Puuh-Decke und belud den gelben Lastwagen mit Legosteinen, ohne Papis Ankunft bemerkt zu haben.

Er hob ihn hoch und gab ihm einen Kuss auf die Wange.

»Nun sag schon, was los ist.«

Aber Joana starrte nur auf den Bildschirmschoner ihres Laptops, dessen Screen nun ein Foto von ihrem Sonntagsausflug an den Königssee zierte. Kilian setzte Xaver neben seinem Spielzeug ab und nahm seine Frau in den Arm. »Schatz?«

Joana flüsterte mehr zu sich selbst: »Ich glaube, Carmen lebt noch.«

»Joana, du bist doch darüber hinweg. Schon lange. Wir sind glücklich, wir haben einen wunderbaren Sohn, wir ...«

»Ich hab sie gesehen.«

»Was?«

Joana zwirbelte eine schwarze Locke zwischen den Fingern und erzählte ihm von der Freundschaftsanfrage einer Carmen Campos, bei der es sich ihrer Meinung nach um ein falsches Profil handelte. Sie berichtete von den Fotos und der Lösegeldforderung und ließ ihn den Gesprächsverlauf lesen.

»Aber das ist doch kompletter Schwachsinn – ein böser Scherz, mehr nicht. Wer könnte denn dahinterstecken?«

»Ich hab sie erkannt. Sie sah erbärmlich aus, aber es war meine Schwester. Jemand hält sie irgendwo gefangen. Sogar Carmens Muttermal war zu erkennen. Sie ist es.«

»Dann zeig mir mal die Fotos.«

»Die wurden gleich wieder gelöscht.«

»Aha. Und du hast sie nicht schnell abspeichern können?«

Joana antwortete nicht. Sie setzte eine Miene auf, die besagte, dass dies das Letzte war, woran sie dachte, nachdem sie die Fotos gesehen hatte.

»Und jetzt fordert jemand hundertfünfzigtausend Euro von dir?«

»Ja.«

Kilian wurde wütend. Nicht auf seine leichtgläubige Joana,

sondern auf diese dreisten Onlinebetrüger. Täglich erhielt er Phishing-Mails, laut denen er Unsummen im Lotto gewonnen hatte oder ihm die Witwe eines afrikanischen Ölministers gerne 12,5 Millionen Dollar überweisen wollte. Ständig versuchte man, ihn und Millionen andere Internetnutzer abzuzocken, aber das ging zu weit. Entschieden zu weit.

Das war ein persönlicher Angriff, bei dem jemand mit Photoshop-Grundkenntnissen seine Joana zutiefst verletzt hatte. Aber wer könnte das sein? Jedenfalls niemand ihrer deutschen Freunde. Aber aus Almuñécar? Nach all den Jahren?

»Du musst das Profil sofort aus deinen Kontakten löschen und es als Missbrauch melden – obwohl ich damit lieber zur Polizei gehen würde.«

Kilian fiel auf, dass er vorhin mit seinen Schuhen in die Wohnung gelaufen war, was seine Frau gar nicht mochte. Er setzte sich auf einen Stuhl und schnürte seine Boots auf, während er das Thema wechselte, um Joana abzulenken: »Schatz, was gibt's heute eigentlich zum Abendessen? Ich hab praktisch seit dem Frühstück nichts mehr gegessen und sterbe vor …«

»Ich kann das Profil nicht löschen, weil der Entführer mir damit weitere Instruktionen erteilen wird. Das hast du doch gerade gelesen.«

Kilian kickte seine Stiefel unter den Wohnzimmertisch und sprang auf. Joana stand mit verschränkten Armen vor ihm und schwang ihren Kopf, dass ihre Mähne sein Gesicht streifte und er ihr Honigshampoo roch. Das hatten sie schon einige Male gehabt: Andalusisches Temperament meets bayrischen Sturschädel.

»Sag mal, Schatz – du nimmst das doch nicht etwa ernst?«

»Doch, das tue ich. Hättest du an meiner Stelle die Bilder gesehen, würdest du es auch tun.«

»Aber solche Fotos kann man doch heutzutage am Computer nach Belieben verändern! Jenny verwandelt mich in einer halben Stunde in Brad …«

Aber Joana ließ sich selbst von seiner Anspielung auf seine hübsche Informatikerin nicht ablenken.

»Das kann schon sein, trotzdem muss ich herausfinden, ob Carmen vielleicht doch noch lebt.«

»Joana … Darf ich dich an die falsche SMS erinnern, durch die wir beide vor drei Jahren fast ums Leben gekommen sind? Darin stand ebenfalls, dass Carmen noch lebt. Aber sie ist tot, so leid es mir tut. Im Brief von deiner Mutter stand dasselbe – das kannst du doch nicht vergessen haben. Nun komm doch bitte zur Vernunft.«

Aber sie starrte schweigend an ihm vorbei auf den Laptop, der ein Gewitter über ihre lauschige Vorstadtidylle gebracht hatte – so plötzlich wie nach einem langen schwülen Sommertag.

»Okay, und was sollen wir deiner Meinung nach tun mit unseren dreitausend Euro Minus auf dem Konto? Sollen wir uns die hundertfünfzigtausend von der Bank leihen, das Geld mit Verwendungszweck ›Facebook-Erpressung‹ nach Spanien überweisen und danach am Flughafen warten, bis Carmen aus dem Malagaflieger steigt?«, brauste er auf und bereute es sofort wieder.

»*Du* brauchst gar nichts zu machen. *Ich* fliege morgen nach Almuñécar und werde ein für alle Mal herausfinden, was mit meiner Schwester ist.«

Erst jetzt bemerkte Kilian ihren gepackten Koffer neben der Schlafzimmertür.

KAPITEL VIERZEHN

Der *von Gott Erhörte* hatte drei Stunden geschlafen. Es war noch dunkel im fruchtbaren Tal bei Otivar, aber durch das eingefallene Dach der Ruine sah er die Sterne verblassen. Der Tag brach bald an.

Dieses Mal könne er seine Tat nicht nachts ausführen, hatte ihm der Mann erklärt. Sein Opfer wohnte im alten Stadtkern von Almuñécar, umgeben von Nachbarn und Familie. Nur an seinen freien Tagen hielt er sich in seiner Finca bei Otivar auf, um Avocados oder Cherimoyas zu ernten. Er verließ die Ruine und pflückte eine reife Cherimoya vom Baum. Die hellgrüne Frucht mit den vielen Kernen schmeckte wie eine Kreuzung aus Birne und Litschi. Im Schutz der Finsternis war er dem Bachlauf zehn Kilometer in Richtung Otivar gefolgt, bis er die auf der Karte eingezeichnete Ruine gefunden hatte. Von hier aus war die Finca seines nächsten Opfers nur einen Kilometer entfernt. Dieses Mal trug er nicht den Tauchanzug, um Spuren zu vermeiden, sondern den Overall eines Erntehelfers. Denn wenn er seine Tat am Tag ausführte, musste er auch tagsüber fliehen, und mit einem Neoprenanzug durch die Felder zu laufen wäre zu auffällig.

Erneut hatte der Mann, dessen Namen er nicht kannte, ihn umstimmen können und angestachelt, das Morden fortzusetzen. Dabei hatte er schon nach der letzten Tat aufhören wollen – ja, selbst die wollte er schon nicht mehr ausführen und hätte das Haus beinahe verlassen, aber dann weckte die Klingel sein Opfer … Er presste die Fäuste gegen die Schläfen, um diese Bilder zu verbannen.

Bald würde es aufhören. Bald könnte er Ruhe finden.

Nur noch dieses Opfer und danach ein letztes …

Der Himmel wurde blasser. Das Opfer beginnt mit der Arbeit im Morgengrauen, also bring dich früh in Position, hatte sein Auftraggeber gesagt. Woher er diese Informationen nahm, wusste er nicht. Sie sprachen nur darüber, wie, wo und wann er sein nächstes Opfer am besten töten konnte. Er knipste die Lampe an und beleuchtete die Karte. Dann ging er zum Bach, dem er einige hundert Meter bis zu einer Biegung folgte. Noch war er niemandem begegnet, und von der Straße aus, über die alle paar Minuten ein Kleinlaster zum Obstverladen fuhr, konnte er nicht gesehen werden. Geduckt lief er über ein herbstlich feuchtes Feld, querte einen Schotterweg und verschwand in einem Hain aus Oliven-, Avocado- und Cherimoyabäumen.

Er blickte auf die Karte und wandte sich nach Osten, wo er nach weiteren zweihundert Metern auf eine Lichtung stieß, in deren Mitte ein Farmhaus stand. Es maß etwa acht Meter in der Länge und fünf in der Breite und musste vor Kurzem weiß gestrichen worden sein. Leere Farbkübel standen neben der rustikalen Holztür mit der Inschrift »Año 1904«.

Hier war er richtig.

Er verschwand im Gehölz, wo er nach einem geeigneten Baum suchte. Die Blätterkronen der Olivenbäume waren für sein Vorhaben zu durchsichtig und die Cherimoyastämme zu schwach, um ihn zu tragen. Schließlich fand er einen kräftigen Avocadobaum mit dichter Krone. Die Distanz zum Haus betrug etwa hundert Meter. Wenn sein Opfer heute ernten wollte, dann musste es früher oder später an dem Baum vorbei. *Der von Gott Erhörte* kletterte den Stamm hoch in die Äste und wartete.

Salvador Molina verabschiedete sich am frühen Morgen des

zwölften Oktober von seiner Frau. Der spanische Nationalfeiertag wurde auch in den meisten Ländern Lateinamerikas gefeiert, weil an diesem Tag im Jahre 1492 Christoph Kolumbus die neue Welt betreten hatte. Doch Salvador war nicht in festlicher Stimmung, obwohl er heute keinen Dienst bei der Guardia Civil versehen musste – eines der wenigen Privilegien des fortgeschrittenen Alters. Für ihn bedeutete er nur, dass seine Enkelkinder Sandra, Paula und Hugo nicht zur Schule mussten und unbedingt mit zur Finca wollten, wofür sie sogar früher aus dem Bett krochen als an einem Schultag.

Und er bedeutete leider auch, dass seine Frau Amelia kurzerhand beschlossen hatte, den Nationalfeiertag im erweiterten Familienkreis auf der Finca zu feiern. Sie würde später zusammen mit seiner Tochter Merche nachkommen, um alles vorzubereiten. Dabei hätte er seinen freien Tag lieber genutzt, um Avocados zu ernten. Stattdessen schleppte er eine Paellapfanne für fünfundzwanzig bis dreißig Portionen samt Zutaten die Treppe hinab. Sie waren seit Merches Geburtstag im Sommer nicht mehr alle zusammen gewesen, und so eine Feier würde ihn auch ablenken.

Als die halbe Vorratskammer nach vier schweißtreibenden Gängen im Auto verstaut war und die Kinder auf der Rückbank stritten, wer gleich mit Opa auf dem Traktor mitfahren durfte, glitten seine Gedanken wie so oft in letzter Zeit ab. Gab es zwischen Aurelios und Diegos Tod einen Zusammenhang? Und was bedeutete das für ihn? Befand er sich ebenfalls in Gefahr? Und von wem ging diese Gefahr aus? Von Sergio? Wohl kaum. Zu einer solch professionellen Planung und Ausführung der Taten wäre dieser Junkie doch gar nicht in der Lage. Von Zoco? Schon eher, aber auch das konnte er sich nicht vorstellen. Von Carlos? Ihm wäre es am ehesten zuzutrauen, aber was sollte sein Motiv sein? Von einem ihrer Abnehmer in Spanien oder den Dealern oder Schleppern in Marokko? Oder jemandem, der nichts von ihren Geschäften wusste? Aber wozu dann die Garnelen?

Und warum zum Teufel schnüffelte dieser verdammte

Rubén de Freitas als Kolumbianer getarnt in der Hafenkneipe herum?

Ahnte der etwas von ihren Geschäften?

Aber der war doch Mordermittler und kein Drogenfahnder …

»Opa, sag Hugo, er soll mich auch mal mit dem Nintendo spielen lassen«, beschwerte sich die siebenjährige Paula mit dem kunstvoll geflochtenen Zopf.

»Du hast doch vorhin schon gespielt«, verteidigte sich der zehnjährige Hugo mit Bürstenschnitt, aktueller Torschützenkönig der Benjamines des FC Almuñécar 77.

»Und ich hab überhaupt noch nicht gespielt«, motzte die Besitzerin der Konsole, Salvadors neunjährige Enkelin Sandra mit den blauen Schleifchen im Haar, und zog an Hugos Real-Madrid-Trikot.

»Wir sind doch gleich da«, versuchte Salvador die Krise auszusitzen und bog vor dem Ortsschild von Otivar in einen Feldweg ein. Fünf Minuten später hielt sein Pick-up vor der Finca. Er sah auf die Uhr am Armaturenbrett. Halb acht. Es würde noch etwas dauern, ehe die Sonnenstrahlen zwischen den Bergen ins Tal fielen und die morgendliche Kühle vertrieben.

Seitdem sein Vater verstorben war, der hier mit neunzig noch täglich gewerkelt hatte, musste er hier die Arbeit verrichten. Seine drei Brüder – der eine in Barcelona, der andere in Mallorca und der dritte mit Parkinson – kümmerten sich um gar nichts und wollten das Land nur schnellstens verkaufen. Und auch seine Frau konnte nicht verstehen, dass die Früchte nicht von alleine zum Großhändler gelangten. Sie wollte die Finca wie ein Ferienhaus genießen und hier die Familie um sich scharen – je mehr, desto besser.

So wie heute. Sogar Amelias Geschwister, zu denen er kein gutes Verhältnis pflegte, weil die sich als Angehörige der Bildungsschicht für etwas Besseres hielten, würden ihn mit ihren Kindern in wenigen Stunden von der Ernte abhalten. Seine Enkel tobten zwischen den Bäumen herum und verschwanden im Gehölz. Sein »Und wer hilft mir beim Ausladen?« wurde nicht mehr gehört. Das Nintendo lag piepsend auf der Rückbank.

Salvador schloss das Haus auf und knipste das Licht an. Es bestand aus nur einem Raum, in dessen Mitte sich ein offener Kamin befand. Rechts von der Feuerstelle lag die Küche mit dem Esstisch, und links gab es einen Wohnbereich mit Sofa und Fernseher. Er lud den Wagen aus und stellte alles auf die Küchenanrichte. Danach ging er zum Schuppen, der hinten am Haus angebaut war, um Olivenbaumholz zu holen. Der Anbau war mit zwei Vorhängeschlössern besser als das Haus gesichert. Salvador öffnete die Metalltür und trat ein. Er senkte seinen Blick auf den festgetretenen Erdboden zu seinen Füßen. Einen halben Meter unter seinen verbeulten Arbeitsschuhen lag die Truhe aus Aluminium vergraben.

Darin befanden sich in luftdichten Beuteln eine Million zweihundertsechzigtausend Euro – der aktuelle Gegenwert für den Verkauf seines Gewissens. Das Geld für den letzten Deal würde kaum noch in die Kiste passen. Er musste nur noch warten, bis die Ware verkauft war, und das Geld von Carlos in Empfang nehmen. Am Ende war es bei vierzig Prozent vom Erlös geblieben – seinem Anteil und dem von Aurelio. Er hatte zwar auch auf der Hälfte von Diegos Anteil bestanden, aber darüber war mit Carlos nicht zu reden gewesen. Egal – es war auch so genug. Und für ihn war es nun vorbei, und zwar endgültig! Das schwor er seit Wochen bei allem, was einem Verbrecher wie ihm noch heilig sein konnte.

Salvador stapelte Scheite in eine Obstkiste, verriegelte den Lagerschuppen und schleppte das Brennholz ins Cortijo. »Hugo!«, schrie er. »Hilfst du mir beim Feuermachen?« Doch er wartete vergeblich auf eine Rückmeldung.

Die waren doch hoffentlich nicht zum Bach gelaufen?

Er rief noch mal die Namen der Enkel, bekam aber wieder keine Antwort. Die tauchen schon wieder auf, sagte er sich und kippte das Holz vor den Kamin. Schließlich kannten die drei hier jeden Baum und hatten sich noch nie verlaufen.

Er wartete, bis sein Keuchen sich legte. Der Arzt hatte ihm

wegen seines Herzens größere Anstrengungen verboten, und nun schleppte er sich schon im Morgengrauen beinahe zu Tode. Aus seinem Schnauzbart und von seiner Glatze tropfte es auf den bei der kürzlich vorgenommenen Renovierung verlegten Marmorboden. Amelia hatte sogar auf einem Pool bestanden, aber das hatte er ihr ausreden können. Salvador zerknüllte die Zeitung von gestern und legte Reisig darauf. Er zündete das Papier an und legte dürre Scheite nach. Es brauchte eine gute Glut – nicht um einzuheizen, sondern weil später darauf die Paellapfanne stehen würde, in der sich der Reis in einem träge köchelnden Sud aus Muscheln, Gambas, Tintenfischen, Kaninchenfleisch, Safran, gehackten Tomaten, Paprika und Knoblauch ansaugte. Aber Kochen war Amelias Sache, und er musste nun zusehen, seine Arbeit erledigt zu bekommen, ehe der Trubel losbrach.

Aber vorher musste er nach den Kindern schauen.

Salvador legte drei dickere Scheite ins Feuer und griff an den Kaminsims, um sich so bandscheibenschonend wie möglich hochzuziehen. Doch dann fuhr er vor Schreck doch so schnell herum, dass es ihm ins Kreuz schoss.

Seine jüngste Enkeltochter Paula stand in der Tür.

»Opa, komm schnell«, stammelte sie schluchzend. »Es ist was Schreckliches passiert!«

Schnaufend folgte er ihr. Das Adrenalin machte seinen Hexenschuss erträglicher. Er wusste immer noch nicht, was geschehen war. Paula rannte im Zickzack um die Avocadobäume, und er fürchtete schon, er könne ihr nicht folgen, aber dann blieb sie unter einem Baum stehen.

Dort lag Hugo auf der Erde.

»Was ist denn passiert?«

»Er ist vom Baum gefallen«, kommentierte Sandra das Malheur ihres Bruders.

»Warum musst du auch da hinaufklettern?«, schimpfte er in seiner Funktion als temporäre Aufsichtsperson und kniete neben dem heulenden Hugo nieder.

»Na, komm schon – wo tut's denn weh, Tarzan?«

Hugo griff sich an den Knöchel, und Salvador drehte am

Fuß, aber sein Enkel protestierte schreiend. »Na, so schlimm ist das nun auch wieder nicht. Und hoch mit dir.«

Er spürte den Rücken wieder heftiger und brauchte länger als sein Enkel, ehe er aufrecht stand. Hugo humpelte derweil mit verzerrter Miene vorsichtig auftretend im Kreis.

»Na, siehst du – geht ja schon wieder.«

Doch Hugo jammerte schon lange nicht mehr wegen der Schmerzen. »Das Spiel … Wir spielen doch am Nachmittag gegen Padul«, lamentierte sein Enkel, der seine Mannschaft im Spitzenspiel gegen den Tabellendritten unmöglich hängen lassen konnte.

»Ach, bis dahin ist das doch längst wieder gut. Ist ja nur verstaucht.« Mit Sandra und Hugo an der Hand ging es zum Haus zurück.

Auch Paulas Angsttränen waren getrocknet. Sie sammelte von den Bäumen gefallene Avocados auf, warf sie in die Luft und versuchte sie zu fangen. Im Cortijo setzte Salvador seine Enkelkinder vor den Fernseher und zappte durch die Kanäle, bis sich bei »SpongeBob« endlich ein Konsens ergab.

»Hier bleibt ihr schön sitzen, bis eure Mama und die Oma kommen. Dann helft ihr bei den Vorbereitungen, okay?«

Die drei starrten gebannt auf den Bildschirm, nur Paula nickte.

Salvador ging in den Geräteschuppen und machte sich an die Arbeit. Er schulterte die Rolle mit der Plastikfolie für den Auffang und nahm die Erntestange zur Hand. Zuerst wandte er sich den Bäumen auf der Nordseite seiner Finca zu und legte die Folie aus. Nachdem die Avocados von zwei Bäumen auf der Plane lagen, rief er Amelia an. Sie erledigte gerade letzte Besorgungen in einem an Sonn- und Feiertagen geöffneten Supermarkt und war kurz angebunden.

Die Sonne schien immer noch nicht ins Tal, aber sein Hemd war schon durchgeschwitzt. Salvador rappelte sich hoch und wandte sich dem nächsten Avocadobaum zu.

Er legte die Folie aus, stellte sich neben den Stamm, hob die Erntestange und …

Was zum Teufel …

Salvador fiel die Stange aus der Hand.

Seine Hände fuhren zur Brust.

Im nächsten Moment hechtete eine Gestalt auf ihn herab und riss ihn zu Boden. Salvador schrie um Hilfe, bis die Hände auf seiner Kehle jeden weiteren Laut abwürgten.

KAPITEL FÜNFZEHN

Maite hielt Rafas Hand, während sie durch den Außenbereich des Hotels »Albayzín del Mar« schlenderten. Hunderte Male war sie schon mit dem Auto daran vorbeigefahren, ohne je die orientalische Magie zu erahnen, die sich jenseits der Fassade entfaltete. Bis vor einem Jahr ein Schwede sie am Strand mit der üblichen »Du siehst Penelope Cruz aber ähnlich«-Masche angequatscht hatte.

Dieser Mats hatte seinen Urlaub hier verbracht und war zwar nicht so ihr Typ gewesen, aber er hatte es mit viel Humor geschafft, sie abends hier zu einem Drink einzuladen, und hatte seinen erfolgreichen Urlaubsflirt wohl zu neunzig Prozent dem romantischen Ambiente zu verdanken.

Seitdem war das einer ihrer Lieblingsplätze in Almuñécar und würde auch der Ort werden, an dem ihr Leben bald eine Kehrtwende machte.

Maite schmiegte sich auf der Brücke über dem beleuchteten Swimmingpool an Rafael und ließ die Szenerie auf sich wirken: Links befand sich der offene Restaurantbereich im karibischen Cabañastil. Zum Hotel hin befanden sich Springbrunnen in verschiedenen Größen zwischen Dutzenden von beleuchteten Palmen. Die verspiegelten Kuppeln der Umkleiden und der Bar reflektierten wie Leuchttürme das Potpourri aus Mondlicht, Poollampen und Fackelschein.

Maite betrachtete ihren silberlockigen Prinzen. Er trug anlässlich des Termins mit dem Hoteldirektor ein schwarzes Jackett und eine pflaumenfarbene Krawatte und schien mit den Gedanken mal wieder ganz woanders zu sein – wahrscheinlich bei dem Kostenvoranschlag, der ihnen gerade unterbreitet worden war.

»An was denkst du, Schatz?«

»Hm, an nichts … Schön ist es hier.«

»Du denkst an die hundertfünfundzwanzig Euro pro Gast und erwägst, meine halbe Familie wieder auszuladen, gib's schon zu«, sagte sie und kniff ihn in die Seite.

Rafael lächelte. »Ach was, das kriegen wir schon auf die Reihe. Lass uns was trinken gehen.« Er wandte sich Richtung Bar, aber sie blieb an die Balustrade gelehnt stehen.

»Rafa …«

»Hm?«

»Hast du Geheimnisse vor mir?«

»Wie bitte?«

»Du hast mich schon verstanden.«

»Wieso sollte ich denn … Ach, Schwachsinn, komm jetzt.«

»Nein, im Ernst – du wirkst in letzter Zeit so angespannt und abwesend. Ist es wegen der Hochzeit?«

»Maite … Bitte, müssen wir darüber jetzt diskutieren? Ich war nur eben mal woanders, also wozu die Aufregung?«

Maite wusste, dass ihre nun folgenden Worte die Stimmung ruinieren würden, aber sie konnte sie nicht länger für sich behalten. Außerdem musste man seinem zukünftigen Ehemann doch vertrauen können. »Vorgestern warst du auch schon mal ›woanders‹«, sagte sie und strich ihre Haare zurück, wobei einer ihrer zahlreichen Armreifen sich verhedderte und sie ihn mit wedelnder Hand befreien musste, was die peinliche Stille klimpernd unterbrach.

»Hä? Was soll das denn nun bedeuten?«

»Erinnerst du dich noch, wie du mich angerufen hast, als ich beim Friseur war?«

»Ja, und?«

»Du hast behauptet, du wärst im Laden.«

»Würdest du mir bitte verraten, worauf du hinauswillst?«

Er stemmte die Arme in die Hüften. Sein nervöses Zwinkern legte einen Takt zu. Nun wäre noch Zeit für ein »Ach, vergiss es, mein Schatz«, aber sie wollte das jetzt geklärt haben.

»Du warst nicht im Laden. Zehn Minuten später hab ich dich nämlich in Granada gesehen.«

»Aha. Und wie geht das bitte schön, wenn *du* in Almuñécar beim Friseur gewesen bist?«

»Ich war nicht beim Friseur, sondern Brautkleider angucken. Heimlich. Und zwar deshalb, weil du gesagt hast, das Kleid könne deine Schwester, die Schneiderin, ›zusammenflicken‹. So könnten wir Geld sparen. Ist ja auch in Ordnung, aber ich wollte nur ein paar Modelle sehen, um Anregungen für aktuelle Schnitte zu bekommen, und deswegen habe ich dich angeschwindelt – Entschuldigung. Jedenfalls bist du zehn Minuten nach dem Telefonat am Schaufenster vorbeigerannt. Was hast du vorgestern in Granada gemacht?«

»Sag mal … Spionierst du mir etwa hinterher?«

»Nein, Schatz. Ich habe dich zufällig gesehen. Wir sollten uns doch vertrauen können, deshalb …«

»Denn wenn diese Zickerei jetzt schon losgeht, können wir das Ganze hier gleich vergessen.« Rafael machte eine abfällige Handbewegung in die Richtung, wo in wenigen Wochen das Hochzeitsbankett stehen sollte. Dann schwenkte er seinen Arm, um mit dem Zeigefinger auf das Amulett vor ihrer Brust zu zielen, das er ihr aus Marokko mitgebracht hatte, als er vor Kurzem für seinen Laden auf Einkaufstour war. »So, so – und du sprichst von Vertrauen? Du hast mich doch selbst angelogen. Und jetzt stell dir vor: Ich war im ›Corte Ingles‹ in Granada und habe dort eingekauft. Und wie ich dich kenne, lässt du es nicht dabei bewenden und willst natürlich wissen, was. Es war ein Geburtstagsgeschenk! Und jetzt rate mal, für wen? Na, klingelt's? Und auch ich wollte dir das nicht unbedingt auf die Nase binden. Es sollte schließlich eine Überraschung werden. Na, was sagst du dazu? Bist du nun zufrieden?«

Scheiße! Fettnäpfchenalarm. Und schon wieder hast du mit deinem dämlichen Misstrauen alles verbockt, dachte Maite.

»Sorry, Rafa – ich konnte doch nicht riechen, dass du für mich extra in Granada …«

Aber Rafael wandte sich schon ab.

Sie lief ihm nach und umarmte ihn von hinten.

»Nun sei doch bitte nicht gleich beleidigt!«

Er löste ihre Hände, ließ sie stehen und ging an die Bar.

Der von Gott Erhörte stürzte auf sein Opfer herab und begrub es unter sich. Der Mann schrie weiter, doch er presste ihm seine Hand auf den massigen Hals, bis er nur noch gurgelte. Mit der anderen griff er nach dem Messer, aber dem Mann gelang es in seiner Todesangst, es ihm aus der Hand zu schlagen. Stattdessen presste er nun beide Hände auf die Kehle seines Opfers und wartete, bis sein Blick erstarrte und der Tod eintrat.

»Opa …? Opa, wo bist du?«, rief eine Mädchenstimme.

Der von Gott Erhörte lockerte seinen Griff und sah auf.

»Opa, hast du eben so geschrien? Bist du jetzt vom Baum gefallen, Tarzan?«, rief ein Junge vergnügt und kickte einen Ball vor sich her. Die Kinder von vorhin. Waren das etwa die Enkelkinder seines Opfers? Der Junge rief noch etwas, aber er nahm es nicht mehr wahr.

Der Schmerz, den Kinderstimmen in ihm hervorriefen, war zu groß. Das Mädchen musste etwa in dem Alter sein, in dem seine Tochter nun gewesen wäre. Und sein Sohn? Würde der jetzt auch schon einem Fußball hinterherlaufen, wenn er noch am Leben wäre? Er dachte daran, wie es wäre, mit seinem Sohn Ball zu spielen. Oder seiner Tochter eine Geschichte vorzulesen.

Nichts weiter hätte er sich vom Leben gewünscht.

Nichts weiter!

Schweiß und Tränen tropften auf sein Opfer.

Nur verschwommen nahm er die Kinder wahr.

Sie suchten in der falschen Richtung nach ihrem Opa.

Kinder, die so fröhlich, glücklich und unbeschwert waren, wie seine eigenen es nun wären, hätte es den Mann nicht gegeben, auf dessen Brust er kniete.

»Was machst du da mit meinem Opa?«

Der von Gott Erhörte fuhr herum. Ein zweites Mädchen hatte ihm eben auf die Schulter getippt. Sie hatte nicht an der falschen Stelle gesucht. Er lockerte den Griff am Hals seines Opfers.

»Das ist nur ein Spiel«, antwortete er.

»Komisches Spiel. Wie heißt es denn?«

Sein Opfer würgte und rang nach Luft. Nein … Er konnte vor den Augen unschuldiger Kinder nicht deren Großvater töten. Er durfte sie nicht mit dem Bösen konfrontieren. Sie sollten weiterhin fröhlich, glücklich und unbeschwert sein, so wie es alle Kinder dieser Welt sein sollten.

»Ngoli«, fiel ihm als Erstes ein, weil er das Wurfspiel mit Murmeln als Kind gerne gespielt hatte.

»Komischer Name. Ich heiße Paula und bin sieben Jahre alt. Aber noch nicht lange. Und wie heißt du?«

»Das habe ich vergessen.«

»Du bist ja komisch. Hugo, Sandra, ich hab Opa gefunden!«, schrie das Mädchen mit dem Zopf ihre Geschwister herbei.

Es war zu Ende. Niemals wieder würde er auf den Mann hören, der ihm seine schrecklichen Taten aufdrängte. Der das Böse in ihm hervorgerufen hatte, wie er es bislang nicht für möglich gehalten hatte.

Der Mann schlug um sich und zerrte an seinem Overall. Dabei fielen die beiden Garnelen aus der Tasche. *Der von Gott Erhörte* riss sich los und rannte vor seinem Opfer davon, vor dessen Enkelkindern, vor seinen Lügen und dem Mann, der ihn zu seinen Taten getrieben hatte – ja, sogar vor sich selbst hetzte er davon, so schnell er nur konnte.

Joana folgte der Frau von der Immobilienfirma in die Villa. Von hinten sah das Gebäude aus wie lose zusammengestellte Würfel aus Glas und dunkelgrauem Granit, die ein Architekt mit dem Auftrag, jegliche andalusische Einflüsse oder gar Gemütlichkeit zu eliminieren, in diese teure Wohngegend geplant hatte. Sie legte Xaver, der bei der Autofahrt vom Flughafen Málaga eingeschlafen war, auf das Designersofa im Salon. Die Maklerin – eine überschminkte Skandinavierin im Businesskostüm mit hochgestecktem Haar – pries die Vorzüge der Wohnung an, während sie die Vorhänge zur Seite zog und die Fenster und Balkontür öffnete, weil es roch, als wäre sie seit Monaten nicht mehr vermietet gewesen.

»Sie können natürlich den Garten und den Pool benutzen. Das Wasser ist zwar schon etwas frisch, aber manche mögen es ja so. Die beiden Wohnungen im Erdgeschoss sind momentan nicht vermietet, Sie sind also ganz alleine hier. Sie sagten, Sie wüssten noch nicht, wie lange Sie bleiben?«

Joana nickte. »Erst mal für zwei Wochen. Wir müssen etwas erledigen, und das könnte auch länger dauern«, erwiderte sie so leise, dass es Kilian, der gerade das Gepäck aus dem Mietwagen holte, nicht hören konnte.

»Kein Problem. Die Küche funktioniert mit Gas, und hier …«

»Danke, wir finden uns schon zurecht, Frau Löfgren, ich bräuchte dann nur noch den WLAN-Code.«

Die Maklerin drückte ihr ein Blatt mit Kurzbeschreibungen über die Bedienung der elektronischen Geräte in die Hand. Darauf war auch der WLAN-Code handschriftlich notiert.

Frau Löfgren zog den Mietvertrag aus ihrer Handtasche. »Wenn Sie dann hier bitte noch unterschreiben …«

Joana legte zwölfhundert Euro für zwei Wochen im Lastminute-Tarif auf den Glastisch und unterzeichnete den Vertrag. Sie hatte die Immobilie übers Internet gefunden und den Preis von achthundertfünfzig auf sechshundert Euro pro Woche heruntergehandelt.

Ein Schnäppchen, wie die Maklerin ihr versichert hatte.

Angesichts der Tatsache, dass Joana in Almuñécar ihr Haus im Stadtkern oder die Wohnung ihrer verstorbenen Mutter hätte benutzen können, war es zwar immer noch viel zu teuer, doch in ihrer alten Nachbarschaft wollte sie nicht wohnen. Dort würde sie ständig erklären müssen, wie es ihr die letzten Jahre in Deutschland ergangen war und warum sie gerade jetzt nach Spanien zurückkam. Nein – die anonyme

Reichensiedlung, wo niemand sie kannte, war die bessere Option.

Die Schwedin drückte Joana ihre Karte und zwei Schlüssel in die Hand. »Dann wünsche ich Ihnen einen schönen Aufenthalt, und falls Sie irgendetwas brauchen, melden Sie sich einfach bei mir, ja?«

»Danke, dass das alles so kurzfristig geklappt hat, Frau Löfgren.«

Die Maklerin nickte und verabschiedete sich von Kilian, der gerade vollbepackt zur Tür hereinkam. Joana stellte ihren Laptop auf den Couchtisch und steckte das Stromkabel in eine Steckdose. Sie nahm sich keine Zeit, die Wohnung zu erkunden, die nur aus hellen Marmorböden, minimalistischem Mobiliar, Edelstahl und Glasfronten zu bestehen schien.

Sie interessierte sich nur dafür, ob die Person, die sich hinter dem Namen Carmen Campos verbarg, ihr eine Nachricht hinterlassen hatte. Während ihr Laptop hochfuhr, musterte sie Kilian, der am Balkongeländer lehnte und zur Bucht von La Herradura hinabblickte. Seitdem sie vorgestern Carmens Bilder im Netz gesehen hatte und sich plötzlich mit einer Lösegeldforderung konfrontiert sah, kam es ihr so vor, als hätte sich ein grobes Sandkorn in ihr gut geöltes Ehegetriebe geschlichen. Aber sie klammerte sich an den Hoffnungsschimmer, dass ihre Schwester aus unerfindlichen Gründen doch noch lebte – so unwahrscheinlich das auch klingen mochte.

Kilian tat das Ganze als Betrug ab, der am besten direkt in ihren mentalen Spam-Ordner wandern sollte. Als ob das so einfach wäre … Trotz einer nächtlichen Diskussion hatte er sie nicht davon abbringen können, nach Almuñécar zu reisen, und natürlich ließ er sie am Ende nicht mit Xaver alleine fliegen, obwohl er bei seiner Arbeit gerade viel zu tun hatte.

Joana loggte sich ins Internet ein und öffnete Facebook, aber es gab keine Nachricht von dieser angeblichen Carmen Campos. Rannte sie tatsächlich nur Hirngespinsten nach? Und wer verbarg sich hinter dem Namen? Ein Entführer oder Erpresser? Aber wer hätte Carmen so lange gefangen halten können, ohne dass es jemandem aufgefallen wäre? Joana versuchte den

Gedanken zu verdrängen, was man Carmen alles angetan haben könnte, seit sie an jenem Abend vor fünf Jahren auf dem Heimweg von der Hochzeit ihrer Cousine verschwunden war. Die Fotos, so unterbelichtet sie waren, ließen Schlimmes erahnen.

Das Mädchen auf dem Foto wirkte so ganz anders als ihre lebensfrohe Schwester damals. Die Aufnahmen zeigten ein blasses, untterernährtes und verwahrlostes Geschöpf. Aber es wies als Erkennungsmerkmal ein großes Muttermal über dem linken Fußknöchel auf. Deshalb hatte ihr Vater Carmen früher seine kleine »Pata Negra« genannt, was nicht nur der Name des berühmten Schinkens war, sondern auch schwarzer Fuß bedeutete.

Das Muttermal kann doch nur aufgemalt sein, war Kilians nüchterne Einschätzung dazu gewesen. Vielleicht hatte er ja recht? Denn wenn es sich damals tatsächlich um eine Entführung gehandelt hatte, mit der Absicht, Lösegeld zu erpressen – warum dann ausgerechnet Carmen? Wo doch jeder im Ort wusste, dass ihre Familie nicht reich war? Und wieso kam der Erpresser erst nach fünf Jahren mit seiner Forderung daher? Obendrein hatte der Schuldige sein Verbrechen gestanden – wenngleich dieses Geständnis vor Gericht nicht viel getaugt hätte, weil es unter fragwürdigen Umständen zustande gekommen war. Demnach war Carmen angefahren und schwer verletzt worden, aber anstatt die Rettungskräfte aus dem nahen Krankenhaus zu alarmieren, hatte der alkoholisierte Fahrer zugegeben, sie mit seinem Boot nachts aufs Meer geschippert zu haben und …

Handelte es sich also doch nur um einen üblen Scherz?

Bislang hatte ihre Hoffnung auf ein mögliches Wiedersehen jegliche Vernunft verdrängt und sie gegen Kilian argumentieren lassen. Auf den ersten Kontakt mit der angeblichen Carmen Campos war kein weiterer gefolgt.

Würde diese Person sich überhaupt noch einmal melden?

Mit einem Mal kam Joana sich naiv vor. Sie schrieb eine Nachricht: »Ich bin jetzt in Almuñécar!!! Wo ist meine Schwester???«

Mehr fiel ihr nicht ein. Was sollte man einem Phantom auch schreiben?

Kilian kam zur Balkontür herein. »Ich glaube, nebenan wohnt ein alter Bekannter von dir.«

Ein Bekannter? Joana trat durch die Verandatür. Jenseits der Zypressen, die als Sichtschutz dienen sollten, erkannte sie einen Mann, der neben dem Pool auf einem Liegestuhl lag und Zeitung las.

Der hat mir gerade noch gefehlt, dachte sie und erinnerte sich daran, dass er eine Villa an der Punta de la Mona besessen hatte, die allerdings vor drei Jahren schon zum Verkauf gestanden hatte. Wohl ohne großen Erfolg.

Bis auf einige Kilos mehr hatte er sich kaum verändert:

Sein pomadiges Haar, seine Hornbrille, die wuchernde Körperbehaarung und die goldene Uhr waren selbst aus dieser Distanz unverkennbare Erkennungsmerkmale.

Sie hatten ausgerechnet Carlos Roig, ihren ehemaligen Chef im »Costa Tropical Palace«, zum Nachbarn. Diverse unerfreuliche Episoden aus ihrer Zeit als Empfangsdame in dem 5-Sterne-Hotel hatten mit ihm zu tun: wie er sie und ihre damalige Kollegin Maite angekeift hatte, wenn sie sich unterhielten, obwohl keine Kunden zu bedienen waren. Wie er das Personal selbst vor Gästen schikanierte, wenn sie seine Anweisungen nicht befolgten. Wie er einer Küchenhilfe kündigte, weil sie eine Hühnerkeule mit nach Hause genommen hatte, die im Müll gelandet wäre. Wie er einem Schwulenpärchen die Unterkunft verweigert hatte. Und wie er – als Kilians Bruder tot in Zimmer Nr. 328 aufgefunden wurde – jegliches Feingefühl hatte vermissen lassen und wohl gedacht hatte: Warum geht dieser Idiot zum Sterben nicht zur Konkurrenz? Vor allem aber erinnerte sie sich, wie er sie angetrunken in sein »Büro« – eine Suite im fünften Stock – zitiert und, nur knapp an der Grenze zur sexuellen Nötigung vorbeischrammend, versucht hatte, sie ins Kingsize-Bett zu bekommen.

Sie schüttelte diese Gedanken ab und ging zurück zum Laptop. Vielleicht gab es bereits eine Antwort auf ihre Nachricht.

. . .

Rubén de Freitas verbrachte den sonnigen Nationalfeiertag mit seiner Kollegin Lucia Cienfuegos im Besprechungsraum der Guardia Civil in Almuñécar. Seit neun Uhr morgens kauten sie ihre dürren Ermittlungsergebnisse wieder wie Bergziegen vertrocknete Grasbüschel. Aber nun brauchte er eine Pause. Rubén gab Lucia ein Zeichen, indem er seinen Zeige- und Mittelfinger küsste. Er erntete einen »Hoffentlich ist es nur Tabak«-Blick.

Auf dem Vorplatz flatterte die anlässlich des Nationalfeiertags gehisste Flagge horizontal im Wind. Sehr gut, dachte Rubén. Noch eine, maximal zwei Stunden, dann sitze ich im Segelboot.

Ein grün-weißer Nissan Patrol fuhr vor. Aus dem vergitterten Fond zerrte ein Uniformierter mit Knollennase einen Mann afrikanischer Abstammung, der einen grünen Overall mit dem Namenszug einer lokalen Baufirma trug. Sein Körperbau und das hohlwangige Gesicht glichen denen eines kenianischen Langstreckenläufers. Von seiner Kleidung zu schließen war er keiner der Verkäufer an der Strandpromenade, die nicht schnell genug vor der Polizei davongelaufen waren. Zwei der Bettlakenhändler saßen gerade mit konfiszierter Ware auf der Wache. Rubén wusste, dass die hier regelmäßig angekarrt wurden, aber wegen der Ermittlungen in den jüngsten Mordfällen fehlten der lokalen Polizei die Ressourcen, um gegen den Handel mit Raubkopien oder gefälschter Markenware vorzugehen.

Obwohl Rubén nicht wusste, worum es ging, gefiel es ihm nicht, wie die Knollennase dem Afrikaner den Arm auf den Rücken bog und ihn vor sich herstieß.

»Was ist mit ihm?«, wollte Rubén wissen.

»Kann sich nicht ausweisen und macht sein Maul nicht auf.«

Rubén fasste den Beamten so hart ans Handgelenk, dass der zusammenzuckte und den Griff löste. Dann führte er die Hand des Polizisten an den Oberarm des Afrikaners und schloss dessen Finger darum.

»Sieht doch gleich viel besser aus, und wenn ich das noch mal sehe, sorge ich dafür, dass Sie Ihren Überstundenzuschlag Amnesty International spenden, verstanden?«

Der Beamte zog eine Miene, als plage ihn akutes Sodbrennen. Aber offenbar war er trotz Rubéns Freizeitbekleidung über seinen Dienstrang im Bilde, weshalb er sich wohl nicht traute, einem Teniente zu widersprechen.

»Arbeitet der Mann in dieser Baufirma?«, fragte Rubén nun so freundlich, als wäre nichts gewesen, und wies auf das Logo am Overall.

»Dort haben wir schon nachgefragt, aber die behaupten, sie würden ihn nicht kennen. Die würden aber auch nie zugeben, wenn er tatsächlich dort arbeiten würde.«

»Also ein illegaler Einwanderer?«

»Sieht so aus. Wir haben ihn oben bei Otivar angehalten, als er über ein Feld lief. Vielleicht arbeitet er dort schwarz für einen Bauern, oder er klaut Avocados von den Bäumen. Weiß der Geier, was er dort verloren hat.«

Rubén empfand Mitleid mit dem Mann, der sich mit gesenktem Kopf seinem Schicksal ergab. Während der letzten Tage hatte er einige Afrikaner befragt. Aufgrund der Zeugenaussage von Diego Rocas Nachbarin glaubte er immer noch, dass ihr Täter vielleicht einer der sich illegal in Almuñécar aufhaltenden Einwanderer sein könnte. Dabei war er auf freundliche Menschen gestoßen, aber niemand konnte oder wollte ihm weiterhelfen.

»Und was geschieht jetzt mit ihm?« Das war eine Frage, die ihn interessierte, seit er vorm »Restaurante Pepe Digame« am Strand San Cristobal Zeuge eines Polizeieinsatzes geworden war. Noch ehe die Beamten aus dem Wagen springen konnten, hatten Dutzende Afrikaner ihre raubkopierten CDs und DVDs, die gefälschten Brillen, T-Shirts, Parfüms und anderen Krimskrams in ihre Bettlaken gewickelt und waren davongerannt. Nur um nach Abzug der Gefahr binnen weniger Minuten erneut ihre Waren preisorientierten Spaniern und den Schnäppchenjägern unter den Touristen anzubieten.

»Gute Frage. Abschieben wäre natürlich die beste Lösung –

aber wohin denn, wenn er nicht mal seinen Namen nennt und sich nicht ausweisen kann? Und einsperren, nur weil er durch die Pampa gelaufen ist, als wäre der Teufel hinter ihm her, geht ja auch schlecht. Wir werden ihn der Ordnung halber befragen, auch wenn er nicht antworten wird, und ihn danach wieder freilassen. So läuft das in der Regel. Hat eh alles keinen Sinn mit diesem Pack … ähm … mit den Herrschaften aus Afrika«, echauffierte Kollege Knollennase sich über die Flüchtlingsproblematik und schob den Mann schnell durch die Tür ins Gebäude der Guardia Civil.

Rubén zog ein letztes Mal an seiner Zigarette und folgte den beiden. Er wollte die dämliche Besprechung hinter sich bringen und danach eine Weile auf seinem Boot abschalten.

Doch als ihm auf dem Weg zum Besprechungszimmer die gesamte Mannschaft im Laufschritt entgegenkam, ahnte er schon, dass daraus nichts werden würde.

»Wir müssen los«, rief ihm Lucia zu.

»Was ist denn passiert?«

Die Antwort bekam er erst im Einsatzfahrzeug. Ein pickeliger Cabo saß am Steuer und schien die Aufhebung des Tempolimits unter Blaulicht zu genießen.

Um die Sirene zu übertönen, schrie Lucia: »Es gibt ein drittes Opfer. Diesmal ist es einer von uns.«

»Wie – einer von uns?«

»Sargento Salvador Molina aus Almuñécar. Der war auch an den Tatorten der ersten beiden Morde. Das ist der, den du mal ›den Hyperventilator‹ genannt hast, weil er so laut geatmet hat.«

Rubén schloss die Augen. Den meisten im Korps galt er als cool und unnahbar, und außer Lucia wusste kaum jemand, dass hinter seiner Fassade in solchen Momenten die Emotionen Achterbahn fuhren. Hatte Molina nicht eine Familie mit vielen Enkelkindern und stand kurz vor seiner Pensionierung?

Doch das brachte ihn jetzt nicht weiter, und so schaltete er auf den abgeklärten Ermittlermodus um: »Was weißt du sonst noch – haben wir es wieder mit …?«

»Viel wissen wir noch nicht, außer dass das Opfer Würgemale aufweist und dass bei der Leiche zwei Garnelen gefunden wurden. Sieht ganz so aus, als hätten wir es …«

»… mit einem verdammten Serienmörder zu tun«, beendete Rubén den Satz. Bisher war das Detail der Gambas wie durch ein Wunder nicht an die Presse gelangt. Er wollte sich gar nicht ausmalen, was angesichts des dritten Mordes bald los sein würde – die Leinen für sein Boot jedenfalls nicht.

»Wo hat man ihn gefunden?«

»Molina besaß eine Finca im Hinterland. Er war gerade bei der Ernte. Seine Enkel haben ihn zwischen den Bäumen gefunden.«

Der Cabo fuhr so schnell, dass Rubén sich zum ersten Mal im Leben auch auf der Rückbank anschnallte. Die kurvige Straße von Almuñécar nach Granada führte an einem fast ausgetrockneten Flussbett entlang in die Berge hinein. Sie passierten ein Dorf, ohne die Geschwindigkeit zu drosseln, und boten den vor ihren Häusern sitzenden alten Männern die Action des Tages, während ein Straßenköter mit einem Sprung hinter die Mülltonne sein lausiges Leben rettete.

Nach weiteren zehn rasanten Minuten gelangten sie an die Abzweigung eines Forstwegs, wo in einer Einbuchtung ein Nissan Patrol der Guardia Civil parkte. Direkt vor dem Ortsschild von Otivar.

Moment mal … Hier war der Tatort? In Otivar? Verflucht, verflucht, VERFLUCHT! Rubén schlug Fernando Alonso von hinten auf die Schulter, dass der vor Schreck das Lenkrad verriss.

»Umdrehen! Dreh sofort um, und fahr zur Wache zurück.«

»Sag mal, spinnst du?«, schrie Lucia. »Dort unten ist der Tatort. Hören Sie nicht auf den, und fahren Sie weiter.«

Rubén löste den Gurt und zwängte sich durch den Spalt zwischen den Vordersitzen. Mit dem Schaltknüppel in Rubéns Bauchnabel blieb dem Pickelgesicht nichts anderes übrig, als anzuhalten.

»Rubén! Was zum Teufel soll das denn werden?«, rief Lucia.

Er kümmerte sich nicht um sie und riss den Sprechknauf aus der Halterung des Funkgeräts.

»Was hat die Wache für einen Kanal, Cabo? Schnell!«

»Äh … Dreiundsiebzig?«

Rubén stellte den Kanal ein und drückte auf die Sprechtaste. »Hier Teniente de Freitas. Der Afrikaner – ist der noch dort?«

Es rauschte eine Weile im Kanal dreiundsiebzig, ehe er Antwort bekam: »Sie meinen den Gemüsedieb von Otivar?«

Gemüsedieb? Das ist wahrscheinlich unser Dreifachmörder, du Fehlzünder! »Ja, den ihr vorhin auf einem Feld aufgegriffen habt.«

»Wieso? Was ist denn mit dem?«, erlaubte sich der Sargento am anderen Ende der Leitung nachzufragen – was er nicht getan hätte, wenn er Rubéns knallroten Kopf vor sich gesehen hätte.

»Ist der jetzt dort oder nicht – Herrgott noch mal!«, brüllte Rubén ins Funkgerät.

»Da muss ich erst nachfragen. Einen Moment, Teniente …«

Von den fünf Beamten im Auto war der rasende Cabo am Steuer der Erste, der Rubéns Scharfsinn öffentlich bewunderte: »Aha, weil der Tatort in Otivar ist und in der Nähe der Neg… ähm … der Mann aus Afrika herumlief, glauben Sie, dass der Typ der Mörder ist? Impresionante, Jefe!« Aber Rubén ignorierte ihn genauso wie Lucias Fragen nach dem Afrikaner, dessen Festnahme ihr entgangen war.

Er wartete auf Antwort aus Almuñécar – und das nun schon seit drei Minuten. »Hallooo? Houston – wird's bald?«

Im Funkgerät rauschte es, als würde der Kanal verstellt, ehe der Sargento am Empfang der Guardia Civil mit klarer Stimme Bericht erstattete: »Den haben wir gleich wieder laufen lassen. Bringt ja nix, solche Typen lange festzuhalten!«

KAPITEL SECHZEHN

Der Riegel wurde zurückgezogen, und der Mann, der sie all die Jahre über gefangen gehalten hatte, trat mit nacktem Oberkörper ein. Sofort roch der Raum nach Essig und stinkendem Käse. Maria hatte auf den anderen gehofft – den, durch dessen Unachtsamkeit sie für einen Augenblick unter freiem Himmel gestanden hatte. Aber der war nur dieses eine Mal hier unten gewesen und seitdem nie wieder. Ihr »Freund« war, nachdem sie die Augenbinde abgenommen und er versucht hatte, sie damit zu erwürgen, nur noch zweimal wiedergekommen, um ihr eine Schale Wasser und Brot zu bringen, das sie erst im Wasser aufweichen musste, um davon abbeißen zu können. Er leistete ihr nicht mehr wie früher Gesellschaft, und sie musste auch keine Binde mehr über die Augen streifen.

Das ständige Grübeln half ihr immerhin, nicht wieder den Verstand zu verlieren, so wie zu Beginn ihrer Gefangenschaft. Der Ekel vor dem Mann und sein Geruch vertrieben ihren Hunger, aber etwas zu essen hatte er ohnehin nicht dabei – dafür eine rote Plastiktube und etwas, das wie eine Pistole mit einem dünnen langen Lauf aussah. Er legte beides auf den Tisch und setzte sich auf den Stuhl. Maria blickte an ihm vorbei zur offenen Tür. Was hatte das zu bedeuten?

Die ließ er kaum jemals offen stehen, wenn er kam.

War er heute gekommen, um sie freizulassen?

Seine Froschaugen, die niemals zu blinzeln schienen, sagten etwas anderes. Könnte sie ihn vielleicht überrumpeln? Dazu müsste sie an ihm vorbei aus dem Verlies gelangen, die Tür hinter sich schließen und den Riegel vorschieben – und *ihn* hier einsperren.

Sie musste es zumindest versuchen. Maria rappelte sich hoch und wankte zum Tisch. Vom Nahrungsmangel empfand sie Schwindel, aber von hier aus waren es nur sechs Schritte bis zur Tür. Sie tat, als ob sie sich für die Utensilien auf dem Tisch interessierte.

»Was ist das?«, fragte sie und deutete auf die Tube, auf der »Polyurethan-Schaum« stand.

»Das lag draußen im Lagerraum, und ich f-fand's geeignet.«

»Und wofür brauchst du das?« Es interessierte sie nicht, aber sie wollte ihn ablenken und trat hinter den Stuhl und damit aus seinem Blickfeld. Fünf Schritte noch.

»Seit du die Augenbinde abgenommen hast, ist unsere Beziehung v-vorbei, und ich habe dir immer gesagt, w-was dann passieren würde.«

»Wir haben nie eine Beziehung gehabt. Du hast mich vor Jahren hier eingesperrt und mir etwas vorgespielt. Das ist keine Beziehung.« Maria wich zurück. Noch drei Schritte.

»Für mich w-war es aber eine. Bis du die Binde abgenommen hast. Das hättest du nicht tun dürfen, C-Carmen.«

Carmen? Wieso Carmen?, dachte sie, während sie auf Zehenspitzen rückwärts durch die Tür ging und sie mit aller Kraft hinter sich zuzog. Im Lagerraum gab es kaum Licht, und noch ehe sie den Riegel ertastet hatte, riss er die Tür von der anderen Seite wieder auf. Er zerrte sie an den Haaren ins Verlies zurück und gab ihr eine Ohrfeige, dass sie zu Boden fiel. Doch sie spürte keinen Schmerz. Selbst die misslungene Flucht war ihr im Moment egal.

Carmen … Der Name kam ihr vertraut vor. Er zog sie hoch, stieß sie auf den Stuhl am Tisch und verfluchte sie, aber sie hörte nicht hin, sondern fügte diesen Namen in ihr gedankliches Puzzle, wo er eine wichtige Verbindung zu ergeben schien.

»Wieso hast du mich eben Carmen genannt?«

»W-weil du so heißt.«

»Und warum hast du mich immer Maria genannt?«

»Weil ich anfangs nicht wusste, w-wer du bist. Erst durchs Fernsehen. Da haben sie es g-gesagt.«

Hat er das auch nur erfunden? War das wieder eines seiner kranken Rollenspiele? Sie wartete auf eine Fortsetzung, aber er schien in Gedanken bereits woanders zu sein.

»*Was* haben sie im Fernsehen gesagt?«

»Ma-Maria war meine Schwester. Ist als K-Kind im Brunnen ertrunken.« Seine Rippen bebten, während er mit seinen Fingern die Pistole auf die Tube schraubte. »Sie s-sagen, ich h-hätte sie hineingestoßen. Aber das s-stimmt nicht. Ich habe sie geliebt. S-so wie dich.«

Sie wusste nicht, wovon er redete, und wollte endlich eine Antwort auf die Frage, die sie ihm schon so oft gestellt hatte: »Wieso bin ich hier, und wie bin ich hierhergelangt?«

Er betätigte einen Hebel, zog am Abzug und strich mit dem Lauf der Pistole über den Tisch. Es bildete sich eine Wurst aus grüngelbem Schleim, die rasch anschwoll.

»D-das ist eine lange Geschichte.«

»Dann erzähl sie mir.«

Er schüttelte den Kopf und tippte auf die klebrige Masse.

»D-du wirst ohnehin nicht mehr lange l-leben.«

»Bitte«, bettelte sie, ohne auf diese Drohung einzugehen. Sie musste wissen, wer sie war. Keine Vergangenheit zu besitzen war schlimmer, als keine Zukunft zu haben. Erst als sie ihn schon am Kragen schütteln wollte, weil er mit den Gedanken wieder woanders zu sein schien, rückte er mit der Sprache heraus.

»B-bin mit dem Boot aufs Meer gefahren, um Drogen zu holen. An der Boje, wo der Stoff hing, hast du d-dich festgehalten.«

Sofort flackerte etwas in ihr auf. Eine ferne Erinnerung, die sich nicht festhalten ließ, ihr aber das Gefühl gab, dass diese Geschichte wahr sein könnte. Doch sie wollte jetzt nicht weiter darüber nachdenken, wie sie damals aufs Meer gekommen war. Sie wollte es jetzt von ihm erfahren. Aber er strich nur wieder über die Wulst, die nun fester geworden zu sein schien.

»Und wie bin ich dorthin gelangt? Nun sag schon!«

»W-woher soll ich das wissen?«

»Und dann? Was ist danach passiert?«

»Hab d-dich ins Boot gezogen und hergebracht. Du warst meistens ohnmächtig. H-hab deine Wunden versorgt und dir Medikamente gegeben. Sie haben nach dir gesucht. Ich …«

»Wer hat nach mir gesucht?«

»Die im F-Fernseher.«

»Ja, aber *wer*?«

»W-weiß nich. Wahrscheinlich deine Familie. Deine Mutter und Schwester. Sie haben im Fernsehen geweint.«

»Lass mich zu ihnen. Lass mich frei, *bitte*!«

»Ich h-hab dir das Leben gerettet, Maria. Ohne mich wärst du d-damals gestorben.«

»Ich bin nicht Maria. Nenn mich nie wieder so«, heulte sie auf und erhob ihre Hand zum Schlag, aber er fing sie ab und führte sie auf die Tischplatte.

»Du g-gehörst mir. Ich habe mich um dich gekümmert, wir h-haben uns geliebt, wir …« Seine Unterlippe bebte, und seine wässrigen Augen mieden ihren Blick.

»Du hast mich nicht geliebt und ich dich schon gar nicht. Du hast mich nur für deine Rollenspiele benutzt. Du bist krank und genauso einsam dort oben wie ich hier unten.«

Sergio nahm die Pistole mit dem Hartschaum in die Hand.

»Alles war so schön z-zwischen uns …«, flüsterte er und starrte auf die Tischkante. »Bis du unsere Beziehung z-zerstört hast.«

Sie wollte seinen Phantasien nicht weiter folgen und verlor sich in ihren Gedanken. Meine Mutter und meine Schwester?

Sie schloss die Augen, und zwei Gesichter formten sich in ihrem Kopf. Zum Bild ihrer Schwester gesellte sich ein Name aus dem vertrocknet geglaubten See ihres Unterbewusstseins. Joana.

Der Name meiner Schwester lautet Joana, dachte sie.

»B-bringen wir es z-zu Ende«, sagte er und öffnete ihr den Mund.

• • •

Es war die aufwendigste Operation, die die Guardia Civil Almuñécar jemals durchgeführt hatte. Mit Unterstützung von Beamten der Nachbargemeinden zählte der Trupp, der nach dem zum Hauptverdächtigen auserkorenen Afrikaner suchte, rund zweihundert Einsatzkräfte. Die Straßensperren – selbst auf schmalsten Feldwegen, die Razzien in den Behausungen der Einwohner afrikanischer Abstammung und die Staffeln mit Hunden, die erst am Stuhl schnüffelten, auf dem der Verdächtige Stunden zuvor verhört worden war, und mit diesem Geruch in der Schnauze die Felder, Äcker und Haine in und um Almuñécar durchkämmten, brachten nicht den erhofften Erfolg.

Im Saal des Gemeindehauses gab es um neunzehn Uhr eine Pressekonferenz. Rubén hatte seine Teilnahme wie immer verweigert, weil er Polizist und kein Fußballtrainer war und Besseres zu tun hatte. Lucia war, was das anbelangte, ausnahmsweise mal mit ihm einer Meinung, und so kamen nur der Leiter der lokalen Guardia Civil und der Staatsanwalt arg in Erklärungsnot, weil der mutmaßliche Mörder nach nur zehn Minuten wieder auf freiem Fuß war.

Sie versuchten damit zu argumentieren, dass bei der Freilassung des Afrikaners wegen der fehlenden Papiere nur vom Tatverdacht einer illegalen Einwanderung ausgegangen werden konnte und dass der befragende Beamte von einem dritten Opfer zu diesem Zeitpunkt nichts gewusst hatte. Diese Argumentation hielt den Geschützen der Pressemeute allerdings nicht lange stand. Bald schon war klar, dass drei Jahre nach der ungeklärten Mordserie in Almuñécar die Schlagzeilen erneut vernichtend ausfallen würden.

Wenigstens wurden dem Mann bei seinem kurzen Aufenthalt in der Wache die Fingerabdrücke abgenommen und Fotos gemacht. Diese Aufnahmen wurden in den Abendnachrichten aller überregionalen und lokalen Sender gezeigt. Sie führten dazu, dass Señor Velázquez – der ein renovierungsbedürftiges 46-Quadratmeter-Loch ohne Warmwasser für den Preis von achthundert Euro an illegale Einwanderer vermietete und sich dabei auch noch barmherzig vorkam, weil er diesen armen Kreaturen Asyl anbot – den Mann wegen des traurigen Gesichts und der eingefallenen Wangen als einen von seinen vierzehn Mietern erkannte. Es dauerte eine schlaflose Nacht, ehe er sich durchrang, seine monatliche Pensionsaufbesserung aufs Spiel zu setzen und der Polizei einen Tipp zu geben. Ausschlaggebend war am Ende die ausgesetzte Belohnung von fünfzehntausend Euro, von der er sich endlich ein neues Gebiss kaufen könnte. Spätestens zwei oder drei Monate nach Abschiebung dieser Bagage würde er einen neuen Haufen Asylanten für seine Wohnung finden.

Die anstürmenden Beamten identifizierten den Verdächtigen ohne Probleme und zerrten ihn ohne Gegenwehr aus dem ungelüfteten Loch. In der Wache gab es keinen Verhörraum, deshalb nutzte Rubén das Büro eines Sargentos, der gerade mit einigen anderen die Mitbewohner des Afrikaners vor Ort befragte.

Ihr Verdächtiger trug einen weißen Trainingsanzug und starrte auf den Resopaltisch. Seit einer Stunde bekam Rubén nicht einmal eine Antwort auf die Frage nach seinem Namen. Und die hatte er ihm auf Spanisch, Englisch, Französisch und auf Arabisch gestellt. Nichts. Kein Kopfschütteln, kein Nicken, keine Gefühlsregung – ja nicht einmal einen Blickkontakt konnte er ihm abringen.

Und jetzt? Dolmetscher der verschiedensten Stammesdialekte anfordern? Rubén ahnte, dass der Mann Spanisch sprach und ihn sehr wohl verstand.

Lehnte er sich mit seinem Verdacht zu weit aus dem Fenster? Schließlich begründete sich der einzig auf der Tatsache, dass sein Gegenüber in der Nähe des Tatorts über ein Feld gelaufen war.

Sie hatten auch eine Zeugenaussage …

Paula – die siebenjährige Enkelin des Verstorbenen – hatte einer Kinderpsychologin gegenüber angegeben, dass ein Mann, den sie nur von hinten sah, mit ihrem Opa gespielt hatte. An den Namen des Spiels konnte sie sich nicht erinnern.

Es sei ein komischer Mann gewesen, der sogar seinen eigenen Namen vergessen habe, hatte die kleine Paula zu Protokoll gegeben. Die Kinderpsychologin schob es auf den Schock, und sie machten sich nicht mal die Mühe, Paulas Aussage der Akte beizufügen.

Mit der Einleitung der Großfahndung war Rubén ein Risiko eingegangen. Die Presse sprach auf ihren frisch aktualisierten Onlineseiten vom »Monster von Almuñécar« und entfachte damit eine hässliche Flüchtlings- und Ausländerdiskussion.

Sollte sich sein Verdacht nicht erhärten lassen, könnte er jedenfalls gleich zusammen mit seinem Verdächtigen in den Kongo auswandern. Aber wie sollte er den stummen Mann als Täter überführen? Bei den ersten beiden Opfern hatte die Spurensicherung außer Garnelen keine verwertbaren Spuren gefunden. Das lag wohl daran, dass der Täter offenbar in einem Neoprenanzug gesteckt hatte. Während die ersten beiden Opfer in ihren Villen umgebracht worden waren, wurde Salvador Molina bei der Erntearbeit ermordet. Bestand zwischen den Todesfällen vielleicht gar kein Zusammenhang? Aber die Garnelen? Und wie passte sein Kollege zu den anderen Opfern? Die waren offensichtlich in Drogengeschäfte verwickelt gewesen und wohnten in feudalen Villen, während Molina an seinem freien Tag auf dem Feld schuftete? Rubén hoffte, dass die Spurensicherung in der Wohnung des Verdächtigen Hinweise fand.

Am besten einen mit Blut besudelten Neoprenanzug.

Wieder versuchte er dem Afrikaner eine Antwort zu entlocken, doch vergeblich. Plötzlich hörte er von draußen Stimmengewirr und militärische Stiefeltritte. Die mit der Befragung der Mitbewohner beauftragte Truppe war zurück. Dem Radau zufolge war diese ebenso unergiebig verlaufen wie seine.

Die Tür wurde aufgerissen, und vier Uniformierte mit unverkennbarem Faible für Lynchjustiz stürzten herein. Dahinter im Flur sah er seine Kollegin Lucia, die Einzige, mit der er sich im Moment austauschen wollte.

»Ist das das Schwein?«, herrschte ein schnauzbärtiger Beamter mit geballten Fäusten ihn an und vergaß angesichts des Todes eines Kollegen und Freundes Rubéns Dienstgrad.

»Das kann man noch nicht sagen. Der Mann verweigert bisher seine Aussage«, entgegnete Rubén ruhig.

Die Uniformierten starrten ihn an, und Rubén konnte ihre Gedanken lesen: Er, der ebenfalls einen Schwarzen in seinem Stammbaum aufwies, würde den potenziellen Mörder nicht hart genug rannehmen.

»Na, das wird sich gleich ändern«, entschied der korpulente Beamte, dessen Büro das war. Er riss den Verdächtigen vom Stuhl und erhob seine Hand, die Rubén im letzten Moment zu fassen bekam. Es dauerte eine Weile, ehe er und die zu Hilfe geeilte Lucia den Tumult unter Kontrolle bekommen hatten. Rubén wies seine Kollegin an, sich mit ihrem Chef in Granada und dem Staatsanwalt abzustimmen. Danach wurde der Verdächtige an einem Spalier aus Journalisten vorbei in den Transporter gestoßen und nach Granada in Untersuchungshaft gebracht. Rubén und Lucia – die sich bei den Kollegen von der Küste eben noch ein wenig unbeliebter gemacht hatten – fuhren dem Fahrzeug inmitten des Pressekonvois hinterher.

Bringen wir es zu Ende, hatte er gesagt.

Nein!

Carmen versuchte, den Mund zu schließen und mit dem Kopf seine Hand am Kinn abzuschütteln. Wie oft wollte sie hier unten bereits sterben, um ihrem Elend zu entkommen? Doch jetzt wollte sie leben – wollte ihre Schwester und ihre Mutter wiedersehen und mehr über ihre Vergangenheit erfahren.

»Was … Was hast du vor?«, stammelte sie, als sie sich befreit hatte. Sergio nahm die Pistole mit der Hartschaumtube und zerrte Carmen auf die Matratze.

»Du sollst d-dich nicht wehren, es ist g-gleich vorbei. Und jetzt mach den Mund auf.« Erneut griff er ihr mit seinen Fingern an den Kiefer und verletzte sie mit seinen langen schwarzen Nägeln.

Doch das Wissen, dass sie außerhalb dieser Mauern vermisst wurde, verlieh ihr Kräfte. Sie schlug zu, aber Sergio wehrte ihre Schläge ab und riss sie an den Haaren auf die Matratze. Er drückte gegen ihre Stirn und zwängte mit der anderen Hand ihren Mund auf. Nun fehlte ihm eine Hand, um ihr den Lauf der Pistole in den Mund zu treiben und mit dem Abzug den Schaum in ihre Atemwege zu pressen, damit sie daran erstickte.

»Halt still, du M-M-Miststück!«, schrie er, aber Carmen dachte nicht daran und biss ihm in die Hand.

Er riss sie los. »Du h-hast alles zerstört«, jammerte er und rollte sie auf den Bauch. Dann setzte er sich verkehrt herum auf Carmens Rücken. »D-dann halt anders. Dann musst du leiden.«

Er schob ihre Pyjamahose bis zu den Kniekehlen hinunter und setzte die Pistole zwischen den Pobacken an. Sie ahnte, was nun kommen würde. Er wollte ihr den Schaum bis zu den Eingeweiden hinauf eintrichtern.

»D-du sollst stillhalten, du G-Göre«, fluchte er und spreizte ihre strampelnden Beine. Es gelang ihm zweimal, den Lauf einzuführen, aber sie wand sich unter ihm, sodass er wieder herausglitt, ehe er den Abzug drücken konnte.

Schließlich war sie mit den Kräften am Ende und ergab sich in ihr Schicksal. Der kalte Stahl stach in ihr Inneres. Bald wäre ihr Darm verstopft, und sie würde langsam und qualvoll daran sterben.

Da schluchzte der Mann auf ihrem Rücken auf. Er zog die Waffe heraus und glitt von ihr herab.

»Ich kann das n-nicht.«

Weil du dafür viel zu feige bist, dachte Carmen und wälzte sich keuchend herum. Er mied ihren Blick und wischte die Tränen fort. Dann schob er den Tisch an die Wand mit dem Lüftungsgitter und kletterte hoch. Er setzte die Pistole an das Gitter und drückte auf den Abzug. *Fffrrr*. Nur einmal wandte er sich um, falls sie einen weiteren Fluchtversuch wagen sollte. Aber sie fand nicht einmal die Kraft, um sich von der Matratze zu erheben.

Fffrrr, hallte es durch ihren Kerker, bis kein Lichtstrahl mehr aus dem Luftschacht drang. War das ihre Strafe, weil sie sein Spiel verdorben hatte? Dass sie fortan in Dunkelheit leben musste?

Durch die Tür drang nur schummriges Licht aus dem Lagerraum. Schemenhaft sah sie, wie Sergio den Tisch und den Stuhl aus ihrem Gefängnis schleifte.

Damit ich nicht ans Gitter gelange und die Masse entfernen kann? An der Tür hielt er inne. Sein Gesicht war nass von Schweiß und Tränen, und sein ganzer hagerer Leib bebte.

»Ich l-liebe dich … Leb w-wohl«, nuschelte er und zog die Tür hinter sich zu. Der Riegel wurde vorgeschoben, und dann hörte sie dasselbe Geräusch wie vorhin, nur gedämpfter und von jämmerlichem Wehklagen begleitet: *Fffrrr … Fffrrr …*

Erst jetzt verstand sie, was er vorhatte.

Er versiegelte die Tür.

Sie sollte hier drinnen ersticken …

KAPITEL SIEBZEHN

Am Morgen nach ihrer Ankunft in La Herradura fuhren Kilian und Xaver mit dem Mietwagen zum Supermarkt und ließen Joana alleine in der Ferienwohnung zurück. Sie hatte die halbe Nacht wach gelegen und war dreimal aufgestanden, um nachzusehen, ob es bereits eine Antwort auf ihre Nachricht gab. Wie lange sollten sie vergeblich auf Anweisungen warten, ehe sie abreisten? Joana prüfte ihre Nachrichtenbox, obwohl seit dem letzten Mal nur wenige Minuten vergangen waren.

Wieder nichts. Stattdessen öffnete sich das Chatfenster.

»Buenos días, Joana. Na, wie ist das Wetter in München?«, wollte Maite wissen.

O nein. Maite war zwar immer noch so etwas wie ihre beste Freundin, obwohl sie sich seit den Vorfällen in Almuñécar vor drei Jahren nur über Skype und Facebook austauschten. Aber sie wollte in Spanien vor allem dieser Spur nachgehen, und das möglichst unbemerkt, was auch der Grund war, sich im Villenviertel Punta de la Mona versteckt zu halten.

»Bist du da?«

Joana beschloss, die Wahrheit zu sagen, wenn auch nicht die ganze. »Hallo, Maite. Ich bin nicht in München. Wir sind gestern nach Spanien gereist – nach La Herradura.«

»Waaas? Du verarschst mich doch, oder??«

»Nein, wir haben das kurzfristig beschlossen.«

»Mensch, super! ;-) Da müssen wir uns sofort sehen! Aber wieso jetzt auf einmal, und warum hast du mir nix davon gesagt?«

»Es hat im Internet so ein spottbilliges Angebot gegeben, und Kilian brauchte mal eine Auszeit, deswegen hab ich die Reise auf die Schnelle gebucht«, schrieb Joana und fühlte sich nicht gut dabei, ihre Freundin anzuschwindeln.

»Ich flipp gleich aus vor Freude, und weißt du was? Jetzt, wo ihr hier seid, werd ich gleich mal eine ordentliche Feier organisieren ;-) Momentchen, da fällt mir ein, wie lange bleibt ihr denn? Wir wollen nämlich eine Verlobungsparty steigen lassen. Zwar erst in drei Wochen, aber die verlegen wir einfach vor.«

So was hätte ich mir gleich denken können, dachte Joana. Sie verspürte nicht die geringste Lust, unter den gegebenen Umständen irgendetwas zu feiern. Und sollte sich diese Carmen Campos – hinter der bestimmt ein Typ steckte – nicht wieder melden, würden sie in wenigen Tagen wieder abreisen.

»Wie kann ich dich denn erreichen? Unter deiner deutschen Handynummer? Wo wohnt ihr überhaupt? In deiner alten Bude? Mensch, ich freu mich so, deinen Knirps zu knuddeln! Xaver ist doch hoffentlich mit dabei, oder ist das so was wie ein zweiter Honeymoon mit der ersten Nummer noch vor dem Frühstück?«

Joana hielt den Atem an, als sich ein zweites Chatfenster öffnete. Carmen Campos.

»Maite, ich melde mich wieder, versprochen!«, schrieb sie ihrer Freundin.

»Wie bitte? Ich schwing mich jetzt auf den Roller und komm gleich bei dir angedüst, aber wo steckst du eigentlich?«

»Ich muss jetzt los, und heute geht's leider nicht mehr, aber wir treffen uns morgen im ›Café Luciano‹, okay? Ich ruf dich später an. Ciao!«

Dann klickte Joana ihre Freundin weg. Das hier war wichtiger.

»Hast du die 150 000 dabei?«, wollte Carmen Campos ohne Umschweife wissen.

»Jetzt hör mir mal gut zu, wer immer du auch bist. Ich habe

für ein paar Sekunden zwei dunkle verschwommene Fotos von einem Mädchen gesehen und glaube mittlerweile, es handelt sich nur um einen bösen Scherz. Also, entweder bekomme ich einen besseren Beweis, oder ich gehe zur Polizei.«

»Dann stirbt deine Schwester.«

»Meine Schwester ist vor fünf Jahren gestorben!«, tippte sie so heftig in die Tasten, dass der Bildschirm vibrierte, und sandte die Zeile mit einem Hieb des Zeigefingers ab.

»Nein, sie lebt, und sobald ich das Geld habe, wirst du sie wiedersehen.«

»Und wieso rückst du erst jetzt damit heraus?«

»Keine Fragen! Das Geld gegen Carmen, so einfach ist das.«

Du miese Ratte … Joana blies die Backen auf. Der Gedanke, dass Carmen noch lebte, war verlockend. Doch sie würde nicht noch einmal so blauäugig wie damals sein, als sie und Kilian wegen einer falschen SMS einer Spur in Sevilla nachgegangen waren und beinahe einen schrecklichen Tod gestorben wären.

»Ich brauche weitere Beweise. Ich will ein Video sehen. Ihr Gesicht soll deutlich zu erkennen sein, und sie muss etwas sagen. Sie soll ihren Namen aussprechen und sagen, dass es ihr gut geht.«

»Nein. Die Fotos müssen reichen.«

»Dann gibt es auch kein Geld! Und nun lass mich in Ruhe!«

Daraufhin tat sich eine Weile nichts. Wahrscheinlich denkt der Kerl gerade, wie er aus dieser Zwickmühle herauskommt, dachte Joana. Wenn er das Video verweigert, ist er jedenfalls nichts als ein bösartiger Schwindler.

Joanas Nase war Zentimeter vom Bildschirm entfernt, während sie auf die alles entscheidende Reaktion wartete.

»Du sollst das Video bekommen«, schrieb die angebliche Carmen Campos und loggte sich aus.

Lucia und Rubén saßen an der Plaza Nueva in Granada. Von den Touristen unterschieden sie sich dadurch, dass sie Ende Oktober nicht in kurzen Hosen und T-Shirts exakt am Sonnenstand ausgerichtet in ihren Plastikstühlen lümmelten. Rubén trug seinen Parka mit dem eingenähten Peace-Zeichen und eine verspiegelte Fliegerbrille, die Lucia gerade nutzte, um ihren windzerzausten Pagenkopf zurechtzuzupfen. Ihr wurde es in ihrem schwarzen Hosenanzug zu warm. Sie zog die Jacke aus und bemerkte trotz seiner Brille, wie Rubéns Blick auf ihr Dekolleté absackte, als wäre dies ein Date und nicht eine ins Freie verlegte Besprechung über die neueste Wendung im Fall Salvador Molina. Eben hatten sie vom Gerichtsmediziner erfahren, dass ihr letztes Opfer eigentlich gar keines war. Sargento Molina war nicht ermordet worden – zumindest nicht direkt.

»Na, das ist ja ein Ding. Herzinfarkt. Aber wieso dann die Garnelen neben der Leiche, wie bei den beiden Ermordeten? Und warum hat der Gerichtsmediziner am Hals des Opfers Flecken gefunden, die man als Würgemale deuten könnte?«, meinte Lucia.

»Das ist eine gute Frage. Und ich habe gleich noch eine: Was machen wir mit dem Afrikaner, der laut unserer einzigen Zeugin – der siebenjährigen Enkelin des Opfers – mit ihrem Opa irgendein Spiel gespielt hat, an dessen Namen sie sich nicht erinnern kann?«

Lucia nippte an ihrem Weißwein. Ihre Lage war verzwickt. Vielleicht war Molina angegriffen worden und hatte vor Schreck einen Infarkt bekommen, noch ehe der Täter ihn erwürgen konnte? Vielleicht hatte das Mädchen doch nicht schockbedingt fantasiert und nur die Situation falsch eingeschätzt? Dazu würde auch ihre andere Aussage gegenüber der Kinderpsychologin passen: »Danach ist der Mann weggerannt, und Opa ist eingeschlafen, weil er von der Arbeit so müde war. Dann kam meine Mama und hat angefangen, ganz schrecklich zu weinen.«

Aber das war pure Spekulation und erklärte immer noch nicht die Garnelen und was für ein Zusammenhang mit den anderen Opfern bestand. Seit seiner Inhaftierung hatte ihr Verdächtiger kein einziges Wort gesagt und ignorierte den Pflichtverteidiger genauso wie die eigens beauftragten Dolmetscher verschiedener afrikanischer Stammessprachen.

Bei normalen Verdächtigen konnte man in deren Umfeld

nach Motiven suchen, Wohnungen nach Diebesgut oder sonstigen Spuren auf den Kopf stellen oder Bekannte befragen. Das hatten sie zwar in diesem Fall auch getan, doch in der kleinen Wohnung wohnten vierzehn Männer auf engsten Raum, und keiner wollte wissen, wie ihr Verdächtiger hieß, woher er stammte und was er so getrieben hatte.

Er sei erst kürzlich dort eingezogen, hieß es, und meide jeden Kontakt. Lucia fragte sich, wie das wohl mit vierzehn Erwachsenen auf sechsundvierzig Quadratmetern möglich war. Seine gesamte Habe bestand aus einem Rucksack, so groß wie das erlaubte Handgepäck in Flugzeugen.

Die Auswertung des Tascheninhalts ihres Verdächtigen sowie die Durchsuchung der bescheidenen Besitztümer der anderen Bewohner blieben ohne Ergebnis. Sie fanden keine Blutspuren oder andere Indizien und schon gar nicht den Neoprenanzug, in dem die Nachbarin am zweiten Tatort den Täter hatte flüchten sehen.

Was tat man mit jemandem, dessen Name, Alter oder Herkunft ohne seine Kooperation nicht zu eruieren war? Wie überführte man einen Verdächtigen, den es eigentlich gar nicht geben durfte, weil er keine Steuer-, Sozial- oder Ausweisnummer besaß? Sollte man ihn zurück in seine Heimat verweisen? Doch wo lag diese Heimat?

Lucias Handy klingelte. Es war Concha Beltran – neben ihr die einzige Frau in ihrem provisorischen Team in Almuñécar. Lucia delegierte ihr gerne Rechercheaufgaben, weil sie das Talent besaß, die Ergebnisse in einen sinnvollen Zusammenhang zu bringen und ihr schnörkellos zu präsentieren.

Lucia hörte eine Weile zu und notierte sich eine Adresse auf ihrer Serviette. Nach einem »Adiós y muchas gracias, Concha«, reckte sie die Faust mit dem Handy hoch. »Wir haben die Verbindung zwischen den dreien!«

Lucia winkte dem Kellner am Eingang der Tapasbar zu und schrie: »La cuenta, por favor« über den halben Platz, ehe sie Rubén von der heißen Spur berichtete.

»Du erinnerst dich an die anonymen Prepaid-Handys, die wir bei Baena und Roca gefunden haben? In Sargento Molinas

Spind in der Station der Guardia Civil in Almuñécar wurde ebenfalls ein Handy gefunden. Die Kollegen wollten es zusammen mit dem Rest des Inhalts seiner Frau übergeben, aber die hatte es noch nie zuvor gesehen und kannte auch die Nummer nicht. Es muss sich also um ein geheim gehaltenes Zweithandy handeln …«

Lucia wurde von einem dunkelhäutigen Mann unterbrochen, der an den Tisch gekommen war, um angebliche Rolex-, Breitling- und Cartier-Uhren feilzubieten. Sie schüttelte das Handgelenk mit ihrer Pulsuhr, die sie nach dem Fitnessstudiobesuch in der Mittagspause nicht abgenommen hatte. »Gracias, Amigo, aber ich hab schon …« Dann fuhr sie fort: »Concha hat das Handy überprüft, und jetzt rate mal, zu wem die Nummer unter dem Decknamen Delta passt: zu Sargento Salvador Molina. Damit haben wir eine Verbindung. In seinem Handy waren außerdem dieselben Nummern abgespeichert, was bedeuten könnte …«

»… dass unser Kollege mächtig Dreck am Stecken hatte«, vervollständigte Rubén den ungemütlichen Gedanken.

»Aber es kommt noch besser: Concha ist dem Provider auf die Füße getreten und hat über Umwege den richtigen Namen von Alpha erfahren, der fehlenden Nummer vier. Die Adresse unseres Alphatiers hab ich auch schon.« Lucia hielt die Serviette wie eine Siegestrophäe hoch. »Und den besuchen wir am besten gleich mal und fragen ihn, was er mit den drei Verstorbenen so heimlich zu besprechen hatte.«

Das »Café Luciano« in La Herradura war der nachmittägliche Treffpunkt der jungen Mütter, die sich dort bei Tee, Kaffee oder einem Glas Wein über ihren Tag austauschten, während ihre Kinder am Strand spielten.

Maite begrüßte Monica, Kika, Fátima und Mikaella und setzte sich an den letzten freien Tisch an der Ecke der Terrasse, um auf Joana zu warten. Sie war schon ganz hibbelig. Drei Jahre waren vergangen, seit sie und Joana im »Palace« etwas getan hatten, wofür sie wohl immer noch im Gefängnis säßen, wenn ihnen die Polizei damals auf die Schliche gekommen wäre.

Ebenso lange war es her, seit sie sich wortlos auf dem Hotelparkplatz verabschiedet hatten. Seitdem hatten sie sich nur mittels Webcam gesehen. Schon oft wollte sie die beiden in München besuchen, hatte es dann aber immer wieder vor sich hergeschoben. Dabei wäre es für sie einfacher gewesen als für Joana, der es bestimmt schwerfiel, nach Almuñécar zu reisen. Sie hatte Abstand von ihrer Heimat gewinnen müssen, und dann war Xavers Geburt dazwischengekommen. Umso verwunderlicher war es, dass Joana nun so plötzlich mit ihrer Familie nach Spanien reiste, ohne ihr vorher Bescheid gesagt zu haben.

Maite bestellte bei Luciano einen Früchtetee. Die Sonne versank zwischen den Wipfeln der Palmen, die den Kindern am Strand als Fußballtore dienten. Grüne und rote Holzboote lagen mit dem Kiel nach oben. Die Mädchen lehnten sich mit dem Rücken gegen eines davon und tuschelten. Eine von ihnen, die wie vierzehn aussah und eine kecke Mütze trug, ließ einen Jungen im selben Alter, den die Mitspieler Paul riefen und der beim Strandkick die beste Figur machte, nicht aus den Augen. Zwei Fischer hockten auf Klappstühlen und warfen ihre Angeln ins ruhige Meer.

Maite dachte an den Streit mit Rafael im »Albayzín del Mar«, den sie durch die Frage, was er in Granada getan habe, wenn er doch in Almuñécar hätte sein sollen, vom Zaun gebrochen hatte. Dass er ein Geburtstagsgeschenk für sie besorgt habe, war eine schlüssige Erklärung gewesen, aber trotz ihrer Entschuldigung war die Luft zwischen ihnen danach eine Weile so drückend wie in einem verschütteten Bergstollen gewesen. Zum Glück hatten sich inzwischen die Wogen wieder geglättet.

Maite war so in ihre Gedanken versunken, dass sie gar nicht bemerkte, wie Joana an ihren Tisch trat. Die tränenreiche Wiedersehenszeremonie dauerte eine ganze Weile. Danach wurde der kleine Xaver geknuddelt, was er tapfer über sich ergehen ließ. Nur seine rote Bayern-München-Kappe fiel dabei zu Boden.

»Mensch, Joana, nächstes Jahr hab ich auch so einen süßen

Fratz – oder eine kleine Prinzessin, ist das nicht toll?«, meinte sie und lehnte sich zur Seite, um die Mütze aufzuheben und sie Xaver aufzusetzen.

»Ich freu mich für dich«, sagte Joana und lächelte ihr zu.

»Toll siehst du aus, Joana.«

»Danke. Du auch.«

»Ich freu mich, dich zu sehen und Xaver kennenzulernen.«

»Ich freu mich auch, Maite.«

Was war denn das für ein oberflächliches Geschwafel?, dachte Maite. Sie musterte ihre Freundin. Es stimmte nur bedingt, dass Joana gut aussah. Die Schatten unter ihren Augen und der traurige Gesichtsausdruck erinnerten sie an die Zeit, als Carmen verschwunden war und Joana sich nur mit Mühe ein Lächeln abringen konnte, wenn Kunden an die Rezeption traten, um einzuchecken.

Maite beschloss, nicht lange um den heißen Brei herumzureden: »Also, raus mit der Sprache, was ist los mit dir?«

Joana nippte am Tee und versuchte sich an einem harmlosen Lächeln. »Mit mir? Nichts. Was soll schon los sein?«

»Sag bitte nicht, dass eure Beziehung …?«

Joana schüttelte den Kopf, aber ihre Augen füllten sich mit Tränen, als hätte sie gerade eine Zwiebel geschnitten.

»Ach, Quatsch – es ist nur … Nichts. Ich fühl mich nicht wohl. Ich glaube, ich hab mir einen Virus eingefangen, und obendrein habe ich gerade meine Tage. Aber jetzt erzähl endlich. Wie läuft's mit Rafael und deiner Schwangerschaft, und wann ist die Hochzeit?«

Maite kannte ihre Freundin aus ihrer gemeinsamen Zeit an der Fachhochschule für Tourismus und der Hotelrezeption gut genug, um zu wissen, dass bei Joana noch etwas anderes im Argen lag als Menstruationsbeschwerden. Aber sie ließ es dabei bewenden, und während am Horizont die Sonne unterging und Schichten an Stratuswolken sich in allen denkbaren Orange- und Rottönen verfärbten, erzählte Maite die Director's-Cut-Version der Geschichte ihrer manchmal nicht einfachen Beziehung mit Rafael. Nur das Wörtchen »Liebe« nahm sie dabei nicht einmal in den Mund. Joana erzählte so gut wie nichts von sich und beschränkte sich aufs Zuhören – wenn sie nicht gerade gedanklich so abschweifte, dass Maite nachfragen musste, ob sie ihr überhaupt zuhöre.

Sie versuchte erneut herauszufinden, was Joana bedrückte, aber außer einem ausweichenden Blick mit glasigen Augen bekam sie keine Antwort.

Selbst mit ihren üblichen Albernheiten konnte Maite ihrer Freundin heute kein Lächeln abringen. Und vom Thema der Vorverlegung ihrer Verlobungsfeier, damit Joana und Kilian dabei sein konnten, versuchte sie nur abzulenken.

»Ich weiß nicht, wie lange wir noch bleiben werden ...«, sagte Joana unverbindlich.

Über eine Stunde später, als es kalt wurde und Xaver, in eine Decke gehüllt, in seinem Buggy zu quengeln begann, verabschiedete sich Joana von ihr. Maite blieb mit der Erkenntnis zurück, dass nicht nur die Liebe ein ziemlich wackliges Gerüst war, sondern auch ihre wasserdicht geglaubten Freundschaftsbande mit Joana.

Carlos kam gerade aus Madrid, wo er viel Zeit mit einer halb so alten Brasilianerin verbracht hatte. Er hatte sie im Internet kennengelernt – genauer gesagt, auf der Webseite von »Dream Escort« –, und sie hatten ihre Luxusherberge nur für Restaurantbesuche verlassen. Den Wochenendtarif bestmöglich auszunutzen war in seinem Alter zwar körperlich alles andere als entspannend, aber gut für den Geist, denn Gabriela besaß die Fähigkeit, ihn mit nur wenigen Handgriffen von seinen Alltagsproblemen abzulenken.

Nach all den hippen Restaurants der Hauptstadt gelüstete es Carlos, im »Mesón El Tinao« etwas Bodenständiges zu sich zu nehmen. Gerade bekam er von Esteban, dem bärtigen argentinischen Chef, eines seiner Lieblingsgerichte serviert, das nirgends sonst so lecker zubereitet wurde: einen Rabo de Toro. Und so kam es, dass er erst jetzt – zwischen einem Bissen zartem Ochsenschwanz und einem vorzüglichen Schluck Gran Reserva – aus Gesprächsfetzen zwischen einem geschwätzigen Gast und Esteban vom Tod Salvador Molinas erfuhr.

Salvador und tot? Carlos stopfte sich den Rest des Essens in den Mund, zahlte die Rechnung, besorgte sich im Kiosk nebenan eine Tageszeitung und machte sich auf den Weg nach Hause.

Irgendein Wahnsinniger hatte es auf sie abgesehen. Aber wer könnte das sein – und warum? Die Liste war lang. Wenn man Lieferanten, Abnehmer, Zwischenhändler und Schlepper sowohl in Marokko als auch in Spanien zusammenzählte, kam er auf über zwanzig Verdächtige. Und was war mit dem mysteriösen Kolumbianer, von dem der Wirt der Hafenkneipe berichtet hatte, ehe er sie aus seiner Spelunke hinauskomplimentierte? Könnte es sein, dass die Südamerikaner seine Organisation übernehmen wollten? Aber für die musste sein Business ja wie ein Tante-Emma-Laden wirken. Die drehten dort drüben doch ganz andere Dinger. Vielleicht hatte der Wirt die Geschichte nur erfunden, um sie loszuwerden.

Die Sache wurde jedenfalls immer verworrener.

Im Auto überflog er seine drei dringendsten Probleme: Die Guardia Civil suchte sicher einen Zusammenhang zwischen den Opfern und würde dabei herausfinden, dass die Drogen das verbindende Element waren. Bei den Ermittlungen könnte irgendwann sein Name auftauchen. Sein zweites Problem war, dass sein Geschäft ohne seine drei Kompagnons bei Zoll, Seenotrettung und Polizei nicht funktionieren konnte. Er musste neue Kontakte rekrutieren, was immer gefährlich war, oder sich zur Ruhe setzen. Doch weder die Polizei noch der Verfall seines Kartells bereiteten ihm solche Sorgen wie die Vorahnung, dass er sich in akuter Lebensgefahr befand.

Carlos parkte seinen Bentley in der Garage seiner Villa an der Punta de la Mona. Auf den paar Metern zur Haustür drehte er sich zweimal um und verriegelte das Sicherheitsschloss zum ersten Mal, seit er hier wohnte, auch tagsüber. Sogar drei von vier Zonen der Alarmanlage stellte er an und konnte sich nun nur noch im Wohnzimmer und in der Küche bewegen, ohne Alarm auszulösen.

Dann schnappte er sich Laptop und Zeitung und legte sich auf die Teakholzliege der Veranda, wo er den Artikel las und alles, was er im Internet zum letzten Mord finden konnte. Carlos schaltete seinen Computer erst aus, als er auf die reißerische Frage eines Bloggers stieß: »Wer wird das nächste Opfer des Killers?«

Diese Frage war für ihn einfach zu beantworten, denn es blieb nur noch einer übrig: er höchstpersönlich.

Er grübelte, wie er jetzt weiter vorgehen sollte. Zuerst aber brauchte er einen kühlen Kopf und beschloss, ein paar Bahnen im Pool zu schwimmen. Carlos streifte Hemd und Hose ab, doch gerade als er aus seinen Shorts schlüpfen wollte, bemerkte er, dass auf dem Balkon der Nachbarvilla ein Mann mit einem Kleinkind saß. Er hasste es, wenn man ihm zwischen den Sträuchern an der Grundstücksgrenze in den Garten sehen konnte. Zum Glück war das Haus seines bankrotten Nachbarn normalerweise nur im Sommer vermietet. Jetzt im Herbst war das eher ungewöhnlich.

Er ging ins Schlafzimmer, um seine Badehose zu holen, und löste dabei die Alarmanlage aus. Seine überlasteten Nerven reagierten so heftig, dass er drei Anläufe brauchte, um den richtigen Code in das Bedienungskästchen im Flur einzutippen, damit die Heulerei verstummte und nur noch sein Fluchen zu hören war. Carlos wartete auf den Kontrollanruf der Firma, gab sein Kennwort durch und versicherte, dass alles in Ordnung sei. Dabei war gar nichts in Ordnung …

Er zog seine Badeshorts an, deren oberster Knopf sich selbst durch Baucheinziehen nicht mehr schließen ließ, und sprang in den siebzehn Grad kalten Pool, wodurch der Mann am Balkon auf ihn aufmerksam wurde und ihn anglotzte.

»Kümmere dich um deinen eigenen Scheiß, und gaff hier nicht blöd rum«, murmelte er. Der Typ kam ihm selbst ohne seine Brille irgendwie bekannt vor und winkte ihm nun sogar zu wie einem alten Bekannten. Carlos ignorierte ihn, schwamm in die entgegengesetzte Richtung und stieg aus dem Wasser.

Er rieb seinen behaarten Körper ab, setzte die Hornbrille auf und legte sich auf die Liege, wo er die Zeitung zur Hand nahm.

Verstohlen blickte er über deren Rand hinweg zum Nachbarbalkon.

Wer war dieser Kerl?

Carlos konnte ihn nicht einordnen. Vielleicht einer der Gäste des »Palace«, als er dort der Chef gewesen war?

Er ließ die Zeitung sinken und dachte an die Zeit, als er noch ein honoriger Hoteldirektor und kein Drogenboss mit über zehn Jahren Gefängnispotenzial gewesen war.

Wann war er vom rechten Weg abgekommen? Damals, als ihn seine Frau verlassen hatte und mit ihren beiden Töchtern zurück nach Barcelona gezogen war und er vor Kummer zu koksen begonnen hatte? Oder erst später, als im Hotel die Menschen wie die Fliegen wegstarben und bis heute niemand wusste, warum? Als Konsequenz wurde das »Palace« monatelang geschlossen, und er verlor seinen Posten, was ihn noch mehr frustrierte, weshalb er seinen Kokainkonsum weiter steigerte.

Dadurch kam er mit der lokalen Drogenmafia in Kontakt, die ihre aus Kolumbien stammende Ware mit Schiffen via Marokko einschleuste. Dabei ging jede dritte Ladung verloren. Er hatte ihnen Tipps gegeben, wie sie den Stoff sicherer schmuggeln konnten, und erhielt im Gegenzug so viel von dem Zeug, wie seine Nase nur schnupfen konnte.

Er war es gewesen, der den Hohlköpfen den Rat gegeben hatte, die Drogen nicht *im* Schiff zu verstecken, sondern sie unter Wasser am Rumpf zu befestigen. Im Falle einer Kontrolle müssten sie nur zwei Leinen kappen, woraufhin die Ware an einer Fischerleine in die Tiefe glitt. Nach dem Verschwinden des Patrouillenboots konnte die Ware wieder hochgezogen werden. Er war schlauer als dieser unorganisierte Haufen von Hobbyschmugglern, die sogar so dämlich waren und ihm ihre Lieferantenkontakte in Marokko und die der Hauptabnehmer in Spanien verrieten.

Das Problem der Truppe war, dass sie keine großen Mengen bewegten, und so machte er sich Gedanken, wie man es anstellen könnte, die Menge zu vervielfachen. Dabei kam ihm der Gedanke, mit Schleppern zusammenzuarbeiten und deren Flüchtlingsboote für die Drogentransporte zu nutzen. Doch warum sollte er diese ebenso geniale wie simple Idee mit einer Handvoll zugekokster Idioten teilen? Nur damit ein paar Gramm mehr für seinen Eigengebrauch abfielen? Oder bestenfalls ein paar Prozente am Profit mehr für ihn drin wären?

Carlos Roig als billiger Handlanger?

Nein, er war der Señor Director! Das war im Hotel schon so gewesen und würde auch in Zukunft so bleiben. Zu bestimmen entsprach seinem Naturell, egal, in welchem Gewerbe er sich betätigte.

Der Zeitpunkt, als er vom rechten Weg abgekommen war, war wohl der, als er mit seinem anonymen Tipp sieben lokale Kleindealer für etliche Jahre in den Knast geschickt hatte.

Seitdem war er der Boss. Er nutzte die bestehenden Kontakte der inhaftierten Bande und rekrutierte Aurelio Baena, Diego Roca und Salvador Molina aus seiner Pokerrunde, die ihm für seine Zwecke geeignet schienen. Aber die drei waren jetzt tot – brutal ermordet. Doch von wem? Um einen Rachefeldzug wegen seines damaligen Verrats konnte es sich nicht handeln – die saßen noch alle hinter Gittern.

Carlos wurde in seinen Gedanken von dem Balg auf dem Balkon der Nachbarvilla gestört, dessen Spielzeugauto einen Stock tiefer auf den Terrakottafliesen zerschellt war.

Eine Frau eilte herbei, um den Schreihals zu trösten.

Moment mal … War das nicht Joana?

Durch sie konnte er auch den Typen einordnen: Das war der Deutsche, dessen Bruder sich im Hotel umgebracht hatte und der seiner Empfangsdame Joana hinterhergehechelt war wie ein lästiger Deutscher Schäferhund.

Dabei hatte er sich damals als gut situierter Mann im besten Alter durchaus Hoffnungen bei ihr gemacht.

Und jetzt hatte sie ein Kind von diesem Loser?

Carlos hatte sie, seit sie mit ihrer Busenfreundin Maite nach dem letzten Mord das Weite gesucht und ihn mit dem Abreisetrubel alleine gelassen hatte, nicht mehr gesehen.

Aber was machten die hier? Urlaub? Ob sie ihn erkannt hatten? Er verspürte nicht die geringste Lust auf Small Talk über längst vergangene Zeiten. Carlos schnappte sich seinen Laptop, tat so, als hätte er niemanden gesehen, und verzog sich in seine Villa. Gerade als er aus seinem Versteck im Küchenschrank ein paar Milligramm löffelte, klingelte es an der Tür.

Er erschrak erneut so heftig, dass die Hälfte des kostbaren Stoffs zu Boden schneite. Fluchend schniefte er den Rest hoch und wischte sich auf dem Weg zur Eingangstür die Nase ab. Mit dem Wissen, dass in der Umgebung ein Mörder herumlief, lugte Carlos durch den Spion.

Wer zum Teufel waren denn die beiden?

Draußen standen ein Kubaner und eine Tussi mit Bubikopf. Definitiv keine Zeugen Jehovas …

»Was wollen Sie?«, fragte er mit lauter Stimme.

»Guardia Civil. Öffnen Sie die Tür!«

Als Carmen erwachte, wusste sie nicht, ob es Tag oder Nacht war. Seit der Mann den Schacht verstopft hatte und nicht einmal mehr ein grauer Schimmer Mondlicht in ihr Verlies fiel, war die Finsternis so undurchdringlich, als wäre sie schon tot. Auch ferne Geräusche wie Vogelgezwitscher oder Hundegebell, die ihr manchmal Trost spendeten, drangen nicht mehr zu ihr herab. Das einzige Geräusch war ihre hechelnde Atmung. Wie lang harrte sie nun schon ohne frische Luft aus? Zwei Tage oder drei oder nur ein paar Stunden? Das war ebenso schwer zu beantworten wie die Frage, wie lange sie noch zu leben hätte.

Mit dem Wissen, dass sie eine Schwester hatte, die sie vermisste, war zwar ihr Wille geweckt, am Leben zu bleiben, aber wie sollte sie dem Tod entrinnen, den sie bis vor Kurzem noch herbeigesehnt hatte? Ihre einzige Chance bestünde darin, den Lüftungsschacht von der Masse zu befreien. Aber er hatte den Stuhl und den Tisch aus ihrem Kerker geräumt, und so blieb ihr nur die Matratze. Sie hatte sie dort, wo sie den Luftschacht vermutete, an die Mauer gelehnt und versucht hinaufzuklettern, war jedoch immer wieder eingeknickt, bis sie, entkräftet und nach Luft japsend, aufgegeben hatte und eingeschlafen war.

Carmen versuchte sich an den Traum zu erinnern, den sie

nicht zum ersten Mal geträumt hatte. Oder war es gar kein Traum gewesen? Handelte es sich dabei um Erinnerungen? Die mehrten sich, seit ihr der Mann, der seinen Namen nicht verriet, Anhaltspunkte aus der Vergangenheit gegeben und damit eine Schleuse zu ihrem Gedächtnis geöffnet hatte.

Sie starrte in die Finsternis und wartete, bis sich die Erinnerungen einfanden, die meist nur von einer einzelnen Empfindung oder einem Gegenstand ausstrahlten, so wie der Albtraum, der sie vorhin heimgesucht hatte.

Ein rotes Kleid, in dem sie eine Feier besucht hatte, aber welche? Ein nächtlicher Spaziergang. Ein sich näherndes Auto. Das Geräusch von quietschenden Reifen … Schmerzen.

Zwei Gesichter tauchten vor ihrem geistigen Auge auf: ein kahlköpfiger Mann und ein Mädchen, kaum älter als sie. Sie versuchte sich an Namen zu erinnern, aber es gelang ihr nicht. Die beiden hatten sich gestritten. Es ging dabei um sie. Das Mädchen wollte, dass er sie ins Krankenhaus brachte, aber der Mann weigerte sich … Der Knall, als der Kofferraumdeckel über ihr zuschlug und sie erneut vor Schmerzen das Bewusstsein verlor … Der Geruch, als sie daraus erwachte: nach Salz und Sardinen … Das Schaukeln auf den harten Planken des Fischerkahns … Ein schwerer Gurt, den der Mann ihr um die Hüfte schnallte und sie damit auf die Bordwand hievte … Die schreckliche Angst, als ihr bewusst wurde, dass er sie ins Meer rollen wollte … Der Druck in den Ohren, als sie in die Tiefe glitt und nach dem Gurt tastete … Die Atemnot, ehe es ihr gelang, die Schnalle zu öffnen und an die Oberfläche zu strampeln … Die Kälte, die sie verspürte, während sie sich an die Boje klammerte, unfähig, mit gebrochenen Rippen um Hilfe zu schreien.

Plötzlich hielt sie inne. Hatte der Mann bei seinem letzten Besuch nicht von einer Boje gesprochen? War es also doch kein böser Traum gewesen, sondern ein Erinnerungsfetzen? Sie versuchte nachzudenken. Vergeblich. Der Film war gerissen und begann erst wieder in diesem Verlies.

»*NEIN! MACH AUF!*«

Sie hatte hier drinnen schon viele Tränen vergossen, doch

noch nie hatten ihre Schreie so laut von den steinernen Wänden widergehallt wie jetzt, als sie dafür die letzte stickige, verbrauchte Luft verschwendete. Sie wollte weitere Lücken in ihrem Gedächtnis schließen, wollte zu ihrer Familie, wollte leben! Carmen versuchte sich zu erheben und gegen die Tür zu hämmern, fiel aber zurück auf die Matratze.

Ehe sie erneut einschlief oder das Bewusstsein verlor und vielleicht nie wieder erwachte, wollte sie eine weitere Erinnerung hervorrufen: die an ihre Schwester Joana.

Zumindest ihr letzter Gedanke sollte ein schöner sein.

KAPITEL ACHTZEHN

»Können Sie sich ausweisen?«, fragte Carlos das sonderbare Pärchen vor seiner Tür. Die beiden gaben sich als Beamte der Guardia Civil aus und hielten ihre Identifikationen vor den Spion. Carlos las die Namen. Lucia Cienfuegos und Rubén de Freitas. Was wollten die denn von ihm? Kamen die vom Drogendezernat?

Er öffnete die Tür und ließ die beiden eintreten. Sie sahen sich in seinem 100-Quadratmeter-Salon um und betrachteten das afrikanische Ambiente, die Skulpturen und Großwildtrophäen aus längst vergangenen Jagdzeiten mit gespieltem Interesse. Dann setzten sie sich unaufgefordert auf eine mit Zebrafell überzogene Couch.

»Señor Roig, können Sie sich denken, warum wir gekommen sind?«, fragte ihn der Mann, der ihn an einen Musiker erinnerte, dessen Name ihm nicht einfiel. Kenny oder Benny irgendwas …

»Nein, keine Ahnung.« Carlos bereute es, sich eben noch die Nase gepudert zu haben, denn nun galt es, auf der Hut zu sein.

»Sagen Ihnen die Namen Aurelio Baena, Diego Roca und Salvador Molina etwas?«, kam der Polizist zur Sache.

Es fiel Carlos, der selbst in der Freizeit mit gestärkten Hemden und Krawatte herumlief, schwer, den Beamten mit seinem bunten Peace-on-earth-Outfit ernst zu nehmen.

Aber etwas riet ihm, die beiden nicht zu unterschätzen, und er hoffte, dass man ihm seine Nervosität nicht ansah, die sich in Schweißtröpfelchen auf der Stirn und einem Kribbeln in der Nase manifestierte. Er gab zu, von den Todesfällen in der Zeitung gelesen zu haben.

»Schöne Villa, die Sie hier haben«, wechselte der Typ das Thema.

»Danke, gehört aber leider nicht mir«, konterte er.

»Aber natürlich nicht … Sie ist bestimmt im Besitz einer Firma aus Gibraltar, deren alleiniger Teilhaber Sie sind, nicht wahr?«

Schlaues Bürschchen, dachte Carlos. Aber mein Steuerberater ist schlauer als du. Damit kriegst du mich nicht an den Eiern!

»Ganz wie bei Aurelio Baena und Diego Roca«, fuhr der Polizist fort. »Und wissen Sie, was diese beiden und den kürzlich verstorbenen Salvador Molina noch verbindet?«

Carlos schüttelte den Kopf, und nach einer Kunstpause kam der Kubaner auf den Punkt: »Sie hatten alle drei ein Handy. Dabei spreche ich nicht von Handys mit Vertragsbindung und Monatsabrechnung – solche hatten die drei natürlich auch –, ich spreche von Prepaid-Telefonen, die nicht registriert sind und mit denen man nur in Ausnahmefällen gewisse Nummern anruft …«

Scheiße. Carlos wusste nun, worauf sie hinauswollten.

»Und in den Anruflisten der bei den Opfern gefundenen anonymen Handys – die übrigens gar nicht so anonym sind, wie man annehmen möchte – fanden wir vier verschiedene Nummern. Abgespeichert unter den Namen Alpha, Beta, Charlie und Delta. Drei davon konnten wir den jeweiligen Opfern zuordnen. Nach dem Besitzer der vierten Nummer suchen wir noch. Und nun dachten wir, Sie könnten uns da vielleicht weiterhelfen. Sie sind doch ein ›Alphatier‹, oder etwa nicht?«

Das Koks entfaltete seine Wirkung. Carlos sprach langsam, um nicht ins Stottern zu geraten. »Nein. Und ich frage mich gerade, wieso Sie damit zu mir kommen? Wieso sollte ich …«

»Weil wir davon ausgehen, dass die vierte Nummer Ihre ist«, beteiligte seine Kollegin sich an der Befragung. Sie streckte ihm ihre langen bestrumpften Beine unter dem Glastisch entgegen, was seine Phantasie anregte.

Doch den Vorwurf galt es entschieden und autoritär von sich zu weisen: »Meine Handynummer entnehmen Sie bitte meiner Visitenkarte hier. Mehr ist dazu nicht zu sagen, und wenn Sie jetzt so freundlich wären – ich habe noch zu tun.«

»Diese Nummer hier sagt Ihnen also gar nichts?«, meinte die unterkühlte Schnüfflerin und hielt ihm einen Notizzettel hin. Carlos wollte gerade mit seinen Kontakten bis in die höchsten Ränge der Guardia Civil drohen, als ihr Kollege ein altes Nokia aus einer Leinentasche zog und die Nummer auf dem Notizzettel Ziffer für Ziffer eintippte.

Dann grinste er ihm ins Gesicht, während Carlos – der Gott ansonsten als einen Zeitvertreib für alte Weiber und labile Deppen ansah – betete, dass bei dem verdammten Ding die Batterie längst alle war. Doch er wurde nicht erhört. In der Garderobe im Flur hing sein Sakko. Aus dessen Innentasche piepste es nun gedämpft, aber doch so deutlich, dass die beiden Polizisten sich erhoben und ihn baten mitzukommen.

Zoco fuhr den staubigen Feldweg zur schwarzen Finca hoch. Seine Kamera auf dem Beifahrersitz hüpfte im Takt der Schlaglöcher. Warum musste diese verdammte Zicke auch auf einem Video bestehen? Wie sollte er vorgehen? Er konnte ja schlecht Sergio fragen, ob er mal kurz ein Filmchen von dem gekidnappten Mädchen drehen dürfte, das er bei seinem letzten Besuch entdeckt hatte, als er ihm den Stoff unter seinem zugedröhnten Arsch wegklauen wollte.

Er hielt vor der Finca und stieg aus seinem Wagen. Drinnen lief der Fernseher. Auf sein Klopfen reagierte Sergio nicht. Zoco öffnete die angesengte Tür und trat in den abgedunkelten Raum. Auf der Couch lag Sergio und schlief. Dabei wurde er von einem Dokumentarfilm über Leguane angeflackert. Es roch nach lange nicht gewaschenen Socken.

Zoco schlich über den klebrigen Boden zum Sofa. Löffel, Spritzen, Flaschen und undefinierbare Substanzen auf dem Couchtisch ließen darauf schließen, dass Sergio nicht eingepennt war, weil ihn das Fernsehprogramm langweilte. Perfekt.

Er rüttelte an seiner Schulter, aber Sergio zeigte keine Reaktion. War er tot? Zoco legte Zeige- und Mittelfinger auf seinen Hals. Nein, er lebte, war aber völlig weggetreten. Zoco holte seine Videokamera aus dem Auto und stieg die Steintreppe hinab. Im Zwielicht zwängte er sich am Gerümpel vorbei zu der Eisentür, hinter der das perverse Schwein das Mädchen über Jahre hinweg eingesperrt hatte. Er löste den Riegel aus der Verankerung in der Mauer, doch die Tür ließ sich nicht aufdrücken. Erst jetzt nahm er die braunen Wülste zwischen Rahmen und Tür wahr. Er hob eine Plastiktube auf, die in einer blauen Pistole steckte. »Polyurethan-Schaum« stand darauf geschrieben. Zoco versuchte die Masse mit den Fingern zu lösen, aber das Zeug war getrocknet. Selbst der Türspalt am Boden war damit abgedichtet.

Wieso macht er das?, dachte Zoco. Wie will er denn da reinkommen, um … Allmählich verstand er. Sergio wollte gar nicht wieder in diesen Raum, um Carmen mit Nahrung zu versorgen.

Der kranke Typ hatte ihr die Luftzufuhr abgeschnitten.

Zoco klopfte und hielt sein Ohr an die Tür.

Nichts … Scheiße!

Er hämmerte mit der Faust gegen das Eisen und hoffte, dass Sergio davon nicht wach wurde. Erneut hielt er sein Ohr an die Tür und wartete auf ein Lebenszeichen. Vergeblich … Oder war da was? Ein gedämpfter Laut? Ein Wimmern?

Ja! Sie war noch am Leben.

Aber was nun? Wenn er nichts unternahm, würde sie sterben. Wenn er aber die Tür aufbrach, wüsste Sergio in ein paar Stunden, dass jemand sein böses Geheimnis kannte.

Dieser Motherfucker.

Außer …

Außer er übernahm ab sofort die Verantwortung für das Mädchen. Immerhin war sie sein Pfand für das Lösegeld.

Er stieg die Steintreppe hoch. Sergio lag noch genauso da

wie zuvor. »Tod durch Überdosis« würde der Arzt ohne Zögern in den Totenschein eintragen – falls überhaupt jemand den Leichnam dieses Hinterwäldlers finden sollte. Die Beweise lagen zuhauf auf dem Couchtisch.

Zoco beugte sich vor und drückte mit Daumen und Zeigefinger der einen Hand Sergios Nase zu. Dann presste er die andere auf seinen schiefen Mund. Einige Sekunden lang geschah nichts. Dann rutschte Sergios Fuß von der Couch. Augenblicke später griffen seine Hände in die Luft, als wollten sie eine Mücke verscheuchen. Dann erst öffnete er die Augen und versuchte Zocos Hand vom Mund zu zerren. Dabei starrten sie sich im Abstand von einer halben Armlänge an. Sergio gab einen gedehnten Laut von sich: *Uuuhhhmmm.*

Sein Todeskampf dauerte noch eine Minute, ehe sein Blick sich trübte und seine dünnen Finger um Zocos Handgelenk erschlafften.

Zoco ließ von ihm ab. Es war sein erster direkter Mord. Eine flinke Fliege zu erschlagen wäre schwieriger gewesen, dachte er und strich über Sergios Lider.

Dann durchsuchte er die vermüllte Bude nach einem geeigneten Werkzeug und machte sich mit einem Küchenmesser daran, den Hartschaum von der Tür zu lösen. Das dauerte länger als angenommen, und er hoffte, dass er nicht zu spät käme. Als das meiste davon abgelöst war, warf er sich gegen die Tür, bis sie aufsprang. Drinnen war es dunkel und stickig, weil Sergio auch den Lichtschacht mit Schaum ausgefüllt hatte.

»Carmen?«

Aus einer Ecke kam ein geflüstertes »Sí«.

Er setzte sich zu ihr auf die Matratze, richtete sie auf und legte ihr den Arm um die knochigen Schultern. Sie ließ es geschehen. Eben noch hatte er einen Mord begangen – und Minuten später rettete er im Gegenzug dafür ein Leben.

»Es ist vorbei. Er kann dir nichts mehr antun. Er ist tot.«

Als Antwort stammelte sie etwas kaum Hörbares.

»Was hast du gesagt?«

»Kann ich jetzt gehen?«

Zoco wählte seine Antwort mit Bedacht.

»Bald. Deine Schwester wohnt inzwischen in Deutschland und muss erst kommen, um dich zu holen. Sie möchte aber vorher sehen, dass es dir gut geht und du am Leben bist. Deshalb mache ich jetzt ein Video von dir, um es ihr zu zeigen. Ist das in Ordnung?«

Carmen nickte.

»Aber erst mal lassen wir hier mehr Licht und frische Luft herein«, sagte Zoco in väterlichem Ton.

Er holte einen Stuhl aus der Rumpelkammer und stocherte mit dem Küchenmesser den Schacht frei. Ein Luftzug strich durch das Gewölbe. Zoco wandte sich um. Sehr gut. Sie vertraut mir. Sie hat nicht versucht zu fliehen – aber dazu wäre sie auch gar nicht in der Lage. Er betrachtete die junge Frau, die ihm ab sofort hilflos ausgeliefert war. Ihre Haare waren verfilzt, als wären sie seit Monaten nicht gekämmt oder geschnitten worden. Ihr Körper hätte unter anderen Umständen auf fortgeschrittene Essstörungen schließen lassen, aber der Idiot hatte sie bestimmt nicht ausreichend mit Nahrung versorgt. Aber sie war mal sehr hübsch gewesen – und könnte es wieder werden, wenn er sie etwas aufpäppelte.

Er spann diesen Gedanken weiter …

Nach drei, vier Wochen Pflege könnte sie durchaus seinen hohen Ansprüchen genügen. Den Rest erledigten Schminke, Dessous und Perücken. Dazu ein anständiges Bett mit Laken aus Seide. Zoco bekam eine Erektion. Hatte er davon nicht schon immer geträumt? Von einer hübschen jungen Chica, die sich fügen musste, wann immer er es wollte?

Zoco stellte die Videokamera an.

Carmen schützte ihre Augen gegen das grelle Licht.

»Jetzt lächle mal schön und sag Hallo zu deiner Schwester Joana. Sag ihr, wie sehr du sie vermisst und dass du es kaum erwarten kannst, sie wiederzusehen.« Zoco drückte auf die Aufnahmetaste.

Carmen machte ihre Sache sehr gut. Und sehr tränenreich. Und sehr überzeugend.

Heute war sein verdammter Glückstag.

»Das hast du toll gemacht, Carmen. Ich muss dich leider

eine Weile alleine lassen, aber ich komme schon bald wieder und bringe dir etwas zu essen und zu trinken. Ich werde dir auch neue Kleider und Kosmetika besorgen. Es soll dir an nichts fehlen«, versprach er und zog die Tür zu. Diesmal vergaß er nicht, den Riegel vorzuschieben. Nur was er mit Sergios Leiche tun sollte, wusste er noch nicht. Er suchte die Finca nach einer Schaufel ab, fand aber keine. Dazu war der Boden auch zu felsig. Keinesfalls durfte er das Risiko eingehen und Sergio im Auto fortschaffen. Aber er konnte ihn auch nicht hier liegen lassen. Der Gestank wäre unerträglich, wenn er seine neue Gespielin in Zukunft öfter besuchen käme. Zoco erinnerte sich an die Plastikfolie in der Rumpelkammer. Er holte sie, wickelte die Leiche darin ein und verschnürte das Paket mit Klebeband.

Aber wohin damit? Hier oben konnte er ihn nicht herumliegen lassen, falls doch mal jemand durch das Fenster lugte.

Und das beste Versteck im Haus war nun mal …

Das Problem dabei war nur, dass die durchsichtige Folie den Verfall des Kadavers nicht verbergen würde. Zumindest den Gestank würde sie abhalten, sagte er sich und schulterte Sergios Leiche. Vorsichtig stieg er damit die Treppe hinab und legte den Toten zu Carmen ins Gewölbe.

Seine neue Freundin bückte sich im Zwielicht zum Paket und stolperte im selben Moment rückwärts. Sie presste die Hände vor den Mund, dämpfte dadurch den Schrei und schüttelte mit aufgerissenen Augen den Kopf.

Du wirst doch nicht etwa um diesen Typen trauern?, dachte er, während er die Tür wieder verriegelte. Na, jedenfalls bist du jetzt nicht mehr so alleine hier unten.

Kilian war mit Xaver zum Strand gefahren. Er hatte sie mehrmals gebeten mitzukommen, aber Joana wollte nicht mal in den Garten gehen oder kurz in den Pool springen. Sie hielt sich ständig vor ihrem Computer auf, um auf weitere Nachrichten von der Person zu warten, die sich als Carmen Campos ausgab und behauptete, ihre Schwester wäre noch am Leben.

»Du sollst das Video bekommen«, hatte der Erpresser beim

letzten Kontakt versprochen. Drei Tage hatte sie darauf gewartet, und genauso lange hatte Kilian versucht, sie zur Vernunft zu bringen und zur Abreise zu überreden.

Am Nachmittag traf endlich die ersehnte Nachricht ein.

»Bist du da?«, schrieb Carmen Campos ihr eine Mitteilung auf Facebook.

»Ja«, antwortete Joana nur Sekunden später.

»Ich sende dir nun einen Link zu einem Video. Es dauert neunzig Sekunden. Du kannst es nur einmal ansehen, danach lösche ich es. Verstanden?«

Sie wollte schlucken, was mangels Speichel missglückte, doch da stand schon der Link in ihrem Chatfenster. Sie klickte ihn an. Das Amateurvideo war wieder etwas dunkel geraten, trotzdem war das Mädchen diesmal besser zu erkennen.

Mein Gott … war sie das? So … so … mager.

In einem schäbigen Hemd saß das Mädchen gebeugt auf einer Matratze in einer Art Kerker und blinzelte aus tief in den Höhlen liegenden Augen in die Kamera. Joana berührte den Bildschirm und strich ihr über das wirre Haar und über die eingesunkenen Wangen.

»Was haben sie nur mit dir gemacht?«, flüsterte sie.

Dann begann das Mädchen zu sprechen.

Und damit waren auch ihre letzten Zweifel beseitigt.

Joana konnte vor Tränen nichts mehr erkennen.

Zumindest Carmens Stimme hatte sich nicht verändert.

»Ich freue mich schon so sehr, dich wiederzusehen, Huana.«

Huana. Es gab nur eine, die seit Kindestagen ihren Namen so aussprach – ihre Schwester Carmen. Sie lebte tatsächlich.

»CARMEN LEEEBT!« Sie schrie diesen Satz in jeden Winkel der sterilen Wohnung.

Doch es war nicht nur ein Glücksschrei.

Trotz der schlechten Bildqualität konnte man erahnen, unter welch grauenhaften Bedingungen ihre Schwester die letzten Jahre hatte verbringen müssen. So wurde die Freude über die Erkenntnis, dass sie noch lebte, vom Zorn auf dieses Scheusal und der Sorge um Carmen überlagert.

Dazu gingen ihr Tausende Fragen durch den Kopf: Wie

kam es, dass sie doch nicht gestorben war, so wie der Täter es damals behauptet hatte? Was für eine Rolle hatte er gespielt? Warum hatte er die Geschichte mit dem Boot erfunden, wenn er Carmen gar nicht auf dem Gewissen hatte? Als potenzieller Täter schied er jedenfalls aus, weil ihm damals sein Geständnis zum Verhängnis geworden war.

Aber wenn er es nicht war, wer war es dann gewesen? Ein Komplize? Warum? Wegen Geld? Oder aus anderen Gründen? Hatte man sie missbraucht?

Joana verbannte diesen schrecklichen Gedanken und fragte sich stattdessen, wie es jemandem möglich gewesen sein konnte, Carmen so lange unbemerkt versteckt zu halten. Wo befand sich dieses Versteck?

Auf diese Fragen konnten ihr nur zwei Personen eine Antwort geben: der feige Verbrecher, der sich hinter dem Pseudonym Carmen Campos verbarg, und ihre Schwester.

Das Video war zu Ende und ließ sich nicht mehr öffnen.

»Reicht das als Beweis?«, lautete die nächste Nachricht.

»Wann lässt du meine Schwester frei?«

»Wenn du die 150000 Euro für ihre Freilassung zahlst.«

»Ich hab das Geld nicht! Lass sie frei – BITTE!«

»Du wirst es schon auftreiben. Heute ist Freitag. In einer Woche sollte das doch möglich sein. Bestimmt hast du in München reiche Freunde, die dir dabei gerne weiterhelfen.«

»Ich habe zehntausend. Die kann ich dir geben, wenn du ...«

»Du bist in keiner guten Verhandlungsposition, Schätzchen. 150000 bis nächsten Freitag – und du bekommst Carmen wieder. Ansonsten ...«

»Ansonsten was?«, hämmerte Joana in die Tasten und zerkratzte sich mit ihren Nägeln den Nacken, bis die Antwort kam.

»Wenn du bis Freitag nicht zahlst, schneide ich Carmen für jeden weiteren verstrichenen Tag einen Finger ab.«

KAPITEL NEUNZEHN

Maite und Rafael warteten in der Sakristei der Kirche von Almuñécar vor dem Schreibtisch des Pfarrers. Der Raum war voller Heiligenbilder, einem überdimensionalen Kreuz und anderem barocken Kitsch. Señor Olmeda hatte gerade die Abendmesse beendet und den Raum betreten.

Der Klang des Orgelnachspiels drang aus dem Kirchenschiff in die Sakristei. Er streifte die weißgoldene Soutane ab, die nach Weihrauch roch, hängte sie in den Schrank und nahm ihnen gegenüber Platz.

»Und Sie beide wollen also heiraten?«, fragte der Pfarrer nach einem Blick in seinen Terminkalender.

Maite und Rafael nickten.

»Sehr gut. Meine erste Frage bei Paaren, von denen sich weder Braut noch Bräutigam jemals in meiner Kirche haben blicken lassen und denen außer der Taufe sämtliche katholische Sakramente fehlen, lautet: Warum wollen Sie sich kirchlich trauen lassen?«

In seiner Zivilkleidung wirkte er etwas deplatziert. Der Priester trug ein grob kariertes Holzfällerhemd, Jeans, einen ungetrimmten Bart, und auch sein verirrter Blick in Maites für den heutigen Anlass züchtiges Dekolleté war eines Würdenträgers nicht würdig.

Auf seinem Schreibtisch lagen eine Sportzeitung und eine

Playstation. Gute Frage, dachte Maite und erklärte ihm ihre Beweggründe: »Zum einen ist es ja viel romantischer in so einer hübschen Kirche als in einem Standesamt. Und wir haben auch meine katholische Oma eingeladen, und von wegen wir hätten keine Sakramente beizusteuern: Rafaels Tante heißt immerhin Sacramento! Zumindest sie und ihr Mann gehen immer brav in die Kirche. Zum anderen haben hier mehr Gäste Platz, und mein Brautkleid kommt vor dem Altar viel besser zur Geltung.«

Der Pfarrer schielte auf das Bild der Jungfrau Maria und schien sich eine ausführliche Moralpredigt zu verkneifen.

»Und wann haben die beiden *Romantiker* vor, in meiner *hübschen* Kirche den Bund der Ehe zu schließen?«

Maite wechselte einen Blick mit Rafael, aber der überließ ihr die Verhandlungen mit dem Pfaffen. »Na, so bald wie möglich eben.«

Der Pfarrer konsultierte den Terminkalender, setzte eine »Als-Hochzeitslocation-sind-wir-euch-Atheisten-gut-genug«-Miene auf und blätterte die Seiten um.

»Ich könnte Ihnen Samstag, den vierzehnten Mai anbieten.«

Maite hob die Zeigefinger und ahmte einen Scheibenwischer nach. »Nein, das geht leider nicht! So lange können wir nicht warten.« Sie bemerkte, wie sie damit Rafael aus seiner Parallelwelt ins Diesseits zurückholte. Bestimmt dachte er gerade: Wie jetzt? Erst braucht sie wochenlang, um sich zu einem Ja durchzuringen, und jetzt kann sie es auf einmal nicht mehr abwarten?

Aber er kannte ihr süßes kleines Geheimnis ja noch nicht – denn das wollte sie ihm erst am Tag der Hochzeit verraten.

»Was spricht denn gegen den Mai? Das ist doch der bevorzugte Monat aller Heiratswilligen«, versuchte Señor Olmeda sie zu überzeugen. Wahrscheinlich wollte er sie möglichst schnell loshaben, um mit seiner Playstation zu spielen.

Weil ich dann im neunten Monat schwanger bin, dachte Maite. Aber sie wollte nicht auch noch uneheliche Kinder ins Spiel bringen – das würde das Weihwasserfass wohl zum Überlaufen bringen. Deshalb musste sie etwas schwindeln und hoffen, dass ihr der liebe Gott diese kleine Sünde mit einem

Augenzwinkern vergab. Das Thema blieb dasselbe, nur die Tatsachen mussten etwas verdreht werden.

»Mein zukünftiger Ehemann ist ja leider steril«, erklärte sie dem Pfarrer und merkte, wie Rafael neben ihr fast vom Stuhl fiel. »Weil wir aber trotzdem unbedingt ein Kind haben wollen, haben wir entschieden, eines zu adoptieren. Jetzt haben wir so einen süßen kleinen Fratz aus einem vietnamesischen Waisenhaus in Aussicht gestellt bekommen, aber den bekommen wir erst, wenn wir verheiratet sind. Die Behörden dort unten haben uns eine Frist bis Anfang Januar gesetzt – ansonsten geht er an zwei schwule Franzosen.«

Er blickte sie lange an und ließ mit keinem Zucken seiner bärtigen Pastorenmiene erkennen, ob er ihr diese Geschichte glauben sollte oder nicht.

Maite setzte ihr barmherzigstes Mutter-Teresa-Gedenk-Lächeln auf und wartete auf eine Reaktion. Wenigstens spielte Rafa mit und verteidigte unter dem Bild der Jungfrau Maria seine Manneskraft nicht gegenüber dem Priester.

»Na, schön«, seufzte der Pfarrer und blätterte wieder in seinem Kalender. Diesmal hielt er nach wenigen Seiten inne.

»Die Sonnabende und Sonntage sind alle belegt, aber ich könnte Ihnen einen Freitag anbieten. Wie wär's mit Freitag, den sechzehnten Dezember?«

Maite wandte sich Rafael zu, dessen Gesichtsausdruck besagte, dass sie nachher ein paar Takte wegen ihrer Unverfrorenheit zu hören bekäme. Schließlich nickte er dem Pfarrer zu, als hätte er sich eben auf ein mieses Geschäft eingelassen.

»Ist gebongt!«, rief Maite aus. Sie bückte sich über den Schreibtisch, um dem Pfarrer mit einem Schmatz auf die Wange ihren Dank auszudrücken.

»Fantastico! Dann sehen wir uns am sechzehnten Dezember.«

Der Pfarrer wiederholte Maites Scheibenwischergeste mit den Zeigefingern. »Nein, meine Liebe, ich fürchte, wir werden uns schon früher wieder begegnen. Sie beide müssen die Konfirmation nachholen und das Eheseminar belegen. Außerdem will ich Sie von nun an bis zur Hochzeit jeden Sonntag in meiner Kirche sehen. Das ist der Deal!«

Maite unterdrückte ein Fluchen und verabschiedete sich vom diabolisch grinsenden Pfarrer.

Nach dem Chat mit dem Entführer und dem Videobeweis nahm sich Joana eine Viertelstunde Zeit für Tränen und Gefühle. Sie schwankte zwischen der Erleichterung, dass Carmen noch lebte, dem Zorn, dass man sie ihr fünf Jahre lang weggenommen hatte, und der Hoffnung auf ein baldiges Wiedersehen. Carmen war am Leben. Das war das Wichtigste.

Der Rest würde sich schon ergeben. Aber wie?

Hundertfünfzigtausend Euro innerhalb einer Woche. Ansonsten würde der Erpresser Carmen jeden Tag … Daran wollte sie lieber gar nicht erst denken. Genauso wenig wie darüber, was man ihr alles angetan haben könnte. Jetzt galt es, die Tränen zu trocknen und rational zu handeln.

Sie holte einen Notizblock aus ihrem Koffer und nahm einen Stift zur Hand. Neben Punkt eins schrieb sie: *Guardia Civil einschalten – JA oder NEIN*? Joana dachte an die Ereignisse vor drei Jahren. Damals hatte ihnen die Polizei auch nicht helfen können – oder wollen. Würden die Beamten sie nun ernst nehmen? Was konnte sie an Beweisen aufbringen, dass ihre Schwester lebte und von jemandem gefangen gehalten wurde? Gar keine. Die Bilder und das Video waren längst gelöscht. Alles, was blieb, war der Chatverlauf mit einer gewissen Carmen Campos aus Motril. Nein, die Guardia Civil würde das wie Kilian als bösen Scherz einstufen und nichts unternehmen, wodurch wertvolle Zeit verstreichen würde.

Joana kreuzte JA durch und unterstrich NEIN.

Sie musste das Problem ohne die Guardia Civil lösen.

Der zweite Punkt war schon schwieriger zu beantworten.

Sie notierte die Zahl 150000 und daneben die Frage: *Woher nehmen?*

• • •

»Und woher willst du das Geld nehmen?«, fragte Kilian am nächsten Morgen beim Frühstück und schob seinem Sohn einen Löffel Brei in den Mund.

»Ich dachte, wir reden am Montag mit der Sparkasse, immerhin haben die unsere Wohnung als Sicherheit.«

»Schatz, unsere Wohnung ist mit der Hypothek belastet, und außerdem haben wir den Überziehungsrahmen ziemlich ausgereizt. Von denen können wir nichts erwarten. Überhaupt ist das ...« Kilian unterbrach sich. Den Disput von letzter Nacht wollte er nicht noch einmal aufwärmen, insbesondere nicht vor Xaver.

»Überhaupt ist *was*?«

»Joana ... Das Video ... Ich hab's ja nicht gesehen – aber sieh doch bitte ein, dass heutzutage jeder Computerfreak ein Mädchen filmen kann, das ihr ähnlich sieht. Dann kann man die Datei mit dem entsprechenden Programm bearbeiten und sogar die Stimme manipulieren. Es ist also noch lange kein Beweis dafür, dass ...«

Joana unterbrach ihn mit einem Tritt gegen sein Stuhlbein. Ein Teelöffel Brei klatschte auf Kilians Jeans.

»Das war meine Schwester Carmen«, presste Joana leise hervor, um Xaver nicht zu erschrecken. »Ich habe sie wiedererkannt. Daran gibt es keinen Zweifel. Was soll ich denn deiner Meinung nach tun, hm? Nichts? Nach Hause fliegen? Mich zu Hause ins Café setzen, als wäre nichts gewesen? Einfach abwarten, bis mir der Postbote ein Kuvert mit Carmens Fingern aushändigt?«

Joana konnte ihre Tränen nicht mehr aufhalten. Als Xaver merkte, dass seine Mami traurig war, begann auch er zu weinen.

»Ja, verstehe. Sorry, dass ich dich damit belästigt habe. Ja, ja, nein – kein Problem. Tschüs.«

Joana legte auf und strich den vorletzten Namen von ihrer Liste. Das war die siebte Absage. Nun rief sie bei der letzten Person an, die ihr einfiel, ehe Kilian, der nicht wusste, was sie hier gerade tat, vom Spazierengehen mit Xaver zurückkäme.

Sie hasste es, aber es ging um das Leben ihrer Schwester, und da musste sie nun mal ihr Ehrgefühl hintanstellen. Georg hob nach dem vierten Klingeln ab. Er wohnte in einer Villa in Feldkirchen und besaß die wohl größte Baufirma im Münchner Osten. Seit sein dreijähriger Sohn Maximilian in einem von seinen Eltern unbewachten Moment im Heimstettener See zu ertrinken drohte und Joana ihn aus dem Wasser gezogen hatte, fühlte er sich ihr verbunden, und jedes Mal, wenn sie sich sahen, pflegte er zu sagen: »Ihr wisst schon, wenn's bei eich amoi zwackt, kommt ihr zu uns! Mia stehn tief in eira Schuld!«

Ein paarmal hatte er Joana und ihre Familie zu sich eingeladen, doch die Treffen waren immer seltener geworden, seit Georg etwas zu unverhohlen Interesse daran gezeigt hatte, mit ihr seine Ehefrau zu betrügen, was Joana ebenso deutlich abgelehnt hatte.

»Hallo, Georg, ich bin's – Joana.«

»Joana? Aaah, Joana! Mei, des is a Überraschung. Wia geht's dir denn?«

»Ehrlich gesagt, nicht so gut, und deswegen ruf ich auch an.«

»Is was mit'm Kilian?«

»Nein, es ist … Es ist etwas komplizierter. Ich kann auch nicht am Telefon darüber reden.«

»Sollen mir uns treffen? Mit mia kannst über ois reden.«

»Nein, ich bin in Spanien, Georg. Und du hast doch gesagt, wenn wir mal Hilfe bräuchten, könnten wir jederzeit zu dir kommen …«

»Ja, sowieso. In Spanien bist? Na, ihr habt's guat. Bei uns hat's heit koane zehn Grad und Nieslwetter.«

Joana hatte andere Sorgen als das schlechte Münchner Wetter und kam gleich auf den Punkt: »Georg, ich brauch Geld. Ich kann es dir im Moment nicht erklären, aber du bekommst es natürlich inklusive Zinsen wieder.«

»Wie viel denn?«

»Hundertfünfzigtausend Euro …«

Danach war es bis auf einen Pfiff für eine Weile still in der Leitung.

»So vui? Madl, des geht aber grad ganz schlecht … Jetzt zum Winter hin gibt's wie immer an ordentlichen Einbruch in der Baubranche. Do müssn mir selbst schaun, dass mir über die Runden kommen. Aber für was brauchst denn hundertfuchzigtausend? Kaufts eich dort unten a Haus in da Sonne?«

»Nein, aber egal. Vergiss es einfach. Sorry, dass ich dich damit belästigt habe. Servus.«

In der vergangenen, abermals schlaflosen Nacht war ihr eine Idee gekommen, wie sie zu dem Geld gelangen könnte, ohne auf die Unterstützung von Banken oder Freunden zu hoffen: durch die Wohnung ihrer verstorbenen Mutter.

Joana erinnerte sich an die Briefe eines Rechtsanwalts aus Almuñécar, der den Nachlass ihrer Mutter verwaltete. Wie hieß der noch mal? Als einzige Hinterbliebene musste sie damals Dokumente unterzeichnen und das Erbe annehmen und fortan die laufenden Kosten dafür begleichen. Aber dann war ihr eingefallen, dass damit die Angelegenheit noch lange nicht formalisiert war. In dem Schreiben hatte es geheißen, sie müsse bei ihrem nächsten Spanienaufenthalt zusammen mit ihm ein Notariat und das Grundbuchamt aufsuchen, ehe die Wohnung in ihr Eigentum überginge. So schlug die Hoffnung im Morgengrauen, als sie für zwei Stunden eingeschlafen war, schon wieder in Resignation um.

Wie sollte das alles in nur fünf Tagen zu schaffen sein?

Die Wohnung ihrer Mutter auf ihren Namen zu übertragen, im Grundbuch einzutragen *und* einen Käufer für die Immobilie zu finden? Die Chancen dafür waren wohl sehr gering – aber sie musste es zumindest versuchen.

Nach einigen Telefonaten hatte sie herausgefunden, wer der Anwalt ihrer Mutter gewesen war – ein an Adipositas leidender Mann in den Fünfzigern, dessen Zeitlupenmotorik und behäbige Aussprache darauf schließen ließen, dass Hektik für ihn längst kein Thema mehr war. Joana trug eine große Sonnenbrille und einen tief in die Stirn gezogenen Strohhut, damit sie in ihrer alten Wohngegend nicht alle hundert Meter Small Talk führen musste. Ungeduldig ging sie neben dem schnaufenden und hinkenden Anwalt zum Notariat, wo sie für ihn eine Vollmacht unterzeichnen musste, damit er die Angelegenheit in ihrem Namen regeln könnte.

Hinterher hatte ihr Señor Peralta versichert, dass in zwei oder drei Wochen, spätestens jedoch bis Ende des kommenden Monats die Wohnung ihrer Mutter ordnungsgemäß auf ihren Namen übertragen wäre. Danach könnte sie dafür einen Käufer suchen, was angesichts der Immobilienkrise allerdings ein Vorhaben sei, bei dem sie eine Menge Geduld aufbringen müsse.

Der restliche Montag war damit verstrichen, dass Joana ihren lahmen Anwalt zu überzeugen versucht hatte, ihre Angelegenheit etwas flotter zu bearbeiten. Als Ansporn hatte sie ein Stegreifdrama erfunden und dem bärtigen Vierzentnermann mit lebhafter Unterstützung ihrer Tränendrüsen anvertraut, dass sie das Geld für Kilian und seine längst überfällige Operation am offenen Herzen in einer amerikanischen Spezialklinik benötige.

Señor Peralta nahm ihr die Geschichte ab, bekam sogar selbst feuchte Augen, führte Telefonate, sandte seine Mitarbeiterin zu verschiedenen Behörden aus und war am Abend zuversichtlich gewesen, dass der Papierkram bis Donnerstag erledigt werden könnte.

Inzwischen war Dienstag, und Joana saß nach drei vergeblichen Versuchen im vierten Immobilienbüro. Erstmals keimte Hoffnung in ihr auf.

»Eine 4-Zimmer-Wohnung in der Avenida Juan Carlos?«, wiederholte der Makler.

»Ja, aber es müsste sehr schnell gehen«, fügte Joana ihre einzige Bedingung hinzu. Der Mann schien drängende Kunden gewohnt zu sein und wandte sich seinem Bildschirm zu.

»Vor ein paar Wochen war ein Zahnarzt aus Granada im Büro. Er suchte in Almuñécar eine geeignete Immobilie für eine Praxis …«

Joana rutschte auf ihrem Stuhl herum und wartete, bis der pockennarbige Makler mit John-Lennon-Brille, lila Hemd und blond getöntem Haar fündig wurde. »Da haben wir ihn ja …

Dr. Alfredo Morales Lima. Zahnarzt. Hat bereits eine Praxis in Granada und möchte eine zweite in Almuñécar eröffnen, am besten in der Gegend des Busbahnhofs.«

»Perfekt!«, rief Joana, weil sich die Wohnung ihrer Mutter gegenüber vom Busbahnhof befand. Aber ihr Gegenüber teilte ihre Begeisterung nur so lange, bis er auf ein nicht unerhebliches Detail gestoßen war: »Allerdings will er nicht mehr als hundertachtzigtausend Euro ausgeben …«

»Ja, ja, kein Problem – er kann sie sogar für hundertfünfzig haben!«

Der Makler ließ sich mit seiner Antwort Zeit und schien zwischen einem raschen Deal und ehrlicher Kundenberatung zu schwanken. Aber sie machte auf ihn wohl nicht den Eindruck, als könne sie den Wert der Immobilie nicht einmal ungefähr abschätzen. Deshalb versuchte er erst gar nicht, sie zum Verkauf um diesen Preis zu ermuntern: »Eine so zentral gelegene Wohnung ist in dieser Größe mindestens zweihundertfünfzigtausend wert, wenn nicht noch mehr. An Ihrer Stelle würde ich …«

»Aber ich sagte doch schon, es müsste schnell gehen. Rufen Sie Ihren Kunden bitte gleich an, und sagen Sie ihm, er kann die Wohnung für hundertfünfzigtausend haben – aber nur unter der Bedingung, dass ich das Geld bis Freitag bekomme!«

»Bis Freitag? Also in drei Tagen?« Der Makler lehnte sich zurück und lächelte die Bürodecke an. Dann stützte er das Kinn auf seine Hände und blickte sie an wie damals der Fahrlehrer, als sie ihn gefragt hatte, ob sie den Führerschein innerhalb einer Woche machen könne, wenn sie brav lernte.

»Lassen Sie mich bitte das Prozedere kurz erklären: Wir müssen erst die Rechtmäßigkeit der Immobilie prüfen und Ihre Wohnung ordnungsgemäß ins Portfolio aufnehmen. Dazu brauchen wir einen Grundbuch- und Katasterauszug, eine Strom- und Wasserrechnung, einen von Ihnen unterzeichneten Vermittlungsvertrag, und natürlich muss ich die Wohnung erst selbst besichtigen, ehe ich sie dem Kunden zeige. Sollte der sich nach einer angemessenen Bedenkzeit für den Kauf der Wohnung entscheiden, wird ein verbindlicher Vorvertrag unterzeichnet, und Sie erhalten eine zehnprozentige Anzahlung auf den vereinbarten Preis. Danach kommt es darauf an, ob der Käufer eine Hypothek benötigt oder nicht. In dem Fall würde die Bank erst den Wert der Immobilie schätzen müssen. Bis zur Entscheidung der Kreditabteilung vergehen meist drei bis vier Wochen. Erst danach kann ein Notartermin vereinbart werden«, dozierte er. »Bis Freitag ist das völlig unmöglich. Selbst wenn der Kunde sich schnell entscheidet, kann der Verkauf kaum vor Dezember abgewickelt werden.«

KAPITEL ZWANZIG

Unverhofft kam es doch anders: Der Zahnarzt praktizierte am Mittwochvormittag nicht, und auf Joanas Drängen hin überredete der Makler ihn, die Stunde Fahrt nach Almuñécar in Kauf zu nehmen, um sich die Immobilie anzusehen. Joana hatte die Wohnung seit den frühen Morgenstunden geputzt. Nachdem sie alle Fenster geöffnet hatte, verstaute sie zuerst die staubigen Familienfotos auf den Kommoden in einer Schublade des Kirschholzschranks im Salon. Erst danach begann sie die Wohnung zu reinigen. Mit jedem Spritzer Möbelpolitur kamen die Erinnerungen hoch und ließen sich nicht so einfach wie Familienfotos in geistige Schubladen verbannen.

Um halb zwölf Uhr klingelte der Makler mit seinem Kunden. Dr. Morales aus Granada war ein hagerer Mann, dessen schüttere Haare schlampig mit schwarzer Tönung übertüncht waren, während es aus seinen Ohren jedoch noch in grauer Naturfarbe wucherte. Er schritt mit auf dem Rücken verschränkten Armen und quietschenden Gesundheitsschuhen von Raum zu Raum.

Der Makler folgte ihm und kommentierte die Nutzungsmöglichkeiten der Zimmer: Dieser Raum wäre ideal als Behandlungsraum, während das Schlafzimmer das Wartezimmer werden könnte. Das Wohnzimmer böte sich als zweiter Behandlungsraum an. Die Küche könne man …

Eine Stunde später war man sich im Maklerbüro handelseinig. Señor Morales freute sich über den Sonderpreis von hundertfünfundsechzigtausend Euro. Der Makler rieb sich wegen der fünfzehntausend die Hände, die er auf Joanas Verkaufspreis kurz entschlossen als Provision aufgeschlagen hatte. Und Joana glaubte an ein Wunder, da Dr. Morales keine Hypothek benötigte und die Abwicklung vor dem Notar noch am Freitag erfolgen konnte. Ihr Anwalt hatte die Idee gehabt, die Wohnung direkt von ihrer Mutter auf den neuen Käufer einzutragen, was ihr die Eintragung ins Grundbuch ersparte. Somit waren alle Dokumente für den Notariatstermin am Freitag um elf Uhr morgens vorbereitet.

Am Nachmittag schrieb sie dem Pseudonym Carmen Campos eine Nachricht, dass sie Freitagmittag über das Geld verfügen werde und die Summe dann gleich gegen Carmen austauschen wolle. Danach beruhigte sich Joana zum ersten Mal seit ihrer Ankunft in Spanien und widmete den Nachmittag ihrer Familie. Um nicht alten Bekannten in Almuñécar über den Weg zu laufen, fuhren sie in den nahen Urlaubsort Nerja und versuchten, wie gewöhnliche Touristen durch den Ort zu schlendern. Nerja war voll mit britischen Urlaubern, deren jeweilige Heimatstadt man am Fußballtrikot des Juniors erkannte und die in Restaurants mit bebilderten Speisekarten herumlümmelten, wo sie Spaghetti bolognese aßen und sie mit einem halben Dutzend Pints herunterspülten.

Kilian und Joana kauften ihrem Sohn am Balcon de Europa, einer Aussichtsplattform über dem Meer, ein großes Schokoladeneis. Sie versuchten krampfhaft, am Grund ihres Aufenthalts in Spanien vorbeizureden. Aber nachdem das tolle Wetter und das Angebot der Läden ausreichend thematisiert war, verfielen sie in Schweigen.

Am nächsten Morgen besuchte Joana ihren Rechtsanwalt und den Makler, um sich zu vergewissern, dass für Freitag alles korrekt vorbereitet war und der Käufer nicht im letzten

Moment noch seine Meinung geändert hatte. Gerade als sie aus der Bank kam, um die Auszahlung des Schecks zu avisieren, wäre sie beinahe mit Maite zusammengestoßen.

»Joana! Na, das ist ja eine Überraschung. Und mein kleiner süßer Prinz ist auch dabei«, freute sich Maite.

Sie hob Xaver aus seinem Buggy und knuddelte ihn, bis er Hilfe suchend seine Händchen in Richtung Mami ausstreckte. Joana hatte sich bei Maite seit ihrem letzten Treffen absichtlich nicht mehr gemeldet. Denn wie konnte sie mit ihrer Freundin zusammen sein und *nicht* darüber sprechen, dass Carmen noch lebte und ein Erpresser Lösegeld forderte?

»Du hast dich ja gar nicht mehr gemeldet. Aber ich versteh schon – ihr seid wahrscheinlich zu sehr damit beschäftigt, diesem Schnuckelfratz ein Schwesterchen zu besorgen«, mutmaßte Maite. Sie stöckelte trotz bewölkten Himmels und für lokale Begriffe eisiger fünfzehn Grad in einem luftigen Sommerkleidchen durch die Straßen und hatte wohl noch nie mit einer Vermutung so weit danebengelegen.

»Nein, aber ich war tatsächlich sehr beschäftigt und habe eine Menge Dinge zu erledigen. Ich habe mich entschieden, die Wohnung meiner Mutter zu verkaufen, und morgen ist der Notartermin. Dann hab ich auch mehr Zeit.«

»Jetzt gehen wir erst mal schön ins ›Gala‹ zum Tapasessen, und dort kannst du mir alles erzählen.«

Joana wollte etwas einwenden, aber Maite schob schon den Kinderbuggy über den Zebrastreifen. Das Lokal befand sich an der Plaza Antonio Gala, die nach einem spanischen Poeten und Schriftsteller benannt war.

Joana bestellte zwei Mineralwasser, obwohl sie ein Bierchen gut hätte vertragen können, aber Maite war schwanger und sie mit Xaver und dem Auto unterwegs.

»Danach muss ich aber echt los, weil …«

»Jetzt bleib doch mal locker. Du wohnst schon zu lange in Deutschland, nehme ich an. Warum verkaufst du die Wohnung denn überhaupt?«

Wie gerne hätte sie ganz entspannt mit ihrer Freundin

gequatscht, der sie seit drei Jahren, bis auf das letzte Mal in La Herradura, nicht mehr gegenübergesessen hatte. Aber bald – hoffentlich schon übermorgen – wäre wieder alles gut. Dann hätte sie auch eine freudige Nachricht für Maite und könnte mit ihr über alles reden. Aber heute noch nicht. Bis Carmen in Sicherheit war, musste sie ihr noch etwas vormachen. Und locker bleiben konnte sie angesichts der Drohung des Entführers schon gar nicht.

Jeder weitere Tag bedeutete einen Finger …

»Kilian hat ein Internetprojekt am Laufen. Es ist sehr gut gestartet, aber es fehlen noch einige Investitionen, und die Wohnung werden wir in Zukunft kaum benutzen, also verkaufe ich sie, um ihn finanziell zu unterstützen.«

»Ah, verstehe. Wo steckt er eigentlich?« Wieder so eine Frage, die sie nicht ehrlich beantworten konnte. Seit diese Carmen Campos in ihre Münchner Vorstadtidylle eingedrungen war, durchlebten sie ihre erste ernsthafte Krise. Aber wenn ihre Schwester erst mal frei wäre, würde die sich sofort in Luft auflösen, davon war sie überzeugt.

Momentan aber saß Kilian auf der Veranda und trank bestimmt ein Frustbier nach dem anderen, weil er glaubte, seine Frau renne vergebens den Geistern der Vergangenheit hinterher und gefährde mit ihrer Naivität ihr Familienglück. »Kilian arbeitet. Er hat seinen Laptop dabei und kann eben nicht mal im Urlaub abschalten.«

Maite nahm die beiden Wasserflaschen in Empfang und hielt ihr eine wie ein Mikrofon hin. »Frage: Es ist doch noch alles flauschig zwischen euch beiden, oder etwa nicht?«

Joana nahm ihr die Flasche aus der Hand und goss den Inhalt ins Glas. Sie presste die Zitronenscheibe über dem Wasser aus, leckte den Saft von den Fingern und antwortete nicht.

»Tu mir das bitte nicht an – immerhin haben Rafael und ich gerade mit dem Pfaffen alles klargemacht. Und wenn's in eurer Musterehe schon kriselt, was haben wir dann erst für Erfolgsaussichten? Übernächsten Donnerstag steigt übrigens die Verlobungsfeier im Restaurant ›El Gallinero‹, und ihr seid natürlich die absoluten Ehrengäste. Joana? Hörst du mir überhaupt zu?«

Joana wippte am Buggy, weil Xaver gerade einschlief. Sie war mit ihren Gedanken bei Carmen gewesen und fragte sich, wie das Wiedersehen werden würde und wie sich der Erpresser die Lösegeldübergabe vorstellte. Jetzt versuchte sie sich wieder auf das Geplauder mit Maite zu konzentrieren.

»Ist das nicht schrecklich?«, fragte Maite sie gerade.

»Äh, was?«

»Na, was ich eben gesagt habe – dass die Leute wegsterben wie die Fliegen, kaum dass ihr wieder im Land seid.«

»Wie meinst du das?«

»Was? Das hast du noch nicht mitbekommen? In der Gegend geht ein Mörder um! Murkst zum Glück aber nur alte Knacker ab. Drei waren es bisher, und die Guardia Civil hat wieder mal keinen blassen Schimmer.« Joana erinnerte sich an eine entsprechende Schlagzeile auf dem Internetportal der Zeitschrift »Ideal«.

Das war noch in München gewesen, und sie hatte den Artikel nicht gelesen, damit ihre tragische Vergangenheit sie nicht einholte. Na prima, jetzt hat sie mich wieder, meine Vergangenheit, dachte Joana. Die Morde waren zwar auch kein nettes Thema, aber sie war erleichtert, dass Maite ihr nun einen Exklusivbericht dieser Ereignisse lieferte, anstatt ständig zu fragen, was denn mit ihr los sei.

Am Freitag um elf Uhr dreißig saß Joana mit ihrem Anwalt, dem Käufer und dem Makler auf der Ledercouch im Empfang des Notariats und wartete, bis die Notarin sie eine halbe Stunde zu spät ins Büro rief.

Señora Velasco hatte die straffen, aber attraktiven Gesichtszüge einer Endvierzigerin mit übertriebenem Ernährungsbewusstsein. Sie kannte Joana von früher und wechselte ein paar freundliche Worte mit ihr. Dann wies sie die Parteien an, auf den gepolsterten Lederstühlen Platz zu nehmen. Die Notarin begann den Kaufvertrag so schnell vorzulesen, dass Joana bald die Konzentration verlor.

Erst als Señora Velasco an einer Passage innehielt und sich ihrem Anwalt zuwandte, hörte Joana wieder hin.

»Señor Peralta, die Wohnung wird zwar von der Mutter der anwesenden Erbin direkt auf Señor Morales übertragen, aber der vorliegende Erbschein reicht dafür nicht aus …«

Señora Velasco hielt das Dokument hoch.

»Im Grundbuch muss zumindest ein Verweis auf die Erbschaft vermerkt sein, denn laut Paragraf …«

»Was bedeutet das?«, unterbrach Joana die Notarin.

»Dass Sie den Verkaufsvertrag nicht unterzeichnen können, solange die Erbschaft nicht im Grundbuch eingetragen ist.«

Joana sah ihren Rechtsbeistand an, der sich auf die Lippe biss und ihren Blick mied. »Bitte, das muss wirklich heute noch geschehen«, sagte sie dann. »Es ist sehr, sehr wichtig. Bitte!«

Die Notarin fragte sich beim Anblick von Joanas feuchten Augen wohl, wieso ein paar Tage mehr oder weniger denn so schlimm sein konnten. Sie griff zum Telefon und rief den Leiter des Grundbuchamts an, um den Fall zu schildern, und lauschte seinen Ausführungen.

Am Ende stellte sie die alles entscheidende Frage:

»Können Sie den Vermerk heute noch vornehmen? Hm – und da kann man gar nichts machen? Ja, verstehe. Mittwoch. Danke. Ihnen auch ein schönes Wochenende.« Sie wandte sich an Joana. »Sie haben es gehört. Es tut mir leid, aber wir müssen das leider auf nächste Woche verschieben.«

Señora Velasco begann, ihre Papiere zu ordnen.

»Nein! Wir müssen eine andere Lösung finden. Man hat mir doch versprochen, es sei alles vorbereitet, und jetzt …« Joanas Stimme brach.

Die Notarin wechselte einen Blick mit dem Rechtsanwalt. »Eine Möglichkeit gäbe es noch«, machte sie Joana wieder Hoffnung. »Sie könnten den Eintrag der Erbschaft ins Grundbuch nachreichen. In diesem Fall müssten wir den fehlenden Vermerk jetzt mit einem Passus im Kaufvertrag einfügen, ehe Sie unterzeichnen. Sobald die Erbschaft im Grundbuch registriert ist, reichen Sie den Auszug nach und müssen den aktualisierten Vertrag erneut unterzeichnen. Das ist die einzige …«

»Dann machen wir es so«, entschied Joana.

»Da muss natürlich auch Dr. Morales zustimmen«, meinte die Notarin.

Der Käufer war von dieser Idee nicht zu begeistern. »Ich bitte wirklich um Verständnis, aber ich sehe keinen Grund, heute einen unvollständigen Kaufvertrag zu unterzeichnen. Am besten, wir warten, bis dieser Eintrag erfolgt ist, und dann …«

»Hören Sie, Dr. Morales«, wandte Joana so ruhig ein, wie es ihr in diesem Moment möglich war. »Sie bekommen die Immobilie fast zur Hälfte des Werts, aber das Angebot gilt nur heute. Dafür gibt es auch einen sehr guten persönlichen Grund, auf den ich hier jedoch nicht näher eingehen möchte. Entweder Sie unterzeichnen jetzt – oder ich ziehe mein Angebot zurück. Wenn der Verkauf nicht mehr eilt, kann ich ja ebenso gut den Preis um hunderttausend erhöhen«, pokerte Joana, schnappte sich ihre Handtasche und begann sich der Reihe nach von der perplexen Notarin, dem Makler und ihrem Anwalt per Handschlag zu verabschieden.

Als sie Dr. Morales die Hand reichte, begann ihr Bluff zu wirken, und der Zahnarzt wies sie mit einer Handbewegung an, sich wieder zu setzen. Dann nickte er Señora Velasco zu.

Nachdem sie mit zittriger Hand ihre Unterschrift unter den Verkaufsvertrag gesetzt hatte, betrat Joana um Viertel vor eins die Bank. An beiden Schaltern standen mehrere Kunden an.

Eine so hohe Summe würde sie nicht an der Kasse ausbezahlt bekommen, nahm sie an, sondern vom Direktor persönlich. Die Tür zu seinem Büro stand offen. Aber er saß nicht hinter seinem Schreibtisch.

Sie wandte sich an einen freundlich wirkenden Herrn, der im hinteren Bereich der Bank am Computer arbeitete. Ein Namensschild wies ihn als »Eugenio Martillo – Geschäftskundenberater« aus.

»Entschuldigung, ich suche den Direktor.«

»Ist er denn nicht in seinem Büro?«

»Nein.«

»Dann ist er wohl schon weg.«

Nur ruhig, Joana. Die Banken ließen häufig ihre Mitarbeiter

innerhalb des Filialnetzes rotieren, und so überraschte es sie nicht, dass sie nach drei Jahren Abwesenheit niemanden mehr kannte. Trotzdem hätte das nun geholfen.

»Vielleicht können Sie mir weiterhelfen – es geht um die Auszahlung von diesem Scheck.«

»Würde ich gerne, aber damit müssen Sie an den Schalter.«

Joana nickte und reihte sich hinter einem unnatürlich gebräunten Belgier in kurzen Hosen in die Schlange ein.

Es dauerte zehn Minuten, bis der Belgier an der Reihe war, und zehn weitere, ehe er der Dame am Schalter mit kläglichen Spanischkenntnissen erklärt hatte, dass er eine Rechnung versehentlich doppelt bezahlt hatte und nun die Differenz erstattet haben wollte. Vierzig Minuten bevor die Bank schloss, war sie endlich an der Reihe.

»Buenos días. Ich möchte bitte diesen Scheck einlösen.«

Joana schob ihn durch den Schlitz im Sicherheitsglas.

Die Dame mit den naturblonden Haaren und den zahlreichen Sommersprossen, deren Schulabgang noch nicht weit zurückliegen konnte, studierte das Papier und hob eine Augenbraue, als sie den Betrag las. »Haben Sie denn ein Konto bei uns?«

»Ja, aber ich weiß die Nummer nicht auswendig. Vielleicht könnten Sie die unter meinem Namen suchen …«

Joana schob ihren Ausweis hinterher, und die junge Frau am Schalter wandte sich dem Bildschirm zu.

»Hab's gefunden. Wenn Sie bitte hier unterschreiben.«

Joana ließ die Luft entweichen und unterzeichnete das Formular.

»Danke schön. Dann wünsche ich Ihnen ein schönes Wochenende.«

»Ebenfalls, aber … Und das Geld?«

»Der Scheck wird überprüft und der Betrag Ihrem Konto gutgeschrieben. Bis Mitte nächster Woche sollte …«

»Was? Nein, das geht nicht – ich habe doch mit dem Direktor vereinbart, dass ich den Scheck heute noch einlösen kann.«

»Der Direktor ist leider schon weg.«

»Dann müssen Sie ihn anrufen. Es ist dringend.«

»Das darf ich nicht.« Die junge Dame am Schalter wurde beim Anblick von Joanas Gesichtsausdruck nervös, und solche Summen überschritten wohl auch bei Weitem ihre Kompetenzen. Sie wählte eine interne Durchwahl, woraufhin der Mann von vorhin an den Schalter kam und Joana ihm die Sachlage erklärte.

Señor Martillo nahm ihr den Scheck aus der Hand, blickte nur eine Sekunde darauf und reichte ihn Joana mit einem tadelnden Seitenblick zum Schalter zurück.

»Sie haben vollkommen recht! Bei diesem Scheck handelt es sich um einen bankbestätigten Scheck, der sofort ausbezahlt werden könnte.«

»Könnte? Wo liegt denn das Problem?«

»Theoretisch gibt's gar keines – praktisch aber leider schon, und zwar aus einem einfachen Grund: Wir verfügen zurzeit nicht über so viel Bargeld – schon gar nicht übers Wochenende.«

»Das ist nicht Ihr Ernst, oder? Ich habe die Auszahlung doch extra beim Direktor angekündigt!«

»Das mag schon sein. Aber solche Summen erhalten wir per Geldtransporter aus Granada, und womöglich hat der Direktor ganz einfach vergessen, das Geld von dort zu ordern. Leider muss ich Sie bis Montag vertrösten. Kann ich sonst noch etwas für Sie tun?«

Als Joana nach Hause kam, fand sie eine handschriftliche Notiz an die Wohnzimmertür geheftet: *Konnte dich nicht erreichen. Wir sind nach La Herradura spaziert. Sehen wir uns später im »El Tinao« auf eine Tapa?*

Die Bank hatte um zwei Uhr geschlossen, sie hatte sich aber geweigert zu gehen und bis halb drei mit dem Angestellten diskutiert, bis der sie vor die Tür komplimentiert hatte. Es half nichts – vor Montag kam sie nicht an die geforderte Summe. Nun blieb ihr nur zu hoffen, dass der Entführer ihre Lage verstand und es ihm auf die zwei Tage nun auch nicht mehr ankam.

Auf Facebook wartete bereits eine Nachricht: »Hast du das Geld?«

Auf einer Haarlocke kauend, überlegte sie, was sie antworten sollte. Erst mal Zeit gewinnen und ihn beruhigen.

»Ja. Es war nicht einfach, aber ich habe die Wohnung meiner Mutter zum Glück schnell verkaufen können.«

»Sehr gut. Hast du mit jemandem darüber gesprochen?«

»Nein.« Bis auf Kilian stimmte das auch.

»Dann befolge auch weiterhin meine Anweisungen, und du wirst deine Schwester bald wiedersehen. Kennst du die Kapelle an der Punta de la Mona in der Nähe des Leuchtturms?«

Dort hatte Kilian die Trauerfeier für seinen Bruder inszeniert. Anschließend hatte die verhängnisvolle Seebestattung stattgefunden. »Ja, ich weiß, wo die ist.«

»Rechts neben dem Eingang steht ein Papierkorb. Dort legst du heute genau um Mitternacht die Tasche mit dem Geld rein. Danach lasse ich deine Schwester frei. Keine Polizei oder sonstigen Tricks! Ansonsten ist sie tot!«

»Es gibt da ein kleines Problem. Ich habe zwar einen Käufer aufgetrieben, aber die Bank kann den Scheck erst am Montag einlösen, weil sie heute nicht so viel Geld im Tresor hatten.«

»Wir hatten einen Deal. Bis Freitag!«

»Aber was hätte ich denn tun sollen? Das ist doch nicht meine Schuld! Wir verschieben die Übergabe einfach auf Montag. Einverstanden?«

Es dauerte zermürbende drei Minuten, ehe ihr virtuelles Gegenüber zu antworten geruhte: »Wo wohnst du?«

Wie bitte? Was tat denn das zur Sache?

Sie wollte ihre Familie nicht noch weiter in die Sache hineinziehen und schon gar nicht Xaver in Gefahr bringen. Aber sie durfte ihn auch nicht unnötig reizen.

»Camino del Moro 17, Punta de la Mona. Warum?«

»Damit ich dir ein Päckchen zustellen kann.«

Joanas Fingerspitzen kribbelten, und ihr Bauch fühlte sich an, als wäre er mit einem Sack Eiswürfel gefüllt.

»Welches Päckchen?«, schrieb sie mit zittrigen Fingern.

»Ich bin mit der Übergabe am Montag einverstanden,

obwohl unsere Abmachung anders gelautet hat. Allerdings werde *ich* meinen Teil der Vereinbarung einhalten. Samstag und Sonntag bedeuten kleiner Finger und Ringfinger von Carmens linker Hand. Sieh am Wochenende mal in den Briefkasten, damit dir klar wird, wie ernst ich diese Angelegenheit nehme.«

KAPITEL EINUNDZWANZIG

Rubén lud Lucia nach einem langen Tag voll ergebnisloser Besprechungen zum Dinner im Restaurant »El Barco« am Jachthafen ein. Bei einem Gran Reserva, einem Filetsteak für ihn und einer gegrillten Seezunge für sie gingen sie die Ermittlungsergebnisse noch einmal durch.

Kerzenschein und Mondlicht verliehen ihrer Nachbesprechung einen romantischen Touch, der bei Lucia erwartungsvolles Kribbeln auslöste, weil sie schon wusste, dass Rubén sie nur so fein zum Essen ausführte, wenn er als Dessert etwas Besonderes plante.

Ihre dienstliche Lage war ohnehin schnell resümiert: Ihr inhaftierter Hauptverdächtiger schwieg weiterhin, aber auch ohne seine Aussage wussten sie, dass er am Leichenfundort gewesen war, weil die Spurensicherung dort seine Fußabdrücke und Kleiderfasern gefunden hatte. Ihr einziges Problem war, dass es sich in Otivar nicht um einen »Tatort« handelte, weil Señor Molina an einem Herzinfarkt verstorben war. Selbst dem unerfahrensten Pflichtverteidiger könnte die Idee kommen, sein Mandant hätte dem Verstorbenen nur Erste Hilfe leisten wollen. Als das nicht funktioniert habe, sei er abgehauen, weil er sich illegal im Land aufhielt und Angst vor der Abschiebung hatte.

Vielleicht war es ja tatsächlich so?

Schwer zu sagen, wenn er den Mund nicht aufmachte …

An den beiden anderen Schauplätzen hatten sie keine Spuren von ihm gefunden, und so durften sie ihn ohne Anklage nicht mehr lange festhalten. Und danach? Was tun mit ihm?

Ihn in den nächsten Flieger nach Afrika setzen?

Lucia sprang mit den Gedanken zum windigen Carlos Roig. Den hatte sein Anwalt innerhalb von neunzig Minuten freigeboxt, weil der Staatsanwalt sich nicht getraut hatte, ihn wegen eines Prepaid-Handys einzusperren. Sie hätten sich manchmal zu viert zum Pokern in der Hafenkneipe getroffen, hatte Roig behauptet, was der Wirt bezeugen konnte.

Lucia und Rubén waren davon überzeugt, dass es noch einen anderen Zusammenhang geben musste – die Villen von Baena und Roca waren nicht gerade einkommenskonform gewesen, aber bei den Auswertungen von Computerdateien, Bankauszügen und sonstigen Unterlagen hatte man bisher keine Unregelmäßigkeiten gefunden. Sie mussten vorsichtig vorgegangen sein. Aber wie zum Teufel passte Salvador Molina ins Spiel? Ein honoriger Guardia-Civil-Beamter, der allem Anschein nach nicht über seine Verhältnisse gelebt hatte, sondern brav seine Hypothek für ein unscheinbares Altstadthaus abstotterte und einen zehn Jahre alten Renault Diesel fuhr. Nicht gerade typisch für jemanden im Drogenbusiness, oder war das gerade die perfekte Tarnung?

Und war er überhaupt ein »Opfer«?

Der Gerichtsmediziner hatte aufgrund leichter Hämatome am Hals auf eine prämortale Fremdeinwirkung spekuliert. Womöglich hatte jemand ihn erwürgen wollen, doch vor Schreck hatte Molina zuvor einen Herzinfarkt erlitten.

Aber wer? Ihr Mann aus Afrika?

Ihre von Rubén geleitete Sonderkommission war heute um drei Beamte aufgestockt worden, und nun ermittelten ein Dutzend Polizisten »mit Hochdruck in alle Richtungen« – wie es der Staatsanwalt auf einer gut besuchten Pressekonferenz heute Vormittag ausgedrückt hatte.

Rubén bestellte die Rechnung. Endlich, dachte Lucia. Seit Teresa und sie ihre On-and-off-Beziehung vor ein paar Wochen auf Stand-by geschaltet hatten, war sie weder mit einer Frau noch mit einem Mann im Bett gewesen. Auch nicht mit ihrem Pausenfüller Rubén, weil sie während einer Ermittlung gerne Berufliches und Privates trennte, um sich auf die Arbeit konzentrieren zu können. Doch nach drei Gläsern Wein in diesem maritimen Ambiente war ihr das herzlich egal.

Sie schlenderten auf die andere Hafenseite zu seiner Papa San, wobei sie immer schneller gingen, je näher sie dem Segelschiff kamen.

»Noch ein Glas Wein?«, bot ihr Rubén in der Kajüte der Form halber an.

Lucia ignorierte ihn und tastete ihre Hüften ab, als suche sie dort etwas. »Hm, dumm gelaufen«, flüsterte sie ihm ins Ohr und knöpfte sein Hemd auf.

»Was?«

»Ich habe meine Handschellen in Granada vergessen …«

Rubén grinste und hob die Polsterung der Sitzgruppe an. Darunter befanden sich Festmacherleinen, Taue und eine Reserveankerkette. »Daran soll's nicht scheitern.«

Wenig später lag sie mithilfe einer ausgedienten Vorschot an einen Handlauf gefesselt in der Vorderkoje. Mondlicht fiel durch die Luke und setzte sie wie Darsteller in einem alten Schwarz-Weiß-Streifen in Szene. Unruhiges, gegen den Rumpf schwappendes Hafenwasser diente als Geräuschkulisse und brachte die Koje wie ein Wasserbett zum Schaukeln.

Lucia stemmte die Füße gegen die Trennwand zum Salon, hob ihm das Becken entgegen und wartete auf seine Zunge an der rechten Stelle. Aber die ließ auf sich warten und kümmerte sich erst um die Zehen, die Innenseite der Waden und ihrer Schenkel, den Bauch mit ihrem gepiercten Nabel, ihren Hals, die Ohrläppchen und die Brüste.

»Rubén, bitte … Mach's nicht so spannend«, maulte sie eine gefühlte halbe Stunde später. Sie krümmte ihren Rücken und riss an der borstigen Segelleine, damit sie seinen Kopf zum Zieleinlauf drücken konnte, aber der Knoten hielt stand. Rubén wanderte mit der Zunge ihren bebenden Körper abwärts und kitzelte mit der Hand ihre Innenschenkel, ehe er für einen

Wimpernschlag über ihre Scham strich und Lucia wie von einem Stromschlag aufzuckte.

Er ließ erneut von ihr ab und rollte sie auf den Bauch.

»Rubén«, keuchte sie. »Nun mach schon …«

»Scht«, hauchte er ihr ins Ohr und tastete sich mit der Zunge vor bis zu der sensiblen Körperöffnung, die für Teresa leider Tabu war. Dann tauchte er zwischen ihren Pobacken hindurch, ehe er sie auf den Rücken drehte. Endlich war er dort angelangt, wo sie ihn schon längst haben wollte.

Wenig später zog er aus Schallschutzgründen die Luke zu, ehe er sich erneut ihren Hotspots widmete, bis sie einen Stapel nautische Bücher vom Bordregal trat und ihre eruptierende Lust in einen von Zuckungen begleiteten Schrei mündete.

Überwältigt, überrascht, überfordert, bemerkte sie nicht, wie Rubén sich zwischen ihre Schenkel zwängte.

»Nein, ein zweites Mal wird das bei mir nie was. Bind mich lieber los, und lass mich mit dem Mund …«

Aber Rubén ignorierte sie und begann ebenso langsam wie vorhin mit seiner Zunge. Als ihre halbherzigen Proteste nachließen, band er sie los. Lucia packte sein Hinterteil, half ihm beim Anschieben und kommentierte jeden Stoß mit einem Lustschrei. Sie spürte, wie es sich ein zweites Mal anbahnte. In dem Moment schlug Rubén auf den Lichtschalter. Er zog sie dicht an sich heran und forderte sie auf, sich ihm im intimsten aller Momente in all ihrer schonungslosen Nacktheit zu offenbaren. Während des Höhepunkts waren ihrer beider Münder weit aufgerissen, doch sie blieben stumm, als gäbe es dafür nicht mal einen animalischen Laut.

Lucia wandte den Blick zuerst ab, ließ sich in die Koje plumpsen und begann zu schluchzen. Das war nach einem heftigen Orgasmus bei ihr zwar nichts Außergewöhnliches, aber jetzt war ihr bewusst geworden, dass ihr Rubén-Gefühlsdrama erst so richtig begonnen hatte.

Und die burschikose Teresa rückte für einen Moment in weite Ferne.

• • •

Diese miese Schlampe glaubt wohl, sie kann mich verarschen, dachte Zoco. Doch da hat sie sich getäuscht.

Er glaubte Joana kein Wort. Sie hatte das Geld nicht aufgetrieben und würde es auch bis Montag nicht tun. Sie wollte ihn nur hinhalten. Zoco versetzte dem Kühlschrank einen Tritt, ehe er eine Bierdose herauszog und sich damit auf den Balkon setzte. Auf gleicher Höhe im Gebäude gegenüber spannte eine verwelkte Hausfrau im Morgenrock gerade die ausgeleierten Unterhosen und den Bauarbeiteroverall ihres Mannes auf die Wäscheleine.

Er trank einen Schluck und überlegte, was nun zu tun sei. Viel gab es nicht zu grübeln, denn eines stand mit Sicherheit fest: Weitere Drohungen würden nicht fruchten, wenn er seine erste nicht einhielt.

Zwei Finger mussten ab – daran führte kein Weg vorbei. Danach würde Joana schon zahlen …

Zoco trank sein Bier aus. Eine Gartenschere wäre für sein Vorhaben ideal, aber so eine gab es in seinem Haushalt nicht. In der Küche fand er allerdings ein längst vergessenes und gut zu Carmen passendes Utensil: eine Zange zum Tranchieren von Hühnern. Zoco fuhr mit dem Finger über die Schneidefläche. Schon etwas rostig, aber bestimmt noch gut genug. In einer Ecke seines Wohnraums stand ein Bonsai. Er setzte die Zange an einem fingerdicken Zweig an und zwackte ihn mühelos ab. Generalprobe bestanden. Dann zog er einen Umschlag aus der Schreibtischlade, steckte ihn zu der Zange in die Manteltasche und machte sich auf den Weg. Erst in der Eingangshalle seines Wohngebäudes wurde ihm sein Fehler bewusst.

Er musste konzentrierter bei der Sache sein. In der Wohnung warf er das Kuvert in den Papierkorb. Es galt auf Fingerabdrücke achtzugeben, aber wie? Im Flurschrank kramte er nach Skihandschuhen. Etwas Besseres fiel ihm nicht ein. Nun musste er einen Umschlag beschriften, aber natürlich nicht handschriftlich und auch nicht mithilfe des Druckers, den Experten identifizieren könnten, sondern mit aus Zeitungen ausgeschnittenen Buchstaben. Genau wie in den einschlägigen Filmen. Zoco versuchte das Ausschneiden und Aufkleben mit den gepolsterten Handschuhen, fluchte ausgiebig und gab sein Unterfangen schließlich auf. Der Vergleich mit einem Boxer, der mit gebundenen Fäustlingen vor dem Kampf noch auf die Toilette musste, fiel ihm ein.

In einem Küchenschrank fand er vergammelte Spülhandschuhe einer Verflossenen, aber die zerrissen, als er seine Hand hineinzwängte. Verflucht. Dabei wollte er das so schnell wie möglich hinter sich bringen. Zoco lief zum Supermarkt und kaufte Spülmittel, eine Packung Wischlappen und andere Putzutensilien, damit die XL-Spülhandschuhe getarnt waren.

»Na, haben wir heute Waschtag, Zoco?«, fragte die dralle Kassiererin mit dem lauten Sprachorgan. Doch er wollte nicht vor den anderen Kunden Small Talk führen.

Zurück in der Wohnung, machte er sich an die Arbeit. Er streifte die Plastikhandschuhe über und schnitt aus der Tageszeitung und einem Wochenmagazin Buchstaben aus den Schlagzeilenbalken und klebte sie auf den Umschlag.

Zufrieden betrachtete er den unblutigen Teil der Aufgabe.

FüR JoaNa

GeLd aM MonTAg soNsT TägLiCH wEITerE PoST

pRo taG eIN fIngeR DaNacH zWeI ZeheN JE veRsTricHEneN tAG

eS LieGt aN DIR

Jetzt fehlte nur noch der entsprechende Inhalt.

Zoco machte sich auf den Weg zur schwarzen Finca.

Carmen hockte auf dem neuen gepolsterten Stuhl und vermied es, in die Ecke ihres Verlieses zu schauen, wo der Mann, der sie hier vor langer Zeit eingesperrt hatte, in einer durchsichtigen Plastikplane verpackt vor sich hinfaulte. In dem engen Gewölbe war ihr das jedoch kaum möglich. Der Körper war nun mit Flecken übersät und irgendwie … platter. So als wäre Luft aus ihm entwichen.

Die verwesende Leiche ließ ihre Nächte zur Qual werden. Jedes Geräusch, das durch den Schacht in ihr Verlies drang, das Zirpen der Zikaden, das Hundegeheul oder die unheimlichen

Laute, die der Wind in manchen Nächten verursachte, wenn er durch das Gebüsch pfiff – alles verband sie mit der Leiche. Sie stellte sich in der Finsternis vor, wie sie zu neuem Leben erwachte und sich raschelnd von ihrem Plastiksarg zu befreien versuchte. Letzte Nacht hatte sie geglaubt, einen Stuhl oder ein Tischbein über den Boden schaben zu hören, und hatte vor Angst geschrien. Vielleicht war es nur ihr Bett gewesen, als sie sich schlaflos darin wälzte. Jedenfalls hatte sie erst bei Tagesanbruch für ein paar Stunden Schlaf gefunden.

Sie dachte, sie müsste nach all den Jahren und den Qualen, die er ihr bereitet hatte, froh über seinen Tod sein. Doch bis auf die Hoffnung waren jegliche Gefühle in ihr längst versiegt. Carmen dachte an den Mann, der ihr den Toten in den Raum gelegt hatte. Sie glaubte ihn aus der Zeit vor ihrer Gefangenschaft zu kennen, aber selbst jetzt, da sich ihr nebliges Erinnerungsvermögen langsam lichtete, wusste sie nicht, wo sie ihn getroffen hatte. Er hatte vieles verändert und versprochen, sie bald freizulassen. Dafür sollte sie ihm eigentlich dankbar sein – aber auch das war eine Empfindung, zu der sie nicht in der Lage war.

Der rostige Eimer war einem Campingklo gewichen, und es gab nun genug Wasser und Seife, um sich zu waschen. Dort, wo vorher ihre verstaubte und durchgelegene Matratze gelegen hatte, stand nun ein Bett mit Seidenlaken, kuscheligen Kopfkissen und flauschiger Daunendecke. Mehrmals war sie versucht gewesen, damit tagsüber den Leichnam zu bedecken. Aber nachts brauchte sie die Decke wegen der Kälte, und es graute ihr mehr davor, mit einem »Leichentuch« zugedeckt zu sein, als tagsüber ihren Blick vom Kadaver abzuwenden.

Sie wusste, dass es dem Mann nicht nur darum ging, dass sie eine angenehme Nacht verbrachte. Er brauchte ein sauberes Umfeld, um sich an ihr vergehen zu können.

Das galt auch für ihren Körper: Sie musste klebrige Süßigkeiten in sich hineinstopfen, um »wieder Form anzunehmen«, ansonsten dürfe sie ihre Schwester lange nicht sehen. Sie musste ihre Fingernägel mit rotem Lack bemalen, sich häufig waschen und pflegen. Er hatte Schminke, Lippenstift und Rouge besorgt.

Dazu Wäsche, die sie zwar nicht wärmte, die sie aber immer dann anziehen musste, wenn er sie besuchen kam. Er hatte Strümpfe, Spitzenwäsche und Perücken mitgebracht, die sie aufsetzen musste, seit er ihre Haare abrasiert hatte.

Der hässliche Mann hatte sie nie auf diese Weise angefasst. Der neue Mann schon. Sie hatte sich dagegen gewehrt, aber er war kräftiger gewesen. Anfangs hatte es geschmerzt, und sie hatte geblutet, doch danach spürte sie nichts mehr und flüchtete in eine andere Welt, während er sich an ihr verging. Sie hielt dabei die Augen geschlossen und dachte an ihre Schwester und rief sich ihr Gesicht ins Gedächtnis, was ihr immer besser gelang. Dann versuchte sie sich an gemeinsame Erlebnisse zu erinnern und sich auf das Wiedersehen zu freuen.

Bald würde er sie freilassen, hatte er ihr jedes Mal versprochen, bevor er ging und die Tür verriegelte. Auf ihre Frage, warum er ihr ein neues Bett und andere Dinge beschafft habe, wenn sie bald von hier weg dürfe, hatte er ihr bisher keine Antwort gegeben.

Und doch klammerte sie sich an diese Hoffnung, bis er das nächste Mal kam und erneut sein Versprechen nicht hielt.

Vielleicht ja heute, dachte sie und richtete sich in ihrem Stuhl auf, weil sie von draußen Metall gegen Metall schaben hörte. Die Tür wurde aufgezogen, und der Mann trat grußlos ein. Carmen wartete, dass er sich auszog und sie ins Bett schubste. Stattdessen legte er eine Zange auf den Tisch und setzte sich neben sie.

»Wofür ist die?«, fragte sie ihn.

Er nahm ihre Hand und streichelte über ihre Finger mit den rot lackierten Nägeln, ohne darauf zu antworten.

»Bald bist du frei, Carmen. Aber deine Schwester hat mich leider bitter enttäuscht, deswegen …«

Enttäuscht? Ihre Schwester? Sie glaubte das nicht!

»Am besten, du schließt jetzt deine Augen …«

Carmen tat wie befohlen, obwohl sie nicht wusste, wofür das gut sein sollte. Was hatte er vor? Und was waren das für Geräusche? Als fiele die Zange vom Tisch. Scharrende Stuhlbeine. Ein Rascheln. Sein Atem. Und ein Knacken …

Carmen riss die Augen auf, noch ehe der Finger zu Boden gefallen war. Ihr Schrei formte sich tief im Zwerchfell, bahnte sich seinen Weg durch den Rachen und dröhnte in dem Moment aus ihrer Kehle, als der Mann einen weiteren Finger durchtrennte.

KAPITEL ZWEIUNDZWANZIG

Kilian musste an die frische Luft. Er wollte seinem Frust davonlaufen. Xaver schlief schon eine Weile, und Joana war einem Kollaps nahe, seit der Erpresser damit gedroht hatte, Carmen zwei Finger abzuschneiden, und danach den virtuellen Kontakt eingestellt hatte. Dieser Drecksack …

Das war doch nur eine leere Drohung, hatte er seine Frau zu beruhigen versucht, aber sie hatte jeglichen seelischen Beistand mit den Worten: »Du glaubst mir ja sowieso nicht« abgeschüttelt. Womit sie gar nicht so falsch lag.

Woher sollte Carmen denn auf einmal aufgetaucht sein? Nach fünf Jahren? Seine Informatikerin könnte binnen einer Stunde Passfotos in überzeugende Pics und ein Amateurfilmchen in den absoluten Horror-Movie verwandeln. Und Jenny bekam für ihre Arbeit keine hundertfünfzigtausend Euro, so wie der Typ, der hinter dieser Farce steckte. Andererseits konnte er sich in die Lage seiner Frau hineinversetzen: Natürlich konnte sie in einer solchen Situation nicht so rational wie er denken und glaubte eben das, was sie glauben wollte: dass Carmen lebte und Joana sie bald in die Arme schließen könnte.

Kilian band seine Laufschuhe zu und trabte los. Er hatte langsam das Gefühl, als holten die alten Ereignisse ihn und seine kleine Familie wieder ein. Außerdem hatten sich in der Gegend drei mysteriöse Mordfälle ereignet, von denen er vor einigen Tagen im »El Tinao« in La Herradura erfahren hatte. Daraufhin hatte er sich eine Zeitung gekauft und gelesen, dass es eine Festnahme gegeben hatte. Der Verdächtige war ein illegaler Einwanderer afrikanischer Abstammung und hatte noch kein Geständnis abgelegt.

Kilian folgte der Straße und lief Richtung Leuchtturm. Oben angelangt, hielt er schnaufend inne. Dieser Ort weckte Erinnerungen an seinen ersten Aufenthalt in Almuñécar. Hier war er mit Joana gewesen. Bei einer langsamen Runde um den Leuchtturm hatten sie das traumhafte Panorama in alle Richtungen genossen: Nach Süden sah man übers Meer, nach Westen und Osten überblickte man weiße Dörfer und Postkartenstrände zwischen schroffen Landzungen, und auf der Nordostseite ragte der Gebirgszug der Sierra Nevada auf.

Nun aber war die Nacht angebrochen, und er war alleine hier. Der Leuchtturm, an den er mit dem Rücken gelehnt saß, blinkte alle paar Sekunden durch die Nacht. Hier hatten sich ihre Seelen mit einem zarten Knistern erstmals angenähert, als Joana ihm von hinten wie beiläufig die Hand auf die Schulter gelegt und mit der anderen auf einen Punkt in der Ferne verwiesen hatte, während ihr langes schwarzes Haar ihm ins Gesicht wehte. Wehmütig dachte er daran zurück und meinte auch jetzt noch den Duft von Joanas Honigshampoo riechen zu können.

Nach harten Schicksalsproben hatten sie zueinandergefunden, und seitdem war es perfekt gelaufen: Ihre Liebe hatte sie vor den Traualtar geführt, und ein Jahr später hatte Xaver ihr Glück vollendet. Sie würden ihre erste ernsthafte Krise durchstehen und daran wachsen, hoffte Kilian. Montag war der entscheidende Tag. Dann bekam Joana das Geld vom Wohnungsverkauf, und es würde sich herausstellen, was sie dafür als Gegenleistung erhielt. Eine Schwester mit zehn oder mit acht Fingern oder die endgültige Gewissheit, dass Carmen doch längst tot war.

Kilian hoffte Ersteres, glaubte jedoch Letzteres.

Danach könnten sie die Heimreise antreten.

Bald schon würde sie der Alltag einholen, der für ihn viel

Arbeit in seiner Internetfirma und für Joana die Rolle als liebevolle Mutter und Hausfrau bereithielt.

Und sie lebten glücklich bis ans Ende ihrer Tage, und wenn sie nicht gestorben sind …

Nein – es würde nicht so einfach werden, wie er sich das ausmalte, unabhängig davon, was am Montag geschah. Was seine Frau gerade durchmachte, würde sie noch lange verfolgen. Das verlorene Geld wäre dagegen noch das geringste Übel.

Kilian begann zu frösteln und machte sich auf den Heimweg. Es war elf Uhr abends, und Joana hockte bestimmt noch vor dem Laptop, in der Hoffnung auf weitere Nachrichten des Mannes, der unter dem Decknamen Carmen Campos mit ihrer Psyche Schindluder trieb. Noch nie zuvor hatte er so einen Hass verspürt wie gegen dieses Phantom, das via Facebook an den Eckpfeilern ihrer Glücksbastion rüttelte. Obendrein konnte er dagegen nicht mal ankämpfen. Joana hatte seine guten Ratschläge, die Polizei einzuschalten, zurückgewiesen. Er hatte sogar daran gedacht, seinen IT-Techniker Clemens aus München einfliegen zu lassen. Der könnte die IP-Adresse des Mistkerls bestimmt herausfinden, und damit könnte er den Wohnort … Aber nein – alles, was Carmen in irgendeiner Form gefährden könnte, war für Joana tabu.

Kilian bog in ihre Wohnstraße ein, die zwei Kilometer lang bergan führte, und er merkte, wie sehr sich Körper und Geist gegenseitig beeinflussten. Im vergangenen Jahr hatten ihm nur zehn Minuten gefehlt, um den Münchner Marathon unter vier Stunden zu laufen. Mit den Sorgen um Joana war er nun von den paar Kilometern so außer Puste, dass er das letzte Stück im Schritttempo gehen musste. Er näherte sich einer Kurve, als der Lichtkegel eines Autos auf die Pinien an der anderen Straßenseite fiel. Dem Motorengeräusch zufolge hatte es der Fahrer eilig, und Sekunden später schnitt der Wagen die Kurve und drang weit in seine Hälfte ein.

Kilian sprang von der Straße. Das war knapp gewesen!, dachte er. Aber in seinem schwarzen Jogginganzug war er auch nicht gerade ein leuchtendes Vorbild, wie man sich beim nächtlichen Laufen kleiden sollte.

Wie erwartet brannte im Flur noch Licht. Joana war noch nicht zu Bett gegangen. Kilian zog den Hausschlüssel aus der Jogginghose, drückte auf den Lichtschalter und bemerkte ein halb aus dem Briefkasten ragendes Kuvert. Bestimmt für den Besitzer der Villa. Obwohl … Vorhin war es noch nicht dort gewesen, und die Post stellte um diese Zeit sicherlich keine Briefe mehr zu. Kilian zog es heraus.

Es war ein brauner Umschlag mit luftgepolsterter Füllung. Er drehte ihn um. Obwohl Kilian auf den Absatz vor der Eingangstür gesunken war, machte sein Pulsmesser einen Satz von siebenundachtzig auf hundertdreiundzwanzig. Bitte mach, dass das nicht … Er las die Nachricht aus aufgeklebten Zeitungsbuchstaben ein zweites Mal:

FüR JoaNa

GeLd aM MonTAg soNsT TägLiCH wEITerE PoST

pRo taG eIN fIngeR DaNacH zWeI ZeheN JE veRsTricHEneN tAG

eS LieGt aN DIR

In der unteren Ecke des Kuverts ertastete er etwas, das sich anfühlte wie …

Zum ersten Mal, seit er vor Jahren in Spanien das letzte Mal um Beistand von höherer Stelle gefleht hatte, betete Kilian wieder das Vaterunser.

Danach öffnete er den Umschlag.

Am trockenen Blut auf den Plastiknoppen erkannte er, dass sein Gebet auch dieses Mal nicht erhört worden war. Kilian zog die Laschen auseinander und hielt den Umschlag unter das schwache Lampenlicht. Zuerst sah er nur zwei rote ovale Punkte unter schmutzigem Plastik hervorschimmern, aber dann … Mein Gott … Wie konnte jemand nur so etwas machen?

Es gab keinen Zweifel: Am Boden des Kuverts lagen zwei in Plastikfolie gewickelte Finger mit rot lackierten Nägeln.

Kilian rannte über die Straße zum Waldrand, wo er hustete und spuckte und sich bis zum Frühstück durchwürgte.

»Was ist denn mit dir los?«, fragte Joana vom Hauseingang.

Scheiße. Jetzt durfte er sich nichts anmerken lassen … Er stopfte den Umschlag vorn in die Jogginghose und zog seine

Trainingsjacke darüber. »Ich hab mich wohl zu sehr verausgabt, Schatz. Aber es geht schon wieder.«

Joana antwortete irgendwas, aber er hörte nicht hin. Keinesfalls durfte er ihr den grausigen Fund zeigen. Sie würde ansatzlos zusammenklappen. Er folgte ihr ins Haus.

»Ich geh gleich mal duschen«, rief er ihr ins Wohnzimmer nach. Kilian stellte die Dusche an und schlich aus dem Bad ans Ende des Flurs, wo sich ein Hauswirtschaftsraum befand. Er zog die unterste Schublade des Gefrierschranks auf und versteckte den Umschlag unter zwei Säcken Eiswürfel.

Er wusste es nicht sicher, aber vielleicht konnte man die Finger später wieder annähen. Sicher wusste er nur, dass die Angelegenheit damit eine neue schreckliche Dimension angenommen hatte.

»Ich hab das Geld und will meine Schwester!«, schrieb Joana die wohl zehnte Nachricht. »Wieso meldet der sich nicht?«, fragte sie ihren Mann zum ebensovielten Mal. Kilian stand hinter ihr, massierte ihre Schultern und antwortete mit einer gut gemeinten Floskel, die sie nicht wahrnahm.

Heute Morgen hatte ihr die Bank die Hundertfünfzigtausend ausbezahlt, und seither wartete sie mit einer Tasche voller Banknoten vor dem Computer auf Instruktionen des Erpressers. Seit seiner letzten Nachricht mit dieser grausamen Drohung hatte sie keine weiteren mehr erhalten …

Und das war vielleicht die gute Nachricht, denn auch das Päckchen war ausgeblieben. Beinahe stündlich war sie zitternd zum Briefkasten geschlichen, aber der war Gott sei Dank leer geblieben.

Kilian war meist mit Xaver unterwegs, da der Kleine die Veränderung seiner Mami spürte, aber natürlich noch nicht verstand, warum sie nicht wie in München ständig mit ihm spielen und knuddeln konnte. Auch Kilian war seit dem Wochenende verändert. Er hatte ihr Beruhigungstabletten besorgt und war nun etwas mitfühlender, ja, es schien sogar, als würde er ihr endlich glauben, dass Carmen lebte. Zumindest stellte er diese Möglichkeit nicht mehr ständig infrage, so wie zu Beginn der Reise.

Er hatte darauf bestanden, bei der Übergabe dabei zu sein, aber sie war dagegen, weil der Entführer seine Anwesenheit bemerken könnte, und wer sollte sich zwischenzeitlich um Xaver kümmern?

Die Polizei war ebenfalls ein Streitpunkt in ihren Debatten gewesen. Kilian wollte sie einschalten, aber Joana war dagegen. Das brächte nur Carmen unnötig in Gefahr, und sicherlich würden die ihr die Geschichte nicht einmal glauben – oder es tauchten zwei Uniformierte mit Blaulicht am Übergabeort auf und fühlten sich hinterher im Recht, weil nichts geschehen war. Dann könnte der Erpresser seine Drohung mit den Fingern doch noch wahr machen, wandte sie ihrem Mann gegenüber ein, den diese Vorstellung zu verstören schien. Damit war das Thema erledigt.

Um kurz vor siebzehn Uhr war es endlich so weit.

»Es geht los!«, schrie Joana auf, und Kilian eilte gleich herbei.

»Du hast das Geld tatsächlich?«, schrieb Carmen Campos.

»Ja, ich hab die hundertfünfzigtausend bei mir.«

»Na, siehst du. Mit den entsprechenden Argumenten hat es doch noch geklappt.«

Sie wusste nicht, worauf dieser Verrückte hinauswollte, und die Versuchung, eine Tirade Schimpfwörter in die Tasten zu hämmern, war übermächtig, aber sie wollte nichts riskieren, was Carmens Freilassung noch gefährden könnte.

»Was muss ich machen?«, fragte sie stattdessen.

»Du legst heute um Mitternacht das Geld in den Abfalleimer neben der Kapelle an der Punta de la Mona und verschwindest – danach lasse ich deine Schwester frei!«

Für wie bescheuert hält der mich denn?, dachte Joana. »Das kannst du vergessen. Wer garantiert mir, dass du sie hinterher freilässt? Ich übergebe dir das Geld erst, wenn Carmen vor mir steht.«

Daraufhin schloss sich das Chatfenster.

»Hätte ich das nicht schreiben dürfen?«, fragte sie Kilian,

der hinter ihr von einem Fuß auf den anderen trat. Er sah das genauso – dem Kerl durfte man nicht vertrauen, und ohne Lebenszeichen von Carmen durften sie nicht zahlen.

Leider aber hatte derjenige, der Carmen gefangen hielt, die Argumente auf seiner Seite. Eine aufreibende Stunde lang wartete Joana, ehe neue Bedingungen auf dem Bildschirm erschienen.

»Der Austausch findet am Cerro Gordo statt. Verpack das Geld wasserdicht, und stecke es in eine Tasche zusammen mit Xavers aufgeblasenen Schwimmflügeln für den Auftrieb. Du nimmst eine Taschenlampe mit, damit ich deine Position erkennen kann. Du wirst Carmen an den Klippen über dem Abgrund auf einem Stuhl gefesselt finden. Der Stuhl ist mit einer Fischerleine verbunden. Diese hängt hundert Meter in die Tiefe und ist an einem Boot befestigt. Nähere dich Carmen nicht weiter als zwanzig Meter, dann wirfst du die Tasche mit dem Geld über die Klippen. Ich werde in der Nähe sein und dich beobachten. Solltest du dich ihr nähern, ohne das Geld ins Meer geworfen zu haben, oder nicht alleine erscheinen und sonstige Tricks versuchen, gebe ich dem Bootsführer drei Lichtzeichen. Daraufhin wird er das Boot in Gang setzen und deine Schwester über den Abgrund ziehen. Wenn mein Komplize das Geld aus dem Wasser gezogen hat, blinkt er zweimal. Dann kannst du sie losbinden. Sei um Punkt drei Uhr morgens an den Klippen. Kapiert?«

Joana und Kilian konnten nicht fassen, was sie da lasen, und schüttelten synchron den Kopf. Der Typ musste ja vollkommen abgedreht sein!

Kilian beugte sich vor und tippte auf den Namen »Xaver«. »Woher weiß der, wie unser Sohn heißt?«

Das ist eine berechtigte Frage, dachte Joana, während sie auf diesen wahnwitzigen Vorschlag antwortete: »Auch das kommt nicht infrage!«

Diesmal ließ die Reaktion von Carmen Campos nicht lange auf sich warten: »Dann bleibt nur Lösung Nummer drei: Du behältst das Geld, und Carmen wird sterben!«

»Was soll ich jetzt tun? Darauf eingehen?«, fragte Joana.

»Ich denke, es bleibt uns nichts anderes übrig.«

Joana freute sich ein klein wenig über das »uns«. Es signalisierte ihr, dass Kilian sie bei ihrem Vorhaben unterstützte, auch wenn sie nicht wusste, woher sein Sinneswandel kam.

Joana biss in ihr Handgelenk und suchte Kilians Blick, ehe sie mit zittrigen Fingern tippte: »Okay. Ich werde dort sein.«

KAPITEL DREIUNDZWANZIG

Nun gab es kein Zurück mehr. Kilian fuhr los und besorgte eine Taschenlampe, Klebeband, Gefrierbeutel, eine Tasche und Schwimmflügel.

Zusammen mit Xavers aufgeblasenen Schwimmflügeln … Wer in Spanien kannte den Namen ihres Sohnes? Woher nahm dieser Typ sein Wissen? Facebook? Dort hatte sie zwar Fotos ihres Sohnes gepostet, aber nicht mit Namen versehen.

Wäre nicht alles schon erschreckend genug, müsste sie sich obendrein nun auch noch Sorgen machen, dass ein bekennender Entführer und Erpresser eigens ihren Sohn Xaver erwähnte. Die Villa verfügte über keine Alarmanlage, und die Fenster ließen sie nachts meist geöffnet.

Von nun an würde sie rund um die Uhr alles verriegeln.

Die Minuten wollten nicht vergehen, und nachdem die Tasche vorbereitet war und Xaver in seinem Bett schlief, versuchte Joana etwas zu schlafen, weil sie sich die letzten Nächte selbst mithilfe der Beruhigungspillen fast nur schlaflos im Bett gewälzt hatte. Aber natürlich fand sie auch jetzt keine Ruhe, obwohl sie sich noch nie so kaputt gefühlt hatte.

Sie setzte sich mit einem Kaffee auf den Balkon. Am anderen Ende der hufeisenförmigen Bucht von La Herradura ragte der Cerro Gordo auf. Als Kind war sie mit ihrem Vater auf einem Pfad zu dem mittelalterlichen Turm gewandert, an dem man in früheren Jahrhunderten mit Feuer vor feindlichen Schiffen gewarnt hatte. Heute Nacht würde sie in der Nähe dieses Turms ihre Schwester in den Arm nehmen können.

Joana versuchte den Punkt von hier auszumachen, aber das Licht des Neumonds war dazu zu schwach. Nur die Konturen der Landzunge des Cerro Gordo waren zu erkennen, die am südlichen Ende über hundert Meter senkrecht ins Meer abfiel. Sie war nicht gerade glücklich mit der Form, wie die Übergabe ablaufen sollte, aber von diesen Bedingungen hatte der Erpresser nicht mehr abweichen wollen.

Kilian hatte sie erneut zu überzeugen versucht, die Polizei einzuschalten, damit sie mit einem Sondereinsatzkommando oder Spezialtauchern anrückten. Am Ende hatte sie sich aber durchgesetzt und wegen Carmens Sicherheit dagegen plädiert. Sie war nicht so naiv zu glauben, dass der Entführer sein Versprechen, Carmen freizulassen, nachdem sie das Geld ins Wasser geworfen hatte, mit Sicherheit einhalten würde. Es blieb ihnen aber leider nichts anderes übrig, als darauf zu hoffen. Er saß am längeren Hebel und konnte die Bedingungen diktieren. Sie rief sich seine infantilen Instruktionen mit den Lichtzeichen in den Sinn und dachte: Wer immer du auch bist – als Kind hast du bestimmt gerne Räuber und Gendarm gespielt und warst natürlich der Räuber.

Es würde schon alles gut gehen, sagte sie sich, als der Uhrzeiger auf ein Uhr vierzig sprang. Schließlich hatte sie alle Bedingungen erfüllt und das Geld bis auf den letzten Euro besorgt. In achtzig Minuten habe ich wieder eine Schwester.

Joana ließ diesen schönen Gedanken nicht mehr entweichen und machte sich eine halbe Stunde später auf den Weg zum Ort der Übergabe.

Zoco sah auf die Uhr. Zehn vor drei. Zehn Minuten noch. Sein Schlauchboot schaukelte in den Wellen, die er als einziges Detail nicht eingeplant hatte.

Wasser schwappte über die Gummirümpfe. Seine Jeans und der schwarze Pullover wiesen nach der Fahrt nur noch wenige trockene Stellen auf. Bislang war er mit seinem Boot nur bei Sonnenschein und flacher See zum Fischen gefahren. Nun fror er und spürte vor Übelkeit und Aufregung bereits die ersten Mageneruptionen.

Ansonsten hatte er alles vorbereitet: Falls die Küstenwache sich wundern sollte, was er mitten in der Nacht bei den Klippen des Cerro Gordo wollte, hatte er als Tarnung eine Angel ohne Köder ausgeworfen. Wundern würden sie sich ob seiner ungemütlichen Fischerei zwar immer noch – aber Fischen bei Nacht war nun mal nicht verboten. Die andere Leine, die, am Boot befestigt, senkrecht die Klippen hochführte und an der sehr wohl ein Köder hing, würde er mit dem bereitgelegten Taschenmesser notfalls kappen.

Joana war am Ende auf seine Bedingungen eingegangen. Was blieb ihr auch anderes übrig? Der einzige Haken an seinem Plan war der Komplize. Den gab es natürlich nicht. Aber er hatte ihn vortäuschen müssen. Ansonsten hätte er Joana kaum drohen können, sie oben am Cerro Gordo zu beobachten und gleichzeitig unten ihre Schwester mit dem Boot in den Tod zu reißen, falls sie irgendwelche Tricks versuchen sollte. Blieb nur zu hoffen, dass sie nicht die Heldin spielen wollte und ihn zu verarschen versuchte. Doch das Risiko war ihr sicherlich zu hoch. Er blickte die Felswand empor.

Der Nachthimmel schwankte und verstärkte seine Übelkeit.

Am Stuhl hatte er einen Laserpointer zur Standortbestimmung befestigt. Der grüne Strahl tauchte vor dem Boot ins Wasser und half ihm, den Abstand zu Joana mit der Taschenlampe einzuschätzen. Sie durfte sich nicht zu weit nähern, ohne die Tasche mit dem Geld ins Meer geworfen zu haben. Hinter dem Felsvorsprung ging es steil zum alten Turm hoch, ehe die Landzunge abflachte. Vor zwei Stunden war er dort über felsiges Geröll bis zur Klippenkante hinabgeklettert und hatte alles präpariert. Einmal war er dabei ausgerutscht und einige Meter den Hang hinabgeschlittert, ehe er sich gerade noch rechtzeitig an einem Felsen festhalten konnte. Nach einer Schrecksekunde war ihm die Idee zu einer kleinen Planänderung gekommen.

Nachdem er das Geld aus dem Meer gezogen hätte, würde

er nicht wie beabsichtigt den Gashebel durchdrücken, sondern Joana mit zwei Lichtsignalen den steilen Abhang hinablocken.

Ganz wie vereinbart.

Denn ein falscher Tritt in der Aufregung oder seine gespannte Fischerleine in Knöchelhöhe konnten dort oben fatale Auswirkungen haben.

KAPITEL VIERUNDZWANZIG

Joana parkte vorm Restaurant »El Mirador«, wo der Naturpfad über den Cerro Gordo begann. Sie hielt den Lichtstrahl der Taschenlampe vor sich gesenkt, kam aber trotzdem nicht so schnell voran wie bei Tageslicht und wich mehrere Male vom Weg ab. Einmal knickte sie dabei um und fiel in dorniges Gestrüpp. Sie ignorierte den Schmerz und rappelte sich hoch. Linker Hand funkelten die Lichter von La Herradura, das sich an der Bucht entlang bis zur Punta de la Mona erstreckte, wo sie gerade ihre »Ferien« verbrachten.

Der Leuchtturm blinkte zu ihrer Seite der Bucht.

Zur dunklen Seite. Hier oben gab es keine Lichtquellen, nur Gestrüpp und Felsen, die in ihren Trugbildern gespenstische Konturen annahmen.

Versteckte sich der Entführer hinter diesen Sträuchern?

Wie nahe war er ihr gerade?

Manchmal hielt Joana inne, weil sie glaubte, ein Rascheln oder Flüstern im Gestrüpp zu hören, aber nur entferntes Meeresrauschen und das Zirpen der Zikaden bestimmten die nächtliche Geräuschkulisse. Sie hatte etwa die Hälfte des Weges zurückgelegt. Nach einem Anstieg wurde es nun flacher, und sie erkannte hinter der Landzunge an den fahlen, sich verflüchtigenden Schaumkronen das Meer. Davor zeichnete sich die Kontur des mittelalterlichen Turms ab.

»Gehe zur linken Turmseite und schwenke deine Taschenlampe im Kreis«, hatte der Entführer geschrieben. »Auf mein Zeichen kannst du Carmen rufen. Anschließend wirfst du das Geld über die Klippen und wartest auf das Okay. Danach kannst du zu ihr.«

Joana fuhr herum. War da was?

Auf einer Erhebung vor ihr raschelte es.

Joana schwankte den Lichtstrahl in diese Richtung, aber er reichte nicht weit genug. Es folgte ein anderes Geräusch: Ein Felsbrocken rollte vor ihren Füßen über den Pfad. Hatte der Erpresser ihn losgetreten?

»Hallo …?«, flüsterte sie mehr, als sie rief.

Dann kam jemand auf sie zugerannt. Und zwar schnell.

Joana kauerte sich auf den Boden.

Gleich würde ihr jemand die Tasche aus der Hand reißen.

Du bist in eine Falle gelaufen, dachte sie und griff nach einem Stein, den sie dem Angreifer an den Kopf schleudern konnte. Die Lampe in der Hand leuchtete wie ein Stroboskop in alle Richtungen. Sie erhellte für einen Moment eine Bergziege und ihr Junges, die vor ihr über den Pfad hüpften.

Joana schaffte es kaum, sich wieder aufzurichten. Ich muss weiter, ermahnte sie sich. Es blieben nur wenige Minuten Zeit. Sie richtete den Strahl einige Meter vor ihre Füße und begann auf den Turm zuzulaufen.

Wohin sie trat, merkte sie nicht – auch nicht, wie der Pfad einen rechten Winkel beschrieb. Joana rannte geradeaus über eine Neigung und verlor das Gleichgewicht. Sie verlor die Lampe, als sie den Sturz abfangen wollte, rollte zur Seite, überschlug sich und fiel gegen einen Strauch. Zum Glück hatten die Jeans und ihr Pulli sie vor schlimmeren Abschürfungen geschützt, trotzdem trieb ihr der Schmerz die Tränen in die Augen.

Sie versuchte sich an einem Strauch hochzuziehen und fiel auf den Rücken, was eine neue Schmerzwelle auslöste. Dann rollte sie herum, verharrte auf den Knien, wischte sich die Tränen aus dem Gesicht und drückte sich mit den Handflächen hoch. Eine Minute vor drei.

Die Taschenlampe … Wo war die Taschenlampe?

Joana konnte sie nirgends sehen. Sie war erloschen. Nein!

»Ich brauch doch die Lampe. Das Lichtzeichen …«, heulte sie gen Himmel. »Madre mía. Das darf doch nicht wahr sein. Aber du wirst dich zusammenreißen, die Lampe suchen, zum Turm laufen und Carmen befreien«, sprach sie sich Mut zu.

Es war schon fünf Minuten nach der vereinbarten Zeit, und sie tastete noch immer das konturlose Gelände nach einer schwarzen Stablampe ab.

Und wenn ich die Lampe nicht finde?, dachte sie.

»Denk nicht daran, und konzentrier dich auf die Suche!«, ermahnte sie sich.

Zoco fluchte. In dieser Minute sollte Joana beim Turm das Lichtzeichen geben! Nun war es Punkt drei Uhr, also wo zum Teufel blieb die verfluchte Schlampe? Verarschte sie ihn etwa? Zoco beugte sich über den Gummirumpf und gab den Kampf gegen sein rebellierendes Abendessen auf. War das etwa eine Falle, fragte er sich, während er sich übergab und auf dem nassen Boot das Gleichgewicht zu halten versuchte. Rückte dort oben gerade die Polizei an? Oder hier unten die Küstenwache?

Zoco würgte ein letztes Mal und starrte aufs Meer. Er befürchtete Patrouillenboote, die mit ausgeschalteten Positionslichtern auf ihn zurasten, aber es schien alles ruhig zu sein. Doch diese Ruhe mochte trügerisch sein. Vielleicht lauerten die Einsatzschiffe vorne um die Ecke des Felsens? Du hättest dir was Besseres einfallen lassen sollen, du Idiot.

Zoco startete den Außenborder und legte die Hand auf den Gashebel. Er konnte nicht glauben, dass Joana zu diesem Anlass zu spät kam. Bestimmt war da etwas faul. Wenn er jetzt den Hebel betätigte, würde sich in zwanzig Metern die Angelleine mit einer Zugkraft von hundert Kilo spannen und die Stuhllehne zum Kippen bringen.

Sollte tatsächlich die Polizei anrücken, würden sie nichts finden und Joana für hysterisch halten.

Zoco spielte mit dem Hebel und drückte leicht dagegen.

Das Boot tuckerte langsam von der Stelle.

Andererseits käme ich dann auch nicht an meine Kohle, dachte Zoco. Und verpasse Joanas Sturz über die gespannte Fischerleine und ihren darauffolgenden Sprung vom 100-Meter-Brett.

Er zog den Gashebel in den Leerlauf. Obwohl das Risiko bestand, dass Joana falschspielte, musste er noch etwas abwarten. Aber wie lange noch?

Zehn Minuten gebe ich dir noch, Schätzchen, und wenn bis dahin kein Lichtzeichen kommt, hau ich von hier ab.

Joana dachte an ihr Smartphone, in das sie in München aus Langeweile mal eine Flashlight-App heruntergeladen hatte.

Nun lag es im Auto, und sie verfluchte sich dafür.

Sie kroch über den felsigen und dornigen Boden, ohne auf die Schmerzen in den Knien zu achten, bog Gestrüpp zur Seite und wischte mit den Händen über das Geröll, bis sie endlich die Lampe fand. Sie drückte auf den Schalter – nichts! Joana versuchte es noch ein paarmal, aber die Lampe schien beim Fallen kaputtgegangen zu sein. Das durfte doch nicht wahr sein! Sie hatte mit Mühe das Geld aufgetrieben, und nun das.

»Solltest du auch nur fünf Minuten zu spät kommen, übt deine Schwester Turmspringen«, hatte seine Drohung gelautet. Joana schüttelte die Lampe und wollte sie schon zu Boden schleudern, da flackerte sie kurz auf. Sie klatschte damit in ihre Handfläche, bis sie erneut für einige Sekunden funktionierte. Ganz kaputt war sie also nicht, und sie konnte nur hoffen, dass sie ihren Zweck erfüllen würde. Falls es dafür nicht schon zu spät war.

Joana hatte den Pfad aus den Augen verloren und rannte über das unwegsame Gelände in Richtung Turm, bis sie ihn schließlich erreicht hatte. Dahinter fiel das Gelände steil ab, ehe es hundert Meter über dem Meeresspiegel an den Klippen endete.

»Carmen?«, rief sie gegen das Geräusch der Brandung in der

Tiefe an. Es kam keine Antwort. Joana schüttelte die Lampe und hoffte, dass der unterbrochene Kontakt sich wenigstens für einige Sekunden verband.

»Carmen?«, rief sie erneut.

Doch sie hörte nichts außer dem Meeresgrollen.

Aber was war das? Ein Schiffsmotor?

Die Taschenlampe leuchtete auf. Vorsichtig, um den fragilen Kontakt nicht zu unterbrechen, malte sie einen Kreis in die Luft – das geforderte Zeichen.

Augenblicklich verstummte der Motor. Joana schwenkte den Strahl der Lampe nach unten, und was sie am äußersten Rand des schwachen Lichtscheins gerade noch erkennen konnte, ließ ihr Herz für zwei Takte aussetzen.

Dort war Carmen.

An einen Stuhl gefesselt.

Mit dem Rücken zu ihr.

Ihre Haare wehten im Wind.

Keinen Meter vom Abgrund entfernt.

Joana wollte schreien, heulen, lachen, brachte aber keinen Ton hervor. Sie wollte zu ihr – sie von dort wegschaffen, sie nach Hause bringen, ihr …

Joana begann den Abhang zu Carmen hinabzusteigen.

Ein Licht blinkte auf.

Beinahe hätte sie die Regeln vergessen, die der Entführer ihr geschickt hatte. Einmal Blinken bedeutete Stopp.

»Joana …«

War das nicht die leise und vom Wind verzerrte Stimme von Carmen? Joana brachte nur ein Krächzen hervor.

»Tu, was der Mann sagt. Wirf die … Meer. Bitte!«

Carmens Stimme war gegen das Tosen der Wellen kaum zu hören.

»Ich hab solche Angst, Joana«, sagte Carmen und weinte.

Joana warf die Tasche über den Abgrund.

Durch die Ausholbewegung war die Taschenlampe ausgegangen.

Egal. Jetzt nur noch das Zeichen abwarten und …

»Ich bin gleich bei dir«, schrie sie gegen den Wind an, aber als Antwort kam nur ein Schluchzen. Sie wurde beinahe irre vor Kummer und Aufregung.

Gib schon das Okayzeichen, und verschwinde endlich mit dem verfluchten Geld! Aber es kam nicht. Stattdessen ertönte aus der Tiefe dasselbe Geräusch wie vorhin. Der Schiffsmotor wurde gestartet.

»*Nooo!*«, schrie Joana in die Nacht, als ihr bewusst wurde, dass ihr Worst-Case-Scenario einzutreten drohte: Er hatte sein Geld – wozu sollte er ein Risiko eingehen?

Doch in diesem Moment kam das Zeichen aus der Tiefe: Das Licht blinkte zweimal.

Alles in Ordnung!, dachte Joana. Ich kann Carmen befreien!

Sie hastete den Abhang hinunter, ohne auf die Gefahr zu achten. Da sie glaubte, das Motorengeräusch würde schriller, beeilte sie sich noch mehr. Der Stuhl war mit einer Leine am Schiff verbunden. Die galt es zu kappen oder Carmen so festzuhalten, dass sie riss. Joana war zur Hälfte unten, ehe sie sich an der steilsten Stelle mit dem Fuß an etwas verhedderte und kopfüber stürzte.

Sie schmeckte Staub und Blut im Mund und schlitterte auf dem Geröll hinab. Joana versuchte sich herumzuwälzen, sich mit Fersen, Ellbogen oder Fingern Halt zu verschaffen. Vergeblich. Immer schneller rutschte sie auf den Abgrund zu. Das war das Ende. Sie konnte Carmen nicht mehr helfen. Ihr letzter Gedanke galt Xaver. Und Kilian.

Da stieß sie mit dem Fuß gegen einen harten Gegenstand. Der Aufprall wuchtete sie herum und bremste ihren Rutsch ab. Der Felsen oder Holzstumpf, gegen den sie geknallt war, hatte sich durch den Aufprall verschoben und war über den Felsvorsprung gekippt.

Joana kam bäuchlings auf einem schmalen Plateau zu liegen. Ihr Kopf ragte darüber hinaus. Sie sah das, was ihr gerade das Leben gerettet hatte, den Abgrund hinabstürzen.

Aber es war kein Felsen oder Holzstumpf.

Es dauerte Sekunden, bis der Gegenstand auf dem Wasser

aufschlug und die enorme Fontäne auf das unruhige Meer zurückprasselte. Ebenso lange dauerte es, bis ihr bewusst wurde, dass sie genau dort lag, wo Carmen gerade noch an einen Stuhl gebunden gewesen war.

Sie hatte ihre Schwester über den Abgrund gestoßen.

KAPITEL FÜNFUNDZWANZIG

Carlos Roig schenkte sich zum dritten Mal zwei Fingerbreit achtzehnjährigen Lagavulin in den Schwenker. Der rauchige Geschmack des Whiskys half ihm, die Anspannung der letzten Tage abzulegen. Zufrieden dachte er an seine Vernehmung durch die Guardia Civil zurück. Was für eine Farce. Die hatten ihn doch tatsächlich nur mitgenommen, weil sie bei Baena, Roca und Molina identische Handys gefunden hatten – und bei ihm leider auch. Er hätte es rechtzeitig entsorgen müssen. Aber was wollten sie ihm schon groß in die Schuhe schieben? Dass er ein Prepaid-Handy besaß? Ansonsten hatten die nichts gegen ihn in der Hand, und sein Anwalt hatte ihn in nur neunzig Minuten aus dieser lächerlichen Nummer herausgeboxt. Er hatte nur zugeben müssen, dass sie manchmal im Hinterzimmer der Hafenkneipe gepokert hatten. Das war zwar bei diesen Summen auch irgendwie verboten, aber die Guardia Civil hatte momentan andere Probleme.

Doch auch deren Sorgen schienen sich nun in Luft aufzulösen – genauso wie seine Befürchtungen, das nächste Opfer eines mysteriösen Rächers zu werden. Die Verhaftung des Schwarzen war nun allgemein bekannt – vielleicht war er sogar einer der Überlebenden ihrer präparierten Schiffe gewesen? Dann hätte er ein Motiv gehabt. Aber wie hätte er an die Informationen und die Hintergründe kommen sollen? Egal. Dies herauszufinden war ja auch nicht seine Aufgabe.

Wozu sich also darüber Gedanken machen? Hauptsache, der Mann saß hinter Gittern, und er konnte sich auf seine anderen Sorgen konzentrieren. Die drehten sich vor allem um die Frage, was nun aus seinem Drogenkartell werden sollte, nachdem er das einzige noch lebende Mitglied war. Es wäre an der Zeit, neue Leute zu rekrutieren, aber das war gefährlich, denn es gab in den Chefetagen der entsprechenden Behörden durchaus Menschen, die dem Lockruf des großen Geldes nicht erlagen – wenn auch ganz wenige.

Am besten war es ohnehin, mal eine Pause einzulegen, bis sich die Lage entspannte, und vielleicht mal irgendwo Urlaub zu machen. Der letzte Deal war am Ende doch noch glattgegangen, und es war ihr bisher größter gewesen – *sein* größter, korrigierte er sich. Es gab ja niemanden mehr, mit dem er den Profit teilen musste. Wenn man seine Situation aus diesem Winkel betrachtete, war das Glück in den letzten Wochen auf seiner Seite gewesen, sagte er sich. Er gab sich diesem seligen Gefühl hin und schenkte Whisky nach.

In diesem Moment ertönte die Türklingel. Carlos erschrak.

Seine goldene Rolex Yacht-Master stand auf 23 Uhr 37.

Wer zum Teufel konnte das denn noch sein? Er überlegte, ob er das Klingeln ignorieren sollte, aber seine Villa war beleuchtet wie ein Kaufhaus zur Weihnachtszeit. Womöglich waren es wieder diese Deppen von der Guardia Civil? Säße der Mörder nicht längst im Gefängnis, würde seine Paranoia ihm die drahtigen Unterarmhaare aufstellen.

Aber er kannte die Gestalt am Monitorbildschirm.

Carlos drückte auf die Sprechtaste. »Was willst du, Zoco?«

»Mit dir reden.«

»Es gibt nichts zu bereden, adiós!«

»Nun, ich dachte, jetzt, da ein paar Leute gestorben sind, könntest du vielleicht wieder meine Hilfe gebrauchen?«

Carlos wollte ihn fortjagen, aber das Argument ließ ihn zögern. Gerade eben hatte er darüber nachgedacht – und ja, eventuell könnte Zoco ihm in dieser veränderten Situation tatsächlich wieder von Nutzen sein. Er war ihr Mittelsmann bei den Marokkanern gewesen, bis er einen größeren Anteil gefordert hatte und er ihn rausgeworfen hatte. Doch nun fehlte es ihm an Personal.

Carlos entriegelte die Tür und ließ ihn eintreten.

Sie schüttelten sich die Hände – sogar zu einer Umarmung zog sein später Besucher ihn heran. Seltsam. Dabei hatte das Arschloch ihn letztes Mal noch beschimpft und verflucht.

»Setz dich doch.« Carlos wies auf die Zebrafellcouch und nahm gegenüber in einem ledernen Clubsessel Platz.

»Danke. Schön hast du's hier, Carlos. Kommst du noch nach Afrika zur Großwildjagd?«

Carlos winkte ab. »Sparen wir uns den Small Talk. Komm zur Sache.«

»Natürlich. Nun, ich dachte mir …«

Zoco schielte etwas zu deutlich auf die Whiskyflasche.

»Auch einen Drink, Zoco?«

»Gerne.«

Carlos ging in die Küche und nahm ein Glas aus dem Regal. Dann schnupfte er etwas Koks aus dem Versteck. Zurück im Wohnzimmer, schenkte er Zoco nur sparsam ein, damit er nicht zu lange blieb, und genehmigte sich selbst einen kräftigen Nachschlag. Er drückte Zoco den Whisky in die Hand, und sie prosteten sich zu, ohne sich dabei in die Augen zu sehen. Dann begann Zoco zu reden.

Was er ihm vorschlug, klang gar nicht so schlecht. Hatte er den Kerl womöglich unterschätzt? In einem Punkt konnte er ihm nicht recht folgen und hakte deshalb nach, aber seine Stimme verließ ihn. Sie hörte sich seltsam monoton an und wie aus weiter Ferne. Carlos räusperte sich, versuchte es nochmals, winkte ab und beschränkte sich aufs Zuhören.

Wie lautete Zocos Idee gleich noch mal?

Carlos fiel es zunehmend schwerer, sich auf das Gespräch zu konzentrieren. Er musste das nächste Mal etwas vorsichtiger dosieren … Oder war es der Whisky, der ihn mit einem Mal schläfrig machte? Ihm fielen die Augen zu, aber Zoco sprach weiter. Carlos merkte, dass er möglichst bald zu Bett gehen musste. Aber erst musste er seinen späten Gast rauswerfen.

Als er aufstehen wollte, kippte er stattdessen zur Seite. Carlos schaffte es noch einmal, seine trüben Augen zu öffnen. Der letzte Satz, den er vernahm, ehe er das Bewusstsein verlor, lautete: »Und trotzdem bin ich gnädig, Carlos. Wegen der K.-o.-Tropfen wirst du kaum leiden.«

Kilian saß auf der Terrasse über dem nächtlichen La Herradura und versuchte, nicht über die vergangenen Ereignisse zu reflektieren – was ihm selbst mithilfe von anderthalb Flaschen Rotwein nicht gelingen wollte. Joana schlief seit Stunden – zugedröhnt mit Beruhigungspillen und Schlaftabletten. Neben seiner zweiten Weinflasche stand das Babyfon, aus dem er bisweilen Xavers Schlafgeräusche hörte. Die Lichter in der Villa waren erloschen, und auch die Balkonbeleuchtung hatte er nicht angemacht. Er wollte im Dunkeln sitzen.

Sein Blick verlor sich an dem Punkt des Cerro Gordo, wo sich das Drama abgespielt hatte. Aber welches? Ein reales oder eines, dass sie sich aufgrund der vielen Pillen nur eingebildet hatte? Arme Joana. Er war vor Sorge fast durchgedreht, weil sie in jener Nacht nicht zur abgesprochenen Zeit zurückgekommen und auf dem Handy nicht zu erreichen gewesen war. Er wäre am liebsten losgefahren, um sie zu suchen, konnte aber Xaver nicht alleine lassen. Zerkratzt, blutig und kaum ansprechbar war sie dann um fünf Uhr morgens ins Polizeirevier getorkelt und hatte behauptet, sie hätte Carmen in den Tod gestoßen. Eine Ambulanz hatte sie nach Motril ins Krankenhaus gebracht. Lieber hätten sie seine Frau wohl in eine Anstalt gefahren, denn die Geschichte war nun mal schwer verdaulich. Um zu beweisen, dass doch etwas dran sein musste, hätte er nur ins Gefrierfach greifen müssen.

Aber das hätte Joanas Genesung nicht gerade vorangetrieben.

Wie dem auch sei, die makabre Posse schien nun endgültig vorbei zu sein. Eine Psychologin hatte Joanas Behauptung als eine von einer anhaltenden psychischen Stresssituation ausgelöste Wahnvorstellung eingestuft und ihr Pillen verschrieben, auf deren Beipackzettel er unter anderem das Wort Schizophrenie entdeckt hatte. Und was glaubte er?

Er kannte den Chatverlauf mit der angeblichen Carmen Campos und wusste von den abgetrennten Fingern. Trotzdem glaubte er nicht, dass es in jener Nacht eine Carmen gegeben hatte.

Falls es überhaupt eine Carmen gab.

Die Finger könnten auch von einer anderen Frau stammen. Natürlich hätte er zur Polizei gehen müssen, damit ein DNA-Abgleich gemacht wurde, aber er wollte nicht, dass Joana von den Fingern erfuhr.

Außerdem musste er auf Xaver aufpassen, und es widerstrebte ihm, mit seinem Sohn und zwei tiefgekühlten Fingern zur Polizei zu laufen – nur um stundenlang erklären zu müssen, wie er zu den Fingern gekommen war. Zudem war es ihm schon einmal passiert, dass er von der Guardia Civil aus einer Laune heraus verdächtigt worden war. Falls sie wieder einmal falsche Schlüsse zögen, käme er am Ende vielleicht sogar in Erklärungsnot.

Also blieben die Finger, wo sie waren. Zweimal schon war er kurz davor gewesen, sie zu inspizieren, aber davor graute ihm jedes Mal. Sein Herz schlug schneller. Vielleicht jetzt?

Mithilfe des Weins lag seine Ekelgrenze womöglich höher. Joana und Xaver schliefen, und er könnte unbemerkt …

Um Zeit zu gewinnen, ehe er sich der makabren Aufgabe widmete, wollte er den Gedanken von vorhin noch einmal aufgreifen. Eigentlich glaubte er eher den Worten der Psychologin als Joanas Beteuerungen. Mehrmals hatte Joana die Polizei angefleht, sie sollten mit Tauchern das Gewässer rund um den Cerro Gordo absuchen, um Carmens Leiche zu bergen. Aber ihre Bitte war ignoriert worden. Stattdessen hatten sie zwei schwindelfreie Beamte zu den Klippen gesandt. Die hatten aber dort »außer jeder Menge Ziegenscheiße« keinerlei Hinweise darauf gefunden, dass Joana das alles nicht nur geträumt hatte.

Kilian trank einen Schluck und dachte zurück, wie er seine

Frau verteidigt und dabei bestimmt mehrmals die Grenze zur Beamtenbeleidigung übertreten hatte. Aber jetzt war der Spuk vorbei. Er streckte seine Hand nach dem Glas aus, um einen Schluck zu trinken. Dabei stieß er es um. Der restliche Rotwein ergoss sich auf seine Jeans, und das filigrane Glas ging zu Bruch. »No pasa nada«, sagte er zu sich selbst. Halb so schlimm.

Was auch immer in jener Nacht mit oder ohne Carmen geschehen war und wie viel davon ein Auswuchs von Joanas lädierter Psyche gewesen war, würde sich wohl nie klären lassen. Das Geld war natürlich weg – aber vielleicht war das der Preis, den sie bezahlen mussten, um weiterhin in Frieden leben zu können. No pasa nada …

Übermorgen würden sie nach München zurückfliegen. Seine Frau mochte wegen der vielen Beruhigungspillen, die er ihr verabreicht hatte, etwas verwirrt gewesen sein, aber stark war sie allemal, und sie würde darüber hinwegkommen. Mit etwas Glück waren ihre seelischen Wunden schon zu Weihnachten verheilt.

Kilian merkte, wie die Punktkurve des Babyfons nach rechts ausschlug, und drückte es wie ein Handy ans Ohr.

Doch außer einem Seufzer blieb es still in Xavers Zimmer.

Kilian griff zur Rotweinflasche und setzte sie wie eine Bierdose an den Mund. Doch dann stellte er sie wieder ab. Es gibt Grenzen, dachte er. Genug für heute. Buenas noches.

Auf einmal schreckte Kilian von einem Geräusch zusammen. In der Nachbarvilla wurde gerade die Schiebetür zum Garten geöffnet. Das Wohnzimmerlicht schien auf Carlos' Veranda und erleuchtete den Garten bis zum im Mondlicht schimmernden Rechteck des Pools.

Zwischen den Zypressenwipfeln erkannte Kilian einen Mann, der sich in alle Richtungen umblickte, ihn allerdings in der Dunkelheit nicht zu bemerken schien.

Was tat der Typ kurz nach Mitternacht in Carlos' Garten?

Vielleicht ein Einbrecher? Unsinn. Die liefen bei ihrer Arbeit in der Regel nicht in einem schicken Sakko herum. Nun trat der Mann, der trotz seiner ergrauten Haare nur ein paar Jahre älter als er selbst sein mochte, zurück in Carlos' Villa.

Kilian sammelte die Scherben auf und erhob sich, kam dabei allerdings in Rücklage und stieß gegen die Verandatür. Es war lange her, dass er mehr als zwei Gläser Wein oder Bier getrunken hatte, und so spürte er die Auswirkungen des Alkohols nun doch stärker als erwartet.

Nebenan trat der Mann erneut in den Garten.

Nun war auch Carlos dabei.

Die beiden schienen ebenfalls ein paar Gläser zu viel intus zu haben. Carlos konnte sich kaum aufrecht halten. Sein Freund musste ihn umarmen. Gemeinsam wankten sie auf den Swimmingpool zu. Kilian grinste. Den seriösen Direktor des »Costa Tropical Palace« hatte er aus seinem ersten Aufenthalt in Almuñécar ganz anders in Erinnerung.

Aber was zum Teufel machten die beiden da?

Es sah nach einer Ausnüchterungsmaßnahme im kalten Wasser aus. Kilian war während ihres Aufenthalts ein paarmal kurz in den Pool gesprungen, aber die Wassertemperatur betrug kaum mehr als sechzehn oder siebzehn Grad. An einem sonnigen Nachmittag war das zum Erfrischen ja ganz nett, aber in der Nacht …

Nun standen sie vor dem Pool. Carlos hing vornüber, als wollte er sich übergeben, und sein Saufkumpan hielt ihn an der Hüfte. Mit der freien Hand warf er etwas ins Wasser. Kilian nahm wieder Platz. Seine Neugierde war geweckt.

Der Typ, der nicht ganz so betrunken wirkte wie Carlos, drehte sich um die eigene Achse und ließ den Kumpel am Poolrand los. Carlos schlug reflexlos ins Wasser, in Hemd, Hose und Schuhen. Doch anstatt dass er prustend aus dem Wasser kletterte, trieb er mit gestreckten Armen und dem Gesicht nach oben, als wolle er zum Mond meditieren.

Der musste ja völlig weggetreten sein …

Nun schickte sein Freund sich an, Carlos an den Händen aus dem Wasser zu ziehen. Er drehte ihn an den Schultern herum, doch anstatt unter seine Achseln zu greifen und ihn herauszubugsieren, drückte er seinen Kopf unter Wasser. Offenbar war Carlos das merkwürdige Spiel allmählich leid, denn er schlug im Wasser um sich. Der Mann, der offensichtlich *nicht* Carlos' Freund war, ließ erst von Carlos ab, als dieser aufgehört hatte, sich zu bewegen. Dann ging er davon und betrat ohne Eile die Villa.

Jetzt erst dämmerte es Kilian, dass er soeben Zeuge eines Mordes geworden war.

KAPITEL SECHSUNDZWANZIG

Kilian musste weiter auf dem Teakholzstuhl warten. Carlos' Garten war von Halogenscheinwerfern ausgeleuchtet. Beamte in Uniform, Spurensicherer in Ganzkörperanzügen und zivile Ermittler standen herum wie auf einer Poolparty, bei der die Drinks ausgegangen waren. Es war halb vier Uhr morgens, Kilian war wieder halbwegs nüchtern und wollte nach oben ins Apartment, aber es schien ein Kompetenzgerangel um seine Befragung zu geben. Bisher hatte er zwei verschiedenen Beamten erklären müssen, was vor drei Stunden geschehen war. Danach hieß es immer nur, dass er auf die Mordkommission warten müsse – eine Señora Cienfuegos und ihr Kollege Rubén de Freitas, die aus Granada anreisten. Einige Polizisten schielten wiederholt zu ihm herüber, und ein Uniformierter wies mit dem Finger auf ihn und tuschelte mit den Kollegen.

Kilian hatte gefragt, ob er mit Paco sprechen könne, der damals ihr Ansprechpartner bei der Guardia Civil gewesen war, aber der sei in Frühpension, hatte ihm ein Beamter mitgeteilt.

»Und Pacos damaliger Chef, Teniente … Wie hieß der gleich noch mal?«

»Sie meinen Teniente Lozano? Der wurde vor drei Jahren nach einer ungeklärten Mordserie in den Norden versetzt. In ein Kaff bei Bilbao.«

Nach einer ungeklärten Mordserie … Die wussten also immer noch nicht, was damals wirklich passiert war – im Gegensatz zu ihm.

Kilian wollte nicht länger warten. Er fragte einen untersetzten Beamten, der sich ständig in seiner Nähe aufhielt, als müsste er ihn bewachen, ob er nun nach Hause dürfe.

»Ich fürchte, das wird nicht möglich sein.«

Jetzt wurde es Kilian langsam zu bunt.

»Wie bitte? Ich habe bereits zweimal den Mörder beschrieben und den Tathergang erklärt. Und Sie haben meine Daten – ich wohne ja gleich da oben …« Er zeigte auf die Nachbarvilla. »Und morgen komme ich in die Comandancia. Dann können wir gern ein Phantombild erstellen, und ich sehe mir Ihre Verbrecherkartei an.« Kilian hatte sein Spanisch mithilfe mehrerer Volkshochschulkurse und der Sprachpraxis mit seiner Frau in den letzten Jahren so verbessert, dass er ohne Probleme mit den Einheimischen kommunizieren konnte.

Anstatt ihm zu antworten, schrie der Beamte: »Jorge!«, winkte einen Mann im weißen Overall der Spurensicherung heran und flüsterte ihm eine Anweisung zu. Dieser nickte in Kilians Richtung und nahm den Mundschutz ab.

»Folgen Sie mir in den Wohnraum, und ziehen Sie Ihre Kleidung aus«, forderte der Spurensicherer ihn auf.

Was hatte das denn nun wieder zu bedeuten? Kilian zog sich bis auf die Shorts aus. Der Kollege von der Spurensicherung steckte die Kleidung in eine Tüte und griff dann nach Kilians Hand, um seine Fingernägel zu inspizieren. Schließlich kratzte er etwas Dreck unter seinen Nägeln hervor und verpackte das gewonnene Material in eine Klarsichthülle. Was sollte der Schwachsinn denn?

Kilian rang um Fassung. Natürlich würden die Polizisten unter seinen Nägeln Reste der Erde aus Carlos' Garten finden. Kein Wunder – er war aus dem ersten Stock in den Garten gesprungen, hatte sich durch die Zypressenhecke gezwängt, Carlos aus dem Pool gezogen und ihn minutenlang wiederzubeleben versucht. Auch im Wohnzimmer des Toten würde man auf seine Fuß- und Fingerabdrücke stoßen, weil er dort nach einem Telefon gesucht hatte, um die Polizei zu verständigen!

»Erklären Sie mir bitte, was das Ganze soll? Werde ich etwa verdächtigt?«

Der Beamte schob seine Schirmmütze zurecht und verschränkte die Arme. »Verdächtigt ist vielleicht nicht das richtige Wort – reden wir erst mal von Zufällen, Señor Huber. Bei Ihrem letzten Aufenthalt in Almuñécar sind *rein zufällig* einige Menschen unter mysteriösen Umständen ermordet worden, und zwar ausgerechnet in dem Hotel, in dem Sie abgestiegen waren. Der Fall ist bis dato nicht aufgeklärt, und Sie standen damals sogar kurzfristig unter Verdacht, es konnte Ihnen allerdings nichts nachgewiesen werden. Carlos Roig war damals *rein zufällig* der Direktor dieses Hotels, und kaum waren Sie nach Deutschland abgereist, war die Mordserie auch beendet. Doch kaum mietet sich Señor Huber eine Villa an der Punta de la Mona, schon wird *rein zufällig* ein paar Tage später sein Nachbar ermordet, den er *rein zufällig* von seinem ersten Aufenthalt in Almuñécar kennt und der ihn damals *rein zufällig* bei der Guardia Civil angeschwärzt hatte, wodurch es zu Ihrer Festnahme gekommen war. Sind das nicht ein paar Zufälle zu viel, Señor Huber?«, folgerte er und schnaubte ihm seinen Tabakatem entgegen.

Kilian wusste nicht, ob er lachen oder gegen diese grenzdebilen Unterstellungen argumentieren sollte.

Aber der Beamte war ohnehin noch nicht fertig: »Und diese Phantomgeschichten, Señor Huber … Zuerst nerven Sie und Ihre Frau die Polizei mit der Schwester Ihrer Frau, die nach Jahren in den Fängen eines Irren aus einem Kerker aufgetaucht sein soll, und tischen uns obendrein eine hartgesottene Kost über eine angebliche Lösegeldübergabe auf. Und heute Nacht haben Sie – als Einziger, wohlgemerkt – angeblich wieder ein Phantom gesehen. Ein Phantom, das Ihren Nachbarn im Pool ersäufte, ehe Sie, der tapfere Held aus München, es in die Flucht schlugen. Hinterher kämpften Sie – leider Gottes vergeblich – um das Leben des Opfers. Sie beschreiben das Phantom trotz der Dunkelheit zweimal, verwickeln sich dabei jedoch *rein zufällig* in Widersprüche. Señor Huber, für wie beschränkt halten Sie uns eigentlich?«

Der grausige Umschlag mit den abgetrennten Fingern, seine traumatisierte Frau, der Mord, dessen Zeuge er geworden war, und seine unendliche Erschöpfung – all das war definitiv zu viel. Kilian schüttelte den Polizisten am Revers, dass seine Mütze zu Boden fiel, und schrie ihn an, bis er keine halbe Minute später auf einem Zebrafell lag, die Knie von zwei Beamten in seinem Rücken spürte und Handschellen einrasten hörte.

Maite konnte nicht fassen, was sie sich schon wieder für einen beweihräucherten Stumpfsinn anhören musste. Sie hatte ja schon viele Kurse und Fortbildungen besucht, aber das Eheseminar, zu dem sie vom Pfarrer verdonnert worden war, war der Gipfel. Rafael saß zwar brav neben ihr, war aber trotzdem nicht wirklich anwesend, weil er sich unentwegt seinem iPhone widmete, anstatt sich für die zehn Gebote einer funktionierenden Ehe zu interessieren.

Wenigstens fand heute schon das dritte von insgesamt vier Treffen statt – und gelernt hatte sie dabei natürlich nichts. Wie denn auch? Wie wollte dieser abstinente Pfaffe ihr erklären, wie sie sich in einer Partnerschaft zu verhalten hatte? Maite hätte gern gewusst, wie sich verhindern ließe, dass Rafael in einigen Jahren mit seinen Amigos den Puff besuchte, weil er sich nicht mehr für seine Frau interessierte. Wie sollte sie sich ihr Selbstwertgefühl bewahren, wenn Rafa ihr irgendwann nur noch Komplimente für ihre Kochkünste machte, kaum mehr mit ihr redete und sie nur noch samstäglichen Pflichtbewusstseinssex betrieben?

Auf diese essenziellen Fragen ging der Priester freilich nicht ein.

Die Vorfreude auf ihre Verlobungsfeier machte diese Komödie etwas erträglicher. Außer ihnen nahmen noch vierzehn andere Paare teil, doch Rafael und Maite waren mit Abstand das schillerndste Paar. Ihr künftiger Mann musste anschließend zu einem Termin und trug deshalb einen schicken

Anzug, als wäre heute schon die Hochzeit – und ihr rotes Kleidchen sorgte dafür, dass der Pfarrer ihr die meiste Aufmerksamkeit schenkte. Seine Brille in Lupenstärke vergrößerte seine unkeuschen Blicke, die sich allzu oft in ihr Dekolleté verirrten.

Die anderen Heiratswilligen fielen in die »Denn sie wissen nicht was sie tun«-Kategorie: junge Leute in den Zwanzigern, die aneinander ihre Unschuld verloren hatten und am Tag der Hochzeit von ihren Elternhäusern direkt in die frischgekaufte Wohnung ziehen würden, für die sie sich über beide Ohren verschuldet hatten. Erst im Alltag würden sie die Macken des Partners so richtig kennen- und hassen lernen. Ein paar von ihnen schrieben sogar eifrig mit, was der Pfarrer zum heutigen Thema »Was bedeuten uns Christen Zärtlichkeit, Liebe und Sexualität, und wie möchten wir sie zum Ausdruck bringen?« zu erzählen hatte.

»Jesus Christus zeigt, wie man wahre Liebe erweist. Er veranschaulichte Gottes Liebe für die Menschheit. Er erwies seine wahre Liebe durch seine Konzentration auf die Selbstaufopferung, das Streben nach dem Wohlergehen anderer sozusagen auf eigene Kosten. Das ist wahre Liebe! Und nun frage ich Sie – was ist für Sie wahre Liebe? Stellen Sie sich einmal vor, Sie wären Gast bei einer Talkshow, bei der es um das Thema Liebe und Ehe geht. Wie würden Sie die Frage ›Was ist wahre Liebe?‹ beantworten … Señorita Hernandez?«

Maite überlegte lange und wählte ihre Antwort mit Bedacht: »Mit der wahren Liebe ist es ja so wie als Kind mit dem Weihnachtsmann – je älter man wird, desto weniger glaubt man daran. Ein toller Liebesbeweis wäre, wenn Rafa meinetwegen auf den ›Clásico‹ verzichten und sich dafür mir widmen würde. Also quasi mit mir *wahre Liebe* machen, anstatt Real Madrid gegen Barcelona zu gucken. Aber ehe das passiert, bringt mir der Weihnachtsmann zehn Paar Manolo Blahniks.«

Schallendes Gelächter und Applaus von drei der Provinzlerinnen, die mit dem Schuhdesigner etwas anzufangen wussten. Rafael hätte sich am liebsten als Dateianhang mit seinem iPhone davongemailt. Der Pfarrer wartete, bis Ruhe eingekehrt war.

»Danke für diese differenzierte Ansicht von wahrer Liebe, Señorita Hernandez. Wo wir schon dabei sind – würden Sie uns bitte auch gleich daran teilhaben lassen, welche Bedeutung das heilige Sakrament der Ehe für Sie persönlich hat? Ist es wegen der Hochzeitsgeschenke? Stehen diese Manuel-Blandig-Schuhe auf Ihrer Wunschliste, oder verbinden Sie mit dem Bund der Ehe vielleicht noch ein paar weniger profane Beweggründe?«

Rafael musste plötzlich ganz dringend zur Toilette, und Maite nahm den Fehdehandschuh auf, den ihr der Pfarrer hingeworfen hatte:

»Ach, das darf man doch heutzutage sowieso alles nicht so eng sehen. Ist ja nur ein Wisch Papier. Wenn's klappt, ist's gut, und wenn nicht ... Shit happens! Ich hab schon als kleines Mädchen von einer Hochzeit in Weiß geträumt ... allerdings mit einem Prinzen. Aber sollten wir uns in zehn oder zwanzig Jahren nur noch ankeifen und Rafael es nicht lassen können, jungen Dingern nachzuhecheln, sollte man lieber die Notbremse ziehen, bevor es zu spät ist und ich eine faltige Schabracke mit Hagelschaden bin, nach der sich kein vernünftiger Typ mehr umdreht, oder?«

Alle wieherten, außer dem Pfarrer, der kopfschüttelnd seine Unterlagen zusammenschob. »Ich denke, wir haben für heute genug über das heilige Sakrament der Ehe gelernt. Wir sehen uns am kommenden Samstag um siebzehn Uhr wieder. Gott segne Sie, vor allem aber Señorita Hernandez – sie hat's bitter nötig!«

KAPITEL SIEBENUNDZWANZIG

Kilian schnallte Xaver in den Kindersitz, gab ihm ein Küsschen und setzte sich neben Joana ans Steuer. Sie hätten schon letzte Woche abreisen wollen, aber mit der Auflage, das Land nicht zu verlassen, und dem einbehaltenen Pass ging das nun mal schlecht. Erst heute Morgen hatte er nach seiner Intervention bei der Polizei seinen Ausweis zurückerhalten.

Wenigstens hatte sich die Lage in der Mordnacht mit der Ankunft des Ermittlungsleiters Rubén de Freitas noch entspannt. Er hatte sich für seine hitzköpfigen Kollegen entschuldigt, ließ ihm die Handschellen abnehmen und schickte ihn bald darauf zum Schlafen nach Hause.

Am nächsten Morgen wurde er dann »befragt« und nicht »verhört«. Im Verlauf des Gesprächs kam ihm manchmal der Verdacht, dass der Ermittler gewisse Zweifel an seinen Ausführungen hegte, aber er blieb bei der Wahrheit, was die aktuellen Vorfälle anbelangte. Kilian hatte de Freitas erzählt, warum er mit seiner Familie in Almuñécar weilte. Als er zu den Ereignissen vor drei Jahren befragt wurde, antwortete er knapp und sachlich, ohne sich in Widersprüche zu verstricken. Alles andere wäre fatal für Joana und Maite gewesen.

Erst danach ging es um den Mord an seinem Nachbarn. Die Person zu beschreiben, die Carlos in den Pool gestoßen und unter Wasser gedrückt hatte, war gar nicht so einfach gewesen: Der Garten war nur vom gedämpften Licht der Wohnzimmerfenster beleuchtet gewesen. Selbst die Frage nach der Kleidung des Täters wusste er nicht eindeutig zu beantworten.

Anschließend musste er sich drei Mappen mit Verbrechern ansehen. Bei zweien der Männer dachte er, dass sie dem Mörder unter Umständen ähnlich sehen könnten, wenn sie die Haare oder Bärte anders trügen. Doch es reichte nicht für eine Identifizierung.

Drei Stunden später durfte er zurück in sein Feriendomizil gehen. Den Rückflug am nächsten Tag hatten sie stornieren müssen. Es war zum Kotzen.

Und nun waren sie auf dem Weg zu Maites und Rafaels Verlobungsfeier. Nie zuvor hatte er eine geringere Lust verspürt, etwas zu feiern. Joana ging es sicher nicht besser, aber vielleicht würde sie dadurch für ein paar Stunden auf andere Gedanken kommen …

Dabei hatte ihre psychische Verfassung sich in den letzten Tagen überraschend gut stabilisiert, wozu unter anderem die Gespräche mit einer Therapeutin beigetragen hatten. Im Gegensatz zu der Zeit vor der verhängnisvollen Nacht am Cerro Gordo war sie nun offener für Dialoge mit Kilian.

Dabei versuchte er sie daran zu erinnern, wie glücklich sie gewesen war, ehe diese »Carmen Campos« über Facebook in ihr Leben getreten war. Sie hatte Carmens Tod ja eigentlich längst verarbeitet – in seiner Logik dürfte sich also für Joana nichts Entscheidendes verändert haben. Carmen war immer noch tot oder schon wieder oder wie auch immer man das auslegte. Für Joana müsste es deswegen doch machbar sein, die letzten Tage und Wochen zu vergessen und wieder in den Münchner Glückliche-Familie-Modus zu switchen.

Er wusste, das war viel verlangt, aber es sah so aus, als machte sie darin Fortschritte. Auch Maite hatte ihr in diesen schwierigen Tagen beigestanden. Sie war täglich für mehrere Stunden zu Besuch im Krankenhaus und nach ihrer Entlassung bei ihnen zu Hause gewesen. Kilian rechnete es Maite hoch an, dass sie das Thema Carmen und die Hypothesen, die sich um ihren Tod rankten, vermied und Joana stattdessen mit ihrem losen Mundwerk aufzumuntern versuchte.

Den Rest besorgten die Medikamente. Joana musste vorübergehend Beruhigungs- und Schlaftabletten und sogar Antidepressiva schlucken, um die Geschehnisse zu verkraften. Im Münchner Alltag – weit weg von diesem für sie mit so fatalen Erinnerungen behafteten Ort – würde seine Joana bald schon wieder die Alte sein, redete er sich ein.

Die Feier fand im Restaurant »Mesón El Gallinero« statt, das hinter La Herradura an der Hauptstraße lag und laut Maite am heutigen Donnerstag nur für ihre Gesellschaft und ein paar ganz wenige Stammgäste geöffnet hatte.

Xaver war wie meistens beim Autofahren eingeschlafen. Joana sprach die Fahrt über kein Wort. Auf ihrem Schoß lagen die Mitbringsel für die Verlobten: ein funkelnder Armreif mit Swarovski-Kristallen von der Deussl-Manufaktur für die künftige Braut und ein achtzehn Jahre alter Balvenie Whisky für Rafael. Im Gegensatz zu ihm kannte Joana Maites Zukünftigen, so wie sie fast jeden Einheimischen von früher kannte.

Kilian parkte neben dem Restaurant. Er nahm Xaver auf den Arm, der davon aufwachte, und folgte Joana zum Lokal. Sie trug ein safranfarbenes Kleid, das ihre Kniekehlen umspielte und knapp über ihren wohlgeformten Waden endete. Ihr Haar, das nur wenige Frauen ohne Chemie so tiefschwarz zur Schau stellen konnten, fiel lockig den Rücken hinab – beinahe bis zum Seidengürtel über der sanft ausladenden Rundung ihres Hinterns.

Kilian seufzte. Ihr Liebesleben hatte unter den gegebenen Umständen gelitten, und er musste an das letzte Mal denken, als sie sich … Joana wandte sich um und lächelte ihn seit Langem wieder einmal an. »Kommt ihr?«

Sie war dezent geschminkt, und im Profil traten ihre Brüste hervor, die durch die Schwangerschaft zwei Körbchengrößen hinzugewonnen hatten, ohne darunter gelitten zu haben.

»Was ist los mit dir?«, grinste Joana und wippte kokett auf und ab.

Mensch, was hab ich für eine tolle Frau, dachte Kilian. »Was mit mir los ist? Da unser Sohnemann zuhört, will ich dir die zensierte Version meiner Gedanken verraten: Ich dachte eben daran, was seine Mami und sein Papi manchmal machen, weil sie sich so narrisch lieb haben, aber leider lange schon nicht mehr gemacht haben.«

Joana wickelte eine Locke um den Finger. »Hast du mich denn noch *narrisch* lieb?«

Kilian lächelte. Natürlich wusste er, dass sie es nicht mochte, wenn er mit seinem »Weißwurst-Slang« ankam, weil sie fand, dass Deutsch auch so schon schwer genug war und sie nicht auch noch den bayerischen Dialekt beherrschen müsste. Trotzdem neckte er sie manchmal damit. Joana sprach mit Xaver Spanisch und er Hochdeutsch. Nur wenn er mit ihm alleine war, redete er mit seinem Sohn heimlich Bayerisch.

»Narrischísimo!«, versicherte er ihr.

»Ich dich auch … Mal sehen, was der Abend so bringt.«

Sie zwinkerte ihm zu und trat auf die Eingangsstufen.

In dem Moment ertönte ein lautes Geräusch, das er nicht einordnen konnte. Ihr blank gescheuertes Nervenkostüm ließ Joana so heftig aufschrecken, dass sie die Geschenke fallen ließ. Als er ebenfalls auf die Stufen trat, schallte ihnen erneut ein »Kikeriiikiii« entgegen.

Es war eine Lichtschranke gewesen, die einen Hahnenschrei auslöste. Xaver fand das im Gegensatz zu seiner Mami so lustig, dass Kilian mit ihm dreimal die Schranke passieren musste, wobei Xaver begeistert das Geräusch imitierte.

»O Gott, bin ich eben erschrocken«, meinte Joana und hob die Geschenke auf. Die Whiskyflasche war zum Glück heil geblieben.

Auch im Lokal war alles auf Huhn getrimmt. Auf den Holzbalken, die unter der Decke verliefen, standen Hühnerattrappen, Nester, Strohballen und graue Eierkartons. Die Wände waren mit Holzrechen, Ernteschlegeln und anderen landwirtschaftlichen Utensilien aus alten Zeiten dekoriert. Die Tische waren zu einer zehn Meter langen Tafel gereiht, an der generationenübergreifend wohl schon so einige Male auf das künftige Brautpaar angestoßen worden war.

Maite kam in einem kurzen senfgelben Rüschenkleid auf Kilian und Joana zugetrippelt. »Mensch, da seid ihr ja endlich! Ich habe meiner trinkfesten Verwandtschaft gesagt, dass kein einziger Korken knallt, solange meine Ehrengäste nicht aufkreuzen – aber außer meiner Oma hat sich daran leider niemand gehalten!«

Joana rechtfertigte ihre Verspätung mit Xavers Mittagsschläfchen, aber Maite winkte ab. »Komm, ich stell euch erst mal ein paar Gäste vor. Also, diese Dame hier mit den auftoupierten Haaren, die aussieht, als wäre ihr vorhin der Fön in die Badewanne gerutscht, ist meine künftige Schwiegermutter Esperanza. Esperanza trägt ihren Namen – Hoffnung – auch zu Recht, denn selbst nach zwei missglückten Schwiegertöchtern hat sie die Hoffnung nicht aufgegeben, dass die gute Maite nun die Richtige für ihren Erstgeborenen ist.« Joana und Kilian schüttelten die Hand der Frau, die offensichtlich mit dem schrägen Humor ihrer Schwiegertochter in spe umzugehen wusste.

Maite redete sich mit der Aufmerksamkeit aller nun erst so richtig warm: »Dieser Mann hier, dessen Gesicht zerfurchter als sein Zehn-Hektar-Acker in Jaén ist, verdankt seine Falten nicht der täglichen Arbeit im sonnigen Olivenhain, sondern den Sorgen um seine Tochter Maite. Meine Mutter kennst du ja noch von früher, und im Gegensatz zu meinem Vater – der heute das erste Mal im Leben das Meer sieht – besucht sie ganz gern mal ihre Tochter an der Küste!«

Der bierselige Vater protestierte und wandte ein, dass er vor Jahren sehr wohl schon mal ein Wochenende in Almuñécar verbracht habe, um seine Tochter zu besuchen.

»Dieser heiße Feger dort«, fuhr Maite ungerührt fort, »ist mein Cousinchen Tamara. Sie ist die Einzige, die es in unserer Familie zu etwas gebracht hat – letztes Jahr ist sie in einer Provinzdisco bei der Wahl zur Miss Linares Dritte geworden.«

Die Anwesenden johlten, und ein peinlich berührtes Mädchen mit Korkenzieherlocken, aufwendigem Make-up und der makellosen Figur einer Zwanzigjährigen schüttelte ihnen die Hand.

»Und, Kilian, falls du dich fragen solltest … Nein, der Platz neben ihr ist nicht mehr frei. Ihr Freund ist gerade an der Bar und versucht meinem Rafael die Hochzeit auszureden.«

Wieder schallendes Gelächter und »Rafa-Rafa-Rafa«-Rufe Richtung Bar, die sich in einem Nebenraum befand.

Aus dem Durchgang traten nun zwei Männer mit Gin Tonics in der Hand. Der eine, vom Typ junger Draufgänger mit Gym-Jahreskarte, setzte sich neben Maites Hinguckercousine.

Der Reifere mit marineblauem Blazer, weißem Stecktuch, schulterlangen, grau melierten Haaren und getrimmtem Bart hielt mit offenen Armen und breitem Grinsen auf sie zu.

Er schien mit seinem distinguierten Auftreten nicht recht in diese Gesellschaft zu passen und kam Kilian vage bekannt vor. Von damals noch?

Rafael umarmte erst Joana und tauschte ein paar nette Worte mit ihr aus. Maite gab einen Kommentar von sich, und die versammelte Gesellschaft grölte erneut, aber Kilian hörte nicht hin. Sein Gehirn versuchte dieses Gesicht mit einem Ort zu verbinden …

Als ihm bewusst wurde, woher er diesen Mann kannte, hielt er den Atem an, obwohl sein mit erhöhter Schlagzahl pumpendes Herz nach Sauerstoff schrie.

»Kilian … auch dir meinen zukünftigen Ehemann Rafael vorstellen …«, hörte er Maite wie aus weiter Ferne sagen.

Als sie die Hände schüttelten und sich in die Augen sahen, war der letzte Zweifel verschwunden. Es blieb nur ein Ort, an dem er diesen Mann schon einmal gesehen hatte: nachts im Garten ihres Nachbarn Carlos.

Er stand einem Mörder gegenüber.

KAPITEL ACHTUNDZWANZIG

Rubén und Lucia aßen im Restaurant »Lute y Jesus« unweit der Markthallen von Almuñécar zu Abend. Dort saß man zwischen dem Gehweg und der Straße auf Plastikstühlen vor wackligen, mit Papiertüchern bedeckten Tischen, zwischen denen Katzen herumstreunten. Aber das bei Spaniern und Touristen gleichermaßen beliebte Restaurant war so gut besucht, dass sie eine Weile auf einen freien Tisch hatten warten müssen. Nachdem Lute ihnen einen Platz zugewiesen hatte, bestellten sie Wein und kleine Fischgerichte: Seehecht in Knoblauch, Gambas a la Crema, Krake auf galizische Art und einen Lachs in Mandelsoße. Rubén zog den Weißwein aus dem Kühler und füllte ihre Gläser.

Sie prosteten sich zu, ohne sich in die Augen zu sehen.

Seit jener Nacht in der Schiffskoje gab es anstelle ihrer bisherigen Vertrautheit eine rigide Trennung von privat und beruflich. Beide wussten, dass diese Nacht nicht mehr zu toppen war. Dass es hinterher nur noch abwärts ginge. Dass Eifersüchteleien, Vorwürfe und schneller Sex die Magie dieser einen Stunde nach und nach verblassen ließen. Bis nur noch die alltäglichen Reibungen zwischen einem sich nicht binden wollenden Mittvierziger mit Auswanderungsträumen und einer alleinerziehenden Mutter mit bisexuellen Neigungen übrig blieben. Das war ihnen beiden so klar, dass sie es nicht ansprechen mussten.

Seit jener Nacht hatte sich ihre Beziehung ausschließlich auf die Ermittlungen beschränkt – was Rubén wesentlich leichter zu fallen schien als ihr.

»Die könnte deine Tochter sein«, ereiferte sich Lucia, als Rubén der flotten Bedienung im knappen Kellnerinnenkostüm einen Moment zu lange nachschaute.

Er winkte ab und marinierte den Avocadosalat.

Lucia nippte am Weißwein. Heute würde Rubén alleine auf seinem Boot schlafen und sie im Hotel übernachten. Morgen Abend würde sie sich mit Teresa treffen. Mal sehen, ob sich ihre Wackelkontaktbeziehung noch retten ließe.

Zu ihrer eigenen Überraschung hatte Teresa auf die SMS geantwortet, die sie ihr im Gefühlskuddelmuddel um Rubén gesendet hatte, und ihre Einladung mit einem simplen »Einverstanden« angenommen.

Aber zunächst musste geklärt werden, wie sie nach der Freilassung ihres bisherigen Hauptverdächtigen weiter vorgehen sollten. Nach dem Mord an Carlos Roig, in dessen Pool eine einzige Gamba gefunden worden war, konnten sie den schweigsamen Afrikaner nicht länger festhalten – denn er hatte das denkbar beste Alibi. Morgen würde er in Begleitung eines Grenzschutzbeamten nach Nigeria abgeschoben werden, und sie standen erneut am Anfang.

Das erste Gericht wurde serviert, und Rubén verteilte die in Olivenöl und Paprika marinierten und in Scheiben geschnittenen Krakententakel.

»Und sonst hat er nichts gesagt, dein Afrikaner?« Der Mann hatte nach langer Zeit des Schweigens bei der gestrigen abschließenden Befragung doch noch ein paar Worte von sich gegeben.

»Viel war nicht aus ihm herauszubekommen. Nur, dass er aus Nigeria stammt und dorthin auch wieder zurückmöchte.«

»Und er hat keinerlei Angaben dazu gemacht, wie und wann er nach Spanien eingereist ist?«

Rubén trank einen Schluck Weißwein, steckte sich ein Stück zartes Krakenfleisch in den Mund und schüttelte den Kopf.

»Oder was er in der Nähe von Salvador Molinas Leiche zu suchen gehabt hat?«

»Nein – er hat nur wirres Zeug geredet, halb Englisch und halb Spanisch. Aber ist ja egal …«

»Was für wirres Zeug?«, wollte Lucia von ihrem Kollegen wissen, der sich eigenartig bedeckt hielt, was die Befragung des Mannes betraf.

Da es sich um kein offizielles Verhör gehandelt hatte, bei dem der Inhaftierte sein Schweigen gebrochen hatte, gab es davon auch keine Aufzeichnungen. Nur ihr Kollege wusste, was der Mann preisgegeben hatte, sprach aber kaum darüber.

»Er hat von Gott geredet und hat sich ›der von Gott Erhörte‹ genannt. Ich hab das mal gegoogelt. Das ist die Bedeutung des Vornamens Samuel, der in Nigeria durchaus geläufig ist. Viel mehr hat er nicht gesagt, und morgen sitzt unser von Gott erhörter Samuel im Flieger Richtung Heimat. Ich glaube, der kann's kaum erwarten. Ist ihm wohl bei uns nicht so gut ergangen. Und nun lassen wir es am besten dabei bewenden«, entschied Rubén. Er nahm die Gambas à la Crema von der Kellnerin entgegen, die sich besonders aufmerksam um ihren Gast mit der exotischen Aura zu kümmern schien, während an anderen Tischen vergebens leere Gläser hochgehalten wurden.

Tja, Mädel, heiße Typen sind schon anziehend, aber die Gefahr, sich zu verbrennen, ist umso größer – das wirst auch du noch lernen, dachte Lucia und fischte eine Garnele aus dem Steintopf.

Joana beugte sich zu Kilian, der eben Maites Verlobtem die Hand geschüttelt hatte und seitdem reglos wie eine Wachsfigur dastand.

»Er ist es«, flüsterte er.

»Was ist los? Rafael ist was?«

»Komm – wir verschwinden von hier«, entschied Kilian auf Spanisch, und ein Raunen ging durch die Festgesellschaft.

So hatte Joana ihren Mann noch nie erlebt.

Und diesen Gesichtsausdruck kannte sie auch noch nicht.

Als hätte er einen Blinddarmdurchbruch.

Alle Blicke waren ihnen zugewandt. Selbst Margaritha, die Wirtin – eine kernige Schweizerin um die sechzig mit blond gefärbten Haarsträhnen und Lesebrille –, hielt mit gezücktem Stift bei der Getränkeorder inne. Joana versuchte ihn auf dem Weg zum Ausgang an der Lederjacke zurückzuhalten, doch er riss sich los.

»Was ist denn in dich gefahren, verdammt noch mal?«, rief sie ihm nach. Die Contenance zu wahren war das Letzte, was ihr gerade wichtig erschien.

»Das sag ich dir draußen. Jetzt komm endlich!«

Aber sie ließ ihn nicht gehen und hielt ihn erneut fest.

Kilian zeigte mit dem Finger auf Rafael. Dann sagte er so leise, dass nur sie und die neugierige Wirtin es hören konnten: »Ich werde nicht mit einem Mörder feiern. Er war es – *ihn* habe ich beobachtet. Dieser Mann hat Carlos in seinem Pool ertränkt. Er ist der Täter. Und genau das werde ich jetzt der Polizei melden.«

Joana musste sich an einem Fenstersims festhalten. »Nein, das kann unmöglich wahr sein. Du hast Rafael mit jemandem verwechselt.«

Rafaels Bruder erkundigte sich bei der Schweizer Wirtin nach dem Hintergrund von Kilians plötzlichem Aufbruch, und sie übersetzte ihm den Gesprächsverlauf. Die Anschuldigung verbreitete sich wie ein Lauffeuer, bis die gar nicht mehr so stille Post bei Rafael eintrudelte.

Ein paar der Anwesenden lachten gekünstelt auf, weil sie an einen missglückten Scherz des Deutschen dachten und es doch eben noch so lustig gewesen war. Aber als bei Joana die Tränen zu fließen begannen und ihr Sohn in ihr Wehklagen einstimmte, brach der Tumult los.

Die älteren Damen jammerten lautstark in ihre Stoffservietten, und zornesrote Herren, allen voran Rafaels Vater, glotzten auf den Beschuldigten und warteten auf dessen Stellungnahme zu dieser infamen Unterstellung. Sogar Maite schien zum ersten Mal die Sprache verloren zu haben. Mit geöffnetem Mund flackerte ihr Blick zwischen Kilian und ihrem Verlobten hin und her.

Rafael löste sich aus seiner Starre mit einer Reaktion, mit der niemand gerechnet hatte: Er ging auf Kilian zu und hob die Hand. Aber nicht zum Schlag, sondern zu einer freundschaftlichen Umarmung.

»Hey, Junge … Was redest du denn da? Wir kennen uns gar nicht – du musst mich also verwechselt haben! Und jetzt beruhige dich erst mal, und trink ein Bier mit uns.«

Aber Kilian schüttelte Rafaels Hand von der Schulter und fuhr ihn auf Spanisch an: »Fass mich nicht an! Du bist es gewesen. Du hast Carlos ermordet. Ich habe in jener Nacht auf dem Balkon des Nachbarhauses gesessen und deine Tat beobachtet.«

Joana wäre am liebsten im Boden versunken. Die Wirtin fuchtelte deeskalierend mit den Armen – wie ein Saloonbesitzer im Wilden Westen, dem ein paar besoffene Cowboys bei einer Schlägerei das Inventar zu demolieren drohten.

»Verschwinde von hier«, zischte Rafael.

Maites Mutter verdrehte die Augen und rutschte vom Stuhl. Maites Tante zog ihren Fächer mit dem Flamenco-Motiv aus der Handtasche und wedelte vor ihrer Nase herum, doch es half nichts.

Rafaels Mutter war weitaus resoluter: Sie schlurfte auf Kilian zu und verpasste ihm eine Ohrfeige, die durch den Speiseraum hallte.

»Mein Sohn ist kein Mörder!«, rief sie und spuckte ihm vor die Füße, ehe sie sich von ihm abwandte.

Nun waren auch die Jungs nicht mehr zu halten. Diejenigen, die an der Fensterseite der Tafel saßen und sich nicht schnell genug an klagenden Tanten und entrüsteten Onkeln vorbeidrängeln konnten, warfen den Tisch vor sich um und stürmten wie ein Lynchmob auf Kilian zu.

Mein Gott, Kilian, was ist nur in dich gefahren? Joana verdeckte Xavers Gesicht, damit er das Unvermeidliche nicht mitansehen musste.

»Walter, Chris, Andreas!«, schrie die Wirtin in die Stube neben der Bar, wo jeden Donnerstag eine Gruppe strammer

Österreicher ihren Stammtisch abhielten. Sekunden später stürzten sechs Kerle – überwiegend mit Hammerwerferstatur – in den Gastraum und neutralisierten mittels Klammergriff je zwei strampelnde Spanier.

Kilian stieg über die Meute hinweg und nahm seinen Sohn in den Arm. Er hielt ihr die Hand hin, doch Joana fehlte nicht nur die Kraft, sondern auch der Wille, ihm die Hand zu reichen. Stattdessen schüttelte sie den Kopf und suchte mit tränennassen Augen Kilians Blick, wohl wissend, dass zwischen ihnen eben ein unsichtbares Band durchtrennt worden war.

Dann wandte Kilian sich von ihr ab, bedankte sich mit einem erhobenen Daumen bei den österreichischen Rettungskräften und verließ den »Mesón El Gallinero«.

Joana wusste selbst nicht, warum sie im Restaurant blieb.

Weil sie nicht zu Kilian nach Hause wollte? Oder weil sie meinte, als Trauzeugin gute Miene zum bösen Spiel machen zu müssen?

Als der Radau der Männer und das Lamentieren der Frauen abgeklungen waren und Margaritha aufgeräumt und die Scherben aufgewischt hatte, entschuldigte sich Joana für sein Verhalten. Ihr war nichts Besseres eingefallen, als zu behaupten, Kilian habe die letzten Tage unter hohem Fieber gelitten, aber trotzdem zur Feier kommen wollen.

»Nur so kann ich mir dieses Hirngespinst erklären«, verteidigte sie ihren Mann wie ein Anwalt, der auf Unzurechnungsfähigkeit seines Mandanten plädierte.

Dabei wusste sie, dass Kilian sehr wohl im Vollbesitz seiner geistigen Kräfte gewesen war.

Könnte es vielleicht doch sein, dass …?

Nein – komplett unmöglich!

Rafael war ein angesehener Mann in Almuñécar. Er führte seit vielen Jahren einen Laden namens »El Zoco« – was umgangssprachlich so viel wie »der Basar« bedeutete und in dem er aus Marokko importierte Waren verkaufte. Daher hatte er auch seinen Spitznamen, wie Maite ihr erklärt hatte: Jeder in

Almuñécar nannte Rafael nur »Zoco«. Außerdem saß er im Gemeinderat und engagierte sich in sozialen Angelegenheiten.

Sobald Rafael den Schlips zurechtgerückt und sein Sakko abgeklopft hatte, war der Vorfall für ihn passé. Nur die vielen Gin Tonics ließen vermuten, dass ihn Kilians fataler Auftritt doch nicht kaltließ. Aber Rafael sprach nicht darüber, und wenn jemand sich über den »verfluchten Deutschen« echauffierte, winkte er gnädig ab und sagte, er wolle nicht weiter über dieses blöde Missverständnis sprechen. Wie könnte man einen solchen Vorfall auch kommentieren? Sollte er vielleicht mit dem Löffel gegen sein Glas klopfen und sagen: »Liebe Eltern, liebe Freunde und liebste Maite – ähm … Was Señor Huber eben behauptet hat, stimmt nicht. Ich bin kein Mörder. Außerdem habe ich ein Alibi. Und jetzt hoch die Tassen …« Rafael prostete tatsächlich gerade in die Runde.

Maite schien in Gedanken versunken zu sein. Vorhin hatte sie Joana in die Arme geschlossen und *ihr* Trost gespendet. Dabei war Maite doch diejenige, die *ihren* Zuspruch benötigte. Maite hatte zwar noch in gewohnter Manier versucht, die Stimmung vom Gefrierpunkt wenigstens auf einstellige Plusgrade zu erwärmen, aber ihr Humor lief ins Leere. Niemand war noch zu Scherzen aufgelegt. Nun saß sie wortkarg und nachdenklich neben ihrem Verlobten und nippte am Wasser.

Woran mochte sie denken? In wenigen Wochen war Hochzeit, und Rafael war zudem der Vater ihres Kindes – was in diesem Raum außer ihr selbst nur Joana und Maites Mutter wussten. Rafael ahnte nach wie vor nichts von seinem Vaterglück.

Er würde wie der Rest von Maites Freunden, Verwandten und Bekannten diese Nachricht erst auf der Hochzeitsfeier am sechzehnten Dezember erfahren. Das sollte Maites glücklichster Tag werden. Doch nun saß sie Trübsal blasend neben Rafael, der ihr in regelmäßigen Abständen einen »Nun lach doch mal wieder«-Klaps auf den Rücken gab, was Maite mit einem säuerlichen Zucken der Mundwinkel quittierte.

Joana wollte nach Hause.

Sie hielt dieses Fiasko nicht länger aus und dachte daran, einfach abzuhauen, ohne sich zu verabschieden.

Was hätte sie auch zum Abschied sagen sollen? Auf Wiedersehen, es war mir eine Freude, dieser unvergesslichen und lustigen Feier beigewohnt zu haben. Nun muss ich nach Hause und mich um meinen Mann kümmern, der neuerdings unbescholtene Bürger des Mordes bezichtigt …

Joana winkte Maite und Rafael zu, warf ein knappes »Adiós« in die Runde und wandte sich zum Ausgang.

»Moment mal!«, schrie Rafael und erhob sich schwankend.

Der stundenlange Alkoholkonsum war nicht zu übersehen. Das Restaurant hielt in Erwartung eines Schlusseklats den Atem an. »Wie kommst du denn nach Hause?«, fragte er sie.

»Zu Fuß. Dann feiert noch schön … Und sorry noch mal …«

»Ach was – ich fahr dich heim!«

»Nein, nein – ich laufe gerne. Ist ja nicht weit und …«

Aber Rafael ließ sich nicht von seinem Vorhaben abbringen.

Er packte sie am Arm und schob sie nach draußen.

»Hör zu, Rafa – du brauchst mich wirklich nicht …«

Doch im nächsten Moment saß sie schon in seinem Mercedes.

Das hatte ihr gerade noch gefehlt. Sie wollte von der Schande davonlaufen und nicht von Maites angetrunkenem Verlobten nach Hause gebracht werden. Rafael bog in die Hauptstraße ein und beschleunigte auf der kurzen Geraden bis zur Einfahrt von La Herradura auf hundertsiebzig.

Zum Glück stand die Ampel auf Rot, und danach musste Rafael einem Lkw durch La Herradura hinterherfahren. Joana fühlte sich genötigt, die unangenehme Stille mit einer neuerlichen Entschuldigung auszufüllen: »Rafael … Kilian hat sich furchtbar danebenbenommen, und es tut mir aufrichtig leid. Ich weiß nicht, was in ihn gefahren ist. Die letzten Tage hatte er starkes Fieber, und nur so kann ich mir das … Äh – nein, halt, hier wäre es nach links hochgegangen … Wir wohnen oben im Camino del Moro.«

Rafael ignorierte ihren Einwand und fuhr rechts in Richtung Leuchtturm weiter. Seit dem Aufbruch vom »Mesón El Gallinero« hatte er kein Wort gesprochen. Im Wageninneren roch es nach Alkohol, Tabak und einem herben Aftershave.

Joana wurde übel. »Du kannst mich hier rauslassen. Den Rest kann ich zu Fuß gehen.«

Rafaels einzige Reaktion war, das Gaspedal durchzutreten, nur um fünfhundert Meter weiter abzubremsen und in einen Pinienwald einzubiegen. Was zum Teufel …

»Rafa …?«, stammelte sie und zog am Griff der Beifahrertür. Verriegelt. Aufgewirbelte Steine prasselten gegen den Fahrzeugboden. Endlich hielt er den Wagen an und wandte sich ihr zu. Joana presste den Rücken gegen die Tür und hielt den Atem an.

Der würde doch im Suff nicht etwa seine Trauzeugin begrapschen?

Doch Rafaels rechte Hand fuhr nur in seine Sakkotasche.

Er zog ein Päckchen Zigaretten heraus, steckte sich eine an, blies Joana den Rauch ins Gesicht und sagte: »Wir beide werden jetzt mal Klartext sprechen, Schätzchen!«

KAPITEL NEUNUNDZWANZIG

»Was wir jetzt besprechen werden, ist vertraulich. Du wirst darüber weder mit Kilian noch mit Maite oder sonst jemandem reden. Ist das klar?«, herrschte Rafael sie an.

Joana war so konsterniert, dass sie nur nickte.

»Erst mal danke fürs Geld«, sagte Rafael.

Wie bitte? Was für Geld? War er jetzt völlig durchgeknallt?

»Jetzt hör *du* mir mal gut zu, Rafael. Du bist besoffen, und ich will jetzt nach Hause, also entriegle diese verdammte Tür!«

Er lächelte die Glut seiner Zigarette an. »Ich bin mir sicher, du wirst unser Gespräch noch interessant finden, Joana. Was sagst du übrigens zu meiner kleinen Show am Cerro Gordo?«

Sie wusste nicht, worauf er hinauswollte, sicher war nur, dass sie von hier fortwollte. Moment … Hatte er eben Cerro Gordo gesagt? Langsam sickerte ihr die Bedeutung seines zusammenhanglosen Geschwafels ins Gehirn. Geld. Cerro Gordo. Sie presste die Fäuste vor den Mund.

»Ah … Langsam dämmert's ihr. Ansonsten hätte ich noch weitere Stichworte für dich: Facebook, Carmen Campos, die Zahl hundertfünfzigtausend.«

Joana musste würgen und drückte auf den Fensteröffner, aber auch der ließ sich nicht betätigen.

Das durfte einfach nicht wahr sein. Hatte ausgerechnet Maites Verlobter ihre Schwester auf dem Gewissen?

War Kilians Vorwurf am Ende doch berechtigt gewesen?

»Sag, dass das nicht wahr ist. Sag, dass du angetrunken bist und du es mir gerade wegen Kilian heimzahlst. *Sag es*!«, schrie sie ihn an.

Er lachte auf. »Das gleiche andalusische Heißblut wie Maite. Woher sollte ich denn das Hintergrundwissen haben? An Beweisen soll's jedenfalls nicht scheitern.« Rafael zog sein Handy aus der Hosentasche. Er klickte sich durch das Menü und hielt ihr das Display entgegen.

Mein Gott … Das Gesicht war stark geschminkt, und sie trug eine blonde Pagenkopfperücke, aber es war Carmen. Ihr dürrer Körper steckte in aufreizender Wäsche. Was haben die nur mit dir gemacht?

Das Foto ließ vermuten, dass Carmen Opfer eines Mädchenhändlerrings geworden war.

»Falls das nicht reicht … Ich hätte noch ein Video von uns anzubieten – ist zwar nicht ganz jugendfrei, aber …«

Joana befreite sich aus ihrem Gurt und warf sich auf Rafael. Das Gerangel dauerte minutenlang. Am Ende kauerte sie auf dem Beifahrersitz und verschmierte das Seitenfenster mit Blut und Tränen.

»Das wirst du büßen, du Arschloch. Du hast Carmen ermordet! Und Kilian hat bestimmt recht gehabt – du verdammter Mörder. Im Gefängnis wirst du verrotten, anstatt Maite zu heiraten, du Scheißkerl!«

»Jetzt tust du mir aber unrecht, Schätzchen. Ohne mich würde sie längst nicht mehr leben. Da sind hundertfünfzigtausend Euro doch nur ein Klacks oder etwa nicht?«

Keuchend stopfte er sein Hemd in die Hose.

»Meine Schwester lebt nicht mehr! Sie ist tot! Ich hab es mit eigenen Augen gesehen. Sie ist ins Meer gestürzt! Ich habe sie über den Abgrund gestoßen!«, brüllte sie ihn an, ehe sie einen Heulkrampf bekam.

»Ach was. Sch, nun beruhige dich doch.« Er klopfte ihr auf die Schulter. »Ich hatte, wie man so schön sagt, noch eine Leiche im Keller, und die habe ich mit einer Perücke auf den Stuhl gesetzt.«

Noch eine Leiche?

Maite war im Begriff, einen Serienmörder zu heiraten …

»Der unter unglücklichen Umständen Verblichene – um den es übrigens nicht schade ist – war auch der ›Organspender‹ für den Inhalt des Briefumschlags. Er hatte zum Glück so zarte Hände, dass ich Carmen verschonen konnte. Ich musste die Finger nur etwas maniküren und die Nägel rot lackieren. Und siehe da – am Montag stand die Kohle bereit!«

Welche Finger?, dachte Joana verwirrt. Er behauptet, Carmen lebt doch noch? Das sind doch nichts als leere Worte …

Es war eine mondlose Nacht gewesen, und sie hatte ihre Schwester nur von hinten gesehen. Aber das war keine Leiche oder Attrappe gewesen. Carmen hatte mit ihr gesprochen. Doch schon der nächste Satz ließ ihre Hoffnung wieder aufleben:

»Solltest du dich fragen, wie es möglich war, dass Carmen mit dir gesprochen hat … Das war nur eine Tonbandaufnahme. Das Gerät lag im Schoß des Toten, und eine Fernbedienung sorgte dafür, dass Carmens zuvor aufgenommener Text nach deinem Lichtsignal abgespielt wurde. Ihr geht's gut. Freust du dich denn gar nicht?«

Joana schüttelte den Kopf. Sie wollte das glauben, konnte es aber nicht. Obwohl … Nun, da sie darüber nachdachte, erinnerte sie sich, dass Carmens Stimme seltsam verzerrt und hohl geklungen hatte. Sie dachte, das hätte am Wind gelegen, an den Brandungsgeräuschen oder an ihren Nerven.

»Und nun, da wir das geklärt hätten, zu meinen Bedingungen: Du wirst Kilian seine Hirngespinste ausreden, und er wird nicht zur Polizei gehen und mich als Mörder beschuldigen. Er soll nach München fliegen, und zwar sofort. Es wäre auch kontraproduktiv, wenn ich seinetwegen ins Gefängnis müsste, und sei es nur für einige Wochen Untersuchungshaft, oder? Denk doch mal nach: Wer würde dann Carmen versorgen, wo ich doch der Einzige bin, der sich so rührend um sie kümmert? Du wirst mit absolut niemandem darüber sprechen. Weder mit deinem Mann noch mit der Guardia Civil und schon gar nicht mit deiner Freundin. Sollte mir von Maite auch nur ein Mucks zu Ohren kommen oder die Polizei mich behelligen, wird Carmen in ihrem Versteck vergammeln. Habe ich mich klar genug ausgedrückt?« Er zog ihren Kopf zu sich, sodass sie ihm in seine wegen eines Nervenleidens ständig zwinkernden Augen sehen musste.

»Und wer einmal hundertfünfzigtausend Euro lockermachen konnte, der kann es auch ein zweites Mal! Ich will dieselbe Summe noch einmal – schließlich ist so ’ne Hochzeit im ›Albayzín del Mar‹ nicht gerade billig!«, meinte Rafael grinsend und suchte nach seiner Zigarettenpackung. Dabei bemerkte er einen Brandfleck, den die Kippe beim Nahkampf verursacht hatte. »Das war kein billiges Hemd. Ich fürchte, ich muss meinen Preis daher um hundertachtzig Euro erhöhen. Danach lasse ich Carmen frei.«

»Klar. Kein Problem! Bringst du mich eben zur Bank, damit ich das Geld vom Sparbuch abheben kann? Danach treffen wir uns am besten wieder am Cerro Gordo. Vielleicht hast du ja noch eine Leiche im Keller? Jetzt lass mich raus – ich glaub dir kein Wort!«

Rafael sah in den Rückspiegel und fuhr sich mit den Fingern durchs Haar. »Ich muss gleich los. Maite wartet bestimmt schon sehnsüchtig auf mich. Tja, Schätzchen – irgendwie kann ich deinen Vertrauensverlust sogar nachvollziehen. Vielleicht kann dich das ja überzeugen …«

Er beugte sich in den Fußraum, in den sein Handy beim Kampf gefallen war. »Mal sehen … Unter welchem Namen habe ich Carmen gespeichert, falls Maite mein Handy kontrollieren sollte? Ah, da haben wir sie ja. Du musst wissen, gerade letzte Woche hab ich ihr ein Handy geschenkt. Natürlich ohne Guthaben, aber sie kann ein bisschen damit herumspielen. Und Anrufe entgegennehmen.«

Rafael drückte auf die Verbindungstaste.

Das konnte doch nur ein makabrer Scherz sein …

»Hallo, Carmen, na, wie geht’s?«, plauderte er ins Handy, als riefe er eine alte Schulfreundin an. »Hier will dich jemand sprechen …«

Rafael drückte ihr das Handy ans Ohr.

. . .

Kilian verbrachte den restlichen Nachmittag nach dem Eklat auf der Verlobungsfeier zu Hause mit seinem Sohn. In Gedanken war er jedoch woanders. Immer wieder rief er sich die Mordnacht in Erinnerung und kam dabei stets zum selben Schluss: Es war Rafael gewesen!

Sollte doch das halbe Prozent Restrisiko einer fatalen Verwechslung eingetreten sein, hätte er natürlich einen zwischenmenschlichen Super-GAU verursacht, den keiner der Beteiligten ihm jemals verzeihen würde – vielleicht nicht mal Joana.

Draußen dämmerte es langsam. Seit er das Lokal verlassen hatte, waren Stunden vergangen. Wo blieb sie nur?

Sie konnte doch unmöglich so lange auf der Feier sein – wenn diese nach seiner Galavorstellung überhaupt noch weitergegangen war. War sie gar in ein Hotel gezogen? Er konnte nachvollziehen, dass sie das Unfassbare nicht wahrhaben wollte und ihm nicht glauben würde – trotzdem ginge das zu weit. Niemals würde sie Xaver ohne Weiteres bei ihm zurücklassen.

Aber was hätte er tun sollen? Hätte er heute Nachmittag einfach seine Klappe halten sollen? Hätte er Rafael zuprosten sollen, als wäre nichts geschehen? Oder sich einreden sollen, dass er sich täuschte, weil Maites zukünftiger Ehemann einfach kein Mörder sein durfte? Im Sinne aller Beteiligten wäre es die taktvollere Reaktion gewesen, aber nun war es zu spät für solche Einsichten.

Trotz seines vergnügten Sohnes, der mit dem Schaufelbagger Legosteine über den Marmorboden schob, schlich sich bei Kilian ein altbekannter Gemütszustand ein. Es war nun drei Jahre her, seit er seine letzten Antidepressiva hatte schlucken müssen. Das war in Almuñécar gewesen, als der mysteriöse Tod seines Bruders den Höhepunkt einer Reihe trauriger Ereignisse in seinem Leben dargestellt hatte. Doch kurz darauf hatte die Liebe zu Joana jede weitere Pille überflüssig gemacht.

Und nun? Kilian streichelte Xaver über den Kopf. Seine Augen brannten dabei. »Hoffentlich wird bald alles wieder gut«, flüsterte er Xaver zu, der ihm einen Stein entgegenhielt, damit Papi ihn auf das bunte Haus steckte. Kilian streckte seinen verspannten Rücken und hörte, wie ein Schlüssel ins Schloss gesteckt wurde.

»Mami ist da«, sagte er zu seinem Sohn und hob ihn hoch.

»Mami, Mami«, wiederholte Xaver die wichtigste der fünf Vokabeln aus seinem Wortschatz. Kilian zog die Haustür so langsam auf, als wartete dahinter das Jüngste Gericht.

Um Gottes willen … »Joana, wie siehst du denn aus?«

Kommentarlos nahm sie ihm Xaver ab und ließ ihn neben der Eingangstür stehen.

Kilian folgte seiner Frau in den Wohnraum. Ihre Schminke war verschmiert, aus dem Mundwinkel lief ein Rinnsal vertrockneten Blutes, und ihre Haare waren zerrauft, als wäre sie eben aus dem Bett gestiegen. »Was ist passiert?«

»Ach, nichts weiter. Mein Mann hat nur auf einer Feier den Verlobten meiner besten Freundin als Mörder hingestellt!«

»Joana … ich hab … Er war es aber! Ich hab ihn doch gesehen. Ganz sicher!«

»Ganz sicher ist nur, dass Maite und Rafael an jenem Abend beim Italiener waren und danach zusammen in Maites Wohnung die Nacht verbracht haben.«

»Wie jetzt … du meinst …?« Kilian ließ sich auf die Couch fallen.

Joana baute sich vor ihm auf. »Ja, genau, das meine ich: Dein Täter hat ein Alibi! Und du – der sonntags keinen ›Tatort‹ verpasst – hättest vielleicht mal daran denken können, ehe du ihn vor der versammelten Verwandtschaft und seinen Freunden als Mörder abstempelst.«

Kilian verstand gar nichts mehr. Eben noch war er sich so sicher gewesen, dass es Rafael war, den er letztens …

»Und was deinen Wahrnehmungssinn anbelangt: Weißt du, was ich am Morgen nach deiner ›Beobachtung‹ vom Balkontisch räumen musste?«

Kilian ahnte, worauf sie hinauswollte.

»Zwei Flaschen Rotwein! Eine war leer, und in der anderen war nur noch so viel drin.« Joana hielt Daumen und Zeigefinger im Abstand von wenigen Zentimetern hoch. »Falls ich so viel trinken würde, könnte ich nachts aus der Entfernung nicht mal einen Elefanten von einem Nashorn unterscheiden.«

Die Glieder seiner Argumentationskette, an der Joana gerade zerrte, dehnten sich, bekamen erste Risse und zersprangen schließlich.

»Rafael ist den ganzen Abend mit Maite zusammen gewesen?«

»Ganz genau. Er kann es also nicht gewesen sein – abgesehen davon, dass deine Anschuldigung selbst ohne ein Alibi lächerlich wäre, weil Rafael ein angesehener Mann in Almuñécar ist.«

Kilian presste seine Hände gegen die Ohren. Sein Herzschlag hallte in den Handflächen wider.

Wie hatte er nur so dämlich sein können? War es die Anspannung der vergangenen Tage gewesen? Oder doch der viele Wein? Oder der Schock über den beobachteten Mord, der ihm dieses folgenschwere Trugbild ins Hirn gepflanzt hatte?

»Joana … ich … es tut mir leid. Ich weiß echt nicht …«

»Bei mir musst du dich nicht entschuldigen. Du hast gerade Maite und Rafael und vierzig weiteren Personen die Feier verdorben – dort solltest du dich entschuldigen.«

Am liebsten wäre er mit dem Kopf gegen die Wand gerannt, aber dadurch würde er den moralischen Frontalschaden auch nicht beheben, den er heute Nachmittag verursacht hatte. Nun musste er zumindest Manns genug sein und sich entschuldigen. »Ich ruf sie an. Gibst du mir ihre Nummer?«

»Ich bin mir nicht sicher, ob Maite mit dir sprechen will. So machst du nur alles noch schlimmer.«

»Joana, bitte.«

Sie zog ihr Handy aus der Handtasche, stellte die Verbindung her und reichte es ihm. Nach dem vierten Freizeichen nahm Maite ab.

»Hallo, Joana«, sagte sie.

»Hallo, Maite … Nein, ich bin's, Kilian … Ich wollte mich bei euch entschuldigen. Du kannst dir nicht vorstel…«

In seinem Ohr piepste das Besetztzeichen. Er gab Joana das Handy zurück.

»Aufgelegt?«

Kilian nickte.

Das letzte Mal, als er geweint hatte, war bei Xavers Geburt gewesen. Damals jedoch vor Glück.

Auch jetzt konnte er seine Tränen nicht zurückhalten. »Ich wollte das nicht …«, stammelte er immer wieder. Joana setzte sich neben ihn und kraulte sein Haar. Auch ihre Augen wurden feucht. Nur Xaver war mit seinen Legosteinen zu sehr beschäftigt, um etwas von der Stimmung seiner Eltern mitzubekommen.

»Ich weiß, Schatz. Es war alles etwas viel für uns beide. Ich möchte mich noch ein paar Tage erholen. Du brauchst aber nicht länger hierzubleiben. In München wartet viel Arbeit auf dich und … Na ja, hier hast du dir ja auch nicht unbedingt viele Freunde gemacht …«

Ich habe es vermasselt, ich rücksichtsloser, gefühlloser, gewissenloser Vollidiot, schalt er sich.

»Und eine Trennung tut uns auch mal ganz gut«, fügte sie hinzu.

Trennung? »Vergiss es! Glaubst du, ich lasse euch in einem fremden Land alleine, nein, das …«

Fremdes Land? Er machte sich immer mehr zum Affen.

Joana sah ihm lange in die Augen. Normalerweise hätte sie über seine dusselige Äußerung gegrinst, aber sie tat es nicht. »Ich komme schon zurecht«, sagte sie ohne Sarkasmus. »Bitte, Kilian … Glaub mir, es ist besser für uns.«

Kilian wollte ansetzen, um zu widersprechen, ließ es dann aber dabei bewenden.

Ihre Ehe hatte in voller Fahrt einen Reifenschaden erlitten und schlingerte nun auf den Abgrund zu. Kommentarlos setzte er sich an Joanas Laptop und buchte für den nächsten Morgen einen Flug nach München.

KAPITEL DREISSIG

Joana steckte Xaver in seine Jacke, setzte ihn in den Buggy und schob ihn durch die Eingangstür. Sie wollte die Punta de la Mona hinab zum Jachthafen Marina del Este spazieren. Vor zwei Stunden war Kilian mit dem Taxi zum Flughafen gefahren – nach einem flüchtigen Kuss, einer halbherzigen Umarmung und einem gemurmelten »Bis bald«.

Nun fliegt er über uns hinweg und entfernt sich mit jeder Meile weiter von dem, was einmal eine glückliche Familie gewesen ist, dachte Joana, während sie das Hotel »Best Alcazar« und die Ferienwohnblöcke auf der Ostseite passierte. Xaver saß brav im Buggy und schien den Blick über die Bucht von Almuñécar zu genießen. Joana hingegen war in trüben Gedanken versunken und nahm kaum etwas von der Umgebung wahr.

Ich habe meine Ehe aufs Spiel gesetzt.

Ich habe Kilian belogen und Rafaels Alibi frei erfunden.

Ich habe ihm eingeredet, dass er zu viel getrunken habe.

Ich habe es vermasselt, ich rücksichtslose, gefühllose, gewissenlose Vollidiotin.

Wenigstens hatte sie einen Grund: Sie durfte niemandem die Wahrheit sagen, ansonsten würde Rafael ihre Schwester in ihrem Versteck verhungern lassen, und sollte er wegen Kilians Anschuldigungen ins Gefängnis kommen und Carmens Aufenthaltsort nicht preisgeben, würde sie einen schrecklichen Tod sterben. Gegenüber Kilian hatte Joana ihre Rolle in Rafaels perfidem Spiel so perfekt gemimt, dass ihr geliebter Mann voller Schuldgefühle vom Spielfeld verschwunden war – ohne zu ahnen, wie innerlich zerrissen sie ihren intriganten Part gespielt hatte.

»Ich hoffe nur, dass unsere Ehe dieses Drama übersteht und am Ende die Liebe siegt«, flüsterte sie und merkte, wie pathetisch diese Worte klangen. Nun musste sie nur noch Maite gegenüber dichthalten, und auch da war der Einsatz kein geringer: Offenbarte sie ihrer Freundin das Unglaubliche – nämlich, dass ihr Verlobter Carmen seit Jahren gefangen hielt und zwei Menschen auf dem Gewissen hatte –, brächte sie ihre Schwester in Gefahr. Behielt sie das Wissen um Rafaels wahre Identität für sich, würde Maite in wenigen Wochen einen Entführer und Mörder heiraten – und kommenden Sommer sein Kind zur Welt bringen.

Doch was blieb ihr nach dem Telefonat anderes übrig, als Rafaels Spielregeln zu befolgen?

Das tränenreiche Gespräch mit Carmen hatte ihre Zweifel ausgeräumt. Es war ihre Schwester gewesen, mit der sie verbunden war. Carmen war am Leben, und Joana hatte ihr etwas versprochen: »Ich hol dich da raus! Verlass dich darauf!«, hatte sie ihr versichert, ehe Rafael ihr das Handy aus der Hand gerissen und gesagt hatte: »Tja, Schätzchen, dann halte mal lieber dein Versprechen und besorg weitere hundertfünfzigtausend.«

»Ich werd's versuchen«, hatte sie erwidert und dabei etwas ganz anderes gedacht: Vergiss es! So naiv bin ich kein zweites Mal. Ich könnte dir Millionen zahlen, und du würdest sie nicht freilassen, weil sie dein Gesicht kennt. Ich finde auch so heraus, wo du sie gefangen hältst.

Nur wie? Über diese Frage wollte sie bei einem leichten Mittagessen nachdenken, aber dazu war es um halb eins für spanische Verhältnisse noch zu früh. Joana schob den Buggy mit Mühe über den Sand der Playa Los Berengueles, die an den Jachthafen angrenzte. Wie so viele Orte an der Costa Tropical verband sie die Playa mit melancholischen Erinnerungen aus längst vergangenen Zeiten. Die Sonnwendfeste hatte sie mit ihrer Familie immer an diesem Strand gefeiert. Ihr Vater hatte mittags das Zelt aufgestellt, und sie hatten den Tag mit Baden und Grillen verbracht, ehe die kürzeste Nacht des Jahres vom Schein der zahlreichen Lagerfeuer erhellt wurde. Um Mitternacht schrieb der Brauch ein Bad im Meer vor. Angeblich damit man seine Schönheit bewahrte. Danach wurde bis in die frühen Morgenstunden getanzt und gefeiert.

Joana versuchte diese heitere Erinnerung festzuhalten, aber sie verpuffte rasch beim Gedanken an das Unglück, welches ihre Familie die Jahre danach heimgesucht hatte.

Über ein Jahrzehnt später baute sie mit Xaver an derselben Stelle eine Burg. Sie grub ein Loch in den Sand, formte einen Wall und vier Türmchen in den Ecken und stellte Steinchen als Ritter hinein. In das Geviert der Burg setzte sie zwei längliche weiße Steine, die sie mit Xavers Farbstiften bemalte. Die Königin und den König.

Danach war es wieder vorbei mit der Ablenkung. Während Xaver krabbelnd die Burg eroberte, fragte sie sich, wie sie Carmen aus den Fängen dieses Psychopathen befreien sollte – ohne Kilians Rückhalt, ohne Maites Beistand, ohne die Hilfe der Polizei und ohne die Möglichkeit, weitere hundertfünfzigtausend Euro aufzubringen.

Joana verließ mit Xaver den Strand und schlenderte in die Marina. Im Hafen schien, seit sie vor Jahren das letzte Mal mit Kilian hier gewesen war, die Zeit stillgestanden zu sein. Sie dachte an ihr erstes gemeinsames Frühstück. War das nicht am Tag gewesen, bevor sie nach Sevilla gelockt wurden und dort beinahe den Tod gefunden hätten?

Sie hatte Kilian damals noch erklären müssen, wie man einen Tomatentoast mit Olivenöl anrichtete. Joana lächelte. Das war der Anfang ihrer gemeinsamen Zeit gewesen. Und heute fand sie sich am selben Ort wieder … Und vielleicht war es das Ende ihrer gemeinsamen Zeit? Würde sie den Hafen fortan auf der Landkarte ihrer melancholischen Erinnerungen mit Kilian verknüpfen?

Ich vermisse dich jetzt schon und hoffe, du wirst mir irgendwann einmal verzeihen können, dachte sie.

Joana begrüßte Alfredo, den graubärtigen Kellner, der zum Inventar des Restaurantes »El Barco« zu gehören schien. Er wechselte ein paar nette Worte mit ihr, und auf seine Frage: »Na, wie geht's meiner Joana?«, antwortete sie mit: »Gut, danke, Alfredo.« Das war zwar mächtig gelogen, aber jede andere Antwort erschien ihr nicht opportun. Sie musste ihre Rolle in Rafaels Theater nicht nur gegenüber Kilian und Maite spielen, sondern auch vor jedem alten Bekannten, der ihr über den Weg lief. Also führte sie etwas Small Talk mit Alfredo, ehe sie ihn bat, für Xaver ein Glas Babybrei aufzuwärmen, und für sich selbst Calamares und Salat bestellte.

Sie saßen draußen auf der Terrasse, und die Sonne war selbst Ende Oktober noch so stark, dass sie den Schirm an Xavers Buggy aufspannen musste. Am Nebentisch genossen zwei nordeuropäische Rentnerpaare das pittoreske Ambiente, prosteten sich mit Weißwein zu, aßen eine Fischplatte und dachten wohl, das Leben könnte schöner nicht sein.

Gerade als Joanas Essen kam, trat eine Gruppe Männer aus dem Inneren des Restaurants. O nein …

Einer war ein uniformierter Polizeibeamter, einen anderen erkannte sie als den ehemaligen Bürgermeister, der dritte war ein reicher Baustoffhändler, und vom vierten wusste sie, dass er ein Erpresser und ein Mörder war. Rafael tat nicht so, als hätte er sie im Vorbeigehen nicht erkannt, ganz im Gegenteil.

»Na, das ist ja eine freudige Überraschung!«, rief er aus.

»Ihr kennt doch diese hübsche junge Dame noch?«, wandte er sich an seine Freunde, die ihr nickend und mit ausgestreckten Armen entgegenkamen. Joana zögerte, schüttelte dann aber doch die Hände. Zuletzt war Rafael so unverfroren, sie wie eine gute alte Freundin mit Umarmung und Wangenküssen zu begrüßen. Es musste sich wie ein Tanz mit dem Laternenpfahl anfühlen, so versteinert ließ sie das infame Ritual über sich ergehen.

»Was ihr noch nicht wisst, ist, dass sie unsere Trauzeugin

sein wird. Sie ist Maites beste Freundin, und mit Joanas Segen steht unsere Ehe unter einem guten Stern!«

Sie dachte einen kurzen Moment darüber nach, Rafaels graues Haar mit Xavers Spaghetti-bolognese-Brei zu färben. Oder ihm womöglich einen Tritt dorthin zu verpassen, wo es bei Männern am meisten schmerzt. Oder seinem Polizistenfreund von Rafaels Verbrechen zu erzählen. Aber all das könnte Carmens Tod bedeuten. Also beherrschte sie sich und spielte ihre Rolle.

Als seine Freunde sich entfernten und wieder ihrem Gespräch widmeten, blieb Rafael zurück und beugte sich zu Xaver hinab. Er kniff ihm in die Wange und sagte: »So ein süßer Fratz, den ihr da habt. Na, wie sieht's aus mit dem Geld, Schätzchen? Es wäre doch wirklich sehr schade, wenn dein Söhnchen dasselbe Schicksal ereilen würde wie seine Tante Carmen …«

»Nein, kein Problem, Señora Benítez. Wir verschieben den Termin auf kommenden Mittwoch um vier«, erklärte Maite ihrer Kundin, die ihre Pediküre verlegen wollte. Ansonsten gab es nichts mehr zu tun. Maite überlegte, was sie stattdessen anfangen sollte.

Sich mit Joana treffen? Seit Kilians Galavorstellung auf ihrer Verlobungsfeier hatten sie sich nicht mehr gesehen. Eine Aussprache mit Joana schwirrte seither, gefolgt von drei roten Ausrufezeichen, in ihrem geistigen Terminkalender herum, aber dieses Treffen verschob sie täglich aufs Neue. Kilians Vorwurf vor ihren Freunden und ihrer Verwandtschaft und der darauffolgende Eklat waren zu heftig gewesen, um einfach wieder zur Tagesordnung überzugehen.

In der Nacht, in der Carlos ermordet worden war, war Rafael zwar nicht mit ihr zusammen gewesen und hatte – hoffentlich alleine! – in seiner Wohnung geschlafen. Daher hatte er kein Alibi und könnte theoretisch Carlos' Mörder sein.

Wenn es sich aber tatsächlich um eine Mordserie handeln sollte, müsste Rafael ja auch die anderen Taten begangen haben. Vorsichtshalber hatte Maite im Kalender die Zeitpunkte der anderen Morde eingeringelt, von denen sie in der Zeitung gelesen hatte, und nachgedacht …

Wenig später war sie sich sicher gewesen, dass sich Rafael bei den ersten beiden Morden in Marokko aufgehalten hatte, um für seinen Laden Ware zu beschaffen. Als die dritte Leiche aufgefunden wurde, begleitete er sie gerade zur Madrider Kosmetikmesse. Rafael und ein Mörder? Kompletter Schwachsinn! Maite verließ ihre Wohnung, die zugleich der Beautysalon war, um in der Altstadt einige Besorgungen zu machen. Wenigstens hatte Kilian mit seinen Anschuldigungen keinen ernsthaften Schaden angerichtet. Denn niemand auf der Feier schien auch nur einen Gedanken daran verschwendet zu haben, ob Kilians Verdacht vielleicht doch auf etwas anderem basiert haben könnte als auf Alkohol, beginnender Sehschwäche und seinem Fieberwahn.

Damit zumindest hatte Joana die Anklage ihres Mannes ausgehebelt und die Gemüter etwas beruhigt. Mittlerweile hatte Kilian selbst eingesehen, was er angerichtet hatte. Aber sie konnte seine Entschuldigung nicht so einfach akzeptieren und hatte die Verbindung mitten in seinen Beteuerungen unterbrochen, wie leid ihm alles tue.

Mir auch, lieber Kilian!, dachte Maite. Du warst mir immer sympathisch, aber ich brauche etwas Zeit. Vielleicht kann ich in einem Jahr schon darüber lachen, aber momentan gehe ich selbst deiner Frau aus dem Weg.

Es war viel los in Almuñécars Fußgängerzone. Rafaels Laden »El Zoco« lag keine hundert Meter entfernt in einer Quergasse, aber sie wollte ihn nicht stören. Sein Geschäft mit dem marokkanischen Schmuck, Teppichen, Öllampen, Teegeschirr und anderem orientalischen Krimskrams war sicher voller Touristen. Aber ein schnelles Küsschen kann ja nicht schaden, dachte sie und ging auf den Laden zu. Im vorderen Bereich des Verkaufsraums musterte ein japanisches Ehepaar ein Schachbrett mit handgemeißelten Steinfiguren. Zwei britische Rucksacktouristinnen banden sich ein Tuch um die massigen Hüften, und ein bierbäuchiger Mann mit dem Schriftzug »Wo früher meine Leber war, ist heute meine Minibar« auf dem T-Shirt erkundigte sich bei Bouchra, der Mitarbeiterin von Rafael, »how matsch die Waterpfeife« koste.

Nur Rafael selbst war nirgends zu sehen, auch nicht im hinteren Ladenteil. Sie öffnete die Tür mit der Aufschrift »Zutritt verboten«, aber das Büro war leer. Maite wartete geduldig, bis Bouchra dem germanischen Fremdsprachentalent erklärt hatte, dass er die Wasserpfeife nicht um ein Drittel des Preises kaufen könne, weil das nicht der Basar von Istanbul sei. Rafaels marokkanische Verkaufskraft war der personifizierte Albtraum jeder eifersüchtigen Frau. Maite wäre es bedeutend lieber gewesen, er hätte nicht ausgerechnet ein Mädel eingestellt, das man sich perfekt als Bauchtänzerin in einem Nachtclub vorstellen konnte. Bouchra hielt auch nicht viel davon, ihre orientalische Erscheinung mehr als unbedingt nötig zu verschleiern.

»Maite, mach dich doch bitte nicht lächerlich – sie ist doch noch ein halbes Kind, und außerdem würde die mit einem Nichtmuslim niemals etwas anfangen«, war Rafaels Antwort auf eine ihrer Anspielungen zum Thema gewesen. »So, so – und warum schwänzelt sie dann um dich herum wie eine streunende Katze in Marrakesch um einen Sardinenteller? Und mit einundzwanzig ist man kein Kind mehr – schon gar nicht dort unten, wo die Mädchen mit vierzehn verheiratet werden!«, hatte sie gekontert.

In diesem Moment verließ der Deutsche endlich den Laden. Ohne Wasserpfeife. »Ist mein *zukünftiger Ehemann* nicht da?«, erkundigte sich Maite bei Bouchra und markierte gleichzeitig ihr Revier.

Die ahnte wohl nichts von ihren abgründigen Gedanken und begrüßte sie wie eine gute Freundin. »Nein, er hat vorhin angerufen und meinte, er fühle sich nicht wohl und würde nachmittags zu Hause bleiben.«

»Echt? Davon wusste ich gar nix! Na, dann werd ich mal nach ihm sehen. Ciao, Bouchra.«

Maite verschob ihre Besorgungen.

Sie wollte sich erst um Rafael kümmern. So wie man das als

fürsorgliche Fast-Ehefrau eben macht. Vielleicht benötigte er etwas aus der Apotheke?

Maite marschierte zu seinem Penthouse ein paar Straßen weiter und drückte auf die Klingel. Nichts. Hm. Sie presste den Zeigefinger länger auf den Knopf, wartete und klingelte dann nonstop für eine halbe Minute. Vergeblich. Schlief er so fest?

Das konnte doch nicht sein.

Hier stimmte etwas nicht.

Maite zückte seinen Wohnungsschlüssel, den er ihr als Beweis, wie ernst es ihm mit ihr sei, nach der dritten Nacht ausgehändigt hatte. Sie hatte ihn noch nie benutzt, weil sie die meisten Nächte in ihrem Apartment verbrachten, obwohl das nur halb so groß wie seine Wohnung war und laut Rafael nach Nagellackentferner roch.

Nur den Schlüssel für die Eingangstür des Gebäudes besaß sie nicht, aber wenig später verließ eine ältere Dame mit ihrem Dackel das Wohnhaus, und sie schlüpfte durch die Tür.

Maite rannte in den dritten Stock, und als sie einen Moment an der Tür horchte, ehe sie den Schlüssel hineinsteckte, klopfte ihr Herz nicht nur wegen der Stufen. Schlagwörter wie »Herzinfarkt« und »Witwe« halfen kräftig mit. Sie betrat die Wohnung, die mit demselben marokkanischen Pomp eingerichtet war, den er auch im Laden vertrieb. Maite erschnupperte sein Davidoff Cool Water. Weit konnte er also nicht sein.

»Rafael?«

Keine Antwort. Maite sah in den beiden Schlafzimmern, dem Bad und dem Raum nach, den er als Arbeitszimmer nutzte. Kein Rafael. Weder tot noch lebendig.

Sie atmete durch. Aber was hatte das zu bedeuten? Er fühle sich nicht gut und wolle zu Hause bleiben, hatte er seiner Verkäuferin gesagt. Hatte er Bouchra angelogen? Aber warum?

Oder hatte Bouchra nicht die Wahrheit gesagt?

Maite versuchte es auf dem Handy, aber es war abgeschaltet oder hatte keinen Empfang. Wie so oft in letzter Zeit. Und nun? Die eifersüchtige Bald-schon-Ehefrau spielen und seine Sachen durchwühlen?

Eher nicht so mein Ding, dachte Maite, aber durch die aktuellen Entwicklungen situationsbedingt absolut erforderlich und daher moralisch vertretbar. Doch ihre Suche blieb zunächst erfolglos. In keiner der Sakko- oder Hosentaschen steckte ein Zettel mit weiblichem Vornamen, Telefonnummer und einem Lippenstiftkussmund. Sein Handy führte er bestimmt mit sich, und so blieb nur der Computer.

Maite zögerte. Sie wollte keine Spuren hinterlassen, und ging das nicht doch etwas zu weit? Aber ihre Neugierde siegte, und sie fuhr den Rechner hoch. Zuerst kontrollierte sie den Verlauf der zuletzt besuchten Webseiten: Es war eigentlich nichts Verwerfliches dabei – nicht einmal Schmuddelseiten, nur Sportnews, Fußballwetten und Lotterie, Onlinezeitungen, Internetbanking. Dann aber stieß sie auf Facebook. Seit wann war Rafael auf Facebook unterwegs? Gerade er, der sich über diesen »Gefällt mir«-Kinderkram immer lustig machte, wenn sie dort ihre Standpunkte und Fotos mit Hunderten Amigos teilte.

Und nun hatte er dort auch ein Profil?

Na, das war ja ein Ding. Wieso hatte er ihr nichts gesagt?

Maite versuchte Rafaels Facebook-Seite aufzurufen, aber das System fragte sie nach einem Passwort. Sie versuchte es mit zwei Kombinationen vergebens, ließ es dann aber bleiben, ehe dieser Mark Zuckerberg sie als Hackerin enttarnte. Es gab ja auch noch andere Möglichkeiten: Maite loggte sich in ihr eigenes Profil ein, tippte »Rafael Prados« in die Suchleiste und klickte sich durch Dutzende von Einträgen, ohne ihn zu finden. Vielleicht hatte er gar kein Profil? Oder er verwendete ein Pseudonym? Aber warum? Um hinter ihrem Rücken zu flirten? Das wäre zwar nicht so absurd wie die Serienmördervariante, aber trotzdem glaubte sie das nicht und ließ es schließlich dabei bewenden. Zum Glück dachte sie daran, sich aus Facebook abzumelden, und öffnete seinen Mailaccount, obwohl das eindeutig ein Vertrauensbruch war.

Sie würde ihm sicherlich kein »Gefällt mir« hinterlassen, sollte er ihre Mails durchstöbern, dachte sie und schrak hoch, als sie im Flur ein Geräusch von sich schließenden Aufzugtüren vernahm. Sie fuhr den Computer hinunter und hoffte, dass das

Gerät fertig wäre, ehe er die Wohnung betrat. Dann hastete sie ins Wohnzimmer, setzte sich auf die Couch und tat, als würde sie in der gestrigen Zeitung lesen. Sie atmete erleichtert durch, als in der Nachbarwohnung eine Tür zuschlug. Ihre Anwesenheit hätte sie ihm erst mal erklären müssen. Sie entschied, dass sie nun genug herumgeschnüffelt hatte und dass seine Abwesenheit einen guten Grund haben musste.

Bestimmt ist er nur zur Apotheke gelaufen, während ich ihm die Bude ohne Durchsuchungsbeschluss auf den Kopf stelle, dachte sie und holte ihre Handtasche, die auf dem Schreibtisch über einem Stapel von Computerausdrucken, Kontoauszügen und Kreditkartenabrechnungen lag.

Maite blätterte kurz die Unterlagen durch, aber die konnten ihren absurden Verdacht nicht erhärten. Bis sie auf eine Quittung aus dem El-Corte-Inglés-Einkaufszentrum in Granada stieß. Erst allmählich wurde ihr die Tragweite bewusst, und sie ließ sich auf den Bürostuhl sinken. So ein Mistkerl! Maite las die aufgelisteten Artikel ein weiteres Mal. Die Produkte konnten nur auf eines hinweisen: Rafael betrog sie, und das wenige Wochen vor der Hochzeit. Der Vater ihres ungeborenen Kindes hatte eine andere. Und er verwöhnte sie wie eine Prinzessin, so viel stand fest. Vor einer Woche hatte er ihr La-Perla-Dessous, diverse Düfte, Lippenstifte, Eyeliner, Pflegecremes und eine Menge anderer Artikel aus der Abteilung »Parfümerie und Lingerie« für insgesamt knapp neunhundert Euro gekauft.

Die letzten Tage hatte Carmen in einem Gemütszustand verbracht, den sie innerhalb dieser Mauern bislang nicht kannte. Sie glaubte sogar, sich an den passenden Ausdruck dafür zu erinnern: Euphorie. Heute Morgen hatte sie einen Brief an ihre Schwester verfasst. An Joana. Sie hatte ihr geschrieben, dass sie sich auf ein Wiedersehen freue und sie sehr vermisse. Mehr nicht. Sie würde den neuen Mann bitten, den Brief bei seinem nächsten Besuch mitzunehmen und ihrer Schwester zu überreichen.

Der Mann mit den grauen langen Haaren versorgte sie mit

ausreichend Essen. Dadurch fand sie die Kraft, viele Male um den Tisch zu wandern, auf dem das Handy lag, dessen Klingeln sie so sehr herbeisehnte. Sie hatte nach Jahren zum ersten Mal mit Joana gesprochen und erinnerte sich an jedes Wort dieses Gesprächs. Ihr Kurzzeitgedächtnis funktionierte gut, und ihre Erinnerungsblitze aus der Zeit vor diesen Mauern stellten sich immer häufiger ein, was auch zu ihrem Stimmungshoch beitrug.

Sobald sie sich an etwas erinnerte, notierte sie es in ihrem Notizbuch. Das letzte Wort, das sie darin eingetragen hatte, war der Name einer Frau: Inmaculada. Nach einigem Rätseln war sie sich fast sicher, dass es sich dabei um den Namen ihrer Mutter oder um den einer weiteren Schwester handeln musste. Daran hatte sie bisher noch nicht gedacht: Draußen vermissten sie außer ihrer Schwester Joana bestimmt noch andere Menschen. Umso schneller musste sie hier raus. Bald würde sie frei sein. Joana hatte ihr versprochen, sie hier herauszuholen.

Carmen beendete ihre Runden um den Tisch und hockte sich mit Notizblock und Stift aufs Bett. Vergebens wartete sie auf weitere Erinnerungen – so flüchtig diese auch sein mochten. Ihr Blick fiel in die Ecke, wo die Leiche gelegen hatte. Sie hatte gelernt, dass man Erinnerungen nicht aus verschiedenen Schubladen hervorkramen und sich mit ihnen nach Belieben befassen konnte. Es war vielmehr so, dass die Fächer von selbst aufsprangen und wieder zuknallten, ohne dass man darauf Einfluss nehmen konnte. Und diejenigen mit den schrecklichen Erinnerungen sprangen besonders oft und lange und meist nachts auf, was man dann Albträume nannte.

Einer dieser Albträume, der fast jede Nacht wiederkehrte, war der mit den Fingern: als der Mann mit einer Zange gekommen war und sie die Augen schließen musste. Die Geräusche hatten ihr Angst gemacht – ein Stuhlbein hatte über den Boden geschabt, Plastik raschelte, etwas knackte, und als sie die Augen öffnete, kniete er über der Leiche und zwackte dieser gerade einen weiteren Finger ab, der neben dem kleinen Finger zu Boden fiel. Sie hatte geschrien, bis sie sich übergeben musste. Er hatte sich davon nicht beirren lassen, sondern hatte die Finger in ihrem Wassereimer abgewaschen und sie mit einem

Handtuch abgetrocknet. Beides hatte sie seitdem nicht wieder benutzt.

Anschließend hatte er die Nägel mit demselben Lack überzogen, den sie immer auftragen musste. Wieso hatte er das getan? Hinterher steckte er die Finger in ein Kuvert und ließ sie mit dem Leichensack zurück, aus dem eine mit dunklen Flecken überzogene Hand mit drei Fingern wie zum makabren Gruß ragte. Aus dem Loch in der Plastikhülle war ein Gestank entwichen, der eine weitere Erinnerung aus vergangenen Zeiten in ihr entfachte: an eine Kühlbox, in die sie beim Fischen mit einem Freund drei Fische gelegt hatte, die es zu braten nicht lohnte. Dort waren sie geblieben, bis sie und ihre Mutter den Behälter Monate später öffneten, um kalte Getränke für den Strandbesuch hineinzustellen.

Die folgenden Tage hatte sie möglichst weit von der Leiche entfernt im Raum gehockt und in ihr Kopfkissen geatmet – bis auch das nichts mehr half, weil es mit dem Gestank durchtränkt war.

Am Abend des dritten Tages war der Mann zurückgekommen.

Sie hatte ihn angefleht, sie wie versprochen freizulassen, aber er sagte nur: »Bald.« Auch er hatte den Gestank wohl nicht länger ertragen können. Er hatte sich ein Tuch vor die Nase gebunden und die Leiche hinausgeschleppt, während er unentwegt fluchte. Minuten später war er wiedergekommen und hatte die schwarze Perücke mitgenommen, obwohl sie ihm damit am besten gefiel und sie die am häufigsten tragen musste, seit er ihre verfilzten Haare abgeschoren hatte. Sie hatte ihn gefragt, wozu er die Perücke brauche. »Das geht dich nichts an«, hatte er geantwortet und die Tür verriegelt.

Danach hatte sie das ganze Parfümflakon versprüht, aber es hatte etliche Tage gedauert, bis der Leichengestank nicht mehr in ihre Nase gedrungen war.

Carmen konzentrierte sich wieder auf die Zeit vor ihrem Aufenthalt in dem Keller, doch mit ihrem Gedächtnis war es wie mit diesem Gemäuer. Sie konnte sich an alles erinnern, was innerhalb dieser Mauern geschehen war, was leider auch bedeutete, dass sie – abgesehen von dem Telefonat mit Joana – nur auf schlechte Erinnerungen zurückgreifen konnte. Carmen wollte nichts sehnlicher, als aus diesen Mauern ausbrechen. Genauso sehr wünschte sie sich, die Gedächtnisbarriere in ihrem Kopf zu durchbrechen und sich wieder an die Zeit davor erinnern zu können. An schöne Erinnerungen …

In diesem Moment fiel ihr ein Name ein, den sie gleich in ihrem Notizbuch vermerkte: Pedro. Sie verband den Namen mit knospenden Gefühlen und jugendlicher Romantik. War das der Junge, mit dem sie beim Fischen gewesen war?

Sie versuchte sich daran zu erinnern, bis das Klingeln des Handys sie zusammenzucken ließ.

KAPITEL EINUNDDREISSIG

Rafael war unterwegs zu Carmen, seiner verwandlungsfähigen jungen Hure, die ihn nichts kostete. Ganz im Gegenteil – denn bald würde er durch sie weitere hundertfünfzigtausend Euro einsacken, denn er war sich sicher, dass Joana seine subtile Drohung mit Xaver im Hafen schon verstanden hatte. Und wer einmal so viel Geld aufbrachte, der schaffte das auch ein zweites Mal.

Während er hinter Taramay der kurvigen Hauptstraße folgte, wählte er Carmens Nummer. Nicht dass ich dich extra besuchen komme, und du bist nicht zu Hause, Schätzchen, dachte er und musste lachen. Er hatte gute Gründe, fröhlich zu sein. Diejenigen, die an der Küste in Sachen Drogen bisher das Sagen gehabt hatten, waren tot, und nun war Zoco mit dem Abzocken an der Reihe.

Es galt nur noch wenige Monate abzuwarten, bis die Lage sich beruhigt hatte – wobei ihm Joanas Geld sehr gelegen kam. Dann könnte er kommenden Sommer mit seinen alten Kontakten in Marokko und ein paar neuen in Spanien seine erste Lieferung übers Meer schippern lassen.

»Sí?«, meldete sich Carmen, und Zoco drehte das Radio leiser, um ihr anzukündigen, dass er sie besuchen und vorher im Supermarkt etwas zu essen besorgen werde. Er wies sie an, sich zu waschen und zu schminken und die roten Dessous anzuziehen.

Privat lief es nicht schlecht, dachte er. Seine Problemchen mit Maite waren auch ausgestanden. Sie hielt zu ihm und hatte keine Sekunde an Kilians Anschuldigungen geglaubt. Von ihr hatte er sogar erfahren, dass er sich telefonisch entschuldigen wollte.

Es war ärgerlich, dass Kilian ihn beobachtet hatte. Aber Joana hatte im Auto nach der Feier seine Drohung verstanden und offensichtlich hervorragend mitgespielt, denn der Waschlappen war am nächsten Tag abgereist. Von der Seite drohte ihm also keine weitere Gefahr. Und seitens der Polizei auch nicht.

Die einzigen Spuren, die er in Carlos' Villa hinterlassen hatte, waren Fingerabdrücke am Whiskyglas, und das hatte er hinterher mitgenommen. Außerdem fahndete die Polizei nach einem Serienmörder, und dafür kam er schlecht infrage, denn für die anderen Taten hatte er ein Alibi.

Zoco war stolz darauf, wie clever er das alles eingefädelt hatte. Zunächst hatte er nach einem Auftragsmörder gesucht, der die Mitglieder von »Gamba Blanca« beseitigen würde, damit er selbst Drogenboss werden könnte. Eher zufällig war er dabei auf einen Mann gestoßen, der selbst allen Grund zur Rache an Carlos und seinen Leuten haben musste und den er für seine Dienste nicht einmal zu bezahlen bräuchte, wenn er es geschickt anstellte.

Bei dem Afrikaner handelte es sich um eines ihrer damaligen Opfer. Er war mit einem Boot ins Land gereist, bei dem wie üblich mitten auf dem Meer der Motor ausgefallen war. Dabei hatte er seine Frau und seine beiden Kleinkinder verloren. Der Mann hatte bis dahin geglaubt, dass dies Gottes Strafe sei, weil er durch die Flucht aus Afrika seine Familie in Gefahr gebracht habe. Deshalb klärte Zoco ihn – nicht ganz uneigennützig – darüber auf, dass das Boot präpariert gewesen sei, und schilderte ihm die genaue Vorgehensweise der Organisation, deren Mitglied er einst gewesen war. Ein paar tote Flüchtlinge seien Teil der Planung gewesen, sagte er und streute kräftig Salz in die

Wunden des Afrikaners, der sich mit geballten Fäusten die Tränen von der Wange wischte.

Mit nur wenigen Sätzen hatte er den Flüchtling zu einem gefügigen Killer gemacht. Der Mann hatte ihm nur eine heikle Frage gestellt, nämlich woher er das alles wisse. Seine Antwort hatte er sich vorher zurechtgelegt. »Mein Sohn ist an den verdammten Drogen krepiert, die auf diesem Weg nach Spanien kommen. Die Polizei hat das zwar aufgedeckt«, hatte er gelogen, »aber nichts dagegen unternommen, weil einige von ihnen daran beteiligt sind.« In Salvador Molinas Fall entsprach das sogar der Wahrheit.

Ab dann war es einfach gewesen, ihn gegen die Drahtzieher aufzuhetzen. Anstatt Geld versprach er ihm, nach getaner Arbeit seinen einzigen Wunsch zu erfüllen und ihm bei der Rückreise in die Heimat zu helfen. Damit waren sie Partner:

Zoco übernahm die Planung und studierte die Gewohnheiten der Zielobjekte, und der Nigerianer führte die Morde aus. Bis er sich hatte erwischen lassen. Das war natürlich Pech gewesen, aber wie er aus der Zeitung erfahren hatte, war aus dem Afrikaner kein Wort herauszubekommen. Und selbst wenn er ausgepackt und ihn verraten hätte – wer hätte schon einem illegalen Einwanderer eher geglaubt als ihm, einem unbescholtenen spanischen Staatsbürger, Unternehmer, Steuerzahler und Gemeinderatsmitglied?

Das einzige Problem war gewesen, dass der Kopf der Bande noch lebte. Er musste Carlos beseitigen, ehe dieser sich mit dem Wiederaufbau seines Kartells befassen konnte. Da sein manipulierter Racheengel im Gefängnis saß, hatte Zoco das selbst erledigen müssen und auch diese Tat gewissenhaft geplant. Entscheidend war dabei die Frage gewesen, ob er den letzten Mord in Zusammenhang mit den früheren drei bringen sollte. Mit der Garnele hatte er sich dafür entschieden, um die Guardia Civil in die Irre zu führen.

Bei den ersten beiden Taten hatte Zoco mit Kurztrips nach Marokko für ein Alibi gesorgt. Während Molinas tragischem Ableben hetzte er *zufällig* mit Maite durch sechs Hallen einer Kosmetikmesse in Madrid. Und mit der Gamba in Carlos' Pool hatte er sogar den Afrikaner im Gefängnis entlastet, der nach einem weiteren Mord kaum der Serienmörder sein konnte. Und dank dem Tauchanzug vom Flohmarkt hatte die Polizei keinerlei Spuren, die zu ihm führten.

Von Teniente Ricardo Palacios, mit dem er regelmäßig Tennis spielte, hatte er vertraulich erfahren, dass sie den Afrikaner nach Nigeria abgeschoben hatten. Sogar für dich ist es bestens gelaufen, mein Freund, dachte Rafael. Und du hast Glück gehabt, denn natürlich hätte ich dir *nicht* bei der Rückreise in deine armselige Heimat geholfen. Wie denn auch? Stattdessen hätte ich dich nach dem letzten Mord verpfiffen.

Die Polizei würde noch ein paar Monate erfolglos nach dem Serienmörder fahnden, und danach würde die Akte im Archiv verstauben.

Vor lauter geistigem Schulterklopfen ob seiner Raffinesse hätte er beinahe die Lebensmittel vergessen. Er fuhr zum Mercadona neben der Hauptstraße in Salobreña und füllte den Einkaufswagen mit Cola, billigem Kuchen, Kartoffelchips, einer Stange fettiger Salami, Toastbrot und noch weiteren Kalorienbomben, damit ihre Brüste anschwollen. An der Gemüseabteilung entschied er sich für einen Maiskolben mit grüngelben Körnern in der richtigen Größe. Der war zwar noch lange nicht reif, aber auch nicht zum Essen gedacht.

Er verstaute die Tüten und fuhr in Gedanken an das, was er gleich mit Carmen anstellen würde, aus dem Parkhaus. In seiner Erregung dachte er den gesamten Weg zur schwarzen Finca nicht einmal daran, in den Rückspiegel zu blicken.

Maite vollzog ihre Metamorphose. Sie hatte sich in einem der vielen China-Discountläden in Almuñécar Turnschuhe, einen grauen Jogginganzug, eine Baseball-Kappe und eine riesige runde Sonnenbrille gekauft. Perfekt! In diesem Look, ohne die High Heels fünfzehn Zentimeter kleiner, mit hochgesteckten Haaren, ungeschminkt und hinter der Brille versteckt, würde nicht mal ihre Mutter sie wiedererkennen. Teil eins der Mission

»Wie beschatte ich meinen Partner, wenn es an Geld für einen Privatdetektiv fehlt?« war ein voller Erfolg.

Bevor sie mit der Observierung ihres Zielobjekts begann, machte sie im »Café La Italiana« um die Ecke den Tarnungsstresstest. Maite drehte eine Runde unter wohlbekannten Gesichtern, aber niemand schien von ihr Notiz zu nehmen. Selbst Ramón nicht, der schlaksige Kellner, der seit seinem stümperhaften Debüt vor einem Jahr vergeblich versuchte, sie erneut ins Bett zu bekommen, ignorierte sie, als wäre er über Nacht ans andere Ufer geschwommen.

Sie verließ die Cafeteria und stieg in den roten Seat, den sie sich von einer Freundin für ihre Aktion geborgt hatte. Kurz darauf parkte sie vor Rafaels Wohnung. Es war vier Uhr, und er würde nach seiner Siesta bald das Gebäude verlassen. Am Vormittag war er in seinem Laden gewesen, das hatte sie mit einem Anruf ins Festnetz kontrolliert. Dabei hatte sie ihm grünes Licht fürs Auswärtsspiel gegeben, indem sie vorgab, am Nachmittag ihre Familie in Jaén zu besuchen und dort zu übernachten. Er sollte sich vollkommen unbeobachtet fühlen.

Gestern wollte er mit ihr im »Hotel Casablanca« essen gehen, aber sie hatte unter Angabe von fadenscheinigen Gründen abgesagt. Sie konnte ihm erst wieder begegnen, wenn sie sich ihrer Sache sicher war. Nach ihrer Entdeckung hätte sie ihn am liebsten sofort mit der Quittung konfrontiert, aber vielleicht wäre das gar nicht so klug gewesen. So etwas hatten sie schon mal, als sie sich die Brautkleider in Granada anguckte …

Vielleicht waren die Dessous, das Parfüm, die Cremes und Schminkartikel ja als Geschenk für sie gedacht? Dann wäre es megapeinlich, wenn sie ihn wegen des Kassenbons zur Rede stellte und er dadurch mitbekäme, dass sie seine Wohnung durchwühlt hatte. Andererseits besaß sie all das, was er gekauft hatte, schon doppelt und dreifach, und das wusste er auch … Ihren Geburtstag hatte sie im Übrigen kürzlich gefeiert – zu diesem Anlass hatte er ihr einen eBook-Reader gekauft.

Beinahe wäre Rafael ihr entwischt, noch ehe sie die Beschattung überhaupt aufnehmen konnte. Über den Rand der »Cosmopolitan« hatte sie die Eingangstür des Gebäudes keine Sekunde aus den Augen gelassen. Allerdings kam Rafael in seinem Mercedes aus der Tiefgarage gefahren, was sie erst bemerkte, als er an einem Zebrastreifen hielt. Maite warf das Magazin auf den Rücksitz und brauchte so lange zum Ausparken, dass Rafael vorne an der Kreuzung bereits abgebogen war. Sie scherte aus der Parklücke aus, nötigte einen Radfahrer im gelben Trikot zum Beinahe-Überschlag und sah gerade noch, wie Rafael über die grüne Ampel in die Hauptstraße Richtung Salobreña fuhr. Maite gab dem lahmen Seat die Sporen, doch dann sprang die Ampel auf Rot. Aber das war ein Notfall, und ein Detektiv ist ja fast so wichtig wie die Polizei, und die durfte doch auch bei Rot über die Ampel fahren …

Maite öffnete das Fenster und winkte in Ermangelung eines Blaulichts der anrollenden Verkehrskolonne zu. Beim etwas zu brüsken Einfädeln in den Stoßverkehr verursachte sie Vollbremsungen, Hup- und Lichtsignale und ein lautstarkes: »Idiota!«

Eine diskrete Verfolgungsjagd sah vermutlich anders aus … Zwischen ihnen befanden sich nun drei Autos und ein Lkw. Ihr Herzschlag beruhigte sich etwas, dafür begannen ihre Gedanken zu galoppieren: Wieso geht er nicht arbeiten? Was hat er in Salobreña verloren? Oder fährt er gar nach Granada? Langsam wuchs sie in ihre Rolle hinein und konnte den Abstand konstant halten, weil Rafael es nicht eilig zu haben schien. Bald bog er von der Hauptstraße ab, und sie folgte ihm um zwei Häuserblocks herum, bis er in der Tiefgarage des Mercadonas verschwand.

Rafael wohnt zweihundert Meter vom Mercadona in Almuñécar entfernt, wieso fährt er zum Einkaufen eigens in den Nachbarort?, dachte Maite und entschied, dass es zu gefährlich war, ihm in den Supermarkt zu folgen. Irgendwann musste er ja wieder herauskommen, sagte sie sich und fand eine Parklücke, von der aus sie die Zufahrt zum Parkhaus beobachten konnte. Ihr Spürsinn zog die kühnsten Schlussfolgerungen, von denen nicht eine einzige etwas Gutes bedeutete, ehe ihr äußerst verdächtig handelnder Verlobter wieder an ihr vorbeirollte. Maite zählte bis zwanzig und folgte ihm dann zurück auf die

Hauptstraße. Wenige Kilometer später fuhr er Richtung Motril ab.

Nun war nur noch ein Wagen zwischen ihnen. Einige Hundert Meter weiter bog er in eine Nebenstraße ein. Versucht er mich abzuschütteln? Sie überlegte nicht lange und bog ebenfalls ab. Der Mercedes war wegen der vielen Kurven bald nicht mehr auszumachen, was ein Vorteil war – oder auch ein Nachteil, wie sie an der nächsten Weggabelung feststellen musste. Wohin nun? Die asphaltierte Straße zog sich in einem Bogen nach links, und rechter Hand führte ein Schotterweg in die Hügel, die sich im Norden Motrils erhoben. Staub hing in der Luft. War Rafael da eben noch entlanggefahren? Maite folgte ihrem Instinkt, auf den eine gute Privatdetektivin sich nun mal verlassen musste, und fuhr den holprigen Weg durch das Hinterland hoch. Wie durch dichten Nebel lenkte sie den Seat durch den aufgewirbelten Staub. Er konnte nicht weit voraus sein, würde sie jedoch nicht im Rückspiegel erkennen können. Perfekte Bedingungen für eine Beschattung.

Fünf Minuten später gelangte sie an eine weitere Gabelung. Die Staubwolken verrieten, dass sie sich rechts halten musste. Trotzdem blieb sie stehen. Die linke Abzweigung führte doch nach Almuñécar? Und rechts ging es doch zu …

Gab es womöglich für alles eine simple Erklärung? In den ersten prickelnden Wochen ihrer Beziehung hatte Rafael sie ein paarmal mit einem Picknick unter freiem Himmel mit einer grandiosen Aussicht über die gesamte Costa Tropical überrascht. Dabei waren sie aus Almuñécar über den Schotterweg gekommen, der sich an diesem Punkt mit der holprigen Straße aus Motril vereinte und danach weiter in die Berge hochführte. Ihr Picknick hatten sie in einer Senke nahe der Finca eines von Rafas Freunden abgehalten. Wie hieß der noch mal? Sergio? Laut Rafael war er ein eigenbrötlerischer Typ, der kaum je sein Haus verließ.

Offensichtlich fuhr Rafael gerade an den Ort, wo sie sich schon ein paarmal unter freiem Himmel geliebt hatten. Maite starrte auf die Weggabelung. Von hier aus dauerte die Fahrt etwa zehn Minuten hoch bis zum Plateau. Was hatte er vor?

Plante er ein Picknick mit einer Rivalin, Dessert inklusive? Oder wollte er nur seinen alten Freund Sergio besuchen?

Maite fuhr weiter und stellte den verstaubten Seat in sicherer Entfernung von der Finca am Wegesrand ab. Sie zwang sich, zehn Minuten zu warten, ehe sie zwischen den Sträuchern heranschlich. Ihr Picknickplatz in der Senke lag verlassen da. Sie kletterte die Anhöhe zur Finca hoch. Rafaels panierter Mercedes stand vor dem rußgeschwärzten Haus. Besuchte er tatsächlich nur einen Kumpel? Einen, den er nicht mal zur Verlobungsfeier eingeladen und ihr noch nie vorgestellt hatte? Sie umkreiste die Finca im Schutz der Büsche und schlich von hinten an das Gebäude heran.

Dann presste sie ihr Ohr an die Mauer.

Waren das Stimmen?

Sie spähte um die Ecke. Dort stand ein Fenster offen.

Die Stimmen waren hier besser zu hören. Wobei da drinnen nichts … gesprochen wurde. Maite war, als sickerten die intimen Geräusche gedämpft aus dem Boden und nicht durchs Fenster.

Zum Teufel mit dir, Rafa!

Sie lauschte dem Gestöhne ihres Verlobten – ihres Exverlobten! – und überlegte, gegen die Holztür zu hämmern und den beiden in ihrem Liebesnest eine Szene zu machen.

Aber dazu fehlte ihr die Kraft.

Sie wollte nicht mal wissen, mit wem er es hier trieb.

Erniedrigt und schluchzend fuhr sie davon.

KAPITEL ZWEIUNDDREISSIG

Joana schenkte sich in der Küche ihrer Ferienwohnung ein Glas Rotwein ein, obwohl sie wegen der Tabletten keinen Alkohol trinken sollte. Sie stellte es neben ein Wasserglas für ihre schwangere Freundin aufs Tablett und balancierte es auf die Veranda, wo Maite an der Balustrade lehnte.

Es war halb zehn Uhr, Xaver schlief schon, und nach dem imposanten Sonnenuntergang verglühte nun das Abendrot. Es tat gut, dass Maite sie noch besuchen gekommen war. Seit Kilians Abreise fühlte sie sich ohnmächtig und hoffnungslos.

Doch das Gespräch würde nicht einfach werden. Maite war so wortkarg wie selten zuvor – bestimmt war sie noch wütend wegen Kilians Auftritt auf der Feier, und Joana würde sich wegen Rafaels Drohung, mit niemandem über Carmen zu sprechen, verdammt fest auf die Zunge beißen müssen. Und das war fast nicht auszuhalten.

Maite setzte sich neben sie. Sie schien mit den Tränen zu kämpfen. Nach verkrampftem Small Talk kam sie endlich auf den Punkt: »Dieses Arschloch betrügt mich mit einer anderen!«

»Wie, du meinst Rafael?«

Maite nickte.

»Bist du dir sicher?«

Wieder nickte Maite.

Sei bloß froh, Maite, dachte Joana. Ich kann es dir nicht erklären, aber das ist das Beste, was dir passieren konnte.

Aber sie durfte diesen Gedanken nicht aussprechen. »Und nun?«

»Ich hab den Dreckskerl rausgeschmissen! Seine Sachen habe ich in einem Müllsack vor die Tür gestellt und seine Anrufe ignoriert. Irgendwann ist er vorbeigekommen und hat den Sack mit seinen Klamotten gefunden. Er hat gegen die Tür gehämmert und wollte wissen, was das solle. Ich hab ihn nicht eintreten lassen und durch die Gegensprechanlage geschrien, dass ich Bescheid wisse und er verschwinden solle.«

»Und wie bist du dahintergekommen?«

Aber Maite winkte ab. »Das ist eine lange Geschichte. Ist ja jetzt auch egal. Ich bin ihm gefolgt und hab die beiden in flagranti erwischt.«

Maites Rücken bebte, und Joana umarmte sie. Sie hätte gern Näheres erfahren, wollte aber nicht weiter in Maites Wunden herumstochern.

»Ich bin doch schwanger von ihm! Und ich … Was mach ich jetzt mit dem Baby? Ich wollte doch ein Kind, und nun das. Vielleicht hätte ich es ihm längst sagen sollen, vielleicht hätte er dann nicht … Aber ich wollte ihn überraschen.«

Maites Kopf lag mittlerweile auf Joanas Schoß. Klebrige Strähnen verbargen ihr Gesicht. Joana konnte ihre Freundin nicht länger leiden sehen. Sosehr sie sich auch sträubte, sie konnte ihr Wissen keine Sekunde länger für sich behalten: »Weißt du, was der wahre Grund ist, warum wir nach Spanien gekommen sind?«

Maite blickte zu ihr auf und schüttelte den Kopf.

»Weil meine Schwester Carmen lebt.«

Mit einem Ruck fuhr Maite hoch. »Was redest du da?«

Nun sprudelten aus Joana die so lange zurückgehaltenen Worte und aufgestauten Tränen hervor. Sie erzählte Maite von dem Kontakt auf Facebook, von Carmens Fotos und dem Video, von der Lösegeldübergabe am Cerro Gordo und von Rafaels Drohung, dass sie mit niemandem darüber sprechen dürfe, weshalb sie Kilian überredet hatte, nach München zu fliegen, obwohl sie ihm sehr wohl glaubte, dass Rafael auch Carlos' Mörder war.

Maite unterbrach sie nicht, bis Joana diese Horrorgeschichte zu Ende erzählt hatte. Dann erhob sie sich und blickte auf sie herab.

»Ich bin gekommen, um mich bei dir auszuheulen. Weil mein Verlobter mich betrügt und ich ihn rausgeworfen habe, und du … Ich weiß echt nicht, was in dich und Kilian gefahren ist. Mich mit einer anderen zu bescheißen ist eine Sache – aber jemanden, den ich vor wenigen Tagen noch heiraten wollte und der der Vater meines Babys ist, als … als Mörder, Entführer und Erpresser hinzustellen, ist schon heftig. So sehr kann man sich doch in keinem Menschen täuschen. Oder vielleicht doch, wenn ich an unsere Freundschaft denke. Ich finde, du solltest es Kilian gleichtun und nach München zurückfliegen«, empfahl Maite ihr und verließ die Wohnung.

Die beiden Tage nach dem Konflikt mit Maite suhlte sich Joana in Selbstmitleid. Sie verließ das Haus nicht, schaltete Handy und Laptop aus, obwohl Kilian sie sicherlich zu erreichen versuchte, behielt tagsüber den Pyjama an und aß nur das, was von Xavers Kinderbrei übrig blieb. Ihrem Jungen heuchelte sie gute Laune vor, was ihr jedoch nicht gelang, weil er mehr als sonst quengelte und weinte.

Wer konnte es Maite verdenken, dass sie sich von ihr abgewandt hatte? Man glaubt immer nur das, was man glauben will, und dass der Kindsvater und Verlobte ein Mörder sein sollte, will man nicht einmal in Erwägung ziehen. Ihr wäre es auch nicht anders ergangen, wenn jemand ihren Mann derartig in den Schmutz gezogen hätte. Doch sie war nun mal im Recht … Ihr Problem war, dass sie gegen Rafaels Anweisungen verstoßen und Maite alles erzählt hatte, weil sie sie an ihrer Seite wähnte. Und was nun?

Ihre Lage wurde immer hoffnungsloser. Hatte Maite schon mit Rafael über ihre Anschuldigung gesprochen? Falls ja, könnte sie ebenso gut nach München zurückkehren, wie Maite es ihr geraten hatte. Dann wäre Carmen verloren. Aber war sie das nicht ohnehin? Wie könnte sie sie jetzt noch befreien? Ohne Geld und ohne Beistand ihres Ehemanns oder ihrer Freundin? Sollte sie nun, da sie Rafaels Drohung schon einmal ignoriert hatte, es ein weiteres Mal tun und zur Polizei gehen? Wo die halbe Führungsriege mit Rafael befreundet war und wo sie nach dem Vorfall am Cerro Gordo bestenfalls als hysterische Spinnerin galt, die nicht mit dem Verschwinden ihrer Schwester klarkam?

Selbst wenn die Guardia Civil Rafael festnähme – würde er verraten, wo er Carmen festhielt, und damit seine Schuld eingestehen? Wohl kaum. Es blieb ihr nichts anderes übrig, als ihr Selbstmitleid mit einer heißen Dusche in den Abfluss zu spülen und Carmens Befreiung in die eigene Hand zu nehmen.

Langsam kam ihr eine Idee, wie sie das anstellen könnte. Aber dazu wäre sie auf Maites Hilfe angewiesen, und die war momentan mehr als unsicher. Joana fuhr ihren Laptop hoch. Ihre einzige Möglichkeit, mit diesem Scheusal in Verbindung zu treten, war immer noch Facebook. Sie setzte sich vor den Computer und schrieb »Carmen Campos« eine Nachricht:

»Ich habe das Geld! Übergabe bei der Kapelle an der Punta de la Mona. Das Geld findest du um Mitternacht in einer Tasche im Mülleimer neben der Kapelle. Du wirst Carmen im Kofferraum deines Autos mitnehmen. Sobald du das Geld hast, lässt du sie frei und fährst davon.«

Es dauerte zwei bange Stunden, in denen sie mit Xaver im Umkreis von drei Metern ihres Laptops am Boden spielte, ehe die Antwort kam: »Einverstanden. Morgen um Mitternacht. Keine Tricks!«

Joana boxte sich in ihre Handfläche. Jawohl! Er hatte den Köder geschluckt.

Nun hieß es, Vorbereitungen zu treffen.

Diesmal sitze ich am längeren Hebel, dachte sie.

KAPITEL DREIUNDDREISSIG

»Er kommt nicht, du wirst schon sehen. Das ist Irrsinn, was wir hier treiben, Joana!«, nörgelte Maite und sah auf die Leuchtziffern ihrer Breitling, die sie nach zähen Verhandlungen für sechzig Euro am Strand erstanden hatte. Die Uhr zeigte kurz nach Mitternacht an.

»Er wird kommen«, flüsterte Joana.

Maite machte nur mit, weil Joana doch ein Ei des Zweifels gelegt hatte, auf dem sie gebrütet hatte, bis letzte Nacht Rafael in einem Albtraum als Monster hervorgeschlüpft war. Heute Morgen hatte Joana am Telefon obendrein behauptet, sie könne ihre Anschuldigung beweisen, aber dazu benötigte sie ihre Hilfe. So lag sie nun neben Joana im Gebüsch versteckt auf dem pieksenden Boden eines Pinienwaldes nahe der Kapelle und wartete auf die Ankunft ihres Verlobten. Mit Carmen im Kofferraum.

Dabei sollte Carmen längst tot sein, wie sie vor drei Jahren bei ihrem etwas eigenwilligen Verhör aus erster Hand erfahren hatte. Doch nun war sie laut Joana von den Toten auferstanden, was bedeuten musste, dass Rafael sie während all der Zeit gefangen gehalten hatte. Aber wo? Und wie hätte er das mit seinen Marokkoreisen arrangieren können?

Wer hätte sich in der Zeit um Carmen gekümmert?

Es war einfach zu absurd.

»Wir vergeuden hier nur unsere Zeit, und der Nachttarif der

Babysitterin ist ja nicht gerade billig. Die kannst du nämlich nicht mit Zeitungspapier bezahlen so wie deinen Phantomerpresser.«

»Pst!«, machte Joana.

Es war Maite nicht gelungen, dauerhaft wütend auf Joana zu sein. Bestimmt hatte ihre Freundin sie mit dieser üblen Geschichte auf der Veranda nur von Rafaels Seitensprung ablenken wollen. Oder musste sie sich bei ihr ernsthafte Sorgen um einen etwaigen Realitätsverlust machen? Die vielen Medikamente in letzter Zeit, dazu der Wein …

Wie dem auch war, sie wollte Joana keine Vorwürfe machen. Deshalb war sie erneut in ihr Detektivoutfit geschlüpft. »Du solltest deine Hitchcockphantasien echt besser nutzen und vielleicht mal einen Krimi schreiben. Da kannst du dir deine wirren Ideen mal so richtig von der Seele schr…«

Maite verstummte, weil Scheinwerfer den Wald und die angrenzenden Villen erhellten.

»Falls er es ist – kein Wort mehr, bis ich dir das Zeichen gebe«, flüsterte Joana.

Nun war auch das Motorengeräusch zu hören. Von einem Mercedes? Maite wurde nun doch mulmig. Hatte sie bisher ihre Aktion ins Lächerliche gezogen, weil sie nicht an Rafaels Erscheinen geglaubt hatte, wurde ihr nun mit einem Mal die Brisanz der Situation klar: Es ging um Leben und Tod. Und damit war nicht nur Carmen gemeint, sondern auch das Leben in ihrem Bauch. Bei einer Trennung von Rafael würde sie das Baby behalten, das hatte sie schon entschieden. Soll er nur herumbumsen, auch egal, dachte sie. Ich werd schon einen anderen finden, und wenn er will, kann Rafa jedes zweite Wochenende mit seinem Sohn oder seiner Tochter verbringen.

Aber was, wenn ihr Verlobter jetzt wirklich hier aufkreuzte und sich dadurch als Schwerverbrecher outete? Von einem solchen Monster könnte sie kein Kind großziehen.

Deshalb schickte Maite ein Stoßgebet zum Himmel: Lass es bitte nicht Rafa sein, der gleich vor meiner Nase parkt und zur Kapelle hochläuft, die Tasche mit dem Zeitungspapier findet und sie wütend über die Felswand schleudert, weil nur eine zerknüllte Zeitung drinnen ist.

Das Auto näherte sich. Sie krochen tiefer ins Gebüsch und lagen nun eng aneinandergepresst. Maite fragte sich, ob ihre Gedanken nicht etwas egoistisch waren. Sollte sie nicht eher darauf hoffen, dass Joanas Vermutung eintraf und ihre Befreiungsaktion Erfolg hätte – so abwegig das auch sein mochte? Sie war es gewesen, die Joanas Schwester vor fünf Jahren als Letzte gesehen hatte, als Carmen nach der Hochzeit ihrer Cousine an der Rezeption vorbeimarschierte. Danach hatte sich jede Spur von ihr verloren. Bis ein Hotelmitarbeiter mithilfe gewisser Druckmittel gestanden hatte, für Carmens Tod verantwortlich gewesen zu sein. Er schilderte sogar im Detail, wie sich das damals alles zugetragen hatte. War das eine Lüge gewesen? Aber wieso? War Carmen tatsächlich noch am Leben?

Sie wünschte es sich für Joana und beschloss, ihre eigenen Interessen schleunigst zurückzustellen.

In diesem Moment fuhr eine Limousine auf den Parkplatz.

Die Scheinwerfer erloschen. Maite spähte durch den Strauch. War er das? Es war in der Dunkelheit nicht zu erkennen.

Sie hörte ihr Herz so laut in den Ohren pochen, dass sie fürchtete, das Geräusch könne sie verraten.

Die Fahrertür wurde aufgestoßen, und die Innenbeleuchtung des Wagens strahlte ein markantes Profil an. Rafael.

Maite würgte und hielt sich beide Hände vor den Mund. Rafael schlug die Fahrertür zu und folgte dem Pfad zur Kapelle. Nach wenigen Metern wandte er sich um, als hätte er etwas vergessen, drückte auf den Schlüssel und ging dann weiter.

Der Mercedes war verriegelt.

»Bist du bereit?«, flüsterte Joana.

»Klar doch, bevor mir noch mehr Ameisen zwischen die Möpse krabbeln«, witzelte Maite.

»Okay, dann geht's jetzt los.«

Joana sprang auf, zog Rafaels Reserveautoschlüssel aus der Jeans, den Maite heute Morgen in ihrem Auftrag aus seiner Wohnung entwendet hatte, und rannte, von Maite gefolgt, zum

Wagen. Sie drückte den Türöffner am Schlüssel. Sofort warnten vier Blinkleuchten den Besitzer, dass hundert Meter entfernt gerade sein Mercedes geklaut wurde.

Joana zog die Tür auf und sprang in den Wagen. Weder sie noch Maite waren jemals mit einem Automatik gefahren, und Joana hatte sich erst heute im Internet in das Thema eingelesen. Wegen ihrer zitternden Hand vergingen Sekunden, ehe der Schlüssel im Schloss steckte. Beruhige dich, sagte sie sich. Und nun: Schlüssel umdrehen, auf die Bremse treten, den Knauf am Schalthebel drücken und von P auf R ziehen. Anschließend auf das Gaspedal treten und zur Straße zurücksetzen, danach auf D schalten und abhauen.

Fehlerfrei spulte sie das Programm ab.

Aber der Wagen bockte trotzdem.

Er wollte sich im R-Modus nicht von der Stelle bewegen und protestierte mit einem roten Warnsignal.

»Was ist das, verdammt noch mal?«, schrie Joana.

»Vielleicht die Handbremse?«, vermutete Maite.

Joana suchte die Handbremse, aber zwischen den Sitzen, so wie bei ihrem Mietwagen und ihrem Auto in München, fand sich kein entsprechender Hebel. Sie tastete links an ihrem Sitz entlang, fand dort einen Griff, aber der verstellte nur ihre Sitzposition.

Maite schrie auf, weil Rafael im Scheinwerferlicht auf sie zugerannt kam. Die Türen des Mercedes hatten sich zwar eben noch automatisch verriegelt, aber Rafael besaß ja seinen Schlüssel, und auf den drückte er gerade. Erneut flackerten orangefarbene Lichter durch die Nacht, und die Türen entriegelten sich mit einem Klacken.

»Nun mach schon«, jammerte Maite.

Links vorn unter dem Armaturenbrett ertastete Joana einen Hebel und zog daran. Daraufhin erlosch das Warnzeichen, und Joana trat das Gaspedal durch.

An der Straße angelangt, kurbelte sie das Lenkrad nach rechts und brachte den Wagen in Fahrtrichtung. Rafael sprintete aus dreißig Meter Entfernung auf sie zu. Nun müsste sie den Hebel in Position D bringen. Joana riss daran, aber er ließ sich nicht verstellen, stattdessen rollte der Wagen in Position R langsam rückwärts.

»Tritt auf die Bremse! Die Bremseee!«, schrie Maite.

Joana trat auf das linke Pedal und zog am Schaltknauf, der neben dem D einrastete, gerade als Rafael die Beifahrertür aufriss. Dann gab sie Vollgas und beschleunigte den Wagen auf achtzig, ehe sie eine Totalbremsung hinlegte. Beide schleuderten unangeschnallt gegen die Armaturen.

»Da flieg ich ja eher ein Flugzeug, als dass du mit einem Automatik klarkommst!«, lästerte Maite.

Joana nahm den Fuß von der Kupplung – die sich bei diesem Auto leider als Bremse entpuppt hatte – und fuhr weiter.

Ob Rafael Wort gehalten hatte und Carmen tatsächlich im Kofferraum lag? Nachdem er allerdings schon am Cerro Gordo geblufft hatte, war auch jetzt kaum damit zu rechnen, dass er seinen Part des Deals eingehalten hatte.

Nach ein paar Kilometern hielt Joana die Anspannung nicht länger aus und fuhr rechts ran. Sie drückte den Hebel auf P und zog den Schlüssel ab.

»Willst du, dass ich dabei bin?«, fragte Maite.

Joana schüttelte den Kopf und stieg aus dem Wagen.

Ihre Knie schlotterten wie vorhin ihre Hände.

Vielleicht war der Albtraum in wenigen Sekunden vorbei, und sie konnte ihre Schwester nach Jahren wieder in die Arme schließen? Vielleicht …

Joana stützte sich auf den Kofferraum. War da etwas?

Ein Laut? Ein Jammern? Oder bildete sie sich das nur ein? Sie drückte auf den entsprechenden Knopf am Autoschlüssel. Der Kofferraumdeckel sprang auf.

Als Joana wenig später ins Auto stieg, sparte Maite sich jeden Kommentar. Joana presste die Stirn gegen das Lenkrad, und ihre Freundin streichelte ihr über den Rücken.

»Dieser verfluchte Scheißkerl! Es tut mir so leid, Joana. Guck mal, was ich hier drinnen gefunden habe.«

Maite hob den Deckel der Ablage in der Mittelkonsole an und zog Rafaels Handy raus. Dasselbe Handy, von dem aus er am Tag der Verlobungsfeier Carmen angerufen hatte.

Erst aber mussten sie von hier verschwinden und das Auto verstecken, falls die Guardia Civil danach suchte.

Joana wischte sich die Tränen ab, fuhr los und parkte zwanzig Minuten später den protzigen Mercedes ohne weitere Zwischenfälle in einem Schuppen, der einem Freund von Maite gehörte.

»Zuerst das Handy oder das Navi?«, fragte Maite, als Joana den Motor abstellte.

»Das Handy, bitte. Eure Verlobungsfeier war am vierten November?«

Maite nickte, und Joana scrollte durch das Menü der ausgegangenen Anrufe.

»Hier! Es muss am Abend gegen sechs Uhr gewesen sein, und zu der Zeit scheint nur ein Anruf rausgegangen zu sein – um 17 Uhr 48. Aber da hat er mit einem gewissen Roberto telefoniert. Hat er einen Freund, der so heißt?«

»Kann schon sein, aber vielleicht ist das nur ein Deckname – probier's einfach mal aus.«

Joana atmete tief durch. Es fühlte sich an, als läge ein Sack Zement auf ihrer Brust. Sie drückte auf die Nummer und wartete. Es dauerte etwas, ehe das Freizeichen ertönte. Einmal. Zweimal. Dreimal. Bitte, bitte, geh ran!, dachte Joana. Du musst mir erklären, wo er dich gefangen hält. Viermal. Fünfmal. Nun mach schon!

»Sí?«, rauschte es kaum hörbar aus dem Handy, aber trotzdem hallte in dem kurzen Wort Carmens gesamtes Leid der letzten Jahre wider.

»Carmen … Ich bin's, Joana. Hör mir bitte gut zu! Ich komm dich befreien. Aber du musst mir genau erklären, wo man dich gefangen hält.«

Einen Moment lang war nur ein Schniefen zu hören.

»Uns bleibt nicht viel Zeit, Carmen. Wo steckst du?«

»Du kommst mich holen … das ist toll … wann?«

Joana versuchte ihre Tränen zurückzuhalten. »Ich bin gleich bei dir. Aber du musst mir helfen. Du musst deine Umgebung beschreiben, damit ich dich finden kann.«

In der Leitung knisterte es, und der Empfang war schlecht.

»Ich hab das nicht verstanden, Carmen. Wo bist du?« Joana umklammerte das Handy so fest, dass ihre Knöchel weiß hervortraten.

»In einem Keller. Die Wände sind schmutzig, ein Tisch steht …«

»Nein – was ist draußen? Wie bist du dorthin gelangt, wo du jetzt bist? Weißt du, wie die Straße heißt? Oder der Ort? Bist du in Almuñécar?«

»Ich weiß es nicht …«

»Bitte, Carmen! Du musst mir einen Anhaltspunkt geben! Ein Detail – irgendwas, bitte!«

»Mir war mal fast die Flucht gelungen. Ich bin bis vor das Haus gekommen, ehe der Mann wieder da war und mich …«

»Und was hast du da gesehen?«, schrie Joana ins Handy.

»Den Himmel. Die Sonne. Einen Baum. Und ein Vogel ist …«

Piep, piep, piep.

»Nein, nein, nein!«, schrie Joana und schlug auf das Armaturenbrett. Sie wählte die Nummer ein weiteres Mal, doch am anderen Ende erklang nur eine Automatenstimme: Der gewünschte Teilnehmer ist zurzeit leider nicht erreichbar …

KAPITEL VIERUNDDREISSIG

Das werden die mir büßen, dachte Zoco nicht zum ersten Mal, als er nach neunzig Minuten Fußmarsch zu Hause ankam. Zuerst hatte er nicht glauben können, was da passierte. Oben an der Kapelle war er nicht direkt zum Mülleimer gegangen, der das Geld enthalten sollte, denn hinter jedem zweiten Pinienbaum hätte ein Polizist lauern können, wodurch er arg in Erklärungsnot geraten wäre.

Also hatte er die Umgebung sorgfältig kontrolliert und sich erst, als er sicher sein konnte, dass er ungestört war, dem Mülleimer genähert, in dem Joana das Geld deponiert hatte. Die muss ja sehr an Carmen hängen, hatte er – der für seine Schwester keinen Hunderter investiert hätte – noch gedacht, als er die Tasche herauszog.

Zoco füllte einen Schwenker mit Single Malt, um seinen Frust hinunterzuspülen. Noch immer konnte er das Zeitungspapier in seinen Ohren rascheln hören. Diese miese Schlampe hatte ihn verarscht. Das hätte er ihr nicht zugetraut, vor allem da er über Carmens Leben entschied und gedroht hatte, sie bei schmutzigen Tricks verrecken zu lassen. Doch damit nicht genug: Plötzlich war orangefarbenes Licht aufgeschienen, und er hatte schon befürchtet, in eine Polizeifalle getappt zu sein. Vorsichtshalber hatte er die Tasche über die Felswand hinter der Kapelle geworfen. Bis er endlich geschnallt hatte, dass es sein

Mercedes war, dessen Motor unten am Parkplatz gerade in den roten Drehzahlbereich getrieben wurde.

Er war hinunter Richtung Auto gerannt und hatte es gerade noch geschafft, die Wagentür aufzureißen. Seine Verblüffung hätte größer nicht sein können, als er erkannte, wer darin saß … Maite und Joana.

In der nächsten Sekunde waren sie davongerast und ihm dabei auch noch über den einen Fuß gefahren. Offenbar hatte Joana seine Drohung ignoriert und sich Maite anvertraut.

Die Hochzeit konnte er vergessen, was das geringste Übel war. Er hatte Maite ohnehin nur heiraten wollen, um den Schein der Normalität nach außen hin zu wahren – soweit man bei ihr überhaupt von Normalität sprechen konnte. Die neidvollen Blicke anderer Männer auf das viel jüngere hübsche Püppchen an seiner Seite würden zwar ausbleiben, aber damit könnte er ganz gut leben … Wenn nicht zu befürchten wäre, dass die beiden ihn auch noch bei der Guardia Civil verpfeifen würden.

Deshalb galt es Vorkehrungen zu treffen. Zoco trank den Whisky aus. Ricardo würde längst schlafen, aber diese Sache konnte nicht bis morgen warten. Die Privatnummer des Teniente war im Handy abgespeichert, und das hatte er zu allem Überfluss im Auto liegen lassen. Das war auch der Grund gewesen, weshalb er kein Taxi rufen konnte und nach Hause humpeln musstc.

Aber sein Handy war mit seinem Outlook synchronisiert. Zoco fuhr den Rechner hoch und schenkte zwei Fingerbreit Glenmorangie nach. Ehe er zum Festnetzhörer griff, legte er sich eine Geschichte zurecht. Dann wählte er die Nummer seines Tennispartners und engen Freundes bei der Polizei, Teniente Ricardo Palacios.

Hochzufrieden legte er Minuten später den Hörer auf. Er hatte Maite und Joana gerade so diffamiert, dass sie von der Guardia Civil ähnlich ernst genommen werden würden wie eine senile Oma, die bei jedem Polizeiaufruf ihren Verdacht kundtat.

Von der Seite habe ich nichts mehr zu befürchten, dachte er beruhigt.

Aber seine gute Laune hielt nicht lange an. Angeheizt vom rauchigen Whisky, kehrte seine Wut auf die beiden wieder.

Nun galt es, Vergeltungsmaßnahmen zu beschließen.

Carmen, sein bisheriges Faustpfand, zog anscheinend nicht mehr. Was tun? Hatte es Sinn, die Kleine weiter durchzufüttern? Was zog er daraus noch für einen Nutzen? Der sexuelle Anreiz war nach den paar lahmen Nummern nicht mehr gegeben. Da war ja sein Bügelbrett leidenschaftlicher. Und mit Joanas Kohle könnte er wieder edle Gewerbetreibende bezahlen, die für ein paar Hunderter wenigstens so taten, als ob es ihnen Spaß bereitete.

Zudem wäre es gefährlich, immer wieder zur Finca zu fahren. Er hatte seine Entscheidung getroffen … Ich muss meine Drohung einhalten und Carmen ihrem Schicksal überlassen, dachte er. Soll sie eben dort oben verrecken.

Zoco schenkte sich ein drittes Glas ein. Allein mit Carmens Tod wollte er es nicht bewenden lassen. Dafür waren die zwei zu dreist gewesen. Und während der Alkohol erste Wirkungen entfaltete und ihm Kreativität verlieh, kam ihm eine Idee, wie er das Strafmaß für Joana deutlich erhöhen könnte.

Joana parkte ihren gemieteten Polo vor der Wache der Guardia Civil in Almuñécar. »Bist du dir sicher, dass wir da reingehen sollen?«, fragte Joana Maite.

»Nachdem wir das Auto meines Ex ganz umsonst geklaut haben, fürchte ich, es bleibt uns nicht mehr viel anderes übrig.«

Das stimmte allerdings. Sie hatte gehofft, dass sie durch den Wagen irgendwie an Carmen rankommen könnten, und mit Rafaels Handy hätte es beinahe funktioniert, aber dann war Carmens Telefon der Saft ausgegangen.

Die letzte Möglichkeit mit dem Navi hatte sprichwörtlich zu keinem Ziel geführt. Nach dem Gespräch mit ihrer Schwester hatte Joana eine Weile gebraucht, um sich zu beruhigen, und Maite hatte so lange das Navigationsgerät durchsucht. Vielleicht war unter den letzten Zielen ja noch der Ort eingespeichert, wo er Carmen versteckt hielt. Aber die meisten Ziele kannte Maite, weil sie mit Rafael hingefahren war. Die anderen führten entweder zum Fährterminal nach Algeciras, zu einem Restaurant in Granada oder zu einem 5-Sterne-Hotel in Marbella.

»Aber er hat doch gedroht, dass er Carmen nicht weiter versorgt, wenn ich zur Polizei gehe. Und wenn sie ihn verhaften und er im Gefängnis Carmens Versteck nicht preisgibt, wer sollte denn dann …?«

»Ach was, die kriegen das schon aus ihm heraus. Außerdem haben wir ihm sein Heiligtum unterm Arsch weggeklaut und ihn mit einer Tüte Zeitungspapier zur Weißglut gebracht. Da ist es auch schon egal, ob wir zur Guardia Civil gehen oder nicht.«

Joana ließ sich überzeugen und setzte Xaver in seinen Buggy. Maite hielt ihr die Tür auf und übernahm am Empfang auch gleich die Konversation: »Buenos días. Wir sind hier, weil wir eine Anzeige machen wollen. Und zwar wegen Entführung, Erpressung, Freiheitsberaubung, Nötigung und mindestens zwei Morden.«

Die beiden Uniformierten musterten Joana und schienen sich an den Vorfall beim Cerro Gordo zu erinnern.

»Aha. Und … Darf es sonst noch etwas sein?«, wollte der eine wissen, dessen rote Nase von zu viel Alkoholgenuss zeugte.

»Wie meinen Sie das – ›sonst noch etwas‹?«

»Na, ihr habt doch immer so abenteuerliche Geschichten drauf. Wie wär's also noch mit einem Banküberfall, einer Brandstiftung oder vielleicht einer versuchten Vergewaltigung. Damit sich euer Besuch bei uns so richtig lohnt?« Sein Kollege grinste dämlich.

»Jetzt hört mir mal gut zu, ihr zwei Flachschüttler …«, begann Maite.

Doch Joana schob sie beiseite. So kämen sie nicht weiter. So ruhig und plausibel wie möglich versuchte sie, den beiden die bisherigen Fakten darzulegen. Natürlich ohne dabei den Mercedes zu erwähnen, den sie für ihre Ermittlungszwecke kurz ausgeliehen hatten, ohne ihn bislang zurückgegeben zu haben. Mitten in ihren Ausführungen erhob sich der eine von ihnen mit einem »Soll sich der Chef doch diesen Schwachsinn anhören«-Seufzer und trottete den Flur hinab.

Drei Minuten später saßen sie in einem Büro, in dem die einzige Veränderung seit den Siebzigern der Computer zu sein schien. Joana erkannte den Mann sofort.

Mist, dachte sie. Da sind wir ja genau an den Richtigen geraten.

Er war einer von Rafaels Freunden bei dem Zusammentreffen neulich in der Marina del Este. Nun wies er auf die Holzstühle vor dem Schreibtisch und beugte sich vornüber, um sie formell zu begrüßen. Sogar Xaver zwinkerte er zu, obwohl der gerade Schnipsel aus seinem Malbuch riss und auf den Boden warf.

»Was kann ich für die Damen tun?«, eröffnete der Beamte, der sich als Ricardo Palacios vorgestellt hatte, das Gespräch. Seine Uniform wies auf den Rang eines Teniente hin.

»Sie müssen Rafael Prados schnellstens verhaften! Er hat jede Menge Verbrechen auf dem Kerbholz! Angefangen von …«

Joana stupste Maite an, deren pathetische Diffamierungen bei seinem Dienstgrad fehl am Platz waren, und klärte den Teniente in windstillerer Weise auf.

»Und das, Señor Teniente, ist der Beweis, dass Señor Prados meine Schwester irgendwo gefangen hält«, beendete Joana zehn Minuten später ihr Plädoyer, das er nicht einmal unterbrochen hatte, um ihr eine Zwischenfrage zu stellen. Danach war es eine Weile still im Raum. Nur Xavers Filzstift quietschte, als er mit Hingabe Mickymaus kolorierte, ohne auf lästige Randlinien zu achten.

Teniente Palacios trug akkurat gescheiteltes und gegeltes Haar. Sein kantiges Gesicht war penibel rasiert, und hätte er einen Anzug getragen, hätte man meinen können, einem Finanzberater gegenüberzusitzen.

»Das sind schwere Anschuldigungen, die Sie da erheben.«

Maite klatschte in die Hände, was etwa zwanzig Armreifen zum Klimpern brachte. »Was können wir denn dafür, wenn dieser Scheißkerl …«

Der Teniente unterbrach Maite mit einer Handbewegung,

mit der man Verkehrsteilnehmer auffordert, die Geschwindigkeit zu verringern. »Und was sollen wir Ihrer Meinung nach tun, Señora Hernandez? Ihn verhaften und fragen, wo er Carmen versteckt hält? Angenommen, Señor Prados hätte tatsächlich etwas mit Carmens Verschwinden zu tun gehabt, was geradezu absurd ist – wieso sollte er es dann zugeben? Beweise gibt es dafür ja keine.«

Maite lehnte sich über den Schreibtisch des Teniente. »Sie werden doch wohl geeignete Verhörmethoden haben! Ansonsten machen Sie es doch einfach wie die Amis: mit Waterboarding!«

»Waterboarding?«

»Ja, genau, dazu braucht man nur ein stabiles Brett, einen Strick zum Festbinden und einen Bottich voll Wasser. Ich helfe Ihnen auch gerne dabei!«

»Señora Hernandez, ich lasse diesen Vorschlag am besten unkommentiert. War es nicht so, dass Sie Señor Prados in wenigen Wochen heiraten wollen? Und werfen Sie ihm nicht vor, etwas mit einer anderen Frau zu haben? Könnte es daher nicht möglich sein, dass Sie diese infamen Anschuldigungen nur aus gekränkter Eitelkeit erheben?« Sie setzte zu einer heftigen Widerrede an, aber der Teniente besaß genug Autorität, um sich mit einem Stoppzeichen weitere Gesprächszeit zu verschaffen. »Ist es nicht auch so, dass Sie zusammen mit Ihrer Freundin seinen Mercedes entwendet haben? Señor Prados, mit dem ich übrigens Tennis spiele und freundschaftlich verbunden bin – daher auch mein Insiderwissen –, verzichtet kulanterweise auf eine Anzeige, weil er Ihnen immer noch wohlgesinnt ist. Trotzdem würde ich an Ihrer Stelle den Wagen umgehend zurückgeben. Autodiebstahl ist kein Kavaliersdelikt.«

Damit war der Teniente mit Maite fertig und wandte sich Joana zu: »Und was Sie anbelangt … Sie dürfen mir glauben, dass es uns aufrichtig leidtut, dass wir von Ihrer Schwester nach all den Jahren immer noch keine Spur haben.«

»Aber jetzt haben Sie doch eine Spur! Ich habe Ihnen doch gerade gesagt, dass wir die Nummer ihres Handys haben. Das kann man doch mit Sicherheit orten, und wenn …«

Weiter kam Joana nicht, weil der Teniente auf den Tisch

klatschte, sich erhob und zur Tür schritt. Dort wandte er sich um und setzte zu seinem finalen Diskurs an:

»Ich bin zwar erst vor zwei Jahren nach Almuñécar versetzt worden, aber wie mir von länger dienenden Beamten der Wache berichtet wurde, haben Sie schon einmal die Aufklärung der damaligen Mordserie behindert, indem Sie uns mit skurrilen Verdachtsmomenten die Zeit geraubt haben. Und nun scheint sich Ihr Verhalten leider zu wiederholen: Sie sind vor zwei Wochen mitten in der Nacht hereingestürmt und haben uns von einer Leiche am Cerro Gordo erzählt, die als Ihre Schwester verkleidet auf einem Stuhl über den Klippen saß. Die Leiche hatte mit Carmens Stimme zu Ihnen gesprochen, und Sie haben deswegen eine Tasche mit hundertfünfzigtausend Euro ins Meer geworfen. Die Leiche haben Sie ungewollt gleich hinterhergestoßen. Nun mal ganz ehrlich: Hört sich das in Ihren Ohren nicht auch etwas unglaubwürdig an? Und trotzdem haben wir zwei Beamte dorthin geschickt, aber natürlich … Ach, was soll's.« Der Teniente winkte ab und zog die Tür auf. »Und jetzt dürfen Sie mich entschuldigen. Mit Sicherheit haben Sie von den Morden in der Gegend gehört. Eines der Opfer war übrigens Polizeibeamter. Die intensive Aufklärungsarbeit verbietet es leider, mir länger Ihre Beziehungsprobleme oder Wahnvorstellungen anzuhören. Dafür gibt es hier sicherlich geeignete Paartherapien oder geschulte Psychologen.«

KAPITEL FÜNFUNDDREISSIG

Ihr letztes Stück Kuchen hatte Carmen vor drei Tagen gegessen. Seit Joanas Anruf, der unterbrochen worden war, weil das Handy sich ausgeschaltet hatte und nicht wieder anschalten ließ, war nichts mehr geschehen. Dabei hatte ihr Joana versprochen, sie bald zu holen. Aber sie war nicht gekommen. Ebenso wenig wie der Mann, der ihr sonst immer etwas zu essen und zu trinken gebracht hatte. War er es leid, dass sie ihn ständig anflehte, er möge sie freilassen?

Carmen trank einen kleinen Schluck Wasser aus der halb vollen Plastikflasche. Was wäre, wenn Joana nicht käme – oder der Mann sie einfach vergessen hätte? Jetzt, da sie immer mehr Erinnerungen abrufen konnte, wollte sie nicht sterben, wie sie es sich in den Jahren hier unten schon so oft gewünscht hatte. Sie wollte wieder mit ihrer Schwester sprechen, wollte noch einmal hinaus zum Himmel, zur Sonne und zu den Vögeln – sie wollte frei sein.

Seit Jahren waren diese modrigen Wände ihr einziger Horizont. Ihr Geruch haftete ihrer Haut selbst nach dem Waschen mit den neuen Seifen noch genauso an wie ihre eitrigen Geschwüre. Sie ging die drei Schritte zum Bett, ließ sich fallen und schloss die Augen. Sie verspürte Hunger. Und Durst.

Aber sie durfte heute kein Wasser mehr trinken.

Es muss reichen, bis Joana kommt, um mich zu retten, dachte sie.

Seit sie sich wieder an einiges aus ihrer Vergangenheit und der Schulzeit erinnern konnte, entsann sie sich auch, dass es einen Gott im Himmel gab, zu dem man beten konnte, wenn man in Not war. Der Wortlaut eines solchen Gebets fiel ihr nicht ein. Deshalb wandte sie sich mit der immer gleichen Bitte – dass ihre Schwester sie bald befreien möge – an Gott, bis sie vor Erschöpfung einschlief.

Maite hockte in Unterwäsche auf dem Sofa und sah an ihrem Bauch herab. Wölbte der sich nicht schon etwas? Sie strich über ihren Nabel und drückte dagegen, aber das erwartete Zucken blieb aus. Ab wann konnte man denn ein Baby spüren? Sie wusste es nicht und trank einen Schluck Früchtetee.

Zwei Wochen Zeit blieben ihr noch für die Entscheidung. Laut Dr. Ratinov, ihrem Gynäkologen, war sie in der zehnten Woche schwanger, und eine Abtreibung wäre bis zur zwölften Woche möglich. Zwei Wochen.

Maite beschloss, die Entscheidung zu vertagen. Wieder einmal. Sie griff zum Handy. Um den Anruf hinauszuzögern, dachte sie an Joana und an das Debakel bei der Polizei.

Und an ihr ernstes Gespräch im Anschluss daran.

Aber nun gab's kein Zurück mehr.

Maite atmete tief durch und wählte die Nummer von Rafaels Festnetzanschluss.

Er ging sofort ran.

»Hallo, Rafa … ich bin's – Maite.«

Eine Weile lang waren nur sein Atem und Fernsehgeräusche im Hintergrund zu hören, und sie dachte schon, er würde die Verbindung kappen.

»Na, du hast ja Nerven, mich anzurufen«, sagte er schließlich.

»Ich … ich weiß«, stammelte sie. »Es … es tut mir so leid. Ich weiß nicht, wie ich …«

»Aha. Es tut *dir* also leid? Weißt du was, *mir* tut's auch leid, dass du zusammen mit deiner durchgeknallten Freundin mein Auto geklaut hast und mich bei der Guardia Civil …«

»Schatz … Dein Wagen steht vor der Tür. Der Schlüssel liegt im Briefkasten. Sogar gewaschen hab ich ihn.«

Maite hörte, wie etwas auf den Tisch knallte und ein Stuhl verrutschte. Sie musste eine Minute warten.

»Stimmt. Und woher rührt dein Sinneswandel?«

»Ich habe einen furchtbaren Fehler begangen, Rafa«, hob Maite mit weinerlicher Stimme an. »Ich hätte nicht auf Joana hören sollen. Sie ist … Joana ist nicht mehr wie früher. Sie ist krank. Psychisch krank, Rafa. Sie leidet unter Schizophrenie, und ich … Du weißt gar nicht, wie sehr ich mich dafür schäme – aber ich hab das erst nicht gemerkt. Erst als es längst zu spät war. Wir waren sogar bei der Guardia Civil wegen ihrer Hirngespinste. Sie hat dir die schlimmsten Dinge vorgeworfen und meinte sogar, ihre Schwester Carmen wäre noch am Leben, und du … Du hättest sie … Jedenfalls hat der Teniente uns sofort rausgeworfen. Er hat Joana geraten, sich psychologischen Beistand zu suchen. Wenig später hat sie einen schlimmen Anfall bekommen und musste ins Krankenhaus. Dort ist sie von einer Therapeutin untersucht worden, und die haben eine schizophrene Psychose festgestellt. Der Auslöser war wohl, dass sie Carmens Verschwinden nie überwunden hat. Sie war für Joana fast so was wie eine Tochter, weil sie so viel jünger war und Joana ständig auf sie aufpassen musste, während ihre Mutter im Strandrestaurant gearbeitet hat. In ihren Wahnvorstellungen beschuldigt sie beinahe jeden, Carmen entführt zu haben – aber das ist für dich ja leider nichts Neues. Fehlen nur noch Aliens oder Vampire … Echt krass, sag ich dir, und nun muss Joana wahrscheinlich in eine geschlossene Anstalt. Es tut mir ja alles so leid, Rafa, aber nun kann ich's leider auch nicht mehr rückgängig machen.«

Maite wartete lange auf eine Reaktion. »Bist du noch dran?«

»Das ist natürlich tragisch mit Joana, aber …«

»Denkst du, du kannst mir meine Dummheit verzeihen, Rafa? Ich schwör's dir, ich hab niemals geglaubt, dass du so was tun könntest. Keine Sekunde!«

»Das glaub ich dir ja auch – und jetzt hör mit dem Geflenne auf. Trotzdem ist es übel, was in der letzten Zeit zwischen uns abgelaufen ist, oder etwa nicht? Immerhin hast du mein Auto gestohlen, du hast mich bei der Guardia …«

»Geliehen, Rafa, nicht gestohlen. Joana hat mich zu dem Schwachsinn überredet, und dafür habe ich mich entschuldigt. Sie meinte, sie könne beweisen, dass du … Aber reden wir nicht mehr davon. Ich möchte, dass zwischen uns wieder alles so wird wie bisher. Ich weiß, das wird schwierig, aber wie wär's mit einem Neuanfang? Warum treffen wir uns am Sonntag nicht dort, wo wir früher manchmal in den Bergen unser Picknick gemacht haben – sagen wir um sechs?«

»Du meinst in Motril? Oben bei der schwarzen Finca?«

»Genau. Und dann sprechen wir uns aus, okay?«

Einen Moment lang war nur Rafaels Fernseher zu hören.

»Ich besorg auch ein paar Happen zu essen und Wein und nehm eine Decke für die Versöhnungsnummer mit«, erhöhte sie das Angebot und untergrub damit Rafaels Widerstand.

»Also gut. Wie du willst. Soll ich dich abholen?«

»Nein, ich hab am Sonntag in Motril was zu erledigen und fahr dann gleich selbst hoch – bis bald, mein Schatz!«

Rubén de Freitas und Lucia Cienfuegos saßen mit den ihnen zugeteilten Beamten im Besprechungsraum des Polizeireviers. Teniente Ricardo Palacios hatte das Wort. Rubén konnte ihn nicht leiden – ein Gefühl, das bei ihnen auf Gegenseitigkeit beruhte. »Vier Morde innerhalb von zwei Wochen – seitdem ist aber auch Ruhe. Vielleicht ist das ja das Ende der Serie? Vor drei Jahren war das genauso. Auch damals war nach vier Todesfällen Schluss. Unser bisher letztes Opfer war zugleich der ehemalige Direktor des Hotels, in dessen Umfeld vier Menschen verstorben waren. Vielleicht gibt es auch eine Verbindung zwischen den zwei Mordserien?«, warf er in den Raum und blickte herausfordernd auf Rubén.

Nun fängt der schon wieder damit an, dachte Rubén, der sehr wohl mit den ungelösten Mordfällen vor drei Jahren vertraut war. Daraufhin waren einige Köpfe gerollt – oder in den Norden verbannt worden –, sowohl in Almuñécar als auch in der Mordkommission in Granada.

Die ungeklärten Fälle hatten ihm nach der Verbannung von zwei Vorgesetzten und der Pensionierung eines dritten zum Aufstieg als Leiter des Morddezernats verholfen – einen Karrieresprung, den er nicht angestrebt und auch nie für möglich gehalten hätte.

Offiziell ermittelte man in der alten Sache zwar noch, aber die Erfolgsaussichten, die Verbrechensserie aufzulösen, waren so gering, dass es niemand erst versuchte. Und die Guardia Civil verfügte anders als in den einschlägigen Fernsehserien über keine Cold-Case-Abteilung. Außerdem blieb angesichts der jüngsten Mordfälle für die verstaubten Akten keine Zeit. Und nun lag ihm der geltungssüchtige Teniente mit dieser Theorie im Ohr, dass die beiden Serien zusammenhingen. Rubén schloss eine Verbindung jedenfalls aus, und zwar aus gutem Grund: Er wusste es besser …

Trotzdem teilte Rubén einen Polizisten mit dem IQ einer Knoblauchpresse ein, die alten Akten auf Zusammenhänge mit den neuen Fällen abzugleichen. Dann nickte er dem Teniente wohlwollend zu, was ihn einige Überwindung kostete, und hielt sein Handgelenk demonstrativ vor die Nase, ohne auf die Uhr zu blicken. »Ich denke, das wäre dann alles. Wir treffen uns um sechs Uhr zur Lagebesprechung.«

Die Mannschaft verließ den Raum, nur Lucia machte keine Anstalten, sich aus ihrem Stuhl zu erheben. Sie war schon das ganze Meeting über mit ihren Gedanken woanders gewesen und hatte sich kaum zu Wort gemeldet. Nun malte sie Kreise unter ihre Besprechungsnotizen.

Rubén vermutete, dass gerade eine Böe durch ihr Privatleben fegte, und die kam meist aus einer von drei möglichen Windrichtungen: Teresa, Damian oder Rubén.

Diesmal konnte er sich selbst ausschließen, weil zwischen ihnen seit der Nacht auf dem Schiff nichts mehr gelaufen war, und die letzten Telefonate zwischen Teresa und Lucia, denen er im Auto lauschen musste, hatten sich friedlich angehört.

Blieb also nur noch ihr sechzehnjähriger Sohn Damian übrig. Rubén sortierte seine Unterlagen, ging um den Tisch herum und setzte sich neben Lucia.

»Ist es wegen Damian?«

Lucia nickte.

»Will er immer noch zu seinem Vater nach Barcelona?«

»Ja. Und langsam will ich das auch. Ich habe die Kontrolle verloren, Rubén. Ich schaff das nicht mehr …«

»Was hat er denn nun schon wieder angestellt?« Lucia winkte ab, als wollte sie das lieber für sich behalten, und stopfte ihre Notizen und das iPad in die Handtasche. Dann zog sie ein Taschentuch aus ihrer Kostümjacke und zerknüllte es.

»Nun sag schon.«

Lucia kämpfte mit den Tränen und sprach mit monotoner Stimme: »Er hat eine Anzeige bekommen. Von Electrodomésticos Sanchez.« Rubén kannte den Laden für Haushaltsgeräte und Elektronik. Dort hatte er vor Jahren eine Waschmaschine gekauft, die noch immer funktionierte.

»Hat er eine CD geklaut?«

»Schön wär's – die haben ihn wegen Erregung öffentlichen Ärgernisses angezeigt.«

Rubén verkniff sich ein Schmunzeln. So was hatte er in dem Alter auch geschafft – wegen Nacktbadens um vier Uhr morgens im Brunnen der Plaza Nueva im Zentrum von Granada.

»Und wie darf ich mir das vorstellen?«

»Tja, seit die ausgestellten Fernseher alle WLAN haben, geht das anscheinend ganz einfach, wenn man sich damit etwas auskennt, so wie mein Anarchosohn und sein Hackerkumpel.«

Lucia zog ihr iPad aus der Handtasche und hielt es hoch.

»Sie haben sich mit so was ins Ladennetz eingeloggt und mal kurz das Fernsehprogramm von Dutzenden Flachbildschirmen gleichzeitig verändert … Und statt der vormittäglichen Tierdoku liefen dann ›Pulp Ficktschön‹ und ›Sperminator II‹. Erwischt haben sie die beiden, weil sie sich als Einzige krummgelacht hatten.«

Rubén musste ebenfalls losprusten.

»Findest du das etwa witzig, oder was?«

Er stellte sich das bildlich vor und fand es tatsächlich lustig. Gerade als Rubén, der ja in Erziehungsbelangen nicht gerade der richtige Ansprechpartner war, überlegte, was er seiner überforderten Kollegin für Ratschläge geben könnte, krachte es draußen, als hätte jemand einen Stuhl gegen die Tür geworfen.

Im Flur war ein Tumult ausgebrochen. Rubén ging nachsehen.

Was war denn hier los? Zwei Beamte hielten eine kreischende Frau fest. Sie schlug um sich, strampelte mit den Füßen und war wohl auch für den als Wurfgeschoss missbrauchten Stuhl verantwortlich. Zwei Männer eilten ihren Kollegen zu Hilfe, und zusammen gelang es ihnen, die Frau am Boden zu bändigen. Ihr zerzaustes schwarzes Haar verbarg das Gesicht. Der Rock war hochgerutscht, ein beiger Damenschuh lag unter dem Empfangstresen.

»Wer ist diese Frau?«, erkundigte sich Rubén bei Teniente Palacios, der das Spektakel aus sicherer Entfernung verfolgte.

»Das ist Señora Joana Soto. Sie ist hier so was wie eine Stammkundin – aber wenn Sie mich fragen, gehört die schon längst in …« Teniente Palacios wedelte mit gespreizten Fingern vor der Stirn.

»Aber was will sie denn?«, wollte Rubén wissen und bekam die Antwort aus erster Hand, obwohl er bei dem Radau nur zwei Wörter verstehen konnte: »… Fürchterliches … passiert …«, schrie diese Joana Soto und verlor in den Armen der Beamten das Bewusstsein.

KAPITEL SECHSUNDDREISSIG

Kilian stieg in Feldkirchen aus der S-Bahn. Er schlenderte durch die Unterführung und die wenigen Meter bis zu ihrer Wohnung, wobei er betont langsam ging. Einerseits, weil er seit frühmorgens herumhetzte, und andererseits, weil ihn zu Hause niemand erwartete. Es war neun Uhr abends. Das Café schloss gerade, und er überlegte kurz, ob er bei der Österreicherin in der Kneipe gegenüber noch schnell ein Bierchen trinken sollte, entschied sich aber dagegen. Er wollte jetzt keine Menschen um sich haben. Die belanglosen Alltagsunterhaltungen würden ihn zwar von quälenden Gedanken in der einsamen Wohnung abhalten, aber die wollte er heute Abend mit Fernsehen vertreiben.

Er betrat seine Wohnung, hängte seine Lederjacke auf und ging in die Küche. Er zog Wurst, Käse, einen Becher Aufstrich und ein Glas Gurken aus dem Kühlschrank. Dann schnappte er sich eine Breze vom Vortag, legte Senf und Messer neben eine Weißbierflasche aufs Tablett und trug sein Junggesellen-Frustdinner ins Wohnzimmer.

Heute war der dritte Tag ohne Kontakt zu Joana. Ihr Handy war ständig ausgeschaltet, und sie hatte sich seither auch nicht bei ihm gemeldet. War ihr etwas zugestoßen?

Er sorgte sich um Joana und vermisste sie, ebenso wie seinen Sohn. Dabei hätte er am Dienstag nach Spanien fliegen wollen, um seine Frau zu überreden, nach Hause zu kommen. Doch als er gerade das Flugbuchungsformular ausfüllen wollte, hatte er den Anruf einer überregionalen Handelskette erhalten. Der stellvertretende Geschäftsführer wollte am Donnerstag die Zusammenarbeit mit coupon24.de per Vertragsunterzeichnung formalisieren. Deswegen hatte er nicht weg gekonnt. Und nun hatte er zwar seit gestern einen wichtigen Kunden an der Angel, wurde aber beinahe krank vor Sorge um seine Familie.

Zumindest hatte er heute einen Flug für übermorgen buchen können. Was, wenn Joana ihm seinen Fauxpas auf der Feier nicht verzeihen könnte und ihn deshalb verließ? Was, wenn diese trostlosen Abende sein neuer Alltag werden würden? Selbst wenn sie ihn nicht verließ und hoffentlich nächste Woche mit ihm nach München zurückkehrte – würde es zwischen ihnen jemals wieder so sein wie vor der fatalen Spanienreise?

Kilian zappte durch die Programme, trank ein weiteres Bier, rülpste, weil er keinen besonderen Grund fand, die Benimmregeln einzuhalten, streckte sich auf der Couch aus und schlief fast augenblicklich ein.

Um halb zwei Uhr morgens schreckte er hoch. Im Fernsehen priesen eine zappelige Amerikanerin und ein Fitnesspapst eine Saftpresse an. Kilian drückte den roten Knopf der Fernbedienung. Er ignorierte das Stillleben am Couchtisch und dachte, dass es derzeit ja doch niemanden kümmerte, wenn er erst morgen aufräumte. Er schnappte sich sein Handy und ging ins Bett. Obwohl morgen Samstag war, stellte er den Wecker auf sechs Uhr früh. Vor seiner Abreise gab es im Büro noch eine Menge zu erledigen.

Kilian knipste die Nachttischlampe aus und hoffte, dass er den Fernsehschlaf nahtlos ins Bett retten konnte. Vergeblich. Trübselige Gedanken holten ihn ein und hinderten ihn am Einschlafen … Er tastete nach seinem Handy und versuchte Joana in Spanien zu erreichen, doch der gewünschte Teilnehmer war nicht erreichbar.

In der vagen Hoffnung, dass sie ihm während der letzten drei Stunden eine Nachricht geschrieben hatte, lud er seine Mails aufs Smartphone. Nichts. Nur Spams und ein Newsletter der www.infocostatropical.com, den sie abonniert hatten, um hin und wieder Neues aus Joanas Heimat zu erfahren.

Kilian überflog die Schlagzeilen: Der Stadtrat von Motril hatte in seinem Haushaltsausschuss das Budget für geplante Infrastrukturmaßnahmen abgesegnet, laut Gutachten des Verkehrsministeriums würde sich die Fertigstellung der Autobahntrasse Salobreña–Motril um weitere sechs Monate verzögern, die Suche nach einem spurlos verschwundenen Kind blieb bisher ergebnislos, der Vorsitzende der Hoteliersvereinigung der Costa Tropical ging davon aus …

Kilian seufzte. Ein Kind verschwunden, wie schrecklich.

Gar nicht auszumalen, wenn Xaver auf einmal … Er klickte auf die Schlagzeile und las den Artikel: *La Herradura. Von dem seit Mittwochmorgen vermissten Kleinkind fehlt immer noch jede Spur. Die Mutter, J. S. aus Almuñécar, hatte gegenüber der Guardia Civil angegeben, dass ihr vierzehn Monate alter Sohn X. H. am Morgen nicht in seinem Bett lag …*

Kilian sprang hoch und stieß die Lampe vom Nachttisch. Er hastete im Dunkeln zur Schlafzimmertür, stürzte über die Bettkante, rappelte sich hoch und fand den Lichtschalter. Seine Knie zitterten, sodass er sich am Türgriff festhalten musste. Er starrte das Handy auf der Daunendecke an wie eine entriegelte Handgranate.

J. S. aus Almuñécar? Joana Soto wohnte doch schon lange in München! Und was war mit La Herradura? … Gehörte dieser Hügel namens Punta de la Mona nicht noch zu Almuñécar? Auf der Ferienhausseite im Internet hatte die Wohnung doch unter der Rubrik Almuñécar gestanden. Der Boden unter ihm schwankte wie Schiffsplanken. Xaver Huber war vierzehn Monate alt. Oder waren es schon fünfzehn? Er sank aufs Bett und überschlug Xavers genaues Alter im Kopf. Es gelang ihm nicht, und er musste die Monate mit den Fingern nachzählen. Er kam immer wieder auf vierzehn. Nein. Das waren Zufälle, redete er sich ein. Nichts als Zufälle! Kilian griff zum Handy. Er musste den Artikel fertig lesen. Bestimmt stand da noch etwas, das …

Die Polizei geht von einem Entführungsfall aus. Der Vorfall ereignete sich in der Wohnsiedlung Punta de la Mona bei La Herradura. Suchmannschaften durchkämmten bisher ohne Erfolg …

Ein Laut brach aus ihm heraus, den man so ähnlich nur im Wildtiergehege des Münchner Zoos zu hören bekam. Es durfte nicht sein Sohn sein, der plötzlich nicht mehr im Kinderbett gelegen hatte.

Er wählte erneut Joanas Nummer.

Heb endlich ab und sag, dass das ein Missverständnis ist! Joana – mach schon! Der gewünschte Teilnehmer ist …

Kilian schleuderte das Handy aufs Bett. Es prallte wie vom Sprungbrett ab und fiel zu Boden. Er stolperte in die Ecke, widerstand dem Drang draufzuspringen, hob es hoch und rief den Internet Explorer auf. In die Suchleiste tippte er »Teléfono Guardia Civil Almuñécar«. Mit seinen zittrigen Fingern vertippte er sich unentwegt, und es dauerte eine Weile, ehe er die Nummer gefunden und ins Handy eingegeben hatte. Gleich ist der Albtraum vorbei, dachte er.

»Guardia Civil Almuñécar, buenas noches.«

Kilian fasste sich und erklärte den Grund seines Anrufs.

»Da müssen Sie morgen früh anrufen, wenn die zuständigen Beamten …«

Kilian erklärte ihm, dass er unmöglich bis morgen warten könne, um zu erfahren, ob sein Sohn spurlos verschwunden war oder nicht.

»Leider bin ich nicht befugt, am Telefon Auskunft zu …«

Nun verlor er seine mühsam aufrechterhaltene Beherrschung. Er schrie ins Telefon und hörte erst damit auf, als er mit einem Weinkrampf die Wand entlang zu Boden sank. Das Handy fiel aufs Parkett, und die Stimme des Beamten, der wider Erwarten die Verbindung nicht unterbrochen hatte, drang leise zu ihm durch: »Und Sie sind wirklich Señor Huber?«

Kilian hob das Telefon auf und hielt es kraftlos ans Ohr. »Ja.«

»Dann tut es mir leid, Ihnen mitteilen zu müssen, dass der Name des verschleppten Jungen Xaver Huber lautet.«

KAPITEL SIEBENUNDDREISSIG

Rafael verfolgte die Nachrichten im Fernsehen. Hauptthema auf Canal Sur war die Kindesentführung in La Herradura. Die Ausschnitte wechselten von Suchmannschaften mit Hunden, die das Hinterland durchkämmten, zu fassungslosen Nachbarn und Helikoptern mit Wärmebildkameras.

Das war nicht eingeplant gewesen. Was, wenn die bei der Suche nach dem Balg auf Carmen stießen? Sie war mit Sicherheit noch nicht verhungert und würde ihn natürlich wiedererkennen – was auch der Grund war, warum er sie niemals freilassen könnte, egal, wie viel ihre Schwester dafür bezahlte.

Er musste handeln. Jetzt, da Aurelio, Diego, Salvador und Carlos tot waren und er der neue Drogenbaron war, musste er seine Altlasten entsorgen, um sich auf die Rekrutierung von neuem Personal zu konzentrieren.

Er dachte an Teniente Palacios. Kein schlechter Mann – nur leider auf der falschen Seite. Bei einem Glas Bier nach dem nächsten Tennismatch würde er sich herantasten, ob der Teniente mit seinem mickrigen Salär nicht für ein ordentliches Zusatzgehalt zu gewinnen wäre. Als Boss musste er ab sofort auch wie ein Entscheider denken. Vor allem musste er den Kopf für neue Aufgaben frei haben.

Zoco konzentrierte sich wieder auf den Bildschirm. Der

Bericht schloss mit der Meldung, dass die Mannschaften ihr Suchgebiet ausweiten wollten.

Er musste schnell handeln …

Sollten sie bei ihrer Suche bis zur Finca gelangen, könnten dort die Hunde anschlagen oder die Wärmebildkamera einen verdächtigen Fleck registrieren.

Rafael dachte an Maites überraschenden Anruf. Sie wollte sich gleich mit ihm aussprechen, und zwar ausgerechnet dort, wo sie anfangs einige Nummern unter freiem Himmel geschoben hatten. Sentimentales Weib.

Wenn du wüsstest, dass keine zweihundert Meter weiter …

Um sechs sollte er sich mit ihr treffen. Wenn er gleich losfuhr, musste er nicht zweimal den Weg hoch und konnte vorher noch sein Problem lösen … Rafael schaltete den Fernseher ab und ging in die Küche. Carmen würde ohnehin sterben, und so langsam zu verhungern war kein schöner Tod.

Er zog verschiedene Messer aus dem Holzblock und entschied sich für ein Tranchiermesser mit sechsundzwanzig Zentimeter Klingenlänge. Dann tastete er an seinem Brustkorb nach der anatomisch korrekten Stelle. Ein präziser Stich zwischen die Rippen ins Herz – und Carmen würde genauso wenig leiden wie bei einer Kugel in den Kopf. Aber eine Pistole besaß er nun mal nicht.

Rafael packte das Messer ein und machte sich auf den Weg.

Kilian war ohne Rücksichtnahme auf Geschwindigkeitsbeschränkungen die Strecke vom Flughafen Málaga nach La Herradura gerast und parkte nun vor ihrer Ferienwohnung. Nach dieser Hiobsbotschaft gestern Nacht wäre er am liebsten ins Auto gesprungen und von München direkt nach Spanien gefahren. Aber das hätte viel länger gedauert, als in das erste Flugzeug nach Málaga zu steigen, und mit dem Auto wäre er in seiner Verfassung in der Nacht wohl in Frankreich gegen einen Brückenpfeiler gerast. Joana war telefonisch immer noch nicht zu erreichen, und ihr Mietwagen stand nicht vor der Tür. Zum Glück hatte er bei seiner überstürzten Abreise vergessen, den

Zweitschlüssel aus dem Münzfach seiner Brieftasche zu nehmen.

Der Polizeibeamte konnte oder wollte ihm vergangene Nacht am Telefon nur wenige Details nennen – nur dass sein Sohn am Mittwochmorgen nicht in seinem Bett gelegen habe und Fußabdrücke darauf hinwiesen, dass der oder die Täter durch ein offenes Badezimmerfenster ins Haus gelangt seien.

In der Nacht, die er lethargisch auf einer Wartebank am Münchner Flughafen kauernd verbracht hatte, war die schreckliche Bandbreite der Möglichkeiten wie ein nicht enden wollender Horrorfilm an seinem geistigen Auge vorbeigezogen: ein Kinderhändlerring, ein Pädophiler, eine verzweifelte Frau, die selbst kein Kind bekommen konnte …

Seine Gewissensbisse waren so heftig, dass er physischen Schmerz in der Brust verspürte: Hätte ich die beiden nicht in Spanien zurückgelassen … Hätte ich nur diesen dämlichen Termin verschoben, dann wäre ich am Dienstag hier gewesen und Xaver wäre vielleicht nicht entführt worden …

Kilian drehte den Schlüssel um und stieß die Tür auf. »*Joana?*«, schrie er dreimal durchs Haus und erhielt nicht mal sein Echo als Antwort. Zuerst ging er in Xavers Schlafzimmer und starrte auf das Bett. Joana hatte eigens Laken und Kissenüberzug mit den Winnie-Puuh-Motiven aus München mitgenommen. Nun lagen sie zerknüllt auf dem Bett.

Er setzte sich auf den Rand und schnupperte am Kissen. Der Geruch löste die lebhafte Erinnerung an Xaver aus, der gerade seine ersten Schritte tat und glucksend vor Stolz mit ausgestreckten Armen auf ihn zuwankte, ehe er auf seinen windelgepolsterten Hintern plumpste. Kilian presste das Kissen gegen sein Gesicht, als wollte er sich damit ersticken.

Was, wenn Xaver für immer verschwunden blieb?

Was, wenn er schon irgendwo im Wald verscharrt lag?

Kilian spürte, dass er vor Erschöpfung wegdämmerte, und rappelte sich auf. Er musste seinen Sohn suchen. Rasch hatte er alle Winkel der Villa abgesucht, was natürlich blödsinnig war, aber zumindest vermittelte es ihm das Gefühl zu handeln. Im Wohnzimmer wurde ihm klar, warum seine Frau nicht zu erreichen gewesen war. Unter einer Wandkerbe lag ihr Handy in drei Teilen auf dem Marmorboden. Arme Joana. Sie ging gerade ebenso durch die Hölle wie er selbst und machte sich obendrein bestimmt Vorwürfe wegen des offenen Fensters.

Sein nächster Schritt musste sein, zur Polizei zu fahren. Vielleicht gab es ja schon eine Spur, und bestimmt war Joana auch dort. Kilian ging in die Küche, um ein Glas Wasser zu trinken, und fand einen Computerausdruck auf dem Küchentisch. Eine Nachricht für ihn? Blödsinn. Sie konnte ja nicht wissen, dass er nach Spanien gereist war.

Gleich der erste Satz nahm ihm die Luft wie ein Tiefschlag: *Wenn ihr euren Sohn lebend wiedersehen wollt …*

Verdammte Scheiße. Kilians Hand zitterte so sehr, dass er das flatternde Erpresserschreiben auf den Tisch legen musste. Er setzte sich davor und zwang sich, bis zum letzten Satz zu lesen: *Andernfalls wird euer Sohn sterben!*

Kilian steckte das Schreiben mit dem angehefteten Google-Maps-Ausdruck ein und rannte aus dem Haus.

Es blieb nicht mehr viel Zeit, um seinen Sohn zu retten.

Rafael hielt an der Stelle an, wo er sich um sechs Uhr mit Maite treffen sollte: an ihrem romantischen Platz mit Blick über die Bucht von Motril. Bald würde die Sonne im Meer versinken, und für eine Versöhnungsnummer in der Botanik war es schon zu kalt. Er wunderte sich erneut, warum Maite sich ausgerechnet hier mit ihm verabredet hatte und nicht in einer Kneipe. Rafael fuhr die letzten Kurven zur schwarzen Finca hoch. Als er auf den vermüllten Vorplatz bog, bemerkte er sofort, dass hier etwas nicht so war, wie es sein sollte …

Im ersten Moment war er so verblüfft, dass er für Sekunden nur auf die Holztür glotzen konnte. Seine Gedanken wirbelten um seinen letzten Besuch hier oben. Wann war das gewesen? Vor einer Woche? Konnte er vergessen haben, die Tür abzuschließen? Wohl kaum! Rafael zog das Messer hervor und sprang aus dem Auto. Er schlich sich seitlich an die Eingangstür der Finca heran, die weit offen stand und den Blick in das verwahrloste Wohnzimmer freigab.

War Carmen die Flucht gelungen? Aber wie zum Teufel hätte sie das anstellen sollen? Oder war jemand von draußen in die Finca eingedrungen? Er prüfte die angesengte Holztür, konnte aber keine Einbruchsspuren feststellen.

Rafael betrat die Finca auf Zehenspitzen. Adrenalin öffnete seine Poren. Im Wohnraum war alles unverändert: Auf dem Couchtisch lagen leere Flaschen, Drogenbesteck und eine Untertasse mit einem Häufchen Koks. Ein Suppenteller voller Zigarettenkippen sorgte für den Raumduft. Die Couch, aus der Schaumstoff quoll und auf der Sergio sein tristes Leben ausgehaucht hatte, stand noch an derselben Stelle.

Eines der beiden kleinen Fenster, durch die nur spärliches Licht in diese versiffte Höhle drang, war zur Hälfte zersplittert. Aber auch das war schon immer so gewesen. Ansonsten war kein Laut zu hören, und alles wäre normal gewesen – wenn die Fincatür nicht offen gestanden hätte …

Zunächst musste er kontrollieren, ob Carmen noch in ihrem Versteck war. Darauf bedacht, kein Geräusch zu verursachen, stieg er die Treppe in den Keller hinab. Er zwängte sich durch den verrümpelten Abstellraum. Gott sei Dank – die Metalltür war immer noch verschlossen. Zur Sicherheit holte er den Schlüssel aus dem Versteck und öffnete die Tür. Carmen lag im Bett in der Ecke und schien zu schlafen. Doch als er eintrat, drehte sie sich zu ihm um und sah ihn wortlos an, ehe sie den Blick auf das Messer senkte. Rafael starrte ebenfalls darauf.

Sollte er es sofort hinter sich bringen?

Nein – er musste erst sicherstellen, dass neben der offen stehenden Haustür keine weiteren unangenehmen Überraschungen auf ihn warteten, und erst die anderen Räume im Erdgeschoss kontrollieren. Er verriegelte die Stahltür wieder und schlich die Treppe hoch. Neben dem Wohnzimmer lag die Küche. Als er sie betrat, fuhr er zusammen. Nicht wegen des Geruchs und des Schimmels, der aus halb leeren Konserven wucherte, sondern wegen der Ratte, die sich eben noch an einer solchen Dose gelabt hatte und nun durch das zersprungene Küchenfenster die Flucht ergriff. Dabei stieß sie ein Glas mit grünlichem Brei um, der vor einigen Wochen vielleicht Milch gewesen war.

Zoco schloss die Tür und atmete durch.

Im hinteren Teil der Finca befanden sich drei weitere Zimmer. Das linke schien das ehemalige Schlafzimmer von Sergios Eltern zu sein. Heiligenbilder hingen zwischen Spinnweben an der Wand, und der Steinboden war mit von der Decke gerieseltem Putz übersät. Auch hier waren die Nachtschränkchen und die Kommode so dick mit Staub überzogen, dass man die Holzfarbe nur erahnen konnte. Hinter der nächsten Tür verbarg sich ein Bad mit Toilette, und er war froh, dass es hier so dunkel war, dass man keine Details erkennen konnte.

Rafael wandte sich der letzten Tür zu. Sie war versperrt.

Und das sollte nicht so sein.

Die Tür müsste in Sergios ehemaliges Schlafzimmer führen und war nicht verriegelt, sondern eher … blockiert.

Rafael stemmte sich dagegen. Der Spalt zwischen Tür und Rahmen öffnete sich einige Zentimeter. Innen schrammte etwas über den Boden. Er wuchtete sich zwei weitere Male dagegen, und die Tür öffnete sich um zwanzig Zentimeter.

Dann flog sie mit einem Knall wieder zu.

Es stemmte sich jemand von innen dagegen!

Aber wer? Ein Landstreicher, der hier Unterschlupf suchte?

Rafael musste sich die Hände an seiner Hose trocken reiben. Er blickte auf das zitternde Messer und versuchte einen klaren Gedanken zu fassen. Wer zum Teufel konnte sich hinter dieser Tür verstecken? Die Menschen aus der Gegend mieden die schwarze Finca doch wie den Teufel. Und wie war diese Person ohne Schlüssel überhaupt hineingekommen? Etwa über das Schlafzimmerfenster an der Rückseite? Was sollte er nun tun? Von hier verschwinden, als hätte er damit nichts am Hut? Doch mit den Spuren, die er hinterlassen hatte, war das keine gute Option. Ehe er weitere Schritte unternahm, beschloss er herauszufinden, wer sich hinter dieser Tür aufhielt.

Er trat den Rückzug an und schlich außen um das Gebäude

herum. Dort presste er sich neben dem Fenster zu Sergios Schlafkammer an die Mauer. Sofort war sein Hemd schwarz eingefärbt und roch verbrannt. Langsam schob er den Kopf über den verwitterten Rahmen, bis sein rechtes Auge auf schmutziges Glas starrte, durch das er nichts sehen konnte. Er befeuchtete einen Finger und versuchte die untere Ecke zu säubern, aber der Dreck war nicht nur außen auf der Scheibe, sondern auch innen. Rafael trat vor das Fenster. Er beugte sich so weit vor, dass seine Augenbrauen das Glas berührten, und versuchte etwas zu erkennen. Aber mehr als eine dunkle Silhouette konnte er nicht ausmachen.

Dort drinnen stand jemand reglos in der Mitte der Kammer.

Und was nun? In einer halben Stunde würde er Maite unweit von hier treffen, und bis dahin wollte er das mit Carmen erledigt haben. Jetzt, da er wieder an sein ursprüngliches Problem dachte, schien es ihm, als würde er in der Ferne Helikopterlärm ausmachen. Wärmebildkameras.

Wer auch immer sich da drinnen versteckte, hatte schlechte Karten – schließlich hatte er ein Messer, und Zeugen konnte er auf keinen Fall gebrauchen. Trotzdem wollte er wissen, mit wem er es gleich zu tun bekam, und ohne weiter darüber nachzudenken, klopfte er gegen das Fenster.

»Hallo?«, sagte er nicht besonders laut. Keine Reaktion. Wieder beugte er sich vor und versuchte durch das Fenster etwas zu erkennen. Der Schatten stand nun in einer anderen Ecke des Raums – reglos wie zuvor.

»Ist da jemand?«, rief er nun etwas lauter und dachte, dass dies unter anderen Umständen eine blöde Frage gewesen wäre. Wieder keine Reaktion … oder doch? Bewegte der Mann dort drinnen seinen Arm? Rafael duckte sich unter das Fenster, weil er einen Schuss befürchtete.

Aber der blieb aus. War der Eindringling bewaffnet?

Damit war kaum zu rechnen. In Spanien besaß fast niemand Feuerwaffen. Darauf standen drakonische Strafen.

Er war der obskuren Gestalt gegenüber im Vorteil.

Und den würde er nun nutzen.

Er ging wieder ins Gebäude, und als wäre die Situation noch nicht bedenklich genug, vernahm er hinter der Tür zur Schlafkammer nun ein Geräusch, welches in jeder anderen Umgebung harmlos gewesen wäre. Hier ließ es ihn erschaudern, denn es bedeutete, dass etwas mächtig aus dem Gefüge geraten war. Was zum Henker ging da drinnen vor?

Nachdem er sich drei weitere Male mit der Schulter gegen die Tür gewuchtet hatte, durchbrach er den Widerstand, den jemand hinter der Tür aufgebaut hatte. Er stolperte und fiel ins Zimmer. Noch im Fallen nahm er verschiedene Dinge wie im Zeitraffer wahr: Schimmel und Spinnweben an den Wänden, einen umgekippten Schrank, der wohl für den Widerstand gesorgt hatte, das Poster einer nackten Blondine, die eine Harley wusch, Zigarettenschachteln, Bierflaschen und Kinderspielzeug, eine Packung Windeln, Gläser mit Babybrei – und ein schreiendes Kleinkind auf dem Bett.

Im nächsten Moment stürzte sich jemand von hinten auf ihn und schlug ihm mit etwas auf den Kopf. Für einen Moment wurde ihm schwarz vor Augen. Doch er blieb bei Bewusstsein. Eine Hand stützte sich neben seinem Kopf auf dem staubigen Boden ab. Eine manikürte Hand mit rot lackierten Nägeln.

Auch diese Hand war fehl am Platz.

Es war dieselbe, an deren Finger er vor Wochen einen teuren Ring gesteckt hatte.

Maite.

Erneut schlug sie ihm auf den Kopf. Zeit für Gedanken oder Schlussfolgerungen gab es nicht. Das Messer war halb unter das Bett geschlittert. Dort musste er hin.

Der nächste Schlag traf ihn am Unterarm. Rafael versuchte sich herumzuwälzen, und im Gerangel mit ihr gelang es ihm, sich zu befreien. Maite fiel von seinem Rücken. Er stieß sie mit einem Tritt in den Bauch von sich und kroch zum Bett. Hektisch tastete er nach dem Messer und schloss seine Hand um den Griff. Gerade als er es unter dem Bett hervorzog, warf sich Maite erneut auf ihn. Ihre eben noch vor Hass starren Augen blickten erstaunt auf ihn herab. Fast so wie an jenem Abend, als er sie gebeten hatte, ihn zu heiraten.

Maite rollte von ihm ab und blieb mit dem Messer im Bauch liegen. Bebend näherte sich ihre Hand dem Messerschaft, doch auf halbem Weg erschlaffte sie und glitt zu Boden. Blut quoll aus ihrem Unterleib und rann zwischen ihre Finger. Es war dasselbe Rot wie das ihrer Nägel. Das Kindergeschrei erreichte neue Höhen.

Rafael rappelte sich hoch. Er fragte sich gar nicht erst, was Maite hier zu suchen gehabt hatte. Darüber konnte er später immer noch nachgrübeln. Erst mal galt es, die Situation wieder unter Kontrolle zu bringen. Er verriegelte die Fincatür, um weitere Überraschungen auszusperren, und machte sich auf den Weg in den Keller. Halb die Treppe hinunter, kehrte er um, weil er etwas vergessen hatte. Im Schlafzimmer zog er Maite das Messer aus dem Bauch. Ihr Kopf war zur Seite gewandt. Ihr Mund stand offen. Rafael stieß gegen ihren Fuß, erzeugte damit aber keine Regung. Sie war tot. Dabei hätten wir beide es so schön haben können, dachte er, ehe er die Treppe hinuntertrampelte und die Tür zu Carmens Verlies aufschloss.

Sie lag im Halbdunkel auf dem Bett und schien von dem Getöse über ihr nichts mitbekommen zu haben. Es stank nach Schimmel und Exkrementen. Carmens Augen waren wie zuvor auf das Messer gerichtet. Sie schrie nicht oder wich so weit zurück, wie es die Mauer in ihrem Rücken erlaubte – und das, obwohl es im Gegensatz zu vorhin nun blutbesudelt war. Sie war bestimmt zu schwach, um sich zu bewegen, dachte er. Es wurde Zeit, sie von ihren Leiden zu erlösen. Danach müsste er nur noch die Finca in Brand stecken und verschwinden.

Wortlos trat er auf Carmen zu.

Dabei war er kein eiskalter Mörder.

Sergio war vor ein paar Wochen sein erstes Opfer gewesen, und wenn er hier fertig war und alles in Flammen stand, waren es mitsamt dem Schreihals fünf Leichen, für die er verantwortlich war – aber nicht zur Verantwortung gezogen werden konnte. Und nur das war im Moment wichtig.

»Wehr dich nicht, und du wirst nicht leiden.«

Rafael kniete sich neben sie auf das Bett und setzte ihr das Messer an der richtigen Stelle zwischen zwei Rippen an.

Carmen ließ es geschehen. Er legte seine Hände auf den Schaft und verlagerte das Gewicht. Bei fünf stößt du zu. Carmen blickte ihm in die Augen, aber er wandte sich ab.

Er war kein Psychopath, der sich an der Angst der Opfer weidete. Eins … zwei … drei …

Im nächsten Moment drang ein Geräusch in den Kellerschacht. Wie ein über Schotter schlitterndes Auto. Die Guardia Civil?

Rafael konzentrierte sich auf die verschiedenen Geräusche: eilige Schritte, jemand hämmerte gegen die Tür, der Balg begann nach einer kurzen Pause erneut zu schreien, danach ein Poltern, als werfe sich jemand gegen die Tür, wieder Schritte, der Automotor heulte auf. Kurz darauf vibrierten die Kellermauern, und ein Geräusch von zerspringendem Glas, berstendem Holz und reibendem Metall drang aus dem Luftschacht zu ihm herab. Staub und jahrzehntealter Verputz rieselten von der Decke.

Rafael ließ von Carmen ab. Es war an der Zeit, dort oben nach dem Rechten zu sehen. Er rannte durch die Rumpelkammer, hastete die Treppe hoch und konnte erst nicht fassen, wer sich da gerade durch die zerborstene Holztür zwängte.

Rafael verlor keine Zeit mit Nachdenken: Er stürzte in die Schlafkammer, stieg über Maites Leiche hinweg, rutschte beinahe in deren Blutlache aus, riss das Kind an sich und presste es gegen seine Brust.

Es hämmerte rücklings mit den kleinen Fäusten gegen seine Schulter, kreischte und strampelte. Mit seiner Geisel und dem Messer stellte er sich dem neuen Widersacher entgegen.

In seinem Kopf rumorte es wie im Schleudergang einer alten Waschmaschine. Kilian versuchte alle Fragen auszublenden und konzentrierte sich auf den Google-Maps-Ausdruck. Bei Motril bog er von der Hauptstraße ab und überholte Richtung Stadtzentrum einen Lkw, was den Lenker eines Lieferwagens zu Dauerhupen und einem Gruß mit dem Mittelfinger veranlasste.

Er passierte ein Einkaufszentrum und gelangte nach

mehreren Abzweigungen schließlich auf einen Schotterweg. War er hier richtig? Kilian hielt an und blickte auf die Karte. Staub wirbelte durchs offene Fenster in den Wagen. Der Weg schlängelte sich im Ausdruck als gestrichelte Linie die Berge hoch. Am Ende war ein Kreuz eingezeichnet.

Das Ziel. Kilian trat das Gaspedal durch. Diesmal hatte er nicht den billigsten Mietwagen genommen, sondern nach dem Auto mit dem stärksten Motor gefragt, um die Strecke vom Flughafen schnellstmöglich zurückzulegen. Nun prügelte er in Paris-Dakar-Manier den polierten Jaguar einen Weg hoch, der mit Fahrrinnen und Schlaglöchern gespickt war, in denen man einen Straßenköter begraben könnte. Gestrüpp strich am Wagen entlang, und links wartete der Abgrund. Der Schotterweg führte an kleinen Fincas und Ruinen mit eingestürzten Dächern vorbei. Bei keinem davon war die Fassade brandgeschwärzt – das angeführte Erkennungsmerkmal im Erpresserschreiben.

Kilian rief sich die Instruktionen des bizarren Briefs in Erinnerung und kam dabei von der Straße ab. Zum Glück in einer Linkskurve. Der Jaguar mähte einen vertrockneten Strauch nieder und prallte seitlich gegen einen Olivenbaum. Er trat aufs Gaspedal, rumpelte über einen Felsen, der die Unterseite des Fahrzeugs empfindlich in Mitleidenschaft zog, und gelangte wieder auf den Weg. Nach einigen Kurven befand er sich auf einer Ebene. Vor einer verlassenen und rußgeschwärzten Finca parkte ein dunkler Mercedes.

Kilian sprang aus dem Auto und rannte zur Tür. Verriegelt.

Das Haus schien trotz der Feuerschäden noch robust zu sein. Er hämmerte dagegen, bis ein Geschrei herausdrang, das er unter Tausenden von Kindern wiedererkennen würde. Xaver!

Kilian warf sich gegen die Tür, bis er den Arm wegen der schmerzenden Schulter kaum noch heben konnte. Wem gehörte der Mercedes? Dem Entführer? Warum war hier keine Guardia Civil? Die müssten doch informiert sein!

Andererseits hatte der Entführer in dem Schreiben gedroht, dass er, sollte die Polizei eingeschaltet werden, Xaver …

Daran wollte er erst gar nicht denken. Er konzentrierte sich auf die Frage: Wie hole ich meinen Sohn da raus?

Kilian rannte um die Finca herum, aber die Fenster waren entweder vergittert oder zu klein, als dass er sich hätte hindurchzwängen können. Er sprang in den Jaguar. Die Mauern schienen zu dick zu sein, somit war die verrußte Holztür die Schwachstelle, die es im richtigen Winkel zu treffen gab. Er setzte schräg zurück, dachte im letzten Moment daran, sich anzuschnallen, beschleunigte und traf die Tür mit dem linken Scheinwerfer. Es fühlte sich an, als würde der Gurt seinen Oberkörper zweiteilen. Wegen des Airbags und des Staubs konnte er nicht sehen, ob sein Bruce-Willis-Auftritt erfolgreich gewesen war. Kilian ignorierte den Schmerz, sprang aus dem Wagen, und – ja! – das Holz war geborsten.

»Papa ist gleich bei dir!«, schrie er.

Er zwängte sich durch die Reste der Fincatür, hielt jedoch inne, als wäre er gegen eine Glaswand gelaufen.

Jemand hielt Xaver umklammert.

Ein alter Bekannter.

Und er hatte ein blutverschmiertes Messer in der Hand.

Nach dem Knall hatte der Mann von ihr abgelassen und war hinausgerannt. Carmen wusste, wer diesen Krach verursacht hatte. Es musste Joana sein. Sie hatte es ihr am Telefon versprochen und Wort gehalten.

Carmen stellte fest, dass der Mann wegen des Knalls vergessen hatte, die Tür zu verriegeln. Carmen schob sich zur Bettkante und ließ die Beine zu Boden gleiten. Sie richtete sich mit dem Ellbogen auf und atmete tief ein. Erst beim dritten Anlauf gelang es ihr, sich hochzustemmen. Nach all den Tagen ohne Essen und Bewegung wankte sie, hielt sich aber auf den Beinen und taumelte auf die Tür zu. Dort angekommen, lehnte sie sich an den Rahmen und wartete, bis der Schwindel nachließ. Der Raum mit dem Gerümpel endete an einem Treppenabsatz.

Ein Kind weinte, und ein Mann schrie etwas Unverständliches. Carmen hangelte sich an einem Regal entlang und durchquerte die Kammer.

Oben konnte sie durch den Winkel nur die Schultern und den Hinterkopf des Mannes mit dem grauen Haar ausmachen. Er hielt ein Kind an sich gepresst. Es sah zu ihr hinab und blieb für einen Moment still. In der anderen Hand hielt er das Messer, mit dem er sie vorhin töten wollte.

War Joana dort oben? Dann war sie in Gefahr!

Carmen nahm eine verstaubte leere Weinflasche aus dem Regal und krabbelte mithilfe ihrer Hände die Treppe hoch.

Der Mann wandte ihr weiterhin den Rücken zu. Ihm gegenüber stand ein Zweiter. Aber wo war ihre Schwester? Carmen mühte sich über die letzte Stufe und stemmte sich hoch. Sie hob die Flasche, ging auf den Mann mit dem Messer zu und schlug ihm auf dem Kopf. Aber nicht kräftig genug.

Er erschrak wohl mehr, als dass er Schmerzen verspürte.

Als er herumwirbelte, traf er sie mit dem Ellbogen am Kopf.

Carmen schlug zu Boden und verlor die Besinnung.

Es waren also doch keine Halluzinationen gewesen.

Er hatte Rafael zu Recht beschuldigt, dachte Kilian in dem Augenblick, als er Maites Verlobten mit Xaver in der einen Hand und dem Messer in der anderen sah. Dieser Mann war Carlos' Mörder, und nun hatte er Xaver in seiner Gewalt.

Wie weit würde er noch gehen? Einen erwachsenen Menschen zu ermorden war etwas anderes, als ein unschuldiges Kind vor den Augen seines Vaters zu töten. Oder machte das für Rafael keinen Unterschied mehr aus? Er stand fünf Schritte von ihm entfernt und beschloss, die Antwort auf diese Frage nicht mit einem voreiligen Angriff herauszufordern. Rafaels wirre Mimik, sein nervöses Blinzeln und die bebende Hand mit dem blutbesudelten Messer ließen Schlimmes befürchten. Kilian setzte lieber auf Deeskalation.

»Jetzt mal ganz ruhig, Rafael … Gib mir meinen Sohn, und alles wird gut! Die Polizei weiß davon noch nichts, es ist also nicht zu spät, es friedlich zu beenden!«

Als Antwort schrie sich Rafael in Rage. Kilian verstand nur die Wörter »Hurensohn« und »Arschloch«. Mit Diplomatie kam er hier nicht weiter. Aber wie sonst? Gerade als er Rafael in ein Gespräch verwickeln wollte, bemerkte er, wie hinter diesem jemand über den Treppenabsatz kroch und sich aufrichtete.

In der Sekunde, in der der Lichtstreifen aus der Fincatür ihr Gesicht erhellte, wusste er, wer die junge Frau war. Diese Ähnlichkeit ... Aber Carmen war doch tot?

Zum ersten Mal in seinem Leben glaubte er ernsthaft, eine Erscheinung vor sich zu haben. Eine durch Angst und Erschöpfung in diesen Raum projizierte und durch nichts erklärbare Gestalt, die ihm beistand und mit einer Flasche in der erhobenen Hand auf Rafael zuwankte und damit auf ihn einschlug. Das Geschöpf traf jedoch nicht richtig oder zu schwach. Jedenfalls ging Rafael nicht zu Boden, sondern fuhr herum und traf das Mädchen mit dem Ellenbogen am Kopf, woraufhin es zu Boden fiel.

So surreal dies auch war – das war seine Chance!

Kilian rannte auf die beiden zu und hechtete auf Rafael. Sie fielen zu Boden. Kilian umklammerte die Hand, in der sein Gegner das Messer hielt, und boxte mit der anderen gegen sein Kinn. Um sich wehren zu können, benötigte Rafael die Hand, mit der er Xaver festhielt. Er ließ von ihm ab und schlug auf Kilian ein. Xaver krabbelte auf seinen Vater zu, um Schutz zu suchen. Kilian war einen kurzen Moment abgelenkt, in dem Rafael seine Hand mit dem Messer aus Kilians Umklammerung winden konnte. Kilian rollte schnell zur Seite – weg von Xaver. Doch in diesem Moment stürzte sich Rafael auf ihn. Es gelang Kilian, Rafaels Arm in der Ausholbewegung abzufangen. Zwischen der Klinge und seiner Brust blieben nur wenige Zentimeter. Rafael stemmte sich von oben auf den Griff, während Kilian von unten dagegendrückte.

Millimeterweise neigte sich die Klinge in Richtung von Kilians Herz. Wenn ich jetzt auch nur einmal durchatme, ist es vorbei, dachte er.

Kilian war bisher in seinem Leben noch nie in eine Keilerei geraten, nicht einmal zu Schulzeiten. Meistens war er der

Schlichter, der Pazifist und in brenzligen Situationen auch schon mal der Kneifer gewesen – aber diesem Kampf musste er sich stellen. Er verlagerte sein Gewicht zur Seite und bäumte sich auf, womit er Rafael aus dem Gleichgewicht brachte. Dann zog er sein Bein an und rammte ihm das Knie in den Unterleib. Rafael blieb die Luft weg, und Kilian konnte ihm das Messer aus der Hand stoßen. Es schlitterte über den Steinboden und blieb mit der Klinge über der Kante der obersten Stufe am Treppenabgang liegen.

Nun folgte ein minutenlanges Ringen am Boden. Wie in der letzten Runde eines Boxkampfes wurden die Schläge immer ungenauer und kraftloser. Mit einem Tritt auf Kilians Brust verschaffte Rafael sich Freiraum und krabbelte auf allen vieren zur Waffe. Kilian taumelte ihm hinterher und riss ihn an seinen langen Haaren zurück. Aber zu spät. Rafael bekam den Messergriff zu fassen, schnellte mit einer halben Drehung hoch und stieß ihm die Klinge in die Leiste. Durch das Adrenalin war der Schmerz kaum schlimmer als ein Wespenstich. Die viel grausamere Qual war jedoch Kilians Erkenntnis, dass er gleich vor den Augen seines geliebten Sohnes sterben würde.

Rafael hielt ihn umklammert und zog das Messer heraus, um weiter auf ihn einzustechen. Kilian trat einen Schritt vor, stieg Rafael dabei auf den Fuß, lehnte sich gegen ihn und stieß ihn mit letzter Kraft von sich. Rafael verlor das Gleichgewicht. Er versuchte sich mit dem anderen Fuß nach hinten abzustützen und trat über den Rand der obersten Stufe ins Leere. Ein weiterer Reflex ließ ihn nach Kilians blutigem Hemd greifen. Kilian war durch seinen Stoß in Vorlage geraten, und nun klammerte Rafael sich an ihn, um seinen Sturz zu vermeiden.

In diesen Sekundenbruchteilen gelang es Kilian nicht mehr, sich an der Mauer neben der Treppe abzustützen und den Fall zu verhindern. Aus dem Gleichgewicht geraten, drehten sie sich aneinandergeklammert um die eigene Achse, bis Kilian zusammen mit seinem Widersacher die beinahe senkrechte Steintreppe hinabflog.

Er schlug in halber Höhe unter Rafael auf und polterte die andere Hälfte bereits ohne Bewusstsein hinab.

. . .

Rafael schrie vor Schmerzen. Dieses beschissene Arschloch! Zum Glück war er auf Kilian gefallen und hatte sich deshalb nicht alle Knochen gebrochen wie dieser Idiot, von dem er immer noch nicht wusste, was der hier zu suchen hatte.

Wegen dem brauche ich mir jedenfalls keine Sorgen mehr zu machen, dachte Rafael und rappelte sich hoch. Blut tropfte ihm in die Augen. Sein Brustkorb schmerzte so sehr, dass er flach atmen musste. Auf dem einen Fuß konnte er nicht auftreten. Trotzdem musste er schnellstens weg von hier. Aber vorher galt es Spuren zu verwischen.

Dazu musste er erst zum Auto gelangen.

Im Kofferraum lag der Benzinkanister.

Rückwärts humpelte Rafael die Treppe hoch.

KAPITEL ACHTUNDDREISSIG

D*er von Gott Erhörte* nutzte den Schutz der Nacht, um sich fortzubewegen. Der Aufstieg am Südhang im Mondlicht war zwar mühsamer, aber untertags hätte ihm jemand begegnen können. Dorfbewohner, die den kargen Gebirgshängen etwas abzugewinnen versuchten, oder Touristengruppen, die diese Berge in Jeeps mit Aufklebern von »Nigeria Adventure« erklommen, um den Ausblick über die Hochebene zu genießen. Manchmal kletterten auch Extremsportler aus Europa oder den USA die hundertsiebzig Meter hohe senkrechte Nordwand hinauf.

Nach dem Tod seiner Frau hatte er nicht einmal seinen Namen laut aussprechen wollen, weil Tanisha ihn immer »Samuel« gerufen hatte. Seinen Namen zu hören – selbst aus seinem eigenen Mund – hätte nur schmerzliche Erinnerungen an sie hervorgerufen. Deshalb hatte er in Spanien die Übersetzung dieses biblischen Namens angenommen: »der von Gott Erhörte«.

Nach seinen Morden jedoch hatte er das Recht verwirkt, das Wort »Gott« in den Mund zu nehmen, und war wieder zu Samuel geworden, so wie ihn einst sein Vater getauft hatte. Mit ihm war er als Kind oft hier gewesen, weil er am Fuße dieses Bergs aufgewachsen war.

Auch mit Tanisha war er hier oben gewesen. Hier hatte er

sie gefragt, ob sie seine Frau werden wollte. Und hier hatte er in langen Stunden beschlossen, die Flucht nach Europa zu wagen. Die Flucht … Bei der seine Frau, seine Tochter Alake und sein kleiner Sohn Kayin gestorben waren.

Bei dem Gedanken verließen ihn die Kräfte. Er lehnte sich an einen Baum und presste seine Wange gegen die stachelige Rinde, bis es schmerzte. Vergangene Woche waren erneut sechs junge Dorfbewohner losgezogen und hatten sich einer Gruppe aus Kamerun angeschlossen, um die Reise nach Europa ohne Papiere zu wagen. Dorthin, wo sie genauso wenig Zukunft hätten wie in der Heimat, mit dem Unterschied, dass sie in Nigeria nicht als Illegale geächtet wurden. Einer von ihnen war sein Neffe Ndulu gewesen. Ndulu hatte ihn gefragt, ob er mitkommen wolle, weil er bereits Erfahrung in Europa gesammelt habe. Erfahrung? Ich habe dort zwei Menschen getötet. Das ist meine Erfahrung gewesen, hätte er fast gesagt. Ich bin ein Mörder, auch wenn ich die Taten unter dem Deckmantel der Rache ausgeführt habe.

Er stieß sich vom Baum ab und setzte seinen Aufstieg fort.

Um nicht an das Bevorstehende zu denken, versuchte er das Schnattern, Heulen, Zirpen und Kreischen verschiedenen Tieren zuzuordnen, aber es gelang nicht, weil über allem ein Knistern lag, als stünde die Luft unter Hochspannung.

Eine halbe Stunde später befand er sich am Hochplateau.

Von hier aus ging es flach zur Nordwand weiter.

Samuel dachte an seine Zeit im Gefängnis.

Er hatte lange kein Wort gesagt.

Wie hätte er auch seine Taten rechtfertigen sollen?

Erst als man ihm mitteilte, er würde aus der Haft entlassen werden, hatte er dem Polizisten alles erzählt, als wäre er ein Beichtvater, der ihm die Sünden abnehmen könnte: von der strapazenreichen Reise durch Afrika, wie auf dem Boot der Motor ausgefallen war und sie tagelang dahinvegetiert waren, wie er gedacht hatte, der Tod seiner Liebsten sei eine Strafe Gottes, weil er seine Familie in Gefahr gebracht hatte, wie er in Spanien aus dem Auffanglager geflüchtet war und sich aus Mülltonnen ernähren musste, ehe er eine Arbeit in einem Gewächshaus bei El Egido angenommen hatte, wo er täglich vierzehn Stunden bei vierzig Grad die mit Pestiziden verseuchte Luft für einen Tageslohn von vierundzwanzig Euro eingeatmet hatte – wie weitere achtzigtausend Plantagensklaven in der Provinz Almería. Er berichtete, wie er neben der Plantage in einem Chabola gehaust hatte, einem Bretterverschlag mit Fetzen von Gewächshausfolie als Dach, ohne Strom oder Wasser und einem Autositz als einzigem Möbelstück, wie er nach dem Mord eines verwirrten Marokkaners an einer jungen Spanierin dem Lynchmob in letzter Sekunde entkommen konnte und mit Steinen und Stöcken davongejagt wurde und wie er nach Almuñécar gelangt war und dort auf einen Mann traf, der ihn angestachelt hatte, an den Schuldigen Rache zu üben.

Samuel hatte gedacht, seine Entlassung hätte sich mit dem Geständnis erübrigt. Doch der Polizist hatte ihn trotzdem freigelassen und sogar dafür gesorgt, dass er zurück in seine Heimat durfte. Warum er das getan hatte, wusste er nicht. Vielleicht aus Mitleid? Dabei hatte er kein Mitleid verdient, sondern eine harte Strafe.

Samuel sah zu den Sternen hoch. Als Kind und Jugendlicher hatte er halbe Nächte damit verbracht, zu den Gestirnen hochzusehen. Damals hatte er noch gedacht, der Himmel leuchte überall auf der Welt gleich intensiv. In Spanien hatte er nachts nie sein erniedrigtes Haupt gehoben. Dafür waren die Sterne zu blass gewesen. Zumindest das hatte seine Heimat der zivilisierten Welt voraus. Nun ließ er sich vom Nordstern den Weg weisen.

Als er vor einigen Wochen aus dem Flugzeug gestiegen war, mit dem man ihn aus Spanien abgeschoben hatte, und zum ersten Mal wieder die drückend schwüle Luft roch, die er zeitlebens geatmet hatte, hatte er noch gedacht, er könne einen Neubeginn schaffen. Er hatte es ernsthaft versucht und sich um Arbeit und sozialen Anschluss bemüht. Aber auch in Nigeria hatte sich während seiner langen Abwesenheit vieles geändert. In seiner alten Heimat schien kein Platz mehr für ihn zu sein.

Tanishas Eltern wohnten im selben Dorf und ächteten ihn, weil er wegen der waghalsigen Flucht nach Europa am Tod ihrer

Tochter und ihrer Enkelkinder schuld war. Seine Familie hatte sich ebenfalls von ihm abgewandt und wollte ihm nach der langen Zeit der Abwesenheit nicht mal die Tür des Hauses öffnen, in dem er aufgewachsen war.

Das Gefühl, ein Aussätziger zu sein, angestarrt zu werden, sich verkriechen zu müssen und stets fluchtbereit zu sein, hatte er von Europa nach Nigeria mitgenommen und nicht mehr abschütteln können. Auch die Dämonen in seinem Kopf hatten sich nicht besiegen lassen.

Samuel umrundete einen meterhohen Felsen und war am Ziel.

Vor dem Abgrund hockte er sich auf einen Stein.

Er zog das einzige Bild hervor, das ihm von seiner Frau und den Kindern geblieben war. Im Dunkeln konnte er zwar nichts erkennen, aber das musste er auch nicht, weil jedes Detail in seinem Kopf eingebrannt war. Es war vor der Dorfkirche am Tag der Taufe seines Sohns aufgenommen worden. In ihren traditionellen Gewändern hatten sie in die Kamera gelächelt, und er hatte geglaubt, ihr Glück ließe sich festhalten, wie diese Momentaufnahme auf Fotopapier.

Dabei war nichts von Dauer und alles vergänglich.

Samuel schloss die Augen und betete lange.

Er bat um Vergebung seiner Sünden.

Dann erhob er sich und trat ein paar Schritte vor.

Er presste das Foto an die Brust und verspürte keine Angst.

Samuel blickte noch einmal zu den Sternen hoch.

Und sprang über den Abgrund.

KAPITEL NEUNUNDDREISSIG

»Die ist gerade druckfrisch reingekommen«, sagte die Krankenschwester mit dem für ihren Job wenig verheißungsvollen Vornamen Dolores – Schmerzen – und legte ihr das Boulevardmagazin »Diez Minutos« auf die Decke. »Seite sieben«, fügte sie hinzu und räumte das Tablett mit dem Mittagessen ab. Von der dünnen Suppe fehlten drei Löffel, und von dem Stück Seehecht mit Reis hatte sie auch nicht viel mehr gegessen. Maite blätterte, bis sie das Interview fand, das man mit ihr geführt hatte.

Motril. Nach dem Tod des als »Gamba-Blanca-Killer« bekannt gewordenen Rafael P. und der Aufklärung der Entführungsfälle und der Mordserie seitens der Guardia Civil sprachen wir mit Señora Maite Hernandez, der Verlobten des Serienmörders und Entführers Rafael P. Sie war es auch, die sich an jenem schicksalhaften Nachmittag in einer abgelegenen Finca ihrem mit einem Messer bewaffneten Freund entgegenstellte, um die vor Jahren verschleppte Carmen S. und den erst vierzehn Monate alten Xaver H. zu befreien. Dabei wurde sie von Rafael P. lebensgefährlich verletzt. Die Ärzte kämpften tagelang um Maite Hernandez' Leben. Nun befindet sie sich auf dem Weg der Besserung und empfängt als eine der ersten Medien Diez Minutos zu einem Exklusivinterview in ihrem Krankenzimmer im Motriler Hospital Santa Ana.

Diez Minutos: Zunächst einmal – wie geht es Ihnen, Señora Hernandez?

Maite H.: Langsam wieder besser, danke der Nachfrage. Aber nenn mich bitte Maite.

Diez Minutos: Schön, Maite. Du wirst im ganzen Land als Heldin gefeiert, wie fühlt man sich dabei?

Maite H.: Die Ärzte hier sind Helden. Ihnen habe ich mein Leben zu verdanken!

Diez Minutos: Der Fall gilt seitens der Polizei als aufgeklärt, genaue Details sind jedoch kaum bekannt. Könntest du unseren Lesern in eigenen Worten schildern, wie es dazu kam, dass ausgerechnet du deinen Verlobten als Entführer von Xaver H. entlarvt hast?

Maite H.: Joana (die Mutter des entführten Jungen, Anm. der Red.) hat mich ganz aufgelöst angerufen, weil sie ein Erpresserschreiben erhalten hat und …

Diez Minutos: Deine Freundin hat sich bei dir gemeldet, aber nicht die Guardia Civil verständigt?

Maite H.: Genau, und zwar weil darin geschrieben stand, dass sie ihren Sohn nicht wiedersehen würde, sollte sie die Polizei einschalten. Ich bin also zu meiner Freundin, um ihr beizustehen, und Joana hat mir den Brief gezeigt …

Diez Minutos: Und wie konntest du anhand eines Computerausdrucks erkennen, dass es ausgerechnet dein Verlobter gewesen sein musste, der das Schreiben verfasst hatte?

Maite H.: Ich habe mir den Ausdruck genau angeschaut und dabei festgestellt, dass eine Notiz von mir auf das Papier durchgedrückt war. Letztes Mal, als ich bei Rafael zu Hause gewesen war, hatte mich nämlich eine Kundin auf dem Handy angerufen, um einen Termin für ein Permanent-Make-up zu vereinbaren. Also bin ich auf der Suche nach einem Stift in sein Heimbüro, habe dort aber keinen Notizzettel gefunden und habe deshalb ein paar Blatt Papier aus seinem Drucker gezogen. Ich habe den Termin und ein paar Bemerkungen auf das oberste Blatt geschrieben und die restlichen

Bögen wieder in den Drucker gesteckt. Der Kugelschreiber hat nicht besonders gut funktioniert, weshalb ich sehr fest aufgedrückt habe, sodass die Notiz durchgedrückt sein muss. Rafael muss den Erpresserbrief auf dem unmittelbar nächsten Blatt ausgedruckt haben.

Diez Minutos: Was ging danach in dir vor?

Maite legte das Magazin zur Seite und zog sich mithilfe der Triangel in ihrem Krankenbett hoch. Sie hielt die Luft an, aber der Schmerz im Bauch blieb nicht aus und trieb ihr Tränen in die Augen. Was danach in mir vorging?, dachte sie. Keine leichte Frage. Sie hob ihr rosa Pyjamaoberteil an, kratzte sich unter dem Bauchverband und nahm die Illustrierte wieder zur Hand.

Maite H.: Nun, ich stand wenige Wochen vor der Hochzeit mit diesem Mann, und dann stellte sich heraus, dass er zwei Menschen entführt und noch mehr ermordet hatte. Nicht gerade ein Gefühl von tiefster Glückseligkeit, kann ich dir sagen.

Diez Minutos: Und du hattest vorher keine Ahnung?

Maite H. (schüttelt den Kopf): Meine Freundin Joana wusste es. Ihr gegenüber hatte er sich ja geoutet, aber die Polizei hatte ihr nicht geglaubt.

Diez Minutos: Und weil man der Mutter bei der Polizei nicht geglaubt hatte, hast du beschlossen, die Befreiung ihres entführten Sohns und ihrer Schwester selbst in die Hand zu nehmen – ohne die Guardia Civil zu informieren.

Maite H. (nickt).

Diez Minutos: Woher wusstest du eigentlich, dass die beiden in dem als »schwarze Finca« bekannten Haus gefangen gehalten wurden?

Maite H.: Das wusste ich anfangs auch nicht. Es war nur der im Brief beschriebene Ort, an dem die Lösegeldübergabe stattfinden sollte.

Diez Minutos: Was war dein Plan? Schließlich hattest du das

Lösegeld nicht dabei und wusstest nun von der Gefährlichkeit deines Verlobten.

Maite H.: Trotz der Durchschrift auf dem Papier konnte ich immer noch nicht glauben, dass er für diese fürchterlichen Taten verantwortlich gewesen sein sollte. Ich wollte ihn zur Rede stellen und habe überhaupt nicht daran gedacht, dass er sogar mich abmurksen könnte.

Diez Minutos: Ganz Spanien rätselt über die Hintergründe der schrecklichen Taten …

Maite H.: Da geht's mir nicht anders. Ich weiß auch nicht, warum er das getan hat.

Diez Minutos: Kommen wir zu jenem Sonntagnachmittag in der Finca … Was hat sich dort aus deiner Sicht zugetragen?

Maite H.: Na, ich bin zur Finca hochgefahren, und davor parkte schon sein Mercedes. Im Inneren schrie ein Kind, also klopfte ich gegen die Tür. Rafael öffnete, und weil er wohl Joana mit dem Lösegeld erwartet hat, war er entgeistert, als er mich sah. Ich habe auf ihn eingeredet und ihm erklärt, dass weiteres Blutvergießen zu nichts führen würde. Aber er ließ nicht mit sich reden. Er sagte, ich solle mich nicht einmischen und verschwinden. Aber ich wollte Joanas Sohn befreien. Plötzlich griff er mich mit einem Messer an, und an den Rest kann ich mich nicht mehr erinnern. Auch nicht daran, dass Kilian (der Vater des verschleppten Jungen, Anm. der Red.) plötzlich in der Finca stand.

Diez Minutos: Zwischen den beiden ist es zu einem Kampf gekommen, bei dem Rafael P. beim Sturz über eine Kellertreppe ums Leben gekommen ist. Wie denkst du nun über den Tod des Mannes, den du vor Kurzem noch heiraten wolltest?

Maite H.: Der Drecksack hätte ruhig länger leiden können!

Diez Minutos: Und wie berührt dich das Schicksal von Kilian H.?

Maite H.: Das ist natürlich sehr tragisch, aber darüber möchte ich nicht sprechen.

Diez Minutos: Gerüchte besagen, du wärst schwanger von Rafael P.?

Maite H.: Man darf nicht alles glauben, was in der Klatschpresse steht.

Diez Minutos: Also stimmt es nicht?

Maite H.: Er war zum Glück steril.

Diez Minutos: Was sind nun deine Pläne für die Zukunft?

Maite H. (zuckt mit den Achseln): Ach, ich weiß auch nicht – zunächst mal für den »Playboy« ausziehen und die zwanzigtausend einsacken.

Diez Minutos: Na, da wird sich unsere männliche Leserschaft aber freuen …

Maite H. (lacht und verzerrt das Gesicht): Das war doch nur ein Scherz. Für zwanzigtausend würde ich ja nicht mal meinen Stützverband ablegen.

Diez Minutos: Ich bedanke mich für das Gespräch und wünsche dir weiterhin gute Besserung.

Maite legte die Zeitschrift auf den Stapel und sah aus dem Fenster. Nächste Woche würde sie entlassen werden … und was dann?

Sie hatte bisher noch nicht viele Gelegenheiten gehabt, darüber nachzudenken. Die erste Woche hatte sie auf der Intensivstation gelegen und nicht mitbekommen, wie die Ärzte um ihr Leben kämpften. Danach wurde sie in dieses Zimmer verlegt und ständig von der Polizei befragt. Und hinterher kam die Presse und stilisierte sie zur Heldin. So wurde aus Maite Hernandez mit ihrem kleinen Beautysalon die Frau, die heroisch dazu beigetragen hatte, ein Kleinkind und ein jahrelang vermisstes Mädchen aus den Fängen eines Entführers und Serienmörders zu befreien. Dass der obendrein ihr Verlobter gewesen war, machte die Schlagzeilen umso fetter.

Seit Tagen war ihr Krankenzimmer von Visagisten, Fotografen und Damen mit Mikrofonen in der Hand belagert. Ihr behandelnder Arzt hatte nach dem zweiten Tag den Widerstand aufgegeben und die Presse nur zur Visite und für Nachuntersuchungen aus dem Zimmer gescheucht. Maite wandte sich zur Seite, was in ihrem Zustand eine volle Minute dauerte, und starrte auf den Stapel Magazine, die alle mehr oder weniger reißerische Varianten ihrer Geschichte brachten. Darüber hinaus war sie für die Woche nach ihrer Entlassung in diverse Talkshows eingeladen.

Nun also kannte ganz Spanien sie und ihre Geschichte.

Obwohl … Letzteres stimmte nicht ganz.

Weder der Presse noch der Guardia Civil hatte sie die ganze Wahrheit sagen können. Wie denn auch? Nach ihrer Genesung würde sie vermutlich ins Gefängnis wandern, anstatt Talkshows zu besuchen.

Nein – die Wahrheit kannten nur sie und Joana.

Es klopfte gegen die Tür, und der knusprige Lenny-Kravitz-Verschnitt trat ein.

»Na, wie geht's dir heute, Maite?«, wollte Rubén wissen.

»Das kommt ein wenig auf den Zweck deines Besuchs an. Aber kannst du nicht in einer halben Stunde wiederkommen? Jetzt geht's gerade ganz schlecht.«

»Wieso das denn?«

»Ich hab mich heute noch nicht zurechtgepinselt«, sagte sie und klimperte mit ungetuschten Wimpern.

Rubén grinste und legte eine Schachtel Pralinen auf die Zeitschriften. Normalerweise konnte sie ja mit Guardia-Civil-Beamten gar nichts anfangen, aber der Typ war ihr sympathisch, und durch die vielen Befragungen war zwischen ihnen ein Vertrauensverhältnis entstanden. Obwohl Maite manchmal den Eindruck hatte, dass er ihr einige Details nicht glaubte, hakte er nicht wie bei einem Kreuzverhör nach, was ihr nur recht sein konnte.

»Wo ist übrigens deine Kollegin Lucia?«

»Die hat in Granada zu tun. Ich bin auch nicht beruflich hier, sondern wollte nur sehen, wie es meiner berühmten Hauptzeugin so geht.«

Und dafür fährst du extra von Granada herab? Na, wenn das mal keine billige Anmache wird, dachte Maite bei sich.

Rubén deutete auf den Stapel Magazine.

»Was wirst du nun mit deiner frisch erlangten Berühmtheit anfangen? Dir einen Fußballer oder Stierkämpfer angeln?«

»Quatsch«, sagte sie und zwinkerte Rubén zu, dessen strammer Oberkörper in einem engen grünen T-Shirt mit der

Aufschrift »St. Vincent and the Grenadines« steckte. »Erst mal hab ich sowieso genug von euch Männern. Ich hab nämlich eine etwas traumatische Beziehung hinter mir ... Und Fußballer wollen keine Frauen jenseits der dreißig mit einer grässlichen Narbe am Bauch.«

Rubén protestierte und schäkerte etwas herum, ehe er den Small Talk beendete und das Gespräch in eine gefährliche Richtung lenkte: »Also, Maite ... Es gibt da noch eine letzte Ungereimtheit, und vielleicht kannst du mir ja weiterhelfen, damit wir die Akte Rafael Prados schließen können.«

Sie zuckte zusammen, als sie den Namen des Mannes hörte, den sie vor wenigen Wochen noch hatte heiraten wollen. Nun war er tot und hatte sie beinahe mit ins Jenseits gerissen.

Und mein Baby hast du mir auch noch genommen, du blödes Arschloch!, dachte sie. Dabei wollte ich es behalten, selbst wenn der Vater ein Monster war. Und wenn ich nun nie wieder schwanger werden kann?

»Hörst du mir überhaupt zu?«, drang es zu ihr durch.

»Sí – perdona, was hast du gesagt?«

»Ich sagte, ich bin dieses Mal ohne Begleitung gekommen, weil unser Gespräch vertraulich bleiben sollte.«

»Das hört sich ja sehr mysteriös an. Du weißt schon, dass die Bitte, etwas für sich zu behalten, bei einer Klatschtante wie mir ungefähr gleichbedeutend mit der Aufforderung ist, unser kleines Geheimnis sofort auf Facebook zu posten.«

Rubén grinste. Humor hatte er also auch. Aber nachdem er ihr die Problematik erklärt hatte, war ihr bewusst, dass sie darüber tatsächlich mit niemandem sprechen durfte. In diesem vertrauensseligen Moment war sie kurz davor, auch ihm die ganze Wahrheit anzuvertrauen. Doch obwohl er etwas freaky aussah, war er immer noch leitender Ermittler der Guardia Civil und könnte ihre Beichte leicht ins falsche Ohr bekommen.

»Ist gebongt – kein Wort zu niemandem!«, versprach sie, als der Arzt zur Visite kam und Rubén bat, das Krankenzimmer zu verlassen, was Maite mit einer »Muss das ausgerechnet jetzt sein«-Miene quittierte.

Rubén erhob sich. »Ich bin ohnehin fertig«, meinte er und gab ihr zum Abschied einen Kuss auf beide Wangen.

Der riecht eindeutig nach Wiedersehen, dachte Maite.

»Wären wir in einem Fernsehkrimi, müsstest du eine Karte hervorziehen und sie mir mit den Worten: ›Sollte dir noch etwas dazu einfallen, kannst du mich jederzeit anrufen‹ überreichen.«

Rubén zog einen Stift hervor, drehte Maites Hand um und notierte auf ihrer Lebenslinie die Zahl 062.

»Was soll das denn?«

»Ich hab keine Karte, aber das ist der Notruf der Guardia Civil in Almuñécar.«

»Ah ja – für den Notfall … Ich dachte eher an eine Nummer, die man auch bei *Notstand* wählen kann …«

Er reagierte mit einem sympathischen Lächeln, das sogar vielversprechend wirkte.

»Zufällig endet meine Handynummer ebenfalls so«, sagte Rubén und notierte sechs weitere Ziffern vor der 062.

KAPITEL VIERZIG

Zwei Wochen später warteten Rubén und Lucia auf der Terrasse eines Lokals an der Plaza de Toros in Granada auf den Chef und dessen Frau. Als Zeichen der Anerkennung für die Aufklärung der jüngsten Mordserie hatte ihr stierkampfvernarrter Vorgesetzter sich genötigt gefühlt, das Freikartenkontingent der Polizei mit ihnen zu vergeuden, ohne zu wissen, dass er ihnen damit keine große Freude bereitete. Wenn man schon täglich mit dem Tod zu tun hat, muss ich mir das Morden in der Freizeit nicht auch noch ansehen, war Lucias Meinung dazu. Aber wenn der Comandante sich schon mal großzügig zeigte, wollten sie ihn nicht vor den Kopf stoßen und eine Ausrede für das iberische Kulturgemetzel erfinden.

Auf dem Programm standen heute El Fandi, der lokale Matador aus Granada, El Cordobés, der aus der Klatschpresse nicht wegzudenken war, und ein noch unbekannter Dritter mit dem Körperbau eines Pferdejockeys. Und der will sich einem 500-Kilo-Stier entgegenstellen?, dachte Rubén und nippte an seinem Bier. Er zog einen Joint aus der Zigarettenpackung und inhalierte ein paar Züge, was Lucia sofort auf die Palme brachte: »Steck das verdammte Ding weg, Rubén. Hier laufen Tausende Menschen rum. Du hast als Polizist eine Vorbildfunktion, und unser Chef kann jeden Moment auftauchen.« Ohne darauf einzugehen, schnippte er die Glut mit der Fingerkuppe weg und steckte den Joint ein. Eine Weile saßen sie sich schweigend gegenüber. Dann piepste Rubéns Handy. Er las die Nachricht und simste grinsend zurück.

»Du bist doch nicht etwa verknallt in sie?«

Lucia konnte wohl nicht ahnen, dass sie mit ihrer Bemerkung der Wahrheit näher kam, als er sich das eingestehen wollte.

»Du bist doch nicht etwa eifersüchtig auf sie?«, konterte Rubén, der nicht gerne über Emotionen sprach.

»Es ist ja sooo rührend, wie oft du sie im Krankenhaus besuchst, nachdem der Fall längst abgeschlossen ist. Ich wette, am Sterbebett deiner Mutter warst du nicht so oft.«

Autsch … Das war ein Schlag unter die Gürtellinie.

»Ich nenne das ein Vertrauensverhältnis mit einer wichtigen Zeugin aufbauen.«

Lucia lachte auf. »Unser Mörder ist tot, und wir sind beim Chef derzeit so beliebt, dass er uns sogar sonntags zum Stierkampf schleppt. Wenn du dich also so intensiv um eine Zeugin mit dicken Möpsen kümmerst, dann doch nur, weil du sie flachlegen willst!«

An ihrer Theorie war zwar ein winziges Körnchen Wahrheit dran – trotzdem ließ er sich nicht gerne provozieren, vor allem nicht, wenn er angenehm bekifft war. Und so konnte er es sich nicht verkneifen, auf das anzuspielen, worüber er nicht sprechen sollte, weil er sich hinterher einen neuen Job suchen müsste. Nur Maite wusste davon, aber sie hatten bei einem seiner letzten Besuche Stillschweigen über die Diskrepanz in der Biografie ihres verstorbenen Verlobten vereinbart.

»Aha – ist das so? Der Fall aufgeklärt und der Mörder tot?«

Lucia sah ihn an, als hätte er gesagt, er wolle seinen Job an den Nagel hängen und Stierkämpfer werden.

»Worauf willst du hinaus?«

»Ach, vergiss es«, meinte Rubén und winkte ab.

»Verheimlichst du mir etwas? Was sollte die Bemerkung von wegen, ob der Mörder tot und der Fall geklärt sei?«

»Das hättest du eigentlich selbst herausfinden müssen, und

zwar als wir uns in Prados' Wohnung umgesehen haben, um mehr über die Hintergründe herauszufinden …«

»Ja, und?«

»Du hast sogar in seinem Büro den Pass durchgeblättert.«

Lucia nickte, wusste aber offensichtlich immer noch nicht, wohin das führen sollte.

»Dein Kommentar dazu lautete in etwa so: ›Sieh dir mal all diese Stempel an. Wie oft der schon in Marokko war. Bestimmt nicht nur zum Ramschkauf.‹ Den Hintergrund der Morde haben wir ja mittlerweile gelöst: Aurelio Baena, Diego Roca und Salvador Molina gehörten dem Drogenkartell an, dessen Chef Carlos Roig war und an dem Rafael Prados sich für seinen Rauswurf rächen wollte. Hinterher wollte er einen eigenen Drogenring aufbauen. Aber das Entscheidende hast du dabei übersehen – und das war dein erster großer Fehler, seit ich mit dir zusammenarbeite.«

Lucia saß ungläubig da, weshalb er ihr auf die Sprünge half, obwohl er sich damit möglicherweise um Kopf und Kragen und Job redete: »Anhand der Ein- und Ausreisestempel in seinem Pass konnte man leicht nachvollziehen, dass unser Fall doch nicht so abgeschlossen ist, wie alle glauben. Zum Zeitpunkt des ersten und zweiten Mordes weilte unser ›Serienkiller‹ nämlich in Marokko und kann zumindest für diese beiden Morde nicht verantwortlich gewesen sein.«

Nun war es heraus. Außer ihm und Maite war nun Lucia die Einzige, die das wusste. Für alle seine Kollegen hatte der Fall noch vor der Beisetzung des Mörders als abgeschlossen gegolten.

»Ja, aber … Das kann doch nicht sein, Rubén. Das ist doch nur wieder einer deiner verkorksten Scherze.«

Lucia musste lächeln und schüttelte den Kopf, aber Rubéns schelmisches Schmunzeln, das er meist aufsetzte, nachdem er sie auf den Arm genommen hatte, blieb aus.

»Sag, dass das nicht dein Ernst ist! Sag, dass du hier nicht locker herumsitzen kannst, während da draußen immer noch ein Mörder frei herumläuft. Ich glaub das nicht. Ich will den Pass sehen, vorher …«

»Den habe ich verschwinden lassen.«

»Waaas?«

»Der Fall ist doch aufgeklärt – wozu also die Aufregung?«

»Rubén, wenn das stimmt, was du behauptest, und Prados zum Zeitpunkt der ersten beiden Morde in Marokko gewesen ist – wieso läufst du dann relaxt und bekifft durch die Gegend und besuchst deine neue Freundin im Krankenhaus, während in Spanien immer noch ein Mörder frei herumläuft? Das ist doch völlig …«

»Nicht in Spanien – in Nigeria, um genau zu sein.«

In einer halben Stunde sollte der Stierkampf beginnen, und die Leute standen in Trauben um die Tische herum und warteten auf den Einlass. Diesem Umstand war es wohl zu verdanken, dass ihm Lucia nicht an Ort und Stelle an die Gurgel sprang.

»Du willst doch damit um Himmels willen nicht andeuten, dass der schweigende Mann aus Nigeria nun doch der Mörder war«, zischte Lucia und beugte sich über den Tisch.

»Nun ja, zumindest von Baena und Roca. Molina starb ja offiziell an Herzinfarkt, und Roig wurde von Prados ermordet.«

»Ich kann das nicht glauben. Wie kommst du denn mit einem Mal darauf – lange nachdem wir den Afrikaner laufen lassen mussten?«

»Das war schon vor seiner Freilassung, und es herauszufinden war ganz einfach – er hat's mir gesagt.«

Lucia riss die Augen auf, dass sich ihre Brauen wie Bogen spannten und die Stirnhaut bis zum Haaransatz zu Fältchen aufschoben, die er bei ihr noch nie gesehen hatte.

»Du hast wirklich …?«

»Ja, das habe ich. Ich habe einen Doppelmörder freigelassen, nachdem er ein Geständnis abgelegt hat.«

Lucias Kinn bebte. »Du … du bist ein solcher … Wie soll ich je wieder mit dir arbeiten können, wenn du das Gesetz wie deine Weiber mal von vorne und mal von hinten fickst?«, sagte sie mit weinerlicher Stimme.

Rubén fand, es sei an der Zeit, die Dinge aus seiner Sicht darzulegen. Danach konnte sie es entweder dabei bewenden lassen oder ihn verpfeifen. »Da hast du recht. Laut Gesetz hätte der Afrikaner wohl lebenslang ins Gefängnis müssen. Doch *gerecht* wäre das nicht gewesen. Denn er hat für seine Schuld schon bezahlt – nur eben im Voraus. Durch die Drogenbande um Carlos Roig hat er bei der Überfahrt auf einem Flüchtlingsboot seine Frau und seine beiden Kinder verloren. Weitere sechzehn Menschen sind allein auf diesem Boot jämmerlich verreckt, weil die Afrikaner mit ihren Flüchtlingsschiffen als Drogenkuriere benutzt wurden. Dazu Dutzende Menschen auf anderen Booten. Samuel hat das zunächst nicht gewusst, bis Prados auf ihn zugekommen ist und ihm erzählt hat, warum seine Familie sterben musste. Prados hat ihn als Killer gefügig gemacht, um die Bande aus dem Weg zu räumen und selbst die Drogenherrschaft an der Küste zu übernehmen, was sich mit unseren Ermittlungen deckt. Doch Samuel kam in Konflikt mit seinem Gewissen und ließ von Salvador Molina ab, als die Enkelin kam. Er rannte davon, wurde jedoch gefasst. Bei den Befragungen schwieg er, und das war Rafael Prados Glück. Doch der musste nun auch noch den Kopf der Bande ausschalten, und so hatten wir nach einem weiteren Mord mit demselben Muster an einen anderen Täter gedacht. Auch ich habe das geglaubt. Aber bei der letzten Befragung vor seiner Freilassung hat er mir seine ganze Geschichte erzählt. Ich habe sie für mich behalten und ihn in die Heimat geschickt. Und ich würde es wieder tun – auch weil es um seine Opfer nicht im Geringsten schade war.«

Lucias Handy klingelte. Es war ihr Chef.

Sie atmete durch und nahm das Gespräch entgegen.

Es dauerte keine halbe Minute.

»Der Comandante meint, wir sollten schon mal in die Arena gehen. Er wurde noch aufgehalten und kommt gleich nach. Wahrscheinlich ist seine Frau noch beim Schminken …« Lucia versuchte sich an einem Lächeln.

»Tja, dann kannst du ihm ja gleich die neue Wendung im Fall präsentieren …«, sagte Rubén nach einer unangenehmen Pause und zog seinen Joint wieder hervor.

»Was bringt das noch? Wie sollen wir diesen Samuel – von dem wir ja nicht mehr als seinen Vornamen wissen – jemals wieder aus Nigeria herausbekommen? Nein, es bleibt dabei: Rafael Prados hat die vier Drahtzieher und den Besitzer der Finca ermordet, das junge Mädchen über Jahre hinweg gefangen gehalten und ein Kleinkind entführt. Unser Glück ist nur, dass der nichts anderes mehr behaupten kann. Muss ich sonst noch was wissen?«

Rubén schüttelte den Kopf, und Lucia winkte dem Kellner. »Dann lass uns kein Wort mehr darüber verlieren, und zwar zu niemandem.«

Rubén drückte Lucias Hand. »Gracias, Lucia.«

»Und nun steck endlich deinen Joint weg, sonst ruf ich die Polizei!«, sagte Lucia, die es gewohnt war, das letzte Wort zu behalten.

EPILOG

»Was soll das denn jetzt? Dämlicher Computer!«

Kilian saß im Rollstuhl vorm Schreibtisch und fluchte vor sich hin. Es war sonst niemand in der Wohnung, die er seit seinem Reha-Aufenthalt auch als Homeoffice benutzte. Xaver war im Kindergarten, Carmen, die bei ihnen wohnte, beim Deutschkurs, und Joana war zum Einkaufen gegangen und besorgte den Weihnachtsbaum. Das Powerpoint-Programm war abgestürzt und ließ sich nicht wieder öffnen. Dabei musste er dringend ein neues Konzept für einen Kunden entwerfen. Er versuchte es nochmals und gab dann auf. Moment mal – auf Joanas altem Laptop müsste das Programm doch auch installiert sein?

Er rollte zum Regal, auf dem Joanas ausrangiertes Gerät lag, legte es auf den Schoß und kurbelte sich am Handrad zurück zum Schreibtisch. Dann fuhr er ihren Computer hoch, den sie kaum benutzte, weil sie der virtuellen Welt abgeschworen hatte, seit eine gewisse Carmen Campos auf Facebook ihre Freundin werden wollte.

Das Powerpoint ließ sich problemlos öffnen, und er machte sich an die Arbeit. Eine Stunde später war das Grundkonzept fertig, und er mailte es seinem Kunden zur Voransicht. Wegen seines monatelangen Ausfalls war das ehrgeizige Webprojekt www.coupon24.de gestorben. Seither befand er sich im Krankenstand. Bei ein paar alten Kunden verdiente er sich als externer Berater jedoch einige Euro hinzu. Eine Kopie der Datei sendete er an sich selbst, dann löschte er sie. Da es sich um sensible Daten handelte, öffnete er den Papierkorb, um sie auch dort aus purer Gewohnheit endgültig zu löschen. Er schickte die Datei ins virtuelle Jenseits und stutzte, als er einige Zeilen weiter unten den Namen einer anderen gelöschten Datei las: CarmenCampos.doc.

Carmen Campos? War das nicht das Pseudonym, das Rafael damals benutzt hatte, um mit Joana zu kommunizieren? Er rief die Infos zur Datei mit der rechten Maustaste auf: 47,6 KB. Erstellt am sechzehnten November des vergangenen Jahres. Gelöscht wurde sie noch am selben Tag. Sechzehnter November? Das war fünf Tage vor seinem … Kilian rollte rückwärts, als könnte er so der Vergangenheit entweichen. Er wollte nicht an jenen Novembertag zurückdenken, an dem er sich aufgemacht hatte, um seinen Sohn aus den Fängen eines Serienmörders und Entführers zu befreien. Er wollte nicht über die vielen Fragen nachdenken, die nur Rafael beantworten könnte – wenn er denn ihren gemeinsamen Sturz über die Steintreppe überlebt hätte.

Nachdem Kilian vor Jahren für den Tod seiner Mutter verantwortlich zeichnen musste und dafür einige Monate im Gefängnis verbracht hatte, war Rafael die zweite Person, die durch seine Hand gestorben war. Wenngleich der von seinem Rempler verursachte tödliche Sturz unter Notwehr gefallen und es seitens der Behörden zu keiner Anklage gekommen war.

Kilian rollte zum Schreibtisch und legte den Laptop auf seinen Schoß. CarmenCampos.doc … Was verbarg sich hinter dieser von Joana erstellten und noch am selben Tage in den Papierkorb verschobenen Datei? Kilians Gedanken wanderten zu dem verstaubten Brief, den er vor Jahren in ihrer alten Wohnung durch einen Zufall gefunden hatte. Er hatte damals den Tod seines Bruders in ein anderes Licht gerückt.

Und nun? Sollte er die von Joana fünf Tage vor Xavers und Carmens Befreiung aus der schwarzen Finca erstellte Datei einfach löschen? Er kratzte an der juckenden Narbe im Nacken, ehe er auf die linke Maustaste drückte, die Option »Wiederherstellen« wählte und zu lesen begann: »Wenn ihr euren Sohn lebend wiedersehen wollt …«

Kilian rutschte fast der Laptop vom Schoß.

Das Summen im Kopf, das er nach dem Sturz mit sich herumtrug, schwoll zu einem Geräusch an, als würde Carlos Santana an der höchsten Saite seiner Gitarre zupfen. Das war der Erpresserbrief, den er damals in Spanien auf dem Küchentisch vorgefunden hatte und mit dem ihn Rafael in die Finca gelockt hatte. Aber wie kam der in Joanas Laptop?

Kilian klatschte sich gegen die Schläfe. Als das nichts half, stopfte er beide Zeigefinger in die Ohren und schüttelte den Kopf, bis Carlos sanftere Töne anschlug und er weiterlesen konnte – obwohl er sich noch an jedes einzelne Wort des Schreibens erinnern konnte. Erst nach dem letzten Satz: »Andernfalls wird euer Sohn sterben« formte sich ein Gedanke, der ihn umgehauen hätte, wenn er nicht im Rollstuhl gesessen hätte.

Nein! Das konnte nicht sein.

Rafael hatte Joana den Erpresserbrief per Mail gesendet, und sie hatte ihn ausgedruckt und die Datei danach gelöscht.

So musste es gewesen sein.

Aber so konnte es nicht gewesen sein, weil …

Kilian rief abermals die Infos der Datei auf.

Erstellt am sechzehnten November …

An Joanas Computer …

Santana hob zu einem denkwürdigen Solo an, während er nach anderen Erklärungen suchte, aber keine fand.

Nicht Rafael hatte den Erpresserbrief geschrieben.

Es war seine Frau Joana gewesen. Xavers Mutter.

Joana schob sich durch die Menge im Einkaufszentrum. Sie war mit den Lebensmittelkäufen für das Wochenende durch. Nun fehlten nur noch der Weihnachtsbaum und ein Geschenk für Carmen. Sie beschloss, bei einem Caffè Latte darüber nachzudenken, was sie ihr schenken sollte. Ein hübsches Kleidchen?

Unglaublich, wie robust Carmen war. Nach der langen Zeit, die sie unter schlimmsten Bedingungen gefangen gehalten worden war, und den unbehandelten Kopfverletzungen, die ihre Amnesie verursacht hatte, brauchte es nur drei Monate Therapie, ehe sie bereit gewesen war, bei ihnen in München ein normales Leben zu beginnen. Seither wachte sie nachts immer seltener schreiend auf und hatte zehn Kilo zugenommen. Sie konnte sich mittlerweile an immer mehr Details aus ihrer Kindheit und Jugend erinnern und lernte so schnell Deutsch, dass sie vermutlich zum Frühjahrssemester beginnen könnte, das Abitur nachzuholen. Außerdem hatte sie sich vor Kurzem in einen netten Jungen verguckt. Ja, ein Kleid. Damit sie mit Daniel ausgehen konnte. Joana beobachtete die Hektik in den Gängen und ließ sich von »And so this is Christmas« aus den Kaufhauslautsprechern berieseln, bis ihr nerviger Handyklingelton diese schöne Melodie unterbrach.

»Hallo, mein Schatz. Ich bin gleich fertig, nur der Weih…«

»Nein. Komm jetzt gleich nach Hause!«

Was sollte denn dieser Tonfall?

»Kilian … Ist alles in Ordnung?«

»Nicht am Telefon! Komm nach Hause!«

»Ich … ja bald, mir fehlt noch der Baum, und für Carmen …«

»Sofort!«

Kilian hörte, wie der Schlüssel in die Wohnungstür gesteckt wurde. Wenn es etwas wie eine Stunde der Wahrheit gab, dann begann die genau jetzt. Aber was auch immer das folgende Gespräch ergäbe – eines war jetzt schon sicher: Wie vor Jahren den Brief hätte er auch diese versteckte Datei in Joanas Computer niemals lesen dürfen. Es bedeutete den absoluten gegenseitigen Vertrauensbruch. Er hatte in Joanas Computer geschnüffelt, und sie hatte ihm erneut die ganze Wahrheit vorenthalten. Es fühlte sich schlimmer an, als hätte er einen Liebesbrief an einen unbekannten Lover entdeckt.

Denn es ging um seinen Sohn …

Warum nur hatte Joana den Erpresserbrief geschrieben? Und das war nur die erste der Fragen, die ihm in der letzten halben Stunde in den Sinn gekommen waren. Und von Joanas Antworten hing nun die Zukunft ihrer Ehe ab.

Sie stürmte in sein Büro.

»Sag mal, kannst du mir verraten, was in dich …«

Als Antwort drehte er den Laptop in ihre Richtung. Joana trat heran, umklammerte die Lehne seines Rollstuhls und beugte sich vor, um das Dokument besser lesen zu können. Eine Sekunde später richtete sie sich auf und lehnte sich gegen den Büroschrank. Sie zog ihre Haare vor die Augen, als könnte sie sich dahinter verstecken.

»Woher hast du den? Ich dachte, ich hätte ihn gelöscht?«, sagte sie so leise, dass er es mit dem Surren in seinem Kopf kaum hören konnte.

»Tut das wirklich etwas zur Sache, Joana?« Kilian machte eine halbe Drehung mit seinem Rollstuhl und sah zu seiner Frau auf. »Der Brief, Joana. Wieso hast *du* den Brief geschrieben, wenn es doch Rafael war, der Xaver damals durch ein offenes Badezimmerfenster entführt hatte. Könntest du mir das bitte mal erklären?«

Joana strich ihre Haare zurück und vermied seinen Blick.

Sie flüsterte etwas, das er nicht verstand.

»Wie bitte?«

»Rafael war nicht Xavers Entführer«, entgegnete sie eine Spur lauter.

»Was? Was redest du denn da? Er war doch mit Xaver in dieser gottverlassenen Finca, als ich dort ankam!«

»Ja, schon – aber das war so nicht geplant.«

»Geplant von wem?«, schrie Kilian, dass man es bis auf die Straße hören konnte.

»Von Maite. Sie hat Xaver entführt.«

»Maite? Na, klar doch! Jetzt hör mir mal gut zu, Joana: Nach all dem, was letztes Jahr passiert ist …«

Kilian schlug mit der Faust auf die Rollstuhllehne.

»… möchte ich dich bitten, mich nicht zu belügen. Sollte dir unsere Ehe noch etwas bedeuten, dann sag mir jetzt, was damals wirklich geschehen ist. War da was zwischen dir und Rafael? War er in dich verliebt, und du hast ihn abserviert? Deshalb hat er sich gerächt, indem er Xaver …«

»Hör mit dem Schwachsinn auf!«, schrie Joana. »Ja, es war Maites und meine Idee, Xavers Entführung vorzutäuschen. Wir wollten den Druck auf die Guardia Civil erhöhen, die nichts unternommen hatte. Die haben mich ja damals alle für verrückt erklärt. Anders hätten wir Carmen niemals befreien können.«

Das … das ist doch … »Aber Carmen sollte doch tot sein. Du selbst hast sie doch die Klippen hinabgestürzt. Oder war das etwa auch alles nur gelogen? Denn ich kann bis heute nicht verstehen, wie Carmen hinterher in dieser Finca von den Toten auferstehen konnte – und das, obwohl ich mal die Bibel studieren musste. Ich habe dich das schon so oft gefragt und bisher noch keine vernünftige Antwort darauf erhalten.«

»Ich dachte ja auch erst, dass es Carmen war, die ich …«

Doch Kilian unterbrach sie mit einer Handbewegung.

»Ich fasse es nicht. Wie soll ich dir noch jemals vertrauen können nach all dem Schwachsinn, den du erzählst? Du hast das Leben deiner Familie einfach so aufs Spiel gesetzt … Und wie bitte kommt dann Rafael ins Spiel, wenn der mit der Entführung gar nichts am Hut hatte?«

»Mensch, Kilian … Ich hätte doch niemals Xaver in Gefahr gebracht. Da ist etwas fürchterlich schiefgelaufen. Woher sollte ich denn wissen, dass du wegen des Newsletters nach Spanien fliegst, den Brief liest und wie Rambo in der Finca auftauchst?«

»Ich kann einfach nicht glauben, was ich da höre … Ihr habt das alles nur *inszeniert*? Aber … Aber – erklär mir das bitte von Anfang an.«

Joana setzte sich auf Kilians Bürostuhl, dem seit Monaten eine Rolle fehlte. »Gut, ich werde dir alles erzählen. Aber ich will mich nicht rechtfertigen, weil ich finde, das Leben meiner Schwester sollte als Begründung ausreichen. Ob Maite und ich letztes Jahr richtig gehandelt haben und ob wir es wieder so tun würden, bezweifle ich. Hinterher ist man immer schlauer, aber tut das jetzt noch was zur Sache, wie du vorhin so schön gesagt hast?«

Die Tatsache, dass du mit deiner Freundin die Guardia Civil, die gesamte spanische Presse und deinen eigenen Mann in die Irre geführt hast, kann man nicht einfach mit einem Achselzucken abtun, dachte er, bedeutete ihr aber mit einer Handbewegung fortzufahren.

Joana erzählte vom weiteren Verlauf der Verlobungsfeier und von der Autofahrt mit Rafael, bei der sie erfahren hatte, was an jenem Abend am Cerro Gordo wirklich passiert war. Und sie schilderte den Moment, als sie mit Carmen telefoniert hatte, und berichtete von Rafaels Erpressungsmanöver. »Ich musste dich überzeugen, dass du dich geirrt hast und Rafael unrecht tatest, obwohl ich genau wusste, dass er der Mörder war. Es brach mir das Herz, dich leiden zu sehen, aber ich sah keinen anderen Ausweg, als dich zur Rückreise zu bewegen. Alles andere wäre zu gefährlich gewesen. Dabei brauchte ich dich doch. Gerade als ich deinen Beistand am dringendsten nötig gehabt hätte …«

Sie konnte ihre Tränen nicht mehr zurückhalten, und Kilian konnte ihr Dilemma immer besser nachvollziehen.

Er rollte ein Stück vorwärts.

»Dann warst du weg und ich mit Xaver allein. Und ich hatte keine Ahnung, wie ich an Carmen herankommen sollte. Nicht einmal mit Maite konnte ich darüber sprechen. Aber dann kam sie zu mir und weinte sich aus. Sie erzählte mir, dass Rafa sie ein paar Wochen vor der Hochzeit betrügen würde. Danach war der Damm gebrochen, und ich vertraute mich ihr an. Aber sie glaubte mir erst nicht. Erst nachdem wir ihm eine Falle gestellt hatten, war auch Maite überzeugt. Wir …«

»Eine Falle? Indem du Xavers Entführung …?«

»Quatsch. Zuerst haben wir eine Lösegeldübergabe mit einer Tasche voller Zeitungspapier vorgetäuscht und dabei seinen Mercedes geklaut. Über das Navi oder über das Handy hatten wir uns einen Hinweis auf Carmens Aufenthaltsort erhofft. Aber den fanden wir nicht. Dafür war zumindest Maite jetzt auf meiner Seite. Und hat mich überredet, Rafael bei der Guardia Civil anzuzeigen. Aber dort nahm man uns nicht ernst. Der Teniente, natürlich ein guter Freund von Rafael, riet uns stattdessen, einen Psychologen aufzusuchen. Señor Prados wäre ein unbescholtener Bürger, und sie hätten wegen der Suche nach dem Serienmörder keine Zeit, unseren Hirngespinsten nachzugehen. Also beschlossen wir, die Sache selbst in die Hand zu nehmen und den Druck auf die Polizei zu erhöhen.«

»Ah ja – und dazu habt ihr Xaver benutzt, der daraufhin zufällig in den Armen eines bewaffneten Killers gelandet ist?«, schloss Kilian.

Es dauerte eine Weile, ehe sie sich von seinem verbalen Schlag in den Solarplexus erholt hatte, den die bloße Erwähnung dieses Szenarios ausgelöst hatte. Sie schniefte ins Taschentuch und fuhr dann fort: »Dann kam uns die Idee, die Polizei mit einer inszenierten Entführung auf Rafael zu hetzen … Maite hatte ja noch den Schlüssel zu Rafaels Wohnung, und von dort hat sie DNA-Material entwendet: Haare aus einem Kamm, benutzte Kleidung und Schuhe. Die Sohlen haben wir mit Erde beschmiert. Ich bin darin vom Badezimmerfenster in Xavers Zimmer und wieder zurück gestapft. Danach haben wir sie in Rafaels Schuhschrank gestellt. Wir haben auch einen Bogen Papier präpariert, den er schon mal in Händen gehabt haben musste. Maite legte ein Blatt darüber und notierte einen fiktiven Termin, damit man die Durchschrift auf dem späteren Erpresserschreiben erkennen könnte. Damit wollten wir ihn belasten und haben das restliche Material in diese Finca gelegt, wo wir später …«

»Aber wieso in diese halb verbrannte Finca? Woher wusstet ihr überhaupt, dass Carmen dort gefangen gehalten wurde?«

»Das wussten wir nicht – das war purer Zufall.«

»Nun hör schon auf. Solche Zufälle gibt's doch gar nicht.«

Joana wandte sich ab, und er dachte schon, sie würde die Beleidigte mimen, aber es war nur für einen Blick auf die Wanduhr. »Willst du nun die Geschichte zu Ende hören oder nicht? Dann unterbrich mich bitte nicht immer – ich muss nämlich gleich Xaver vom Kindergarten abholen.«

Na klar. Der Alltag muss weitergehen. Wir reden ja auch über nichts Wichtiges. Nur eine Lappalie. Als diskutierten wir gerade darüber, was es zum Mittagessen geben soll, dachte Kilian.

»Das mit der Finca war Maites Idee. Sie glaubte, dort gäbe es bereits jede Menge belastendes Beweismaterial gegen ihn. Dorthin ist sie Tage zuvor Rafael gefolgt, als sie Verdacht schöpfte, dass er sie mit ihrer Nebenbuhlerin betrog. Sie hatte intime Geräusche gehört und war sich sicher, dass er sich mit einer anderen ein Liebesnest eingerichtet hatte – sie wusste ja nicht, dass es Carmen war, an der er sich …«

Joana machte eine Ausholbewegung zu Carmens Zimmertür. »Jedenfalls hatte sie in Rafaels Wohnung einen Schlüssel zur Finca gefunden und ließ eine Kopie anfertigen. Den Schlüssel wollte sie hinterher mir geben, damit ich Xaver mit seinem Bagger in die Finca bringen konnte, aber so weit kam es leider nicht mehr.«

»Du? Aber wo war denn Xaver die ganze Zeit?«

»In Maites alter Wohnung in Jaén. Maites Cousine – das hübsche Mädchen auf der Verlobungsfeier – hatte sich um ihn gekümmert, während wir die Falle vorbereiteten. Sie war die Einzige, die noch von dem Plan wusste.«

Das wurde ja immer verworrener …

»Und der sah wie folgt aus: Maite sollte Rafael das Auto zurückgeben und ihm telefonisch versichern, wie leid es ihr tue, dass sie sich von der verrückten Joana dazu habe hinreißen lassen, das Auto zu borgen. Sie sollte sich bei Rafael entschuldigen und ihn zu einer Aussprache an *ihren* Ort locken. Sie bestand auf achtzehn Uhr in der Nähe der schwarzen Finca, wo sie sich früher manchmal getroffen hatten. Dadurch wäre genügend Zeit geblieben, um ›Beweismaterial‹ zu hinterlassen. Mit der Schlüsselkopie gelangte sie in die Finca und legte Windeln und Babynahrung hinein, damit es so aussah, als würde Xaver dort gefangen gehalten werden. Xaver war dabei, er sollte sich schon mal an den Raum gewöhnen und dort mit seinem Bagger spielen. Ich hielt mich hinter der Finca auf einer Anhöhe im Gebüsch versteckt. Nachdem Maite fertig wäre, wollte sie Xaver zu mir bringen und sich mit Rafael zur ›Aussprache‹ treffen. Während des Treffens hätte ich mit Maites Handy bei ihrer

Cousine angerufen, die darauf der Polizei einen anonymen Hinweis auf Xavers Aufenthaltsort gegeben hätte. Wie du selbst gesehen hast, führt nur ein geschlängelter Schotterweg dort hoch. Wenn die ersten Polizeiwagen darin eingebogen wären, hätte ich das von meinem Versteck aus gesehen. Danach wären mir etwa sieben Minuten Zeit geblieben, um Xaver unbemerkt mit Maites Schlüssel in die Finca zu seinem Bagger zu setzen und wieder zu verschwinden. Keine fünf Minuten später sollte die Polizei ihn aus der mit Rafaels fingierten Beweismaterialien präparierten Schlafkammer ›retten‹.«

Und damit wollten die beiden allen Ernstes durchkommen, dachte Kilian und griff sich mit dem Arm, den er noch bewegen konnte, an die Stirn. Na, anscheinend ist ihnen das am Ende auch gelungen. Maite – die »Heldin von Almuñécar« –, die sich couragiert einem Serienmörder entgegengestellt hatte, hatte nach ihrem Krankenhausaufenthalt sogar ein paar Fernsehauftritte. Sie war nun mit diesem Rubén de Freitas zusammen, der ihn nach dem Mord an Carlos Roig befragt hatte. Die beiden wollten sie über Weihnachten in München besuchen kommen. Aber wie sollte er nach Joanas Beichte so tun, als wäre nichts gewesen? Noch dazu vor den beiden?

»Rafael hätte Xavers Entführung natürlich bestritten …«, unterbrach Joana seine abschweifenden Gedanken. »Aber die Indizien hätten eine deutliche Sprache gesprochen. Und dann hätte er einfach zugeben müssen, wo er Carmen versteckt hielt. So weit der Plan … Der jedoch fehlschlug, weil in dem Augenblick, als Maite mit Xaver die Finca verlassen wollte, Rafael mit seinem Auto angefahren kam. Was so nicht vereinbart war – weder der Treffpunkt noch der Zeitpunkt. Maite konnte ja nicht wissen, dass Rafael im Keller der Finca vor dem Treffen mit ihr noch etwas Schreckliches vorhatte. Wahrscheinlich hatte er wegen der Suchmannschaften Angst bekommen, dass sie auf Carmen stoßen würden, und wollte sie zuvor beseitigen. Als Maite ihn kommen sah, verbarrikadierte sie sich mit Xaver im Schlafzimmer. Tja, und wenig später kamst du ins Spiel. Als ich im Versteck den Wirbel hörte, habe ich die Polizei alarmiert und bin zur Finca gerannt, aber da war es schon zu spät … Es tut mir sehr leid, Kilian. Ich hätte es dir früher erzählen müssen. Aber wir haben uns gegenüber der Polizei dermaßen in Lügen verstrickt, und in deiner Reha-Zeit wollte ich dich damit nicht konfrontieren, bis es dafür dann irgendwann zu spät war.«

Joana erhob sich von dem alten Drehstuhl.

»Und das ist die ganze Wahrheit?«

»Ja. Versprochen.«

Kilian sah zu seiner Frau auf. Sie stand einen Meter vor ihm, und doch schien die Distanz schier unüberwindbar.

»Ich habe mit Rafael sprichwörtlich auf Leben und Tod gekämpft und ihn durch den Stoß über die Treppe getötet, Joana. Auch wenn er ein Mörder und es Notwehr war – damit muss ich für den Rest meines Lebens klarkommen.«

»Musst du nicht!« Das kam von Carmen, die mit einem Mal in der Tür stand. Seit ihr die Haare nachgewachsen waren und sie etwas zugenommen hatte, schien sie ein Ebenbild ihrer älteren Schwester zu sein, die Carmen nun ebenso verdutzt wie er anglotzte.

»Du hast ihn nicht getötet. Das bin ich gewesen«, sagte Carmen in noch holprigem Deutsch und legte ihre Lernhefte auf Kilians Schreibtisch.

»Du?«, riefen er und Joana unisono. Unmöglich …

Als er damals das Bewusstsein erlangt hatte, lag Rafael tot neben ihm. Bestimmt plagten sie noch schreckliche Phantasien, und für ihre Psyche war es auch nicht gerade gut, bei einem solchen Gespräch anwesend zu sein.

»Carmen, bitte, Joana und ich haben etwas Wichtiges zu bereden. Sei so lieb, und warte so lange im Wohnzimmer …«

»Der Mann war nicht tot, als er mit dir über die Treppe gestürzt ist. Er ist danach wieder hochgekommen.« Mittlerweile war Carmen ins Spanische verfallen.

Joana nahm ihre Schwester in den Arm. »Der Mann ist bei dem Sturz gestorben, und wir sollten nach Abschluss deiner Therapie nicht mehr darüber reden, hat deine Psychologin gesagt. Also, wie war's in der Sprachschule?«, versuchte sie das Thema zu wechseln.

Doch Carmen ließ sich nicht beirren: »Ich war kurz benommen, weil ich hingefallen bin. Aber dann merkte ich, dass der Mann wieder hochkam, und ich habe mich aufgerappelt. Er konnte mich nicht sehen, weil er rückwärts die Treppe hochhumpelte. Bestimmt weil er sich beim Sturz verletzt hatte. Als er oben angelangt war, habe ich ihm einen Stoß in den Rücken versetzt. Nicht fest, weil mir die Kraft fehlte. Aber er hat das Gleichgewicht verloren und ist die Treppe ein zweites Mal hinuntergefallen. *Das* ist die Wahrheit.«

»Aber wieso hast du niemandem davon erzählt?«, meinte Joana. »Der Polizei hast du doch gesagt …«

Joana unterbrach sich, und er konnte ihre Gedanken lesen.

Weil Carmen Angst gehabt hatte, deswegen ins Gefängnis zu müssen. Sie war lange weggesperrt gewesen, und in ihrem damaligen Geisteszustand hatte sie befürchtet …

Unter Tränen bestätigte Carmen seine Vermutung.

»Ich wollte nicht – ich dachte, ich müsste wieder …«

»Schhht. Natürlich hättest du nicht ins Gefängnis gemusst. Komm jetzt.« Joana führte ihre schluchzende Schwester aus dem Büroraum und ließ Kilian mit seinen Gedanken alleine.

Am Ende war es Carmen gewesen, die Rafael in den Tod gestoßen hatte. Wer weiß, zu was der Typ noch in der Lage gewesen wäre, wenn sie das nicht getan hätte? Immerhin war Xaver in der Finca gewesen. Gar nicht auszudenken. Wahrscheinlich hatte sie ihm und seinem Sohn das Leben gerettet.

Trotzdem – so weit hätte es gar nicht kommen müssen, wenn Maite und Joana damals die Entführung nicht inszeniert hätten. Er versuchte sich in ihre damalige Lage zu versetzen. Obwohl er Maites und Joanas Handeln nicht billigte, konnte er es doch ein wenig nachvollziehen. Es ging darum, Carmen zu befreien, und das hatten die beiden geschafft. Wenn auch mit einigen Kollateralschäden.

Konnte er ihr nun so einfach verzeihen? Konnte ihr Alltag à la »Schatz, ich muss gleich Xaver vom Kindergarten holen. Was willst du zu Mittag essen?« mit diesem Wissen weitergehen wie bisher?

Aber was wäre die Alternative?

Eine Trennung? Gar nicht auszudenken …

Joana kam alleine wieder, und er bemühte sich zu lächeln.

»Ihr seid verrückt, du und Maite …«

»Ein bisschen verrückt muss man schon sein, um an deiner Seite normal zu bleiben – und jetzt heb endlich deinen Hintern aus diesem bescheuerten Rollstuhl.«

Kilian grinste. Er wandte sich dem Laptop zu und sandte die delikate Datei mit einem Mausklick ins virtuelle Nirwana. Dann stemmte er sich mit der rechten Hand hoch. Sie mochte es nicht, wenn er seinen Rollstuhl, den er seit seinem Reha-Aufenthalt eigentlich nicht mehr benötigte, anstatt des wackligen Bürostuhls benutzte. Die linke Hand konnte er zwar noch kaum benutzen – aber auch das würde mit der Zeit besser werden, ebenso wie das Dröhnen im Schädel, hatten die Ärzte gemeint.

Kilian umarmte Joana mit der Rechten und schmiegte sich an ihren Hals. Sie roch nach Lavendel, Zimt und Advent, nach Liebe, Geborgenheit, Sehnsucht und vielem mehr. »Ich würde vorschlagen, wir vergessen das einfach …«

Selbst Carlos Santana stellte die Gitarre für einen Moment zur Seite und schien ein Happy End herbeizusehnen.

»Das hab ich schon vor einem Jahr getan, mein Schatz. So – und nun muss ich los und Xaver vom Kindergarten abholen … Was wollen wir zu Mittag essen? Mal wieder was Spanisches?«

ÜBER DEN AUTOR

Geboren bin ich in Plainfeld, einem kleinen Dorf in der Nähe von Salzburg, das ich, so schön es dort war, mit Anfang zwanzig verlassen habe, um die große weite Welt zu erkunden und meine jugendlichen Reiseträume zu verwirklichen. Aus einem Trip, der ursprünglich drei Monate dauern sollte, wurden abenteuerliche Low Budget Reisen in sechzig Länder und eine jahrelange Segelreise in Südamerika und der Karibik.

Seit mittlerweile zwanzig Jahren bin ich im Süden Spaniens sesshaft geworden, wo ich mich zuerst einige Jahre lang verschiedenen Tätigkeiten gewidmet habe (u.a. eine Tauchschule, eine Solarfirma und eine Immobilienfirma), ehe ich meine wahre Berufung fand und mit dem Schreiben begann. Nach den ersten fünf geschriebenen Seiten stand für mich sofort fest, dass ich es mit meinem neuen glamourösen Autorendasein sehr weit brächte: Mindestens auf den ersten Platz der Spiegel Bestsellerliste, zu Übersetzungen in zwei Dutzend Sprachen bis hin zu Mongolisch, und alle meine Bücher würden verfilmt werden. Natürlich nicht in den Bavaria Filmstudios, sondern in Hollywood. Die Realität sah dann leider etwas anders aus …

Als ich mein erstes Manuskript endlich fertig hatte, hagelte es haufenweise Verlagsabsagen, ehe sich nach zwei Jahren der kleine aber feine Münchner Allitera Verlag des mittlerweile arg deprimierten und längst auf den Boden der Tatsachen angekommenen Autors Eduard Freundlinger erbarmte und endlich seinen Debütroman „Pata Negra" veröffentlichte. Mein Verleger hegte allerdings keine großen Erwartungen in das Werk seines zukünftigen Starautors und wäre schon froh gewesen, wenn sein

Engagement nicht in einem finanziellen Desaster endete. Aber soweit kam es dann doch nicht. „Pata Negra“ wurde zum Überraschungserfolg und das meistverkaufte Buch der Verlagsgeschichte.

Mittlerweile habe ich zwei weitere Kriminalromane mit den Titeln „die schwarze Finca“ und „Im Schatten der Alhambra“ veröffentlicht. Die drei Romane bilden meine spannende „Andalusien-Trilogie“ um die unorthodoxen Ermittler Rubén de Freitas und Lucia Cienfuegos. Die Romane bauen aufeinander auf, sind jedoch in sich abgeschlossene Geschichten.

Nach der Fertigstellung meiner Krimi-Trilogie wagte ich den Sprung in ein anderes Genre. Mit „Wie ich vom Weg abkam, um nicht auf der Strecke zu bleiben“ erschuf ich eine Mischung aus Jakobswegroman, Biografie, Humor und Ratgeber - oder wie eine begeisterte Leserin meinte:

„Einen tiefgründigen Roman über dunkle Momente und erhellende Erkenntnisse, über Liebe und Glück, Träume und Veränderungen, und über die verwitterten Wegweiser des Lebens. Ein Buch wie ein weiser Freund, der auf ergreifende wie humorvolle Weise zum Nachdenken und Reflektieren anregt und von dem man am Ende der Lektüre glaubt, sich verabschieden zu müssen.“

Neben meinen eigenen Werken, bin ich als Biograf für all jene tätig, deren Lebensgeschichte ein literarisches Denkmal verdient. Zu meinen Auftraggebern zählen ein ehemaliger Formel 1 Weltmeister und eine bekannte Dame des öffentlichen Lebens. Prominenz ist jedoch keine Voraussetzung für eine Zusammenarbeit. Gerne würde ich auch Ihnen bei der Gestaltung Ihres unvergänglichen Lebens-Werks behilflich sein, denn für uns alle gilt: Nicht was wir gelebt haben, ist das Leben, sondern das, was wir erinnern und wie wir es erinnern, um davon zu erzählen, schreibt Gabriel García Márquez in seiner Autobiographie.

Die vielen positiven Feedbacks zu meinen Büchern – die ich im Übrigen sehr gerne persönlich und rasch beantworte – sind mein Ansporn, auch weiterhin Bücher zu schreiben. Ich liebe es, meine Leserinnen und Leser mit meinen Büchern zu begeistern und es wäre mir eine große Ehre, wenn meine Romane auch in Ihrem Bücherregal Platz fänden.

Weitere Informationen finden Sie auf der Autorenwebseite: http://www.freundlinger.com - auf www.facebook.com/Eduard-Freundlinger.Autor, oder Sie schreiben mir ganz einfach eine E-Mail an: info@freundlinger.com

Printed in Poland
by Amazon Fulfillment
Poland Sp. z o.o., Wrocław

20348107R00201